DE VERDWENEN STAD

W0393550

Abonneer u nu op de Karakter Nieuwsbrief.
Ga naar www.karakteruitgevers.nl;
www.facebook.com/karakteruitgevers;
www.twitter.com/UitKarakter;
www.instagram.com/karakteruitgevers en:
* ontvang regelmatig informatie over de nieuwste titels;
* blijf op de hoogte van speciale aanbiedingen en kortingsacties;
* én maak kans op fantastische prijzen!
www.karakteruitgevers.nl biedt informatie over al onze boeken.
Kijk op www.karakteruitgevers.nl voor eventuele aanpassingen
of aanvullingen op deze titel.

CAMILLA STEN

De verdwenen stad

Karakter Uitgevers B.V.

Oorspronkelijke titel: Staden
© 2019 Camilla Sten
First published by Norstedts, Sweden
Published by arrangement with Nordin Agency AB, Sweden

Vertaling: Corry van Bree
© 2019 Karakter Uitgevers B.V., Uithoorn
Opmaak binnenwerk: Michiel Niesen, ZetProducties
Bewerking Nederlands omslag: Select Interface
Oorspronkelijk omslagontwerp: Miroslav Sokcic

ISBN 978 90 452 1664 5
NUR 332

MIX
Papier van verantwoorde herkomst
FSC® C004472

Niets uit deze uitgave mag worden openbaar gemaakt en/of verveelvoudigd door middel van druk, fotokopie, microfilm of op welke andere wijze dan ook zonder voorafgaande schriftelijke toestemming van de uitgever.

Voor Anna, die lang voordat ik dat
zelf durfde te doen in dit boek geloofde.

19 AUGUSTUS 1959

De augustusmiddag was zo drukkend warm dat de bries die door de open ramen naar binnen waaide niet veel deed om de hitte in de auto te verminderen. Albin had zijn pet afgezet en liet zijn arm uit het raam hangen, terwijl hij ervoor zorgde dat zijn hand de gloeiend hete carrosserie niet raakte.

'Hoe ver is het nog?' vroeg hij opnieuw aan Gustaf.

Gustaf bromde iets. Albin vertaalde dat ermee dat hij zelf op de kaart moest kijken als hij het zo graag wilde weten. Dat had hij al gedaan. Albin was nog nooit in het stadje geweest waarnaar ze onderweg waren. Het was te klein om een eigen ziekenhuis of politiebureau te hebben en was nauwelijks groter dan een dorp.

Silvertjärn. Wie had ooit van Silvertjärn gehoord?

Hij wilde Gustaf vragen of hij er ooit was geweest, maar bedacht zich voordat hij zijn mond opendeed. Albin wist dat Gustaf zelfs onder de beste omstandigheden niet spraakzaam was. Ze werkten inmiddels bijna twee jaar samen en Albin had nooit meer dan een paar woorden per keer uit hem gekregen.

Gustaf minderde vaart, keek op de kaart die tussen hen in lag, maakte een scherpe bocht naar links en reed een grindweg op. Albin had hem niet gezien tussen de bomen. Hij vloog naar voren op zijn stoel en liet zijn pet bijna uit de auto vallen.

'Denk je dat we er iets zullen aantreffen?' vroeg hij.

Hij was verbaasd toen Gustaf zijn mond opendeed: 'Geen flauw idee,' zei hij.

Albin ging aangemoedigd verder: 'Het klonk nog het meest als twee idioten die te veel hadden gedronken. Het is waarschijnlijk verspilde moeite om ernaartoe te rijden.'

De weg was smal en hobbelig. Albin moest zich vasthouden om niet op zijn stoel te stuiteren. Aan beide kanten van de auto verhieven de stammen van de bomen zich. Het stukje dat hij van de hemel kon zien was zo felblauw dat zijn ogen ervan prikten. De reis leek een eeuwigheid te duren.

Langzamerhand begon het bos minder dicht te worden.

Het stadje zag er precies zo uit als de kleine fabrieksstad waar Albin was opgegroeid. Er was beslist een fabriek waar alle mannen werkten. Het was een leuk, eenvoudig stadje, met keurige huizen in rechte rijen, een rivier die tussen de woningen door slingerde en een witgepleisterde kerk die boven de daken uit stak en glansde in de augustuszon.

Gustaf remde abrupt, zodat de auto helemaal tot stilstand kwam.

Albin keek naar hem.

Zijn collega had diepe rimpels in zijn voorhoofd en zijn slordig geschoren wangen hingen berustend naar beneden.

'Hoor je dat?' vroeg hij.

Iets in zijn stem zorgde ervoor dat Albin aandachtig luisterde.

'Wat moet ik horen?' vroeg hij. Het enige wat hij hoorde was het brommen van de motor.

Ze waren midden op een kruising gestopt. Daar was niets bijzonders te zien. Rechts van hen stond een geel huis met half verwelkte planten op de trap; links van hen stond een bijna identiek rood huis met witte hoeken.

'Niets,' zei Gustaf. Door de nadrukkelijke toon in zijn stem begreep Albin wat hij bedoelde.

Er was niets te horen. Het was doodstil.

Het was halfvijf op een woensdagmiddag in de nazomer in een kleine stad in het bos. Waarom speelden er geen kinderen in de tuinen? Waarom zaten er geen jonge vrouwen met bezwete voorhoofden en uitgezakte krullen op de verandatrappen zichzelf koelte toe te wuiven?

Albin keek om zich heen naar de nette rijen woningen aan beide kanten van de auto. Ze waren allemaal goed verzorgd en alle voordeuren waren gesloten.

Waar hij ook keek, hij zag geen levende ziel.

'Waar is iedereen?' vroeg hij aan Gustaf.

De stad kon tenslotte niet helemaal verlaten zijn. De bewoners moesten ergens zijn.

Gustaf schudde zijn hoofd en drukte het gaspedaal weer in. 'Houd je ogen open,' zei hij.

Albin slikte moeizaam en voelde dat zijn keel plotseling droog en gezwollen was. Hij ging rechter op zitten en trok zijn pet over zijn voorhoofd naar beneden.

De stilte was net zo drukkend als de warmte terwijl ze verder reden. Het zweet parelde in zijn nek. Toen ze het plein van de stad in de verte zagen, voelde Albin de opluchting door zijn lichaam stromen. Hij wees naar de gestalte midden op het plein. 'Kijk, Gustaf! Daar is iemand!'

Misschien had Gustaf scherpere ogen dan hij of hadden zijn jaren als politieagent hem instincten gegeven die Albin nog niet had ontwikkeld, want Gustaf liet de auto stoppen vlak voordat ze de kinderhoofdjes van het plein op reden, opende het portier en stapte uit.

Albin bleef zitten en nam het tafereel in zich op. In eerste instantie dacht hij: Dat is een uitzonderlijk lange persoon. En vervolgens: Nee, niet lang, het is iemand die een lantaarnpaal omarmt. Wat vreemd.

Alle puzzelstukjes vielen op hun plek toen de stank door de open ramen naar binnen stroomde. Albin opende het portier in een poging eraan te ontsnappen, maar de stank was buiten nog erger. Zoet en overrijp en weerzinwekkend; vlees dat lange tijd ongestoord had gerot en gegist in de zon.

Het was niet iemand die een lantaarnpaal omarmde. Het was een lichaam, vastgebonden aan een ruwe houten paal. Lang, piekerig haar hing over het gezicht en verborg dat barmhartig; dikke vliegen kropen over de gezwollen armen en benen. De touwen waarmee het lichaam aan de paal was gebonden hadden in het zachte, sponsachtige weefsel gesneden. De voeten waren zwart. Het was niet duidelijk of dat vanwege de verrotting was of vanwege het bloed dat naar beneden was gestroomd en in grote gestolde plassen rond de paal lag.

Albin kon niet meer dan een paar passen doen voordat hij zich naar voren boog en zijn lunch op de straatstenen uitbraakte.

Toen hij overeind kwam zag hij dat Gustaf een paar meter bij het lichaam vandaan stond en ernaar keek.

Gustaf draaide zich om en richtte zijn blik op Albin, die zijn mond afveegde. Pure angst vermengde zich met walging in de bloedhondachtige rimpels rond de mond van zijn collega. 'Wat is hier in vredesnaam gebeurd?' vroeg hij op een bijna verbaasde toon.

Albin had daar geen antwoord op. Hij liet de stilte van de lege stad voor zich spreken.

Ineens werd de stilte verbroken en hoorde hij iets. Het was ver verwijderd en zwak, maar onmiskenbaar. Albin had vier jongere broertjes en zusjes en ze hadden met zijn vijven een kamer gedeeld. Hij zou het geluid overal herkend hebben.

'Wat is...' mompelde Gustaf terwijl hij naar het schoolgebouw aan de andere kant van het plein keek. Op de verdieping stond een raam open.

'Ik denk dat het een kind is,' zei Albin. 'Een baby.'

Daarna overviel de stank hem weer en hij gaf opnieuw over.

PROJECTBESCHRIJVING:

'De stad' is een documentaire over Silvertjärn, de enige spookstad van Zweden. We zijn van plan om een documentaire in zes delen te produceren, die zal worden aangevuld met een blog over het productiewerk en onze ontdekkingen tijdens het proces. Silvertjärn is een fabrieksstadje in het midden van Norrland, dat sinds 1959 min of meer ongerept is gebleven nadat alle negenhonderd bewoners van het stadje onder raadselachtige omstandigheden verdwenen.

Klik hier om meer over de geschiedenis van Silvertjärn te lezen.

Initiatiefneemster en producent is Alice Lindstedt, wier oma opgroeide in Silvertjärn:

'Toen ik klein was vertelde mijn oma altijd over Silvertjärn en de verdwijning. Ze woonde zelf niet meer in de stad toen het gebeurde, maar haar ouders en jongere zus behoorden tot degenen die verdwenen.

De geschiedenis van Silvertjärn heeft me altijd gefascineerd. Er zijn zoveel puzzelstukjes die niet in elkaar lijken te passen. Hoe kan de volledige bevolking van een stad van de ene op de andere dag spoorloos verdwijnen? Wat is er gebeurd? Dat is een vraag die we zullen proberen te beantwoorden.'

Het plan is om begin april zes dagen in Silvertjärn te verblijven om te filmen en de stad te verkennen. Als financier krijg je toegang tot het materiaal dat we daar opnemen, zowel de foto's als de video's. We gaan onderzoek doen naar een aantal theorieën met betrekking tot de verdwijning, van een gaslek dat een massapsychose

en verwarring heeft veroorzaakt tot een oeroude Samische vloek.
Klik hier om meer te lezen over de theorieën met betrekking tot Silvertjärn.

Als alles volgens plan verloopt, keert het team in augustus naar Silvertjärn terug, zodat de documentaire wordt opgenomen in dezelfde periode van het jaar als waarin de verdwijning heeft plaatsgevonden.

Wat krijg je als financier?

- Onbeperkte toegang tot het materiaal dat in april in Silvertjärn wordt opgenomen
- Onbeperkte toegang tot de sociale media van het productieteam
- Regelmatige updates van onze progressie via mail
- De mogelijkheid om de eerste, lange versie van de documentaire te zien voordat erin wordt geknipt en deze openbaar wordt gemaakt
- De kans om Silvertjärn samen met ons team te bezoeken wanneer de serie uitkomt en de blog wordt gelanceerd

Budgetdoel: 150.000 kronen

Huidige stand: 33.450 kronen

Klik hier om te doneren en een deel van het project te worden!

Like en volg ons op de sociale media!
Instagram: @dokumentarstaden
Facebook: Dokumentär Staden
(http://www.facebook.com/dokumentar-staden)
Twitter: @dokumentarstaden
#dokumentarstaden #silvertjarn

DINSDAG

NU

Ik word wakker door een knetterend, snerpend geluid dat me in één flits van doezelen naar onduidelijk wakker zijn brengt.

Als ik rechtop ga zitten en met mijn ogen knipper, zie ik dat Tone haar hand naar de radio uitsteekt en hem uitzet. Het geknetter verdwijnt meteen en wordt vervangen door het doffe gezoem van de motor en de bedompte stilte in de auto.

'Wat was dat?' vraag ik terwijl ik met mijn vingers door mijn haar strijk.

'De radio hapert al een paar kilometer,' zegt Tone. 'Hij zond eerst oude rock en vervolgens dansorkestmuziek uit en begon daarna te storen.'

'Dat moet het begin van de dode zone zijn,' zeg ik en ik voel dat mijn maag samentrekt van opwinding.

Ik haal mijn mobiel uit mijn zak en zie dat het later is dan ik had verwacht. 'Ik heb nog steeds een klein beetje bereik,' zeg ik tegen Tone. 'Ik maak van de gelegenheid gebruik om onze kanalen een laatste keer te updaten voordat we het contact helemaal kwijtraken.'

Ik ga naar Instagram en maak snel een foto van de weg die zich badend in het gouden schemerlicht voor ons uitstrekt.

'Wat denk je hiervan als tekst?' vraag ik aan Tone. 'We komen dichterbij. Zo meteen zijn we in de dode zone. Tot over vijf dagen, als de spoken ons tenminste niet te pakken krijgen...'

Tone vertrekt haar gezicht. 'Misschien is dat een beetje te veel van het goede,' zegt ze.

'Ze zullen het geweldig vinden,' zeg ik en ik upload de foto en zorg ervoor dat die op Twitter en Facebook wordt gedeeld voordat ik mijn mobiel weer in mijn zak stop. 'Onze fans houden daarvan,' zeg ik. 'Spoken en horrorfilms en dat soort shit. Dat is onze USP.'

'Onze fans,' herhaalt Tone. 'Alle elf.'

Ik rol met mijn ogen, maar kan niet ontkennen dat het pijn doet. Het is een beetje te waar om er grapjes over te maken.

Tone ziet het niet. Ze houdt haar blik op de weg gericht. Die is leeg en anoniem, een vlakke weg zonder bochten of krommingen. Aan beide kanten staan hoge, ondoordringbare naaldbomen en schuin links van ons gaat de brandende zon aan de bloedrode hemel onder.

'De afslag kan niet ver meer zijn,' zegt Tone. 'We zijn in de buurt.'

'Wil je dat ik je aflos?' vraag ik. 'Het was niet mijn bedoeling om in slaap te vallen. Ik heb geen idee hoe dat komt.'

Tone glimlacht. 'Als je al om vier uur wakker was om alles nog een keer door te nemen is het niet zo vreemd,' zegt ze zonder antwoord te geven op de vraag of ik het stuur moet overnemen.

Ik kan niet bepalen of het een terechtwijzing is. 'Nee,' beaam ik. 'Misschien niet.' Toch ben ik verbaasd. Ik had gedacht dat de scherpe, koortsachtige opwinding die me de afgelopen nachten wakker heeft gehouden ook zou voorkomen dat ik in de auto in slaap zou vallen.

Ik kijk in de zijspiegel en zie de tweede witte bestelwagen, waarin Emmy en de technicus rijden, vlak achter ons. Daarachter rijdt Max in zijn blauwe Volvo.

Is het spanning of ongerustheid die ik in mijn maag voel?

Het intense licht kleurt mijn witte kabeltrui vuurrood en tekent Tones profiel scherp af. Ze is een van de mensen die van de zijkant mooier zijn dan recht van voren, met een jaloersmakende scherpe kaaklijn en een rechte patriciërsneus. Ik heb haar nog nooit met make-up gezien, waardoor ik me belachelijk en overdreven ijdel voel. Ik heb een coupe soleil in mijn haar om het glanzend blond te krijgen in plaats van mijn van nature matte, peper-en-zoutkleur, hoewel het negenhonderd kronen die ik niet had kostte en ik niet eens in beeld kom op het materiaal dat we de komende vijf dagen zullen gaan schieten.

Het was voor mijn eigen bestwil. Om mijn zenuwen te kalmeren. En we moeten foto's nemen voor Instagram, Facebook, Twitter en de blog, om onze weinige maar enthousiaste fans en financiers iets te geven om ze geïnteresseerd te houden en de vlam brandend te houden.

Ik heb een muffe smaak in mijn mond na mijn dutje, zie Tones plastic beker van het tankstation in de houder staan en vraag: 'Wat zit er in die beker?'

'Cola. Neem het maar als je wilt,' zegt Tone. Voordat ik het kan vragen, voegt ze eraan toe: 'Het is zero.'

Ik pak de beker met lauwe verschaalde cola en drink hem met grote slokken leeg. Het is niet bijzonder verfrissend, maar ik heb meer dorst dan ik dacht.

'Daar,' zegt Tone plotseling terwijl ze vaart mindert.

De oude afslag staat niet op de routeplanner. Dat ontdekten we toen we de route probeerden te bepalen. We moesten uitgaan van oude kaarten van de jaren 1940 en 1950, hebben het gecheckt in het archief van het vervoerbedrijf en hebben gecontroleerd hoe de treinrails liepen toen de trein het stadje nog twee keer per week aandeed. Max is goed met kaarten en heeft ons verzekerd dat de afslag hier moet zijn, maar ik ben daar niet van overtuigd geweest. Nu remt Tone echter af en nadert stapvoets de kleine, bijna volledig dichtgegroeide afslag die ooit de enige weg naar het stadje was.

De bestelwagen rolt nog even door en stopt daarna helemaal. Ik kijk verbaasd naar Tone. 'Wat is er?' vraag ik.

Ze is bleker dan anders, haar kleine mond lijkt een streep in haar gezicht en haar sproeten steken af tegen de lichte teint van haar gezicht. Ze houdt het stuur stevig vast.

'Tone?' vraag ik voorzichtig.

Ze zegt eerst niets en staart zwijgend tussen de bomen door. 'Ik had nooit gedacht dat ik het te zien zou krijgen,' zegt ze zachtjes.

Ik leg een hand op haar arm. De spieren onder de dunne stof van het T-shirt met lange mouwen zijn gespannen als stalen veren. 'Zal ik rijden?' vraag ik.

De anderen zijn ook gestopt. De tweede bestelwagen bevindt zich vlak achter ons en ik neem aan dat de blauwe Volvo van Max daarachter staat.

Tone laat het stuur los en leunt naar achteren. 'Misschien is dat beter,' zegt ze zonder me aan te kijken. Ze maakt haar veiligheidsgordel los en opent het portier om naar buiten te springen.

Ik volg haar voorbeeld en loop om de auto heen. De buitenlucht komt als een schok, helder en fris en ijskoud. Hoewel het windstil is, gaat de kou recht door mijn dikke trui.

Tone heeft haar veiligheidsgordel al vast als ik achter het stuur ga zitten. Ik verwacht dat ze iets zal zeggen, maar ze blijft zwijgen. Ik druk het gaspedaal voorzichtig in en we rijden de overwoekerde weg op.

Er heerst een bijna plechtige stilte in de auto. Als de bomen ons opslokken en zich over de kleine weg lijken te buigen, klinkt Tones stem plotseling in het halfdonker, waardoor ik opschrik. 'Het is trouwens beter als jij degene bent die de stad in rijdt. Het is jouw project. Jij wilde hiernaartoe, of niet soms?'

Ik kijk schuin naar Tone terwijl ik me er tegelijkertijd op probeer te concentreren om de logge bestelwagen over knoestige wortels en stenen te manoeuvreren. 'Ik neem aan van wel.'

Het is een geluk dat we een verzekering hebben afgesloten toen we de auto's huurden. Dit is absoluut niet het soort terrein waarvoor ze bedoeld zijn. Maar we hadden de bestelwagens nodig om onze uitrusting mee te kunnen nemen en de voertuigen die geschikter voor dit terrein zijn waren zo duur om te huren dat het ons budget meerdere keren overschreden zou hebben.

We rijden in stilte verder. Terwijl de minuten verstrijken en we steeds dieper in het bos doordringen, besef ik hoe geïsoleerd de kleine samenleving is geweest. Volgens mijn oma hadden niet veel bewoners van het stadje een auto. Ze gingen met de trein als ze naar de bewoonde wereld wilden, en die reed maar twee keer per week. Als het ons zoveel tijd kost om het stadje met de auto te bereiken, dan moet het een heel eigen wereld geweest zijn als het enige alternatief is dat je het hele stuk te voet aflegt.

We passeren een pad dat slingerend het bos in loopt. Eerst weet ik niet zeker of het de weg is die we moeten hebben, maar dan besef ik dat het de weg naar de mijn moet zijn. Ik blijf stapvoets over begroeiing en gevallen takken rijden. De bestelwagen piept en knarst, maar worstelt verder.

Op het moment dat ik me zorgen begin te maken dat we verdwaald zijn – omdat het alleen een bospad is, een wandelpad, en we steeds verder het bos in rijden en straks misschien vast komen te zitten met onze auto's en uitrusting en idioterie en ambities – wijken de bomen als bij toverslag voor ons uiteen.

'Daar,' fluister ik meer tegen mezelf dan tegen Tone.

Ik durf iets sneller te gaan rijden en voel hoe het bloed steeds sneller door mijn aderen stroomt naarmate er meer van de gloeiende aprilhemel zichtbaar wordt.

We rijden het bos uit en de heuvel op. Het stadje ligt in een vallei die eerder een laagte lijkt.

De kerk torent aan de oostkant van de stad boven de woningen uit, met een hoge, trotse spits die wordt bekroond met een slank kruis en onmogelijk fel glanst in het licht van de ondergaande zon. De huizen lijken paddenstoelen die uit de kerk zijn gegroeid en staan tot aan de oever van de koperrood glinsterende rivier, die door de stad stroomt en uitmondt in het meer waaraan het stadje zijn naam te danken heeft. Ooit is het water misschien zilverkleurig geweest, maar nu is het zwart en glanst het als een oud geheim. In het verslag van het mijnbouwbedrijf staat dat het meer niet onderzocht is en dat er geen informatie is over de diepte ervan. Het zou tot het grondwater kunnen komen, het zou bodemloos kunnen zijn.

Zonder erover na te denken maak ik mijn veiligheidsgordel los, open het portier, spring op de zachte, vochtige voorjaarsaarde en kijk uit over de stad. Het is doodstil, op de stationair draaiende motor en het zachte ruisen van de wind na.

Ik hoor dat Tone ook uitstapt. Ze zegt niets en doet het portier niet eens achter zich dicht.

Zelf fluister ik, bij wijze van bezwering, een begroeting: 'Silvertjärn.'

TOEN

Elsa loopt vanaf Agneta Lindberg naar huis als ze beseft dat er iets niet klopt.

De wandeling van de woning van mevrouw Lindberg naar huis kost haar niet meer dan een kwartier als ze doorloopt, maar het lukt Elsa zelden om in minder dan veertig minuten van Agneta's woning naar haar eigen huis te lopen. Er zijn veel te veel mensen die blijven staan om een praatje te maken.

Vanaf het moment dat Agneta een paar maanden geleden de uitslag heeft gekregen, heeft ze die arme vrouw één keer per week bezocht, altijd op woensdag omdat het bijzonder goed uitkomt om bij Agneta langs te gaan als ze bij de vrouw van de apotheker heeft geluncht.

Er gebeurt niet veel tijdens die lunches. In principe zijn het een paar vrouwen uit het stadje die bij elkaar komen om over van alles en nog wat te praten terwijl ze koffie uit kleine, dunne kopjes drinken en zich een tijdje beter voelen dan de anderen. Dat kan echter geen kwaad, en God weet dat de vrouwen van Silvertjärn zich prettig voelen als ze iets te doen hebben. Elsa kan niet ontkennen dat ze het gezellig vindt, ook al moet ze de anderen soms tot de orde roepen als hun geroddel kwaadaardig wordt.

Het is nergens goed voor om te speculeren of de onderwijzer de vader van zijn jongste zoon is. Elsa heeft bij hem en zijn arme vrouw gezeten toen het jochie de borst niet wilde en heeft zelden een vader gezien die zo gek is op een kind. Dan is het niet belangrijk hoe rood het haar van de jongen is.

Het is een warme middag, ongewoon benauwd voor april, en Elsa transpireert onder haar blouse terwijl ze naar huis loopt. Ze loopt graag langs de rivier. De grond is egaal en voelt prettig onder haar voeten, het smeltwater kabbelt langs de oever en als ze opkijkt ziet ze het meer in de verte glinsteren. Het geeft haar altijd het gevoel dat ze wil blijven staan om haar voeten in het water te dompelen.

Dat doet Elsa natuurlijk niet. Het zou heel raar zijn als ze haar rok omhoog zou trekken en als een zorgeloos meisje in de rivier rond zou spetteren. Dat zou de vrouwen van de stad pas echt iets geven om over te roddelen!

Pas als Elsa haar mond vertrekt bij die gedachte, beseft ze dat er iets anders is dan anders. Dat komt doordat ze om zich heen kijkt om te controleren wie haar in de rivier zou kunnen zien springen, en ze beseft dat er niemand is.

Langs de rivier staan woningen. Dit is de plek waar het oude deel van Silvertjärn begint. Elsa houdt meer van dit deel dan van het nieuwe gedeelte. Toen zij en Staffan naar Silvertjärn verhuisd waren – ze was nauwelijks meer dan een kind – woonden ze in een van de nieuwe huizen die het mijnbouwbedrijf had laten bouwen. Het was koud en nietszeggend, en Elsa is er nog steeds van overtuigd dat de ruwe witte muren de reden waren dat haar eerste zwangerschap zo moeizaam was verlopen. Ze had ervoor gezorgd dat ze zo snel mogelijk verhuisden.

De huizen bij de rivier zijn ouder en hebben meer karakter, en Elsa kent iedereen die daar woont. Zonder te overdrijven kan Elsa beweren dat ze iedereen in Silvertjärn kent. Maar de wijk rond de rivier, onder de kerk, is van haar, en daarom zorgt ze een beetje extra voor degenen die daar wonen. Ze houdt ervan om langs het hoekhuis met het scheve dak te lopen en Pia Etterström met haar tweelingjongens te begroeten, om bij de veranda van Emil Snäll te blijven staan en te vragen hoe het met zijn jicht gaat, om Lise-Maries rozenstruiken te bewonderen.

Vandaag is er echter niemand die haar tegenhoudt of naar haar zwaait.

Ondanks het warme weer zit er niemand in de tuin of op de verandatrap en alle ramen zijn dicht. Niemand is naar buiten gekomen om haar te begroeten als ze haar vanuit de keuken zien. Elsa ziet bewegingen achter keukengordijnen en gesloten ramen. Iedereen lijkt zich in zijn woning opgesloten te hebben.

Haar maag trekt samen.

Later zal ze zich afvragen of een deel van haar het al begrijpt, voordat ze begint te rennen, voordat ze bezweet en met verward haar de keuken in komt en Staffan bij de tafel ziet zitten met een gezicht waarop verbijstering te lezen is.

Dat is echter niet zo. Ze begrijpt het niet, ze vermoedt het niet. Ze had het nooit kunnen vermoeden.

Staffan begint met een stem als van een slaapwandelaar tegen haar te praten: ‘Ze sluiten de mijn, Elsie. Dat hebben ze ons vandaag verteld. Ze hebben tegen ons gezegd dat we naar huis moesten gaan.’

Op dat moment valt Elsa voor de eerste en de laatste keer in haar leven flauw.

NU

Ik heb Silvertjärn nog nooit met eigen ogen gezien. Ik heb me er een beeld van gevormd aan de hand van de verhalen van mijn oma, heb tot 's avonds laat als een bezetene gegoogeld om te proberen beschrijvingen op internet te vinden, maar er is bijna niets.

Ik draai me om door het klikkende geluid van Tones camera. Ze houdt hem voor haar oog, waardoor hij haar halve gezicht bedekt.

Eigenlijk zou het goed geweest zijn om te filmen op het moment dat we het stadje in reden. Dat zou een sterk begin zijn geweest dat aandacht zou trekken, en dat is nodig als je subsidie moet zien te krijgen. Hoeveel foto's we ook op Instagram plaatsen en hoe we ook ons best doen om mensen naar de Kickstartcampagne te lokken, de waarheid is toch dat we subsidie nodig hebben om de film te maken zoals ik me die heb voorgesteld. Als we niet worden gesponsord door een overheidsinstantie of een stichting hebben we geen schijn van kans.

Ik ben er echter van overtuigd dat we het geld uiteindelijk bij elkaar zullen krijgen.

Want wie kan dit weerstaan?

Het licht stroomt over de vervallen gebouwen en dompelt ze in rood en oranje. Sommige woningen zien er verbazingwekkend onaangetast uit. Destijds werd er waarschijnlijk op een andere manier gebouwd. Het verval is echter ook duidelijk te zien. Een paar daken zijn ingestort en de natuur is bezig de grond op te eisen. Het is moeilijk te zien waar de grens tussen het bos en de bebouwing loopt. De straten zijn verlaten en overwoekerd, en de geroeste treinrails lopen als een lek geprikte slagader vanaf het station het bos in.

Het is mooi op een manier waarop aftandse dingen toch min of meer mooi kunnen worden genoemd. Net als een uitgebloeide roos die op het punt staat zijn blaadjes te laten vallen.

Het klikkende geluid stopt. Ik kijk naar Tone, die de camera heeft laten zakken.

'Zit er iets goeds bij?' vraag ik.

'Met dit uitzicht was een iPhone-camera voldoende geweest,' antwoordt Tone.

Ze loopt om de bestelwagen heen, komt naast me staan en bekijkt de foto's op het kleine vierkante scherm. We hebben afgesproken dat Tone verantwoordelijk is voor het fotograferen. In tegenstelling tot Emmy, de technicus en mij, heeft zij geen achtergrond op het gebied van filmproductie; ze is copywriter. Maar fotograferen is al jarenlang haar hobby en haar foto's zijn beter dan die ik met dezelfde camera zou kunnen maken.

Het was de eenvoudigste manier geweest om haar ervan te overtuigen mee te gaan. Ze heeft lange tijd beweerd dat ze niet mee hoefde op deze reis omdat ze niet 'essentieel' was. Al mijn argumenten dat ze nodig was als medeproducent voor het project bleven zonder effect. Pas toen ik zei dat we een fotograaf zoals zij nodig hadden gaf ze toe.

Ze is belangrijk voor het project. Misschien niet als fotograaf, maar ze is een deel van het verhaal, of ze dat nou wil of niet. Ik kan alleen maar hopen dat ze dat de komende dagen gaat inzien.

Ik bestudeer de stad in miniatuur, weergegeven in pixels, en vervolgens de silhouetten voor me. Door de heldere kleuren en scherpe lijnen lijkt het een schilderij.

De stilte is compact. Zelfs radiosignalen bereiken deze plek niet. Ze zeggen dat het te maken heeft met het ijzererts in de rotsbodem, dat een magneetveld de signalen verstoort, maar niemand lijkt het zeker te weten. Het schaadt de mystiek in elk geval niet.

Ik kijk van de gebouwen onder ons naar Tone. 'Hoe voel je je?' vraag ik.

Tone ademt de koude, frisse lucht diep in en perst haar lippen op elkaar voordat ze naar me kijkt. 'Ik weet het niet,' zegt ze, waarna ze scheef glimlacht. 'Ik had nooit gedacht dat ik hier ooit zou staan en kan niet goed bevatten dat we hier nu zijn.'

'Maar dat zijn we wel,' zeg ik, bijna net zoveel tegen mezelf als tegen haar.

Ze glimlacht breed, waardoor haar enigszins scheefstaande witte tanden zichtbaar worden en de gedrukte sfeer verdwijnt die tussen ons in hangt vanaf het moment dat ik wakker werd in de auto.

'Ja,' zegt ze. 'Natuurlijk zijn we dat. Want jij bent nu eenmaal een bulldozer, Alice.'

Ik begin te lachen, dronken van geluk en euforisch, want hoewel ik huiver van de kou – ik had mijn jas aan moeten trekken voordat ik uit de auto stapte – zijn we hier, we zijn híér, alle voorbereidingen en alle late avonden en alle banen die ik niet heb gekregen en alle rotbaantjes die ik heb moeten aannemen zijn de moeite waard geweest nu we hier zijn, in Silvertjärn.

De film komt er. *De verdwenen stad* wordt realiteit. Het project dat is begonnen als een fantasie toen ik in de puberteit kwam, wordt nu werkelijkheid.

'Jezus, wat een plek,' zegt Emmy, waarmee ze mijn lach abrupt onderbreekt.

Ik schrik op en kijk naar haar. Emmy en de technicus zijn uit hun bestelwagen geklommen en zijn naar ons toe gekomen. Emmy leunt aan de bestuurderskant tegen onze auto. Haar slobberige witte T-shirt lijkt met de lak te versmelten, haar hennakleurige haar zit in een slordige paardenstaart en de jeans die ze draagt is zo groot dat de man naast haar erbij zou passen. Bij nader inzien is de broek misschien van hem. Ik heb niet goed begrepen wat hun relatie is, behalve dat ze samengewerkt hebben. Emmy heeft benadrukt dat hij haar hiermee een dienst bewijst en dat hij anders drie keer zoveel vraagt als datgene wat wij hem voor deze vijf dagen kunnen betalen.

De technicus – Robin? Nee, dat klopt niet, hij heeft zichzelf zowel tijdens de eerste ontmoeting als tijdens de oriëntatiebijeenkomst die we gisteren voor het team hebben gehouden voorgesteld, maar ik ben nooit goed geweest in namen – staat vlak achter haar. Hij heeft rood haar op de manier die ervoor zorgt dat je iets langer naar hem wilt kijken dan gepast is en goudkleurige sproeten op zijn gezicht, zijn hals en zijn lichaam. Hij zou knap kunnen zijn – hij is lang en heeft brede schouders – maar door de combinatie van het peenhaar, de onzichtbare wenkbrauwen en de bruine ogen lijkt hij te veel op een eekhoorn om hem serieus te nemen. Hij is ook zwijgzaam; ik geloof dat ik hem alles bij elkaar niet meer dan vier zinnen heb horen zeggen, niet tijdens de eerste afspraak die Tone en ik met hem en Emmy hebben gehad en niet tijdens onze bijeenkomst van gisteren.

'Wat is het plan?' vraagt Emmy.

Ze kijkt me recht aan en ik schraap mijn keel. 'We slaan ons kamp op het Stortorget op,' zeg ik. 'Dat ligt midden in de stad en is een goed uitgangspunt. Als het goed is moeten we daar kunnen komen. Het ligt aan de andere kant van de rivier, maar ik heb gelezen dat de bruggen stabiel genoeg zijn om auto's te kunnen dragen.'

'Waar heb je dat gelezen?' vraagt Emmy met opgetrokken wenkbrauwen. 'Ik dacht dat er geen goede kaarten van Silvertjärn waren?'

Ik hoor het geluid van een autoportier dat geopend wordt. Dat moet Max zijn, die zich afvraagt waarom we gestopt zijn.

'In het rapport,' zeg ik en ik probeer een steek van irritatie te onderdrukken.

Je wist waar je aan begon toen je haar bij het team vroeg.

'In het rapport dat het mijnbouwbedrijf aan het eind van de jaren negentig heeft opgesteld toen ze de grond geëvalueerd hebben,' leg ik uit. 'Er zit een kopie in het informatiepakket dat jullie gekregen hebben.'

‘Weet je heel zeker dat die informatie nog steeds actueel is?’ vraagt Emmy. ‘Die is tenslotte twintig jaar oud. Dat de bruggen destijds veilig waren voor auto’s, wil niet zeggen dat ze dat nu nog zijn.’

‘We rijden ernaartoe om het te controleren,’ antwoord ik kortaf. ‘Als ze er niet stabiel uitzien, moeten we ons plan aanpassen.’

Ik zie Max achter de bestelwagen vandaan komen. ‘Wat is er aan de hand?’ vraagt hij.

‘Niets,’ antwoord ik.

Emmy kijkt over haar schouder en lijkt hem af te willen poeieren zodra ze zijn aanwezigheid registreert.

Max’ blonde haar hangt slap op zijn voorhoofd en één punt van zijn overhemdkraag zit tegen zijn hals. Ik ken Max al sinds hij slonzige T-shirts droeg met namen van bands die niemand behalve hij kende. Hoewel hij nu zo succesvol is dat hij mee is op deze reis als projectfinancier en overhemden draagt die meer kosten dan mijn hele garderobe, ziet hij er nog steeds uit alsof hij zich meer op zijn gemak zou voelen in die verschoten band-T-shirts.

Tone kijkt naar de hemel en zegt: ‘Ik denk dat we moeten opschieten.’

Ik besef dat het begint te schemeren. ‘We rijden de helling af,’ zeg ik tegen Max, waarna ik me tot de anderen richt: ‘Jullie volgen ons.’

Gelukkig knikt Emmy alleen maar. ‘Wil jij naar beneden rijden, Robert?’ vraagt ze aan de technicus.

Max steekt zijn duim naar me op en loopt naar zijn auto terug.

Ik ga achter het stuur zitten. Vlak voordat ik het portier dichttrek hoor ik Emmy roepen: ‘Rijd voorzichtig, zodat jullie de uitrusting niet beschadigen!’

‘Alsof zij degene is die ervoor betaald heeft,’ mompel ik terwijl ik het portier dichtknal.

NU

Ik bijt op mijn wang terwijl ik langzaam over de heuvel naar beneden rijd. Blijkbaar is hier vroeger een weg geweest, maar hoewel ik de kaarten bijzonder nauwkeurig heb bestudeerd, kon ik hem niet vinden. De meeste leveranties van en naar de stad vonden blijkbaar met de trein plaats. Ik hoor iets in de laadruimte bonken en pak het stuur steviger vast. Tone kijkt over haar schouder door het raampje naar de laadruimte en als ze zich heeft teruggedraaid vraagt ze: 'Weet je zeker dat je met haar kunt werken?'

Ik begrijp dat ze het uit bezorgdheid vraagt, maar het voelt als kritiek. Ze is niet altijd even tactvol.

'Ik heb niet bepaald keus,' zeg ik alleen.

We rijden een kuil in en de auto hobbelt.

'Nee,' beaamt Tone. 'Dat klopt.'

Emmy was mijn laatste optie. Ik heb al mijn contacten in de branche benaderd en zette advertenties en berichten op de sociale media, maar zonder resultaat. Weliswaar waren sommigen geïnteresseerd, maar ze haakten af zodra ze hoorden hoe weinig geld en ervaring we hadden. Een examen in films produceren en een paar korte aanstellingen bij projecten weegt niet zwaar als dat het gezamenlijke branche-CV van het team is. Het is niet gemakkelijk om mensen te vinden voor een nog niet gefinancierd passieproject, vooral niet als je ervaren en goed personeel nodig hebt.

Aan het eind van een avond waarop ik wanhopig en uitgeput was nadat mijn laatste alternatief – de ex-vriend van een voormalig klasgenootje, die ondanks zijn lelijke uiterlijk en lange vette haar aan een aantal heel belangrijke producties voor TV4 had meegewerkt – had gebeld om af te zeggen omdat hij een andere opdracht had gekregen waarvoor hij meer betaald zou krijgen, gaf ik het op en stelde aan Tone voor dat we Emmy zouden vragen.

Voor die avond hadden Tone en ik nooit over Emmy gepraat, maar ondanks mijn inspanningen om te doen alsof Emmy Abrahamsson nooit had bestaan, had ze toch altijd in mijn achterhoofd gespookt. Ik had haar Facebookpagina af en toe bekeken en had haar soms 's avonds laat gegoogeld als de schaduwen langzaam dichterbij slopen.

Emmy had succes gehad na het eindexamen, meer succes dan de meeste anderen van onze klas. De helft van degenen met wie we studeerden had de filmbranche een paar jaar nadat we waren afgestudeerd de rug toegekeerd, maar Emmy niet.

Eigenlijk verbaasde me dat niet. Ze was altijd geraffineerd geweest.

Toen ik Tone over Emmy vertelde, trok ze haar wenkbrauwen op en vroeg waarom ik het niet eerder over haar had gehad. Natuurlijk leek ze een godsgeschenk als je haar niet kende of niet wist hoe ze kon zijn.

Ik schakel in een lagere versnelling als de grond vlakker wordt, laat mijn adem ontsnappen, hoewel ik me er niet bewust van was dat ik die had ingehouden, en concentreer me op de woningen die voor ons opduiken.

Ze zijn gebouwd volgens het klassieke Zweedse model, met een puntdak en kleine ramen. De eerste woning die we passeren is klein, het is eerder een hut, en hij staat een beetje apart van de dichtstbijzijnde woningen, die ongeveer honderd meter verder weg liggen. De muren zijn ooit roodbruin geweest, maar nu bladdert de verf in grote schilfers van het hout, en de ramen gapen zwart en leeg terwijl er glassplinters uit de afbladderende witte raamkozijnen steken. De ondergaande zon werpt zulke lange schaduwen dat het niet mogelijk is om naar binnen te kijken.

Ik minder onbewust vaart.

'Is dat...' vraagt Tone.

'Birgitta Lidmans huisje,' maak ik haar zin af. 'Het hutje van Gekke Gittan. Dat moet het zijn.'

Ik wil eigenlijk stoppen om te kijken, maar we moeten ons kamp voor het donker opslaan. Volgens het schema dat we hebben opgesteld beginnen we morgenochtend vroeg met het verkennen van de stad. Op dag twee en drie starten we met het filmen van de scènes. We hebben iedere minuut nodig van de vijf dagen waarvoor we een budget hebben.

Er is veel wat voorbereid moet worden. We moeten opnameplekken zien te vinden en uitzoeken welke scènes op de beste manier overbrengen hoe de documentaire uiteindelijk zal worden.

De trailer die we op de Kickstartpagina hebben gezet, is verrassend mooi geworden, hoewel we nauwelijks iets hadden om mee te werken. Het is Tone gelukt om een freelancer uit haar reclametijd zover te krijgen dat hij het voor een vriendenprijs heeft gedaan. Maar hoe mooi de trailer ook is, hij bestaat uiteindelijk uit maar 45 seconden algemene generieke natuurbeelden, oude documenten en een onheilspellende voice-over. Een echte trailer met dramatische beelden van Silvertjärn zou de Kickstartpagina een oppepper kunnen geven.

We hadden een drone moeten huren, realiseer ik me terwijl ik de kleine woningen en huisjes waar we langs rijden bekijk. Stel dat we dat als inleiding zouden hebben. Silvertjärn van boven af gezien – een perfect stadje gedompeld in gouden voorjaarslicht – waarna op de woningen wordt ingezoomd, zodat de idylle verstoord wordt en het verval duidelijk wordt; omgevallen muren, woningen waarvan de fundering wegzakt, perfecte veranda's die verrot zijn en op het punt staan om in te storten...

Ik was van mening dat het niet nodig was, dat we dat konden bewaren voor de werkelijke opnamen, maar nu we hier zijn heb ik spijt van die beslissing. Het is niet zeker dat het ons lukt om goede opnames te maken. De waarheid is dat alles van deze reis afhangt. We kunnen maar één poging doen. Als dit niet lukt, dan kan ik me nauwelijks voorstellen dat Max een nieuwe poging zal financieren.

'Daar,' zegt Tone.

Eerst begrijp ik niet waarnaar ze wijst, maar plotseling zie ik een brede opening tussen twee woningen voor ons. Het is een straat die niet geasfalteerd is, maar dat had ik ook niet verwacht.

'Dat moet de hoofdstraat zijn,' zeg ik.

'Dat denk ik ook,' antwoordt Tone.

Het rijden wordt aanzienlijk eenvoudiger als we eenmaal op de straat zijn, ook al is die overwoekerd en hobbelig. Geen van ons zegt nog iets. We zijn te druk bezig om het stadje dat we binnenrijden in ons op te nemen.

De woningen lijken beschuldigende skeletten met starende, lege ramen. De meeste zijn eenvoudige wit, geel of rood geschilderde rijtjeshuizen. Het zijn net gemummificeerde spoken van de Zweedse verzorgingsstaatdroom.

Heide en struikgewas overheersen, maar af en toe groeien er kleine, knoestige dennenbomen door gebarsten verandatrappen en gebroken hekken. Ik vraag me af hoe lang het zal duren voordat de natuur het stadje in beslag heeft genomen. Nog zestig jaar? Honderd?

Heel even word ik overvallen door een beeld dat zo krachtig is dat het reëler lijkt dan het verval om ons heen. Dezelfde woningen, met verse lagen glanzende verf en prachtige kleine tuinen. Kinderen die spelen op de straat waar we overheen rijden zonder zich zorgen te maken over auto's of zelfs fietsen. Vrouwen die ruwe, geboende lakens achter het huis aan de waslijn hangen. Bezwete, ongeschoren mannen die aan het eind van de werkdag naar huis lopen, zich in de tuin met water uit een emmer afspoelen, waarna ze naar binnen gaan en plaatsnemen aan de ruwhouten tafel in de kale maar gezellige keukens waar het avondeten al op tafel staat. Het avondeten vindt vroeg plaats in een stadje zoals dit. Niet later dan vijf uur.

De bestelwagen hobbelt als we over een steen rijden; ik verdring mijn fantasie en concentreer me op het sturen.

Als we iets oversteken wat ooit een kruising geweest moet zijn, wijst Tone zonder iets te zeggen en ik vloek. Ik minder vaart en stop, maar laat de motor draaien. Het laatste stukje van de zon is achter de bomen verdwenen. We hebben niet veel tijd meer voordat het donker is.

Ik draai het raam naar beneden en gebaar met mijn arm naar de anderen, die achter ons zijn gestopt.

'Wat is er?' roept Robert naar ons. Ik zie in de achteruitkijkspiegel dat de blauwe Volvo achteraan staat. Ik kan Max niet achter het raam zien, maar hij lijkt probleemloos van de heuvel gereden te zijn.

'De brug,' zeg ik.

Door me op het rapport van het mijnbouwbedrijf te baseren was ik in de veronderstelling geraakt dat de westelijke brug van metaal was, maar hij blijkt van hout te zijn. Het is onbegrijpelijk dat ze twintig jaar geleden hebben vastgesteld dat hij stabiel genoeg was om overheen te rijden. Het enige wat ervan over is zijn zwarte palen aan beide kanten van de rivier. Het water heeft meer weggevreten dan ik had verwacht en stroomt naar het meer met een snelheid die in tegenspraak is met het donkere, trage uiterlijk.

'Verdomme,' mompel ik.

'Wat wil je doen?' vraagt Tone. Zij heeft haar raam ook naar beneden gedraaid om snel een paar foto's van de restanten van de brug te maken.

'Ik weet het niet,' antwoord ik.

'We kunnen ons kamp ergens anders opslaan,' stelt Tone voor. 'Voor vannacht in elk geval. Dan kunnen we morgen bekijken hoe we de rivier kunnen oversteken.'

Ik schud mijn hoofd. 'Nee,' zeg ik. 'Dat wil ik niet.' Ik voel een rilling langs mijn rug gaan. Vanuit mijn ooghoeken zie ik hoe de woningen met donkere oogholten naar me staren. 'Nee,' zeg ik opnieuw. 'We gaan kijken of de andere brug er nog steeds staat. Anders moeten we iets bedenken.'

Tone trekt haar wenkbrauwen een stukje op. 'In het rapport stond toch dat die niet stabiel was?'

'Ik weet wat er in het rapport stond,' onderbreek ik haar. 'Maar ze hadden het mis wat deze brug betreft, dus kunnen ze het net zo goed mis hebben wat de tweede brug betreft. Misschien hebben ze ze met elkaar verwisseld.'

Tone perst haar lippen op elkaar en zegt niets.

'Ik vertel het de anderen,' zeg ik kortaf en ik stap uit de bestelwagen. De stank van de uitlaatgassen volgt me terwijl ik met lange passen naar de tweede bestelwagen loop.

Het raam aan Roberts kant is nog steeds open. Hij staart volledig ontspannen naar buiten terwijl hij zit te wachten en kijkt me aan zonder iets te zeggen.

'We gaan de andere brug proberen,' zeg ik tegen hem. 'Die ligt iets verder weg.'

Hij knikt om duidelijk te maken dat hij het gehoord heeft.

Emmy kijkt me aan. Ze heeft lichte, groengrijze ogen met korte, donkere wimpers en een blik die tegelijkertijd uitdrukkingsloos en boos is.

Ik zwaai naar Max en gebaar naar de rivier in de hoop dat hij begrijpt dat hij moet volgen.

Als ik weer achter het stuur zit, bijt Tone op de nagel van haar duim. Ze staart naar het huis links van ons, een kleine vrijstaande woning die ooit een ansichtkaartachtige charme heeft gehad. Het is een van de grotere huizen. Misschien heeft een van de voormannen van de mijn hier gewoond.

'Wat is er?' vraag ik aan Tone. Ik hoop dat ze niet chagrijnig is vanwege mijn toon van daarnet.

Ze schrikt op en laat haar hand op haar schoot vallen. 'Wat bedoel je?' vraagt ze.

'Je...' Ik kijk naar het huis. Het is in een betere staat dan de woningen eromheen. De voordeur staat op een kier en hangt aan één verroest scharnier, maar de muren staan nog steeds overeind, het dak is heel en het grootste deel van de gevel is intact.

'Je zag eruit alsof je ergens naar keek,' zeg ik.

Tone kijkt me een paar seconden niet-begrijpend aan, maar vervolgens gaan haar mondhoeken omhoog in een scheef glimlachje. 'Ik was in gedachten,' zegt ze.

Ik aarzel, maar schud het gevoel daarna van me af. Ik weet dat er niets is om me zorgen over te maken. Het kan een beetje lastig zijn om Tone te doorgronden, en dit is moeilijk voor haar. Ze is niet zo grenzeloos enthousiast over Silvertjärn als ik.

We rijden in een rustig tempo over de weg en de rivier verdwijnt achter rijen lege woningen met gapende ramen. De schaduwen zijn verdiept tot lange repen zwarte zijde.

De opluchting stroomt door mijn lichaam als de woningen aan de linkerkant verdwijnen en ik plotseling een welkom silhouet zie.

'Ha!' Ik wijs naar de kleine stenen brug.

Tone fluit zachtjes. 'Mooi,' zegt ze.

Het is een gewelfde brug van gescheurd graniet die afkomstig lijkt uit een sprookje. Op en tussen het graniet groeit mos, maar hij ziet er stabiel uit, hoewel hij ouder lijkt dan de rest van de stad.

'Dit is de oorspronkelijke brug, denk je niet?' zegt Tone. 'Uit de tijd voordat de overheid de mijn overnam en de stad verder ontwikkelde.'

'Precies,' beaam ik. 'Het staat blijkbaar verkeerd in het rapport. Dit is beslist degene die ze beoordeeld hebben.'

Tone trekt haar wenkbrauwen op terwijl ik naar de brug rijd. 'Weet je het zeker?' vraagt ze. 'Als hij zo oud is, dan is hij misschien niet stabiel meer. Ik weet niet hoe stevig ze destijds bouwden. Vooral niet omdat de brug alleen boeren en paarden hoefde te dragen in plaats van bestelwagens.'

Ik aarzel heel even, maar schud daarna mijn hoofd, druk het gaspedaal voorzichtig in en rijd naar de brug. 'Hij houdt het,' zeg ik.

Een paar seconden lang verwacht ik dat de grond onder ons verdwijnt en word ik overvallen door het duizeligmakende gevoel om te vallen. Dat gebeurt echter niet. De brug houdt het en even later staan we aan de andere kant.

Tone schudt alleen haar hoofd, maar ik lach dolblij. Ik wist dat de brug het zou houden. Dat moest gewoon zo zijn.

Ik heb gevochten om hier te komen, heb gestreden voor elk succesje. Niets mag mijn film nu nog tegenhouden.

De straat loopt van de brug in een rechte lijn naar het Stortorget en we rijden er over heide en kinderhoofdjes naartoe.

Een gebouw met een grijs geworden gevel lijkt het stadhuis te zijn en het gebouw aan de overkant van het plein, dat een kopie van Villa Kakelbont lijkt, kan alleen maar de basisschool van Silvertjärn zijn. De deurkozijnen van de school zijn leeg.

Het plein is kleiner dan ik had verwacht, bestraat met kinderhoofdjes en overwoekerd. Droge gele grashalmen van de vorige zomer steken tussen de spleten omhoog en op een paar plekken zijn de stenen opzij geduwd door ambitieuze dennenboomscheuten die vervolgens ondergedoken lijken te zijn voor de winter.

We rijden tot het midden van het plein en stoppen daar. Ik schakel in de parkeerstand en de motor zwijgt.

'Zo,' zegt Tone terwijl we allebei naar de kerk kijken. De laatste zonnestralen zijn overgegaan in een blauwe schemering, waardoor ook de toren in de schaduw verdwijnt. Ik hoor de tweede bestelwagen tot naast ons rijden en stoppen, met Max' blauwe Volvo daar vlak achter.

'We zijn er.'

Ik probeer alles om me heen in mijn geheugen op te slaan; het verdwenen zonlicht, de kunstmatige dennengeur in de auto en het gevoel van koude lucht tegen mijn wangen als ik het portier open.

Dit is Silvertjärn.

Nu begint het.

NU

Het is kouder dan ik had verwacht. Het beetje warmte van de krachteloze aprilzon blijft niet lang hangen nadat de duisternis is ingevallen, en de winterkou, die nog steeds diep in de grond zit, verspreidt zich via de bestrating en vult de avond met de geur van bevroren aarde.

We hebben een kampvuur gemaakt en de situatie heeft een soort geforceerde gezelligheid. Robert heeft op verzoek van Emmy een kleine luidspreker aangesloten op de generator die we bij ons hebben; er klinkt blikkerige classic rock uit het apparaat. Ik weet niet wie van de twee de muziek heeft gekozen, maar het roept herinneringen op aan koude studentenkamers en warm bier. Emmy's zware hoofd tegen mijn schouder en aangeschoten geklets tijdens het indrinken.

Het matje waarop ik zit is eigenlijk te dun; ik voel de heide en de ongelijke kinderhoofdjes onder mijn dijbenen. Tone zit links van me en prikt zwijgend in haar opgewarmde eenpansmaaltijd. We hebben voor alle zekerheid eten voor een week bij ons, maar het zijn geen culinaire hoogstandjes; Emmy en Tone zijn beiden vegetariër, dus eten we voornamelijk linzen en bonen.

Max zit rechts van me, een beetje dichterbij dan Tone. Zijn schouder raakt die van mij. Hij heeft een dikke gebreide grijze trui met enigszins te lange mouwen over zijn overhemd aangetrokken. Hij is degene die de leiding over het eten koken heeft en roert af en toe in de pan die we in het vuur gezet hebben, met een gezichtsuitdrukking alsof hij iets belangrijks doet. Het is typisch Max. Hij wil dat alles goed gedaan wordt en lijkt er nooit op te vertrouwen dat iemand anders weet wat 'goed' inhoudt. Daarom heeft hij erop gestaan om in zijn eigen auto hiernaartoe te rijden in plaats van mee te rijden in een van de bestelwagens, en ik verdenk hem ervan dat hij er daarom eveneens op heeft gestaan om met ons mee te gaan, hoewel hij helemaal geen ervaring met films maken heeft.

We hebben elkaar leren kennen nadat ik eindexamen had gedaan en we in de verwarrende periode rond ons vijfentwintigste levensjaar in dezelfde vriendengroep belandden. Hij was een computernerd met een voorkeur voor Indiepop en een onuitputtelijke voorraad woordgrapjes. Destijds was hij ook al extreem pietluttig.

Dat heeft hem echter geen windeieren gelegd. Door zijn nauwkeurige karakter had hij op zijn negenentwintigste al een klein vermogen opgebouwd met blockchain-transacties en was hij in staat om zoveel geld in *De verdwenen stad* te investeren dat we met het project konden beginnen.

Ik kijk met een glimlach naar Max en hij glimlacht terug. Zijn jongensachtige, enigszins asymmetrische gezicht straalt in het schijnsel van het vuur.

'Wat is er?' vraagt hij.

Ik schud mijn hoofd. 'Ik kan gewoon niet begrijpen dat we hier eindelijk zijn,' zeg ik. 'Ik kan niet begrijpen dat ik in Silvertjärn ben.'

Ik zie vanuit mijn ooghoeken dat Emmy midden in een zin tegen Robert zwijgt en naar ons kijkt, en ik luister maar half als Max zegt: 'Ja, het voelt heel onwerkelijk.'

Emmy heeft een zakflacon in haar hand en neemt er een slokje uit terwijl ze om zich heen kijkt naar het plein. Boven ons staan de sterren als versplinterd glas aan de hemel terwijl de donkere nieuwe maan een gesloten oog lijkt. De wind die door de stad trekt is niet meer dan een fluistering, maar toch voel ik hem onder mijn kleding op mijn huid. Ik huiver, zie dat Max aanstalten maakt om zijn warme trui uit te trekken om hem aan mij te geven en schud mijn hoofd voordat hij iets kan zeggen.

'Dat hoeft niet, het was maar een huivering.'

Emmy neemt nog een slok, waarna ze de zakflacon aan Robert geeft, die ziet dat ik kijk en zijn wenkbrauwen vragend optrekt. Ik sta op het punt om ja te zeggen, maar zie Emmy's blik en aarzel.

'Nee, ik hoef niet,' zeg ik met een zweem van irritatie in mijn stem. 'Ik heb de verantwoordelijkheid voor dit project, dus wil ik niet drinken terwijl we hier zijn.'

'Slim,' zegt Emmy tegen me. Ik weet zeker dat ik een zweem van spot in haar hese stem hoor.

'Dat vind ik ook,' zeg ik zo neutraal mogelijk.

Emmy geeft geen antwoord en verandert van onderwerp. 'Er is maar één plein in dit stadje, nietwaar?' Voordat ik antwoord kan geven, gaat ze verder: 'Dan is dit dus het plein waar...'

'Ja,' zeg ik. 'Dit is het Stortorget. Hier hebben ze Birgitta gevonden.'

Het was al donker toen we hier arriveerden, dus was er geen tijd om het plein te verkennen nadat we de voertuigen hadden geparkeerd, maar ik had er toch geen weerstand aan kunnen bieden om een snelle ronde over de kinderhoofdjes te maken nadat Tone en ik de tent hadden opgezet. Om de geuren en de stilte en het terrein in me op te nemen. Om me in te leven.

Ik vond de paal niet, maar dat had ik ook niet verwacht. Die hadden ze beslist omgehakt nadat ze het lichaam losgemaakt hadden. Maar ook al hadden ze dat tegen alle verwachtingen in niet gedaan, dan zou een ruwe houten paal niet zestig jaar blijven staan.

Ik had echter wel een gat gevonden.

'Waar ligt ze begraven?' vraagt Max aan me.

Ik schrik op uit mijn gedachten.

'Dat weet ik niet,' antwoord ik. 'Ik heb gezocht, maar kon daar nergens informatie over vinden.'

'Er stond bijna niets over haar in het materiaal dat je ons gegeven hebt,' zegt Emmy.

Ik schud mijn hoofd. 'Er is niet zoveel over haar vastgelegd,' zeg ik. 'Het meeste wat we hebben is wat er in de brieven van mijn oma staat en het is moeilijk om dat bevestigd te krijgen. Ik heb in het bevolkingsregister gezocht en daarin heb ik een Birgitta Lidman gevonden, die in 1921 ter wereld gebracht is door Anna-Karin Lidman. Dat is alles. Geen artsenbezoeken, geen schoolrapporten, niets.'

'Je kunt ook niet verwachten dat iemand die Gekke Gittan werd genoemd naar school is gegaan,' zegt Max. 'Vooral niet als het zo erg met haar gesteld was als uit de brief blijkt.'

'Te oordelen naar de brief klinkt het alsof ze een vorm van autisme had,' zegt Robert met zijn donkere stem.

'Misschien wel,' antwoord ik. Ik heb urenlang gegoogeld naar de symptomen van Birgitta die in de brieven vermeld waren. 'Of een chromosomenafwijking.'

'Je kunt mensen niet op die manier diagnosticeren,' zegt Tone. De vuurgloed tekent diepe schaduwen onder haar wenkbrauwen en neus, waardoor haar gezicht ingevallen lijkt.

'Nee, natuurlijk niet,' zeg ik. 'Dat moeten we ook niet doen.'

De muziek is gestopt en het enige geluid is het geknetter van het vuur. Het meeste hout is al verkoold en lijkt van binnenuit te gloeien. Het is een hypnotiserende aanblik.

Emmy kijkt me met opgetrokken wenkbrauwen aan. 'Heb je geprobeerd te achterhalen wat er met de baby gebeurd is?'

'Het systeem heeft zich over haar ontfermd,' zeg ik op een toon waarvan ik hoop dat die net zo zakelijk is als toen ik over Birgitta praatte. 'Ze is waarschijnlijk in een kindertehuis of bij een pleeggezin geplaatst en dat soort informatie is niet openbaar.'

'Hebben ze haar ooit getest om uit te zoeken wie haar ouders waren?' vraagt Emmy.

'Hoe hadden ze dat moeten doen?' vraag ik. Ik kan de hatelijke toon niet helemaal uit mijn stem houden. 'De jaren zestig waren niet bepaald CSI. Ze hadden geen testkits voor DNA.' Ik haal mijn schouders op en ga verder. 'En wie hadden ze moeten testen? Iedereen was weg.'

'Je oma is er nog, of niet soms?' werpt Emmy tegen. 'Er moeten anderen zoals zij geweest zijn. Mensen die familie in het stadje hadden.'

Ik doe mijn best om niet met mijn ogen te rollen. 'Dat is niet zo eenvoudig,' zeg ik alleen.

Emmy negeert mijn toon en kijkt naar de gapende raamkozijnen van het schoolgebouw. 'Hebben ze haar in een van de klaslokalen gevonden?'

'Bij de schoolverpleegster,' antwoord ik. 'Maar zij was er natuurlijk niet, alleen de baby.' Ik kan het niet laten om onderzoekend naar het gebouw te kijken, hoewel ik weet dat het nutteloos is. Het is alsof ik verwacht dat de ramen tegen me zullen praten.

'Het is jammer dat je haar niet gevonden hebt,' zegt Emmy. 'Het zou fantastisch geweest zijn om haar in de documentaire te hebben. Dat zou het persoonlijker maken.'

'Je neemt aan dat ze dat zou willen,' zeg ik. 'Ze moet nu bijna zestig zijn. Ze kan overal zijn. Of misschien is ze overleden.'

'Ja, misschien wel,' antwoordt Emmy.

'Bovendien is het al persoonlijk,' zeg ik tegen haar. 'We hebben tenslotte een koppeling met de stad. De volledige familie van mijn oma is verdwenen.' Ik heb een droge keel en de woorden komen krakend naar buiten, waardoor ze een beetje wanhopig klinken.

Ik sta op het punt om verder te gaan met: *We zijn hier tenslotte vanwege haar en haar verhaal over Silvertjärn.* Robert onderbreekt me echter: 'Wie heeft die brief aan je oma ook alweer geschreven?'

Ik wil antwoord geven, maar Emmy is me voor. 'Dat was Aina, het zusje van haar oma,' zegt ze terwijl ze met haar groene ogen naar me kijkt.

13 november 1958

Lieve Margareta!

Hoe gaat het met je in de grote stad? En hoe is het nieuwe appartement? Dat zou ik zo graag willen zien! Misschien kan ik eindelijk op bezoek komen nu Nils en jij verhuisd zijn. Ik kan op jullie bank slapen. Je weet tenslotte hoe klein ik ben, en het is helaas niet waarschijnlijk dat ik langer word. Ik weet dat je, als je dit leest, hetzelfde zult zeggen wat je altijd zegt: 'Praat geen onzin, Aina, ik was nauwelijks groter dan een duim toen ik jouw leeftijd had en daarna ging ik uit huis.' Maar dan denk ik toch dat je het hebt over toen je twaalf was, en ik ben al zestien. (Je denkt vast dat ik niet ouder ben geworden sinds je uit huis bent gegaan.) Ik ben geen centimeter gegroeid sinds we elkaar voor het laatst hebben gezien en dat is bijna veertien maanden geleden, dus denk ik dat het tijd wordt om de hoop op te geven.

Ik mis je heel erg, Margareta.

~~Kun je misschien een keer~~

Ik zou willen dat je wat vaker bij ons op bezoek zou kunnen komen. Het is hier zo saai sinds de mijn gesloten is. Eerst was het bijna leuk, alsof het de hele week zondag was. Er waren overdag heel veel mensen in de stad en papa was de hele tijd thuis. Hij zei dat hij beslist een nieuwe baan zou vinden. Maar nu begint het vreemd te voelen. Er zijn zoveel inwoners die verhuizen. Jansson op de hoek is vorige week vertrokken en Vera, die in jouw klas zat, zei gisteren tegen mama dat zij en haar familie ook aan het pakken zijn om hun geluk ergens anders te beproeven.

Papa is heel stil geworden. En mama heeft het zo druk dat ze geen tijd meer voor ons lijkt te hebben. Ze vraagt mij in plaats daarvan om alles te doen. Dat maakt me stapelgek! Het is alsof ze denkt dat niets wat ik doe belangrijk kan zijn en als ik zeg dat ik bezig ben kijkt ze me strak aan, je weet wel hoe ze dat doet, en zegt ze dat niets belangrijker kan zijn dan het helpen van onze buren en medemensen. Ik vind het vreselijk als ze zo doet!

Vandaag vroeg mama me om een maaltijd naar Gittan te brengen. Ik vroeg waarom ze dat zelf niet kon doen en ze zei dat ze samen met de schoolverpleegster naar een zieke oude vrouw zou gaan om haar hand vast te houden. Ik zei dat de schoolverpleegster dat best alleen kon doen en dat ik ook dingen te doen had. Mama vroeg wat ik moest doen en ik zei dat ik met Lena had afgesproken om naar de rivier te gaan, en toen zei mama dat Lena en de rivier er nog zouden zijn als ik met de mand naar Gittan was geweest. Ik wist niet hoe ik aan haar moest uitleggen dat ik niet zeker wist of Lena op me zou wachten als ik niet op tijd klaarstond. We zouden daar natuurlijk niet alleen naartoe gaan om naar het water te kijken. Vera's oudere broer Emil en zijn vrienden gaan altijd naar de rivier om sigaretten te roken en Lena is verliefd op hem. Maar dat kon ik niet tegen mama zeggen! Dus zei ik dat ik het Lena had beloofd en dat mama zelf altijd zegt dat het belangrijk is om je aan je beloften te houden, maar dat had ik natuurlijk niet moeten zeggen want toen zette ze een hoge borst op en vroeg ze of ik dacht dat mijn belofte aan Lena zwaarder woog dan haar belofte aan Birgitta's stervende moeder om voor haar dochter te zorgen, en toen voelde ik me zo klein en ellendig dat ik niets meer durfde te zeggen. Maar ik kookte van woede terwijl ik naar Birgitta's woning liep en dacht aan alles wat ik tegen mama had moeten zeggen.

Het was beter geweest als jij hier was geweest, Margareta. Als we samen naar Birgitta toe gingen vond ik het zelfs gezellig. Ik denk dat ze jou liever vindt dan mij. Herinner je je het hummende, neuriënde geluid dat ze altijd maakte als ze de deur opendeed en zag dat jij het was? Dat doet ze nooit als ze mij ziet.

Ik weet dat mama en jij allebei hebben gezegd dat Birgitta niet boos wordt zolang ik me aan haar regels houd, maar ik moet bekennen dat ik het niet prettig vind om alleen naar haar toe te gaan. Mijn hart klopt zo snel als dat van een vogel als ik haar huisje zie en ik krijg een verschrikkelijk droge mond. Mama heeft gezegd dat ze die keer zo woedend werd omdat ik de deur opendeed zonder te kloppen en gewoon naar binnen ging. Ze zegt dat Birgitta banger voor mij is dan ik voor haar. Maar Birgitta is net zo lang als een volwassen man en sterk als een beer! Het duurde een paar weken voordat de schrammen verdwenen waren, ik was bang dat ik mismaakt zou blijven.

Hemel, nu klinkt het alsof ik geen medelijden met Birgitta heb, maar je weet dat dat wel zo is! Hopelijk maakt het je blij als ik je vertel dat ze er vandaag opgewekt uitzag. Er lag aarde op de vloer omdat ze buiten tussen de bomen had rondgelopen en ik vroeg me af of ik dat op zou vegen, maar ik was bang dat het haar zou irriteren, en mama had niet tegen me gezegd dat ik moest schoonmaken, ze vindt me waarschijnlijk te slordig en doet het liever zelf. Maar Birgitta had kleur op haar wangen en ze had duidelijk trek in de kip en de zachte speculaasjes. Ze maakte zelfs die vreemde bewegingen met haar handen waarvan jij zegt dat het betekent dat ze blij is.

Het is alleen dat… Ach, Margareta, het zijn niet alleen de schrammen. Voor die tijd was ik al bang voor Birgitta. Ze is zo groot en beweegt zich zo vreemd, en door de manier waarop haar lange haar voor haar gezicht valt lijkt ze op een bosgeest uit de sprookjes die oma altijd vertelde. Misschien is het gemeen om dat te zeggen, maar het is waar. Ze ruikt zelfs naar bos. Ik heb tegen mama gezegd dat we haar haar moeten knippen en haar nieuwe kleren moeten geven, iets anders dan de versleten vodden waarin ze dag in dag uit rondloopt. Dan zouden de mensen in de stad haar misschien niet zo vreemd vinden. Ze zou in een echt huis kunnen wonen en we zouden niet de hele tijd op haar hoeven te passen.

Maar mama zegt dat het niet zo eenvoudig is. Soms denk ik dat ze het heerlijk vindt om voor Birgitta te kunnen zorgen. Birgitta is nooit brutaal en werkt mama niet op de zenuwen zoals ik doe, want ze kan niet praten.

Maar goed, het ging toch goed vandaag, en Lena was niet al te chagrijnig toen ik eindelijk bij haar was. Ik mocht haar lippenstift zelfs gebruiken voordat we naar de rivier gingen. Die is heel mooi. Misschien kan ik zo'n lippenstift kopen als ik bij jou en Nils op bezoek ben, denk je niet?

Schrijf snel!

Je zusje Aina.

NU

De slaapzak ritselt als ik me omdraai om op mijn andere zij te gaan liggen. De tent is groot en heel ruim, maar het is niet bepaald een hotelkamer. Het is hier koud en het ruikt naar plastic en iets anders onbestemds, waardoor ik me een beetje misselijk voel.

Het is in elk geval beter dan op de achterbank van de Volvo slapen, zoals Max doet. Dat was zijn eigen beslissing en ik ben ervan overtuigd dat hij de hele tijd dat we hier zijn een stijve nek en rugpijn zal hebben. Emmy en Robert hebben ook geen tent meegenomen, maar Emmy heeft gezegd dat ze het gewend zijn om in bestelwagens te slapen. Misschien is dat wat je 'doet', maar ik ben toch blij dat ik daaraan ontsnap. Laadruimten hebben iets claustrofobisch. Hoewel we de apparatuur goed vastgebonden hebben, zou ik toch nooit kunnen ontsnappen aan het gevoel dat alles boven op ons valt terwijl we slapen.

De slaapzakken die we hebben gekocht zijn in elk geval van een goede kwaliteit en houden de warmte zo goed vast dat de koude lucht tegen mijn gezicht een fijn gevoel is. Ik slaap graag in een koude kamer onder een dik dekbed en zet het raam ook 's winters open om de wind vrij spel te geven, maar nu doe ik ondanks mijn uitputting geen oog dicht. De spanning vibreert onder mijn huid en houdt me wakker.

'Kun je niet slapen?' klinkt Tones stem in het donker.

Ik rol weer op mijn andere zij om mijn gezicht naar haar toe te keren, hoewel ik de ogen van een kat zou moeten hebben om meer dan schaduwen in het donker te onderscheiden.

'Heb ik je wakker gemaakt?' vraag ik.

'Nee,' klinkt het gedempte antwoord. 'Je weet hoe het is.'

Ze heeft moeite met slapen. Dat was een van de eerste dingen die ik over Tone te weten kwam toen we iets meer dan twee jaar geleden voor het eerst met elkaar hadden afgesproken in een anoniem café op Odenplan. Ik wachtte buiten, onzeker of ze zou komen en zonder te weten hoe ze eruitzag. Haar profielfoto op Facebook was vier jaar oud (inmiddels is dat zes jaar, voor zover ik weet heeft ze er nog steeds geen andere op gezet) en bovendien wazig.

'Ik kan op de een of andere manier niet ontspannen,' zeg ik. 'Mijn hersenen malen maar door.'

'Je kunt Emmy om wat whisky vragen. Misschien helpt dat,' zegt Tone droogjes.

Ik rol met mijn ogen, hoewel ze me niet kan zien. 'Je gaat toch niet drinken zodra je op de plaats van bestemming aangekomen bent?'

'Te oordelen naar wat je verteld hebt, zou het geen verrassing voor je moeten zijn,' antwoordt Tone.

Ik hoor geritsel als ze gaat verliggen.

'Dat klopt,' zeg ik. 'Dat zou het inderdaad niet moeten zijn.'

Ik denk even na. 'Heb je niets bij je?' vraag ik vervolgens. 'Slaappillen of zoiets?'

'Nee,' antwoordt Tone. 'Die kan ik niet slikken. Met het oog op...'

'O,' zeg ik. 'Nee, natuurlijk kan dat niet. Ik ben een idioot. Sorry.'

'Het hindert niet.' Tone klinkt geamuseerd. Het geluid lijkt te groeien in de kleine ruimte, hoewel ze fluistert. 'Ik verwacht niet dat je weet welke pillen ik wel en welke ik niet kan slikken.'

'Misschien niet, maar toch,' zeg ik. 'Ik zou het moeten weten.'

Het wordt stil. Ik kom half overeind om de opgevouwen dikke trui die ik bij wijze van kussen gebruik te verplaatsen en ga weer liggen zonder dat het een duidelijk verschil maakt.

'Weet ze het?' vraagt Tone plotseling. Alle vrolijkheid is uit haar stem verdwenen.

'Wie? Emmy?' vraag ik.

Ze geeft geen antwoord.

'Ik heb niets tegen haar gezegd,' zeg ik als het stil blijft. 'Ze weet alleen wat er in het informatiepakket staat.'

'Zo klonk het niet toen ze praatte over het testen van het DNA van de baby en de pogingen haar te vinden...' Ze zwijgt, haar stem gespannen als een vioolsnaar.

'Ik heb niets gezegd,' herhaal ik. 'Je hebt me gevraagd om niets te zeggen, dus dat heb ik niet gedaan.' Als ze niets zegt ga ik verder: 'Max weet het, maar hij wist het al eerder, en hij heeft beloofd om zijn mond te houden.'

'Hoeveel?' vraagt Tone met onverwachte scherpte in haar stem.

'Hoeveel? Hij weet dat je moeder de baby uit Silvertjärn is. Voordat wij elkaar leerden kennen heb ik hem al verteld dat ik jullie gevonden had. Hij vroeg of jij of je moeder meeging en ik zei dat ik dat niet wist, maar dat ik er niet op rekende.'

'Mijn moeder zou nooit meegaan,' zegt Tone, zoals ze al zo vaak had gezegd.

'Ik weet het,' antwoord ik. 'Ik heb het ook niet gevraagd.'

Ik heb er natuurlijk wel aan gedacht en wilde het heel graag, maar ik heb het inderdaad niet gevraagd. Tone heeft me heel duidelijk gemaakt dat haar moeder dat deel van haar verleden wil laten rusten. Ze wil de baby uit Silvertjärn niet zijn, de enige overlevende van het mysterie, de pasgeboren baby die huilend was aangetroffen in de verlaten basisschool die nog geen dertig meter bij onze tent vandaan staat.

Ik had Tones moeder als eerste gevonden. Technisch gezien had ik niet gelogen tegen de anderen; alle informatie over de zuigeling uit Silvertjärn is vertrouwelijk en mag niet ingezien worden. Ik weet niet eens zeker of de informatie nog bestaat. Als dat al zo is, dan is het waarschijnlijk ergens diep in een archief weggestopt.

Dat geldt echter niet voor de brieven van mijn oma.

In de map die de anderen hebben gekregen, zitten niet alle papieren van mijn oma. Ik heb een deel voor mezelf gehouden, onder meer de briefwisseling tussen mijn oma en Albin Jansson.

Albin was een van de politieagenten die onderzoek deden naar de moord op Birgitta Lidman en, in het verlengde daarvan, de zaak-Silvertjärn. Hij en mijn oma hebben elkaar tijdens het onderzoek blijkbaar ontmoet. Ik heb me een tijdje afgevraagd of die twee misschien een geheime liefdesrelatie hebben gehad, maar dat was waarschijnlijk eerder een wensgedachte van me. Er zitten zes brieven van Albin Jansson bij mijn oma's papieren en die zijn heel zakelijk. Het lijkt erop dat Albin Jansson voornamelijk medelijden met mijn oma had en haar op de hoogte hield van het onderzoek.

De baby was daarbij betrokken.

Mijn oma had blijkbaar naar haar gevraagd, of misschien had Albin aangenomen dat ze wilde weten wat er met het meisje was gebeurd, want hij schreef veel over haar. Dat ze gezond was, dat honderden gezinnen in het land hadden aangeboden om haar in huis te nemen, maar dat hij vermoedde dat ze dat voornamelijk wilden om bekendheid te krijgen. In de vijfde brief staat dat ze een gezin hadden gevonden dat accepteerde dat het meisje anoniem zou blijven en dat ze haar als een van hun eigen kinderen zouden opvoeden.

In de brief staat eveneens hoe het gezin heet – Grimelund – en dat ze het meisje Helene hebben genoemd.

Als het gezin Andersson had geheten, was er een kans dat ik Tone nooit gevonden zou hebben, maar de naam Helene Grimelund is zo ongewoon dat het me geen moeite kostte.

Ik stuurde haar een flink aantal e-mails voordat ik besefte dat ik geen antwoord van Helene zou krijgen en stond op het punt het op te geven. Het verdriet om mijn oma had me ingehaald en ik had het gevoel dat ik in een doodlopende steeg was beland. Ik zou een baan als invalkracht moeten aannemen om rond te komen als de sollicitatiebrieven die ik stuurde geen resultaat op zouden leveren, en ik had niet eens de energie om mijn sociale media te controleren. Het leek wel alsof al mijn studiegenoten de carrièreladder met twee sporten tegelijk beklommen, prijzen wonnen voor hun korte films en banen in Parijs of Londen kregen, terwijl ik baantjes als receptioniste had en mijn droomproject nauwelijks meer dan een koortsfantasie was.

Toen ik op een avond toch op Facebook keek, vond ik een foto op Helenes pagina. Hij stond bijna helemaal onderaan en ze had hem niet zelf geplaatst. Iemand had haar getagd. Ze was een nietszeggende vrouw met grijzend haar in een strakke paardenstaart en een starre glimlach, en ze had haar arm om een jonge vrouw aan het eind van haar tienerjaren geslagen.

HELENE EN HAAR MOOIE DOCHTER GEVEN HET VERJAARDAGSETENTJE NOG MEER GLANS! <3, stond er onder de foto.

Het meisje was getagd als Tone Grimelund.

Inmiddels is er twee jaar verstreken en heb ik Tones moeder nog steeds niet ontmoet. Ik weet niet hoeveel Tone haar over het project heeft verteld en heb er niet naar gevraagd. Door het weinige wat Tone heeft verteld, en door wat ik zelf heb begrepen van Helenes radiostilte, staat ze niet bepaald positief tegenover het graven in de geschiedenis van Silvertjärn.

Mijn vriendschap met Tone is een van de merkwaardigere relaties in mijn leven. Tone wilde heel lang niets met het project te maken hebben, behalve het kleine beetje dat ze wist te vertellen, maar tijdens onze eerste ontmoeting, toen we goedkope koffie dronken en een aarzelend gesprek voerden, voelde ik al dat ze met tegenzin toch nieuwsgierig was.

Zou ze het zichzelf toegestaan hebben om te reageren als dat niet was gebeurd?

Ik weet het niet.

TOEN

Als Elsa de kerkdeuren nadert, is ze verbaasd dat ze openstaan. Het is eind november en een paar graden onder nul, en gedurende de dag zijn er een paar eenzame sneeuwvlokken uit de hemel gedwarreld. Na de lunch is de zon door de wolken gebroken en tijdens de wandeling naar Agneta's woning begonnen er mensen de straat op te gaan. Elisabet Nyman maakte een middagwandeling met haar dochtertje. Ze zag er opgewekter uit dan ze in lange tijd had gedaan. Ze was na de bevalling zo lang bedlegerig geweest dat Elsa met haar moeder en met schoolverpleegster Ingrid had gepraat; samen hadden ze afgesproken om haar met de baby te helpen.

Toen Elsa Elisabet eerder vandaag was tegengekomen, met rode wangen en een leuke winterhoed op, had ze er zelfs vrolijk uitgezien. De baby droeg een zelfgebreide muts en brabbelde tandeloos. Elisabet had verteld dat ze nog geen naam voor haar hadden, maar daarmee zullen ze moeten opschieten. Het meisje is bijna drie maanden oud. Kinderen kunnen niet eindeloos zonder naam blijven. Elsa heeft tegen haar gezegd dat ze met pastoor Einar over de doop zou praten als ze toch in de kerk was.

Een eerste kind is niet gemakkelijk, vooral niet als je zo jong bent als Elisabet. Ze was nog maar achttien en vier maanden zwanger toen ze met Albert trouwde. Nauwelijks ouder dan Elsa's dochter Aina en dan al moeder. Het is niet zo vreemd dat Elisabet een beetje zwaarmoedig werd toen de baby was geboren en Albert nog steeds geen werk had gevonden. Degenen die geen band met de plaats hadden zouden eigenlijk moeten verhuizen, maar die gedachte deed pijn. Wat gaat er gebeuren als alle jonge mensen Silvertjärn verlaten?

Dat gebeurt trouwens al. De Engelssons zijn nog maar een paar weken geleden in noordelijke richting vertrokken, naar Kiruna, in een poging om daar werk te vinden. Het lukte hun niet om hun huis te verkopen, maar ze waren wanhopig. Nu staat het tussen de andere woningen met donkere ramen en gesloten deuren, als een slecht omen.

Elsa loopt de kerktrap snel op terwijl ze haar hoed met haar vrije hand recht schuift. Als het drinken van Einar zo erg is geworden dat hij zich niet meer kan herinneren dat hij de kerkdeuren moet sluiten, is het tijd om er iets aan te doen. Hij heeft altijd van een borrel gehouden, ook toen ze jong waren en hij het op een late en gedenkwaardige avond in zijn hoofd haalde om naakt in het meer te springen, maar hij heeft het altijd enigszins onder controle kunnen houden. Als hem dat echter niet meer lukt…

'Einar?' roept Elsa door de open deuren. 'Ik ben het, Elsa.'

Het is binnen donker en op de banken vallen lange schaduwen. De houten Jezus-figuur die boven het altaar aan het kruis hangt ziet er ongewoon streng uit. Ondanks het weinige licht ziet ze iemand voor in de kerk lopen. Ze probeert de modder discreet van haar schoenen te tikken voordat ze naar binnen loopt.

'Einar?' roept ze opnieuw, hoewel ze ziet dat de man niet op Einar lijkt. Hij heeft Einars sjokkende loop en lompe figuur niet. De man die over het altaarpad naar haar toe komt is keurig gekleed in een informeel overhemd en een geperste broek. Hij is beduidend jonger dan Einar, ze schat dat hij begin dertig is, en heeft kort krullend blond haar dat op zijn voorhoofd valt. Hij glimlacht verlegen naar haar.

'Mevrouw Kullman?' zegt de man terwijl hij Elsa een hand geeft.

Zijn greep is stevig, koel en droog. Ze bestudeert zijn gezicht om hem te kunnen plaatsen, maar heeft hem nog nooit gezien. 'Ik geloof niet dat we elkaar kennen,' zegt ze tegen hem.

'Ach, mijn excuses,' zegt hij hoofdschuddend. 'Maar u bent Elsa toch? Elsa Kullman?'

Elsa knikt en maakt haar hand los uit zijn greep. 'Hoe…?

'Einar heeft veel goeds over u verteld,' zegt hij met een glimlach.

'Dat is mooi,' zegt Elsa met een zweem scherpte in haar stem. 'Maar u hebt zich nog steeds niet voorgesteld.'

Hij bloost een beetje en lijkt in verlegenheid gebracht; dat zegt in elk geval iets over zijn opvoeding.

'Het spijt me echt verschrikkelijk,' zegt hij. 'Soms ben ik te enthousiast en vergeet ik mezelf. Mijn naam is Mattias. Ik ben de nieuwe pastoor.'

Elsa fronst haar voorhoofd. 'De nieuwe pastoor?'

Hij knikt ernstig. 'Ik ga Einar helpen. Het is een moeilijke periode en Einar… Tja, als Einar…' Hij raakt de draad kwijt en hakkelt een beetje.

Elsa schudt haar hoofd. 'Ik weet hoe het gesteld is met Einar,' zegt ze om hem op zijn gemak te stellen, waarna hij enigszins lijkt te ontspannen.

'Hoe lang bent u al in de stad?' vraagt ze hem.

Hij opent zijn mond om antwoord te geven, maar bedenkt zich en gebaart naar de deuren.

'Wilt u niet binnenkomen?' vraagt hij. 'Ik wil het niet op mijn geweten hebben dat u een longontsteking krijgt omdat u op de tocht staat.'

Elsa volgt hem de kerk in. Het lijkt erop dat hij het altaar met een doek aan het schoonmaken was, wat inderdaad nodig is.

'Wilt u iets drinken, mevrouw Kullman?' vraagt hij.

Elsa wil haar hoofd schudden, maar bedenkt zich. Ze heeft het nog steeds koud.

'Ik wilde net een pot koffie zetten,' zegt de pastoor alsof hij haar gedachten kan lezen.

Ze glimlacht. 'Een kop koffie zou lekker zijn.'

Elsa is al vaak in Einars werkkamer in de kapel geweest, maar die ziet er nu heel anders uit. Het is er schoon en opgeruimd, alles staat op de juiste plek en de lichte maar onmiskenbare geur van brandewijn die anders in de kamer hangt, is weg.

De jonge pastoor zet de koffiepot op en trekt een stoel voor haar naar achteren. Ze gaat op de vertrouwde, veel te dunne, verstelde zitting zitten en wacht terwijl hij in de kamer rondloopt, papieren oppakt en de gordijnen recht hangt. Elsa vindt de manier waarop hij in de kamer bezig is – bijna alsof hij een huisvrouw is – innemend.

'Is dit uw eerste aanstelling?' vraagt Elsa terwijl hij koffie in Einars kleine, aan de randen beschadigde kopjes inschenkt.

Hij glimlacht naar haar als hij het kopje voor haar neerzet. 'U mag me tutoyeren, mevrouw Kullman. Als u dat wilt, natuurlijk,' voegt hij er haastig aan toe.

'En jij mag me Elsa noemen,' zegt ze glimlachend tegen hem. Hoewel hij niet meer dan tien tot twaalf jaar jonger dan zij kan zijn, heeft ze een bijna moederlijk gevoel voor hem.

'Waar is Einar trouwens?' vraagt ze hem terwijl ze het kopje naar haar mond brengt. De koffie is lekker, sterk en heet. Beter dan de koffie die Einar altijd zet.

'Hij is in de pastorie en slaapt,' zegt de jonge pastoor. 'Ik denk dat hij... hmm... ik denk dat hij gisteravond meer dan anders gedronken heeft.'

'Misschien is het goed dat jij hier bent om hem te helpen,' zegt ze tegen hem.

'Ik wil hem zo veel mogelijk ontlasten,' zegt de pastoor. Hij heeft grijze ogen, ziet Elsa nu ze zo dicht bij hem zit, met donkere ringen rond de iris. Misschien lijkt hij door zijn ogen zo charmant. Ze zijn groot en rond als van een kind en laten hem jonger lijken dan hij waarschijnlijk is.

'Waarom zocht je Einar?' vraagt de pastoor. 'Misschien kan ik proberen je in zijn plaats te helpen.'

Ja, misschien kun je dat inderdaad, denkt ze. Vroeger had Einar haar geholpen met de dingen die in het stadje gedaan moesten worden, zoals mannen toespreken die hun vrouwen niet behandelden zoals dat hoorde en degenen die iemand hadden verloren en behoefte hadden om te praten een steunende schouder te bieden. Hij is nooit bijzonder scherp geweest, maar heeft een goed hart en een oprecht godsgeloof. De afgelopen jaren is het drinken erger geworden en heeft ze een steeds groter deel van de last moeten dragen.

'Een van de oudere vrouwen in het dorp – Agneta Lindberg – is heel ziek,' begint Elsa. 'Ze nadert het einde.'

Hij kijkt haar aandachtig aan. 'Hoe oud is ze?' vraagt hij.

'Zevenenzestig,' antwoordt Elsa. 'Ze heeft maagkanker. Ze is bang en ik denk dat het goed is als ze met iemand praat die haar angst kan wegnemen. Ze is niet bang om te sterven, maar ze is bang voor... tja.'

Hij knikt zwijgend. Zijn grote, lichtgrijze ogen houden haar blik vast en ze voelt dat ze ontspant.

Ze kan hem vertrouwen. Hij kan haar helpen.

'Ze is bang voor datgene wat hierna komt,' maakt hij haar zin af. 'En jij wilt dat iemand haar hand vasthoudt en haar geruststelt. Die met haar praat over het rijk dat na de dood op haar wacht en God de Vader die haar zal ontvangen.'

'Precies,' zegt Elsa. 'Alleen om haar gerust te stellen en haar onrust weg te nemen.'

Hij glimlacht even. 'Als jij denkt dat het gepast is, dan doe ik dat graag in Einars plaats.'

Elsa beantwoordt zijn glimlach. 'Ik denk dat het goed zal zijn,' zegt ze.

NU

De schreeuw rukt me uit mijn slaap.

Wakker worden door een schreeuw geeft hetzelfde gevoel als een glas met je blote hand versplinteren; razendsnel, helder en pijnlijk. Mijn hart slaat op hol terwijl ik me half wakker uit mijn slaapzak worstel en probeer iets te zien in de duisternis van de tent.

Pas als ik voor de tent sta, besef ik dat ik alleen ben.

Buiten is de stilte compact; een paar seconden lang is het enige geluid dat ik hoor het bonken van mijn wild kloppende hart. Vervolgens hoor ik het onmiskenbare geluid van een autoportier dat opengaat.

Mijn ogen zijn inmiddels voldoende aan het zwakke maanlicht gewend om Emmy te herkennen, die uit de laadruimte springt. Haar haar hangt wild en verward over haar schouders en ze draagt geen broek, alleen het grote witte T-shirt dat ze vandaag heeft gedragen en een onderbroekje. De kinderhoofdjes moeten net zo koud aan haar voeten zijn als aan de mijne. Ik ruik het vochtige mos tussen de stenen.

'Hebben jullie dat ook gehoord?' vraag ik terwijl Robert eveneens uit de bestelwagen stapt. Emmy kijkt niet naar hem. Ze loopt haastig om de bestelwagen heen en loopt in de richting van de school.

'Emmy?' zeg ik terwijl Robert zich achter haar aan haast.

Ik voel dat ik geen keus heb en doe hetzelfde.

Als ik om hun bestelwagen heen ben gelopen zie ik dat Emmy na een paar stappen is blijven staan. Ze haalt hijgend adem, alsof het een echo van mijn ademhaling is, en haar blik dwaalt zoekend over het lege plein. Haar ogen, die glanzen in het koude maanlicht, kijken onderzoekend naar de blauwe Volvo waarin Max op de achterbank ligt te slapen, de gevel van het schoolgebouw en het struikgewas dat tussen de stenen groeit.

Robert is achter haar blijven staan en legt voorzichtig een hand op haar schouder. Aarzelend, zoals je een bange hond zou strelen. Ze schrikt niet als hij haar aanraakt. 'Emmy, wat is er?'

Op dat moment begrijp ik het pas. 'Was jij degene die schreeuwde?' vraag ik haar.

Ik heb Emmy's stem niet herkend. Alle schreeuwende stemmen klinken hetzelfde, maar nu ze zich naar ons omdraait besef ik dat zij het geweest moet zijn.

'Ik zag iemand,' zegt ze.

Ik kan niet bepalen of ze heel bleek is of dat we er allemaal uitzien als spoken in zwart en wit terwijl we op het plein staan.

'Er was daar iemand,' zegt ze en ze draait haar hoofd zodat ze weer naar het schoolgebouw kan kijken.

'Waar dan?' vraagt Robert. 'In het gebouw?'

Emmy schudt haar hoofd, legt haar hand op zijn middel en doet een stap naar hem toe, ogenschijnlijk onbewust. 'Nee,' zegt ze. 'Midden op het plein. Voor de auto.'

Haar stem is ijl en schor. In eerste instantie denk ik dat het irritatie of sarcasme is, maar ineens besef ik dat het angst is.

Ze is bang.

'Wat zag je precies?' vraag ik terwijl ik me ineens heel erg bewust ben van alle donkere ramen die naar ons staren, van de straten die als de draden van een spinnenweb op het plein uitkomen. Zoveel lege ruimten. Zoveel muren om zich achter te verstoppen.

Niet doen, zeg ik tegen mezelf. Er is hier niemand.

Emmy kijkt me aan. 'Ik werd wakker,' zegt ze. 'Ik hoorde iets en ging staan om te zien wat het was. Er stond iemand voor de auto die naar me keek.' Ze slikt.

'Heb je gezien wie het was?' vraagt Robert.

'Nee,' antwoordt Emmy. 'Het was te donker. Ik zag alleen een silhouet, maar het was absoluut iemand. Ik zag zijn ogen. Die keken me strak aan.' Ze slikt opnieuw. 'Wie het ook was, hij kéék naar me.'

Ik schud mijn hoofd en voel de huid in mijn nek jeuken. 'Misschien was er niemand,' zeg ik tegen haar. 'Het klinkt een beetje als slaapverlamming. Mensen zien onduidelijke donkere gestalten die naar hen kijken, wat gebeurt als je wakker begint te worden en de hersenen...'

'Ik wéét verdomme wat slaapverlamming is, Alice,' snauwt ze. 'Dit was geen slaapverlamming. Ik stond op. Ik was wakker. Ik zag iemand.'

Ik doe mijn mond open om antwoord te geven, maar verstijf plotseling. Aan de overkant van het plein, bij de hoek van het schoolgebouw, staat iemand; een donkere, tengere gestalte en ongetwijfeld een mens.

Ik probeer iets te zeggen, het maakt niet uit wat, terwijl ik koortsachtig denk: Er is hier niemand. Er is hier niemand. Er is hier niemand.

De gestalte verdwijnt echter niet als ik met mijn ogen knipper en begint in onze richting te lopen. Ik ben de enige die het ziet, want Emmy en Robert kijken naar mij. Ik ontdek iets onverwachts en onaangenaams over mezelf; ik heb mezelf altijd beschouwd als iemand die proactief reageert in een crisissituatie, zoals rennen, schreeuwen of vechten, maar nu ben ik niet eens in staat een geluid uit te brengen om de anderen te waarschuwen.

Als de gestalte het maanlicht in loopt herken ik de gelaatstrekken.

Mijn knieën worden week en ik begin te lachen van pure opluchting.

'Verdomme...' begint Emmy, haar gezicht verwrongen van verwarring en opkomende woede, maar ik wijs over haar schouder.

'Tone!' roep ik om een definitieve bevestiging te krijgen.

'Hallo,' roept ze terug.

Ze heeft haar jas om zich heen geslagen en draagt laarzen. Als ze dichterbij komt en een meter voor ons blijft staan, zie ik dat haar gezicht gezwollen is van de slaap en dat ze haar wenkbrauwen opgetrokken heeft. Tone kijkt van Emmy naar mij en zegt: 'Houden jullie een soort middernachtelijke conferentie of zo?'

Ik schud mijn hoofd. 'Ik denk dat je Emmy bang gemaakt hebt,' zeg ik tegen haar. 'Ben je uit de tent geweest om te plassen?'

'Hmm,' beaamt Tone. 'Hoe heb ik haar bang gemaakt?'

'Ze heeft je blijkbaar gezien toen je naar het schoolgebouw liep,' zeg ik. 'Ze dacht dat er iemand stond die naar de auto keek.'

Emmy heeft nog steeds niets gezegd. Ze bestudeert Tone met half dichtgeknepen ogen.

'Sorry,' zegt Tone. 'Het was niet de bedoeling om je wakker te maken.'

'Ben je voor de auto blijven staan?' vraagt Emmy. Haar stem klinkt dof.

'Nee,' antwoordt Tone. 'Hoewel… Dat weet ik niet. Ik was slaapdronken. Misschien keek ik om me heen om te zien waar ik naartoe moest.'

'Je had gelijk, Emmy,' zeg ik schouderophalend. 'Het was geen slaapverlamming, maar ook geen spook.'

Ik houd mijn hand voor mijn mond en gaap. De combinatie van het plotselinge wakker worden, de angst en de opluchting hebben me weer moe gemaakt.

'Ik heb nooit gezegd dat het een spook was,' zegt Emmy zonder naar me te kijken. Ze klinkt bitter. 'Degene die ik zag stond stil,' gaat ze verder terwijl ze naar Robert kijkt. 'Hij stond stil en keek naar de auto, naar mij.'

Door de vermoeidheid verlies ik mijn geduld. 'Nu moet je ophouden,' zeg ik. 'Je was slaapdronken, je zag Tone, je werd bang, dacht dat je een mystiek wezen zag en schreeuwde. Het is niet zo moeilijk om dat te bedenken. En nu gaan we weer naar bed, het wordt morgen een lange dag.'

Emmy's gezicht is een masker van scherpe schaduwen. Ik ben niet van plan te blijven staan tot het in een ruzie ontaardt.

Als ik bijna bij de tent ben, kijk ik naar de bestelwagen. Emmy en Robert staan nog op dezelfde plek, als glanzende schaduwen in de nacht. Robert heeft een arm om Emmy's schouders geslagen en Emmy lijkt iets tegen hem te zeggen, zo zachtjes dat ik het niet hoor. Ze kijken beiden naar het schoolgebouw.

Ik draai me om en kruip in de tent.

WOENSDAG

NU

Ik ben de eerste die wakker wordt, hoewel ik maar een paar uur heb geslapen. Ik ben altijd een ochtendmens geweest. Dat is het ergste als ik een kater heb. Dan kan ik niet langer slapen dan tot de dag aanbreekt en lig ik met opengesperde ogen, een droge mond en een bonkend hart in bed tot ik het opgeef en voorbereid op een lange, slapeloze dag naar de keuken slenter.

Zo is het vandaag echter niet. Vandaag kriebelen en steken mijn handpalmen en voetzolen van de energie, ondanks het incident van de afgelopen nacht.

Vandaag beginnen we aan ons onderzoek.

Ik kruip zo stil mogelijk uit de slaapzak, trek de dikke trui aan die ik als kussen heb gebruikt en doe de rits van de tent omhoog. Het is buiten koeler dan de muffe lucht in de tent die is opgewarmd door onze slapende lichamen; buiten is het helder en koud als gematteerd glas.

Ik haal diep adem.

De zon is net boven de horizon verschenen en de dageraad kleurt het stadje roze. In het licht van de nieuwe dag ziet het er betoverend, speels en broos uit. Als ik met een fotocamera zou kunnen omgaan, zou ik helemaal alleen een ontdekkingstocht door de stille straten willen maken om de stad vast te leggen zoals ik die nu op deze eerste ochtend zie; ongerept en vredig. Het is nauwelijks meer dan een levende foto, een relikwie van een verdwenen tijd.

Van het kampvuur zijn alleen verkoold hout en as op de bestrating over. Ik kijk naar de vervallen gevel van het schoolgebouw en het silhouet van de kerk dat zich boven de woningen verheft. De toren tekent zich prachtig af tegen het bos in de verte.

Ik krijg een brok in mijn keel en hoor de stem van mijn oma als een echo in mijn oren: *De laatste keer dat ik mijn zusje Aina zag was ze nog maar zeventien.*

Toen ik klein was, dacht ik dat het verhaal over Silvertjärn een sprookje tussen de andere sprookjes was. Het duurde lang voordat ik besefte dat het niet alleen waar was, maar dat het de ruïnes waren waarop mijn oma haar leven had gebouwd. Ze was een kloeke vrouw, mijn oma, met krachtige handen en brede schouders, die degene met wie ze praatte altijd strak aankeek, ongeacht wie het was. Het was alsof ze zich ervan wilde verzekeren dat ze altijd de volledige waarheid hoorde. Niets maakte mijn oma bozer dan leugens, hoe klein of onbedoeld ze ook waren.

'Nu komen we erachter, oma,' zeg ik zachtjes tegen mezelf. 'Jij en ik.'

Ze keek anderen altijd in de ogen, behalve als ze over Silvertjärn vertelde. Dan keek ze weg, haar blik in de verte gericht.

Ik was achttien toen ik naar Stockholm verhuisde om een opleiding als verpleegster te volgen, en mijn zusje Aina was twaalf. Dat was in de tijd dat de mijn in Silvertjärn nog floreerde.

Mijn familie woonde nog steeds in het huis waarin ik was opgegroeid. Het was een klein geel huis dat aan de rivier lag, maar ons huis was het enige met een groene deur. Ik was altijd zo trots op die groene deur toen ik een klein meisje was. Daardoor voelde ik me heel bijzonder.

Ik ging bij mijn familie op bezoek als ik geld voor de trein had. Destijds vlogen we niet alle kanten op, zoals tegenwoordig gebeurt. Er gingen twee treinen per week naar Silvertjärn en daar moest je op wachten. Bovendien waren de kaartjes niet goedkoop.

Mijn oma had mooie ogen, lichtgrijs en gemêleerd als gepolijst graniet. Voordat de staar haar hoornvlies als een mistige witte verrotting bedekte en haar zicht wegnam, net zoals de dementie haar verstand wegnam.

'Wat zei je?' vraagt een stem achter me. Ik schrik en draai me om.

Het is Max. Hij draagt zijn gebreide oudemannentrui weer en wrijft in zijn nek.

'Jezus, wat laat je me schrikken,' zeg ik.

Hij glimlacht. 'Dacht je dat het de spoken van Silvertjärn waren die ons komen verjagen?' vraagt hij.

'Ha ha,' antwoord ik met opgetrokken wenkbrauwen. 'Heel leuk.'

'Toch is het een beetje griezelig,' zegt Max. Hij kijkt om zich heen terwijl hij naast me komt staan en naar de school kijkt. 'Het is niet zo vreemd dat de mensen denken dat het hier spookt.'

'Hmm,' beaam ik terwijl ik mijn ijskoude handen in de buikzak van mijn sweatshirt steek. 'Emmy werd wakker toen Tone uit bed was om te plassen, zag haar door het raam en dacht dat ze een boze geest of zoiets was. Heb jij niets gehoord?'

'Shit,' zegt Max met opgetrokken wenkbrauwen. 'Nee, ik heb geslapen als een blok.'

Ik rol met mijn ogen. 'Typisch.'

Max grijnst, waarna hij naar de ingestorte daken kijkt. 'Vreemd dat niemand dit eerder heeft gedaan. Ik bedoel, het is een loepzuiver verhaal en de omgeving is perfect. Het is verdacht dat geen van die spokenjagersprogramma's die een paar jaar geleden zo goed bekeken werden hier naartoe zijn gegaan om een aflevering te maken.'

'Te ver weg,' zeg ik. 'Rond Stockholm en Malmö zijn voldoende landhuizen waar het spookt.'

'Ja, dat is zo,' antwoordt Max.

Hij ziet dat ik een beetje ineengedoken sta, slaat zijn armen om me heen en wrijft me zodat ik het warmer krijg. 'Zal ik proberen een ontbijt voor ons te maken?' vraagt hij. 'Ik wil niet opscheppen, maar ik ben vier jaar achter elkaar de beste spiritusbranderkok van de padvinders geweest.'

Ik lach en maak me voorzichtig los uit zijn greep. 'Je bent niet eens padvinder geweest.'

Max grijnst. 'Misschien niet,' zegt hij. 'Maar ik kan iets in elkaar flansen. Ik ben hier niet alleen als ballast en investeerder. Ik wil mijn bijdrage leveren.'

'Als kok?' vraag ik.

Hij lacht scheef. 'Kok, *eye candy*, schoonmoedersdroom,' zegt hij. 'Wat jullie maar nodig hebben.'

Terwijl Max een vuurtje stookt en er brood boven roostert komen de anderen een voor een naar buiten. Emmy draagt een bijna net zo sjofel T-shirt als de vorige dag en Roberts jack. Ik neem aan dat ze een stelletje zijn.

Ik verwacht een knikje, een grappige verwijzing naar wat er de afgelopen nacht is gebeurd – om de scherpte weg te halen – maar wacht tevergeefs. Emmy kijkt nauwelijks naar me. Ik voel een steek van teleurstelling, maar aan de andere kant is dit niet nieuw. Ze is nooit een ochtendmens geweest na de late, lawaaiige feesten op de universiteit. Ze sliep terwijl ik schoonmaakte, de was deed en enorme ontbijten die ze nauwelijks aanraakte maakte om iets met mijn rusteloosheid te doen.

In die tijd stoorde ik me daar niet aan. We waren in harmonie. Zelfs onze ademhaling leek in die tijd een gemeenschappelijk ritme te hebben.

Ik verzet me al zeven jaar tegen de herinneringen aan Emmy en ben daar goed in geworden, maar nu ze zich in mijn onmiddellijke nabijheid bevindt heb ik er meer moeite mee.

Als we klaar zijn met eten en dikke, zwarte oploskoffie uit goedkope witte plastic bekers hebben gedronken, schraap ik mijn keel om de aandacht van de anderen te krijgen. De zon verschijnt aan de horizon en de dageraad is overgegaan in de ochtend. Ik doe mijn best om mijn zenuwachtigheid te verbergen en ga iets rechter op mijn matje zitten.

'Is iedereen verzadigd en tevreden?' vraag ik. Ik heb er meteen spijt van; ik klink als een kordate kleuterjuf. Het helpt niet dat Emmy haar wenkbrauwen optrekt en dat de anderen me verbaasd aankijken, maar Max knikt in elk geval glimlachend. 'Ik denk dat we het schema moeten doornemen. Daarna verdelen we de taken van vandaag en gaan we aan de slag. Hoe klinkt dat?'

Emmy haalt haar schouders op. 'Dat klinkt goed.'

'Oké,' zeg ik en ik kijk op mijn papieren.

Het schema dat ik heb opgesteld ziet er heel amateuristisch uit. Times New Roman, lettergrootte 12, op een goedkoop vel A4-papier. Misschien had ik het moeten laten lamineren.

Ik moet gewoon proberen om zelfverzekerd over te komen.

'Vandaag en morgen gaan we proberen een gevoel voor het stadje te krijgen. In jullie mappen zit een lijst met acht belangrijke plekken: de school, de ijzergieterij, de kerk, het treinstation, de woning van Elsa en Aina, het hutje van Gekke Gittan, de pastorie en het meer. Dat zijn de plekken die we als het meest relevant voor het onderzoek beschouwen en die het belangrijkst zijn om te verkennen voordat we gaan filmen. We doen het meer op de laatste dag voor het geval we daar meer tijd aan willen besteden – voor zover we weten is niemand ooit het meer in gegaan en we hebben duikapparatuur bij ons.'

Robert steekt zijn hand op en ik raak de draad van mijn verhaal kwijt.

'Eh... ja?'

Hij laat zijn hand zakken en krabt op een zelfbewuste manier in zijn nek, waardoor ik het hem vergeef dat hij me heeft onderbroken. Hoewel hij Emmy's vriend is – of minnaar, of seksmaatje, of partner, of wat dan ook – maakt hij een sympathieke indruk. Hij lijkt verlegen en ouderwets beleefd.

'Hoe hebben jullie de relevante plekken geselecteerd?' vraagt hij.

Ik kijk snel naar Tone, die niet van plan lijkt me te helpen en zich in het gesprek te mengen. 'We denken dat we op die plekken in de stad iets kunnen vinden, zoals nieuwe informatie en leidraden naar wat er gebeurd kan zijn,' zeg ik.

Emmy trekt haar wenkbrauwen op. 'Ik heb ook een vraag,' zegt ze. 'In je verkooppraatje zeg je dat we moeten onderzoeken wat er met de bewoners van Silvertjärn gebeurd is. Hoe groot is de kans dat we iets vinden? Het lijkt riskant om zoiets te beloven. Er heeft toch een politieonderzoek naar de verdwijning plaatsgevonden? Het lijkt onwaarschijnlijk dat wij bewijs boven water krijgen dat zij niet gevonden hebben. Dit is *Midsomer Murders* niet, de kans dat we het geheime dagboek van pastoor Mattias vinden is vermoedelijk heel klein.'

Ik voel mijn wangen gloeien. Ze heeft gelijk, zowel met haar analyse van de situatie als haar afgemeten, geamuseerde beschrijving van de heimelijke hoop die ik koester. Natuurlijk hoop ik op een doorbraak, om iets te vinden waarover niemand tot nu toe iets wist, om het mysterie van Silvertjärn op te lossen. Natuurlijk weet ik dat het onwaarschijnlijk en op de grens van onmogelijk is. Dat betekent echter niet dat ik er niet van droom.

'We beloven niets,' snauw ik. 'En de politie heeft voornamelijk in de omringende bossen gezocht. Het is heel goed mogelijk dat ze dingen over het hoofd gezien hebben.'

Emmy zegt niets en kijkt me aan zonder met haar ogen te knipperen.

'Maar afgezien daarvan hebben de plekken die we uitgekozen hebben de grootste thematische relevantie,' ga ik verder terwijl ik opgewekt probeer te klinken. 'Ik denk dat we ons vandaag op de school, de ijzergieterij en het treinstation moeten concentreren. In jullie mappen zitten kopieën van de kaarten uit de rapporten van het mijnbouwbedrijf, waarop ik de plekken gemarkeerd heb. Van een aantal zijn we niet helemaal zeker waar ze zich bevinden. Vooral de pastorie en het huis van mijn oma zijn steekhoudende inschattingen die zijn gebaseerd op de informatie in de brieven en de verhalen van mijn oma, dus bewaren we die voor het laatst.'

Ik heb mijn zin nauwelijks afgemaakt als Emmy me weer onderbreekt. Haar map ligt opengeslagen op haar schoot en ze begint te praten zonder naar me te kijken, met haar blik op de kaart en een gefronst voorhoofd. 'Waarom staat de mijn niet op de lijst?' vraagt ze. 'Hij is in elk geval niet aangegeven op de kaart. We moeten proberen daar foto's te maken. Dat zal sfeervol zijn, vooral als we context willen geven aan hoe de gemeenschap veranderde nadat de mijn gesloten was.'

'Het is er niet veilig,' leg ik uit. 'De grond is niet stabiel genoeg, vooral niet als je de mijningang nadert. Het ijzererts in dit gebied lag blijkbaar vlak onder de grond, dus de winning vond niet diep plaats en niemand heeft de gangen onderhouden. Er is een groot risico op instorting. Dat is deels de reden dat de inspecteurs die hier in de jaren negentig zijn geweest, aangeraden hebben om de mijnbouw in de omgeving niet meer te hervatten. Dat staat allemaal in het rapport.'

Emmy bladert in de map en ik ga verder: 'Daarom is hier ook geen ontvangst.'

Emmy kijkt op. 'Omdat er in de grond gegraven is?' vraagt ze sceptisch.

'Nee,' antwoord ik. 'Omdat het erts zich zo dicht aan de oppervlakte bevindt. Het heeft iets met een magnetisch veld te maken.'

'Aha,' zegt Emmy met een smalend lachje. 'Een magnetisch veld. Heel wetenschappelijk.'

'Inderdaad,' zeg ik. Ik merk dat ik de draad kwijt ben, maar verman me en kijk weer op het schema. 'Tja,' zeg ik. 'Als...'

Tone redt me. 'Neem veel foto's. We hebben drie geweldige camera's bij ons.'

Robert steekt zijn hand weer op.

'Ja?' zeg ik.

'Het zou goed zijn om zo veel mogelijk foto's te maken van de plekken waar we willen filmen,' zegt hij voorzichtig. 'Zodat ik kan zien hoe de lichtval is en op welk tijdstip van de dag we waar het beste kunnen filmen. Ik weet niet of jullie een gedetailleerder schema hebben voor wat betreft de opnamen, maar het is in elk geval handige informatie om te hebben.'

‘Hij heeft gelijk,’ zeg ik. ‘En Tone ook. Maak veel foto’s. Zowel foto’s die decoratief zijn als foto’s die ons helpen met de logistiek.’

‘Gaan we het materiaal meteen opnemen of willen jullie daarmee wachten en vandaag beschouwen als een dag om te verkennen?’ vraagt Emmy. ‘En kunnen we het voorlopige manuscript en de langetermijnplanning voor wat betreft de productie krijgen? Die zitten niet in de map.’

Ik kijk naar Tone. Zowel het voorlopige manuscript als de langetermijnplanning is uitermate schetsmatig, nauwelijks meer dan losse ideeën in een Word-document dat ik absoluut niet aan Emmy wil laten zien. Tones blik verraadt niets. Ze merkt mijn onrust niet of houdt haar masker op om de anderen niet wijzer te maken.

Ik kijk naar Emmy: ‘We... hebben niet alles meegenomen. Maar natuurlijk mag je bekijken wat we hebben.’

‘Mooi,’ zegt Emmy.

Ik duw mijn haar achter mijn oor. Het zit plat en is een beetje vet, hoewel ik het gewassen heb voordat we vertrokken.

‘We vormen duo’s,’ zeg ik. ‘Ik wil niet dat jullie de gebouwen alleen betreden. De woningen zijn al bijna zestig jaar verlaten, wat betekent dat ze instabiel zijn. Wees vooral voorzichtig met trappen en kelders; maak er geen gebruik van als jullie ook maar enigszins denken dat ze niet veilig zijn.’ Ik zwijg even en ga vervolgens verder: ‘We hebben voor iedereen een veiligheidsuitrusting meegenomen. De gezichtsmaskers zijn nogal onhandig, maar het is belangrijk dat jullie die dragen als jullie de gebouwen in gaan. Er bestaat een vrij groot risico dat zich asbest in de woningen bevindt, vooral in de gebouwen die zijn opgetrokken toen de mijn tijdens de oorlog uitbreidde, en we weten niet hoe het met schimmels en dergelijke zit, dus draag jullie maskers, ook al zijn ze onhandig.’

Ik pauzeer om na te denken, maar ben er vrij zeker van dat ik niets vergeten ben. Ik weet niet goed hoe ik moet afsluiten, dus zeg ik: 'En zorg ervoor dat jullie het naar jullie zin hebben.' Zodra ik de woorden heb uitgesproken, vind ik ze idioot klinken.

'Hoe communiceren we met elkaar?' vraagt Emmy. 'Mijn mobiel heeft geen bereik meer sinds we van de snelweg af gereden zijn.'

'Dat vergeet ik helemaal,' zeg ik. 'Met walkietalkies. We hebben walkietalkies bij ons.'

'Waarom werken die wel als onze mobieltjes dat niet doen?'

Ik kijk naar Tone, die glimlacht. 'We weten nog niet of ze hier werken,' zegt ze. 'De man met wie we gepraat hebben zei dat ze het moeten doen. Ik heb zijn uitleg niet helemaal begrepen, maar de verbindingen zijn plaatselijker, zodat de signalen blijkbaar niet op dezelfde manier worden onderbroken als bij mobieltjes het geval is.'

'Hij zei dat we rekening moesten houden met storingen, maar dat ze in principe moeten werken,' voeg ik eraan toe. 'En als alles gaat zoals het moet, dan hebben we ze niet eens nodig. Net als de gezichtsmaskers hebben we de walkietalkies uit voorzorg meegenomen.'

Emmy knikt. 'Oké, mooi,' zegt ze. 'Mogen we ons eigen team kiezen?'

'Er valt niet veel te kiezen,' merkt Tone droogjes op. 'Alice en ik willen met het schoolgebouw beginnen. Het zou goed zijn als het andere team bij de ijzergieterij begint en vanaf dat punt naar de stad toe werkt.'

Ik kijk naar Max. 'Vind je het een probleem om bij de auto's en de apparatuur te blijven?' vraag ik hem. 'Ik denk dat het goed is als dat gebeurt. Voor alle zekerheid. We kunnen elkaar afwisselen.'

Max salueert naar me. 'Jouw wil is mijn wet,' zegt hij. 'Jij bent de producent.'

Ik glimlach dankbaar naar hem. Vervolgens kijk ik naar de anderen, voel hoe mijn glimlach breder wordt en er een kriebelend gevoel door mijn lichaam stroomt. 'Oké,' zeg ik. 'Laten we onze uitrusting pakken en aan de slag gaan.'

NU

Ik zou willen dat we bewegend beeldmateriaal van Silvertjärn hadden uit de tijd voordat de mijn gesloten werd. Nu moeten we het doen met een paar wazige, bewogen foto's in zwartwit en sepia. Ik wil ze op een later tijdstip op Instagram zetten en ze gebruiken om eventuele sponsors enthousiast te maken en subsidies aan te vragen, maar het zal moeilijk zijn om ze op een soepele manier in de film te verwerken. We moeten erop hopen dat wat we filmen zo goed is dat het op zichzelf kan staan.

De ruwe pleisterlaag van het schoolgebouw is grijs geworden en heeft een ziekelijke vaalwitte kleur. De raamkozijnen bladderen af en zitten vol splinters, en in de meeste ramen zit geen glas. Het gezichtsmasker is warm en de band schuurt langs mijn oren. Het geeft me een claustrofobisch gevoel, maar als we de afbrokkelende trap op gelopen zijn en in de deuropening van de school blijven staan, ben ik dankbaar dat ik het draag.

Het licht stroomt door de grote ramen naar binnen, waardoor de stofdeeltjes in de lucht zichtbaar zijn. Zelfs door het filter ruik ik de geuren van schimmel en oud papier. We lopen voorzichtig een stukje de hal in, die zo anoniem is dat hij van iedere Zweedse instelling zou kunnen zijn. Ik zie roomgele muren en een ruwe houten vloer. Zonder de afbladderende verf en de opbollende en doorbuigende vloer zou het de wachtruimte van een tandarts kunnen zijn.

Ik hoor een beverig lachje en draai mijn hoofd om naar Tone te kijken. Ze kijkt naar de grote trap voor ons die naar de verdieping leidt. ‘Waarom lach je?’ vraag ik haar.

Tone kijkt naar me. ‘Wat zei je?’

'Waarom lach je?' vraag ik opnieuw.

'Ik lachte niet,' antwoordt Tone.

'Ik hoorde iets,' zeg ik.

Ik zie aan haar ogen achter het masker dat ze glimlacht. 'Spoken,' zegt ze.

Ik rol met mijn ogen. 'Max had het vanochtend ook al over spoken,' zeg ik tegen haar. 'Misschien moeten we de documentaire vergeten en in plaats daarvan een horrorfilm maken.'

'Met dat masker zie je eruit als iemand uit een slasher-film,' zegt Tone. Ondanks het dempende effect van het masker hoor ik haar plagerige toon. 'Michael Myers ontmoet Darth Vader.'

'Dat wordt plan B,' zeg ik terwijl ik de trap voor ons bestudeer. 'Als we niets vinden wat interessant genoeg voor de documentaire is.'

'Daar hoef je je geen zorgen over te maken,' zegt Tone.

Het is net alsof ik de stem van mijn oma in het verlaten gebouw hoor.

Het was een kleine stad, maar alles wat je nodig kon hebben was aanwezig. Er was een kerk waar iedere zondag kerkdiensten gehouden werden en waar mijn ouders getrouwd zijn, een kruidenier en een apotheek. Twee keer per maand kwam er een dokter naar het stadje om schrammen en wondjes te verzorgen, en als het ernstiger was, werd je naar het ziekenhuis in Sundsvall gebracht. En er was natuurlijk een school.

De trap voor ons is van hout in plaats van steen, wat een slecht teken is, maar hij lijkt in een betere staat dan de rest van het gebouw. De treden zijn bekleed met wat ooit dikke, wijnrode vloerbedekking moet zijn geweest, maar door alle jaren zon, regen en sneeuw is die zo dun geworden dat er alleen een paar verfomfaaide stukken over zijn, zoals de huid van een dier dat aan schurft lijdt.

'We moeten beneden beginnen,' zeg ik tegen Tone.

Voordat we vertrokken heb ik nachtenlang op forums van *urban explorers* doorgebracht. De meesten van hen lijken in de VS en

Duitsland te wonen en ze gebruiken hun nachten en weekenden om verlaten woningen en gebouwen aan de randen van steden te onderzoeken. Ik heb hun adviezen opgevolgd voor wat betreft de beste gezichtsmaskers, welke uitrusting je nodig hebt en welke veiligheidsmaatregelen belangrijk zijn. Gebruik nooit trappen zonder de stabiliteit ervan eerst te controleren. Wees voorzichtig waar je je voeten neerzet. Let op vocht- of schimmelplekken die dragende balken en muren verzwakt kunnen hebben.

De hal bij de ingang leidt naar twee gangen, één naar links en één naar rechts. Ik gebaar naar de rechtergang en Tone knikt.

De eerste deur in de gang leidt naar een toiletruimte met vier kleine hokjes. Tone heeft de camera in haar handen en maakt snel een paar foto's, maar er is niets opmerkelijks te zien, alleen tegels met smerige voegen en ouderwetse wasbakken van gebarsten porselein. De toiletdeuren hangen in de scharnieren. Ik raak er een aan, maar het scharnier is meer roest dan metaal en het hout versplintert tussen mijn vingers.

We lopen verder naar het eerste klaslokaal, waar schooltafels met stoelen in rijen staan. Op de een of andere manier is het nog griezeliger omdat de stoelen zo klein zijn. Sommige tafels hebben geen poten meer en zijn ingestort, maar de meeste lijken min of meer intact. Aan de achtermuur hangt een groot schoolbord waarop niets geschreven is.

De volgende twee ruimten zijn een identiek klaslokaal en een schoonmaakkast. Daar eindigt de gang. Tone maakt een foto, waarna we ons omdraaien en langs de rij kapotte ramen teruglopen.

De linkergang ziet er hetzelfde uit. In een van de klaslokalen is het schoolbord naar beneden gevallen. Het ligt in grote zwarte stukken op de vloer. Tone heft de camera, maar laat hem plotseling weer zakken. 'Is dit niet een beetje vreemd?' vraagt ze me zonder zich om te draaien, waarna ze naar de ramen loopt.

'Wat is er?' Ik sta nog in de deuropening.

Tone houdt haar hoofd schuin. 'Er liggen geen insecten op de raamkozijnen,' zegt ze. 'Geen dode vliegen, geen mieren...' Ze kijkt me met opgetrokken wenkbrauwen aan.

Ik haal mijn schouders op. 'Het is winter geweest,' zeg ik. 'Misschien zijn ze weggespoeld met de sneeuw.'

Tone draait zich om en knikt. 'Misschien wel.'

Ze heft de camera en neemt een foto van de ramen. Ik probeer het gevoel dat me is bekropen van me af te schudden. 'Zullen we de bovenverdieping gaan bekijken?' vraag ik.

'Absoluut,' antwoordt Tone.

Als we bij de ingang terug zijn kijkt ze met opeengeperste lippen naar de trap.

'Ben je er klaar voor?' vraag ik haar.

Ze knikt zwijgend.

Ik transpireer door het gewicht van de rugzak die ik over mijn jack draag en trek de rits naar beneden om een beetje af te koelen terwijl ik naar de trap loop. Ik kijk over mijn schouder naar Tone. Ze is blijven staan en kijkt me kalm aan, waardoor ik me rustiger zou moeten voelen.

'Oké dan,' zeg ik, meer tegen mezelf dan tegen haar. Ik zet mijn voet op de onderste traptrede en verplaats mijn gewicht langzaam. De trede kraakt een beetje, maar niet op een manier die aangeeft dat hij kan instorten. Ik ben bang dat als ik mijn andere voet van de vloer haal, het hout onder me zal breken, maar het kraakt niet eens.

'Hij lijkt stabiel,' zeg ik.

Ik stap voorzichtig op de volgende trede. Mijn schoenen zakken weg in de restanten van het kleed alsof het modder is, en de vezels raken los en plakken aan mijn schoenzolen als ik ze optrek.

Ik kijk over mijn schouder. 'Ik denk dat het geen probleem is,' zeg ik.

Tone knikt. 'Doe voorzichtig,' zegt ze. 'Blijf bij de muur. Daar zijn de treden waarschijnlijk het stabielst.'

‘Ik weet het,’ antwoord ik.

De trap loopt met een lange bocht naar de bovenverdieping. Ik loop nog steeds voor en heb het gevoel dat ik mijn adem inhoud tot ik boven ben. Ik verwacht bij elke trede dat de trap onder ons zal verdwijnen en dat we na een val van een paar meter op de harde, golvende houten vloer zullen vallen, maar de trap houdt het. Een deel van de spanning ebt weg als ik eenmaal op de bovenverdieping sta, maar ik houd mijn blik toch strak op Tone gericht terwijl ze langzaam in mijn voetsporen naar boven klimt. Ik ontspan pas als ze naast me staat.

‘Loop voorzichtig,’ zeg ik tegen haar. ‘Blijf bij de muren. We weten niet hoe stevig de vloer is.’

Ik denk dat ze zal zeggen dat ze dat weet, maar ze knikt alleen.

De vloer is stoffig en aangetast, maar het is duidelijk dat het hout ooit mooi is geweest. Rechts van ons zien we een paar grote, eikenhouten deuren met houtsnijwerk, die niet alleen bijna onaangetast lijken, maar bovendien gesloten zijn. Ik leg mijn hand op de messing deurkruk en duw die naar beneden. De scharnieren piepen als de deuren opengaan.

Ik zie acht kleine, hoge tafels op een rij, met daarvoor een lessenaar en een schoolbord aan de muur. Er zijn geen stoelen, maar aan alle muren hangen planken. De meeste staan vol met netjes gerangschikte reageerbuizen, glazen flessen en apparatuur voor eenvoudige scheikundige proeven, maar op de bovenste planken…

Ik loop langzaam het lokaal in terwijl ik naar de potten kijk die daar staan. De conserveringsvloeistof is bruin en geeft de stil drijvende voorwerpen een sepiakleur. Sommige zijn planten en wortels, een paar vormeloze klompen zouden zowel paddenstoelen als organen kunnen zijn, en helemaal aan het eind van de rij staan drie potten met wat onmiskenbaar een soort embryo’s moeten zijn.

Achter me kraakt iets en ik kijk over mijn schouder. Tone neemt foto's van de planken, komt dichterbij, zoomt in en richt de camera op de drie potten die het verst weg staan.

Vervolgens laat ze de camera zakken en blijft naar de potten staren.

'Dat ziet er echt heel eng uit,' zeg ik in een poging de spanning te verdrijven.

Tone heeft een frons tussen haar wenkbrauwen. 'Waar zouden die voor gebruikt zijn?' vraagt ze.

'Om de kinderen les over anatomie en dergelijke te geven, neem ik aan.'

Een van de potten in het midden is gebarsten, misschien is hij geëxplodeerd door de kou, en de stroperige bruine inhoud is naar de planken eronder gelekt. Dat moet een flinke tijd geleden zijn gebeurd, want de vlekken zijn volledig opgedroogd. Ik kan niet zien wat er in de pot heeft gezeten.

Tone blijft er zo lang naar kijken dat ik uiteindelijk zeg: 'Ik denk dat we hier klaar zijn.' Mijn stem klinkt een beetje harder dan nodig is. Het geluid lijkt het hele lokaal te vullen.

'We moeten hier terugkomen om te filmen als het schemert,' zegt ze. 'Dan zal het licht perfect zijn en levert het krachtige beelden op.'

De tijdloze, ineengekrompen, vormeloze wezens in de potten trekken nog steeds mijn aandacht en ik voel een rilling over mijn ruggengraat gaan, maar dat is waarschijnlijk juist goed. Tone heeft gelijk. Het is aangrijpend.

Als we weer in de gang zijn lopen we naar de identieke dubbele deuren aan de linkerkant van de trapopgang. Ze hangen een beetje scheef. Een van de scharnieren is losgekomen van de muur, zodat de ene deur tegen de andere aan hangt. Een gouden lichtstraal schijnt door de kier naar buiten.

Ik trek voorzichtig aan de deur met het losse scharnier en krijg een koele windvlaag in mijn gezicht, waardoor ik met mijn ogen knipper en mijn ogen beginnen te tranen door het plotselinge zonlicht.

De kamer is groot en bijna leeg, maar de muren hangen vol posters. Grote blokletters om het gezichtsvermogen te meten, afbeeldingen met doorsneden van het menselijk lichaam en gedetailleerde afbeeldingen van een oog en een hart. Dit is de kamer van de schoolverpleegster.

Naast de deur staat een eikenhouten bureau tegen de muur, met een ouderwetse bijpassende Windsor-stoel erachter. In de hoek staat een kleine kabinetkast en aan de andere kant van de deur bevindt zich een zware wastafel van wit porselein met spinnenwebachtige barsten in het email en een verroeste kraan.

Tegen de achterste muur staat een bed dat op een brancard lijkt, met gekreukte lakens die vergeeld zijn van ouderdom. Het raam ertegenover is het enige in de kamer dat open is. Het lijkt opzettelijk opengezet, alsof iemand dat heeft gedaan om de persoon die de lakens heeft gekreukt wat frisse lucht en zonlicht te geven.

Behalve de oude afbeeldingen, het bureau en de kleine kabinetkast staat er niets. De kamer lijkt te groot voor zo weinig meubels, waardoor hij nog groter lijkt.

'Hier hebben ze haar gevonden,' zeg ik. Ik ben zonder erover na te denken de kamer in gelopen, ben me er vaag van bewust dat mijn hart sneller klopt en kijk over mijn schouder. 'Hier hebben ze de baby gevonden. Jouw moeder. Of niet soms?'

Tone is in de deuropening blijven staan. Haar pupillen zijn heel klein in het scherpe zonlicht en het zweet parelt op haar voorhoofd.

'Tone?' zeg ik onzeker.

Ze brengt de camera naar haar gezicht, maar laat hem weer zakken. Vervolgens zegt ze met een zachte stem: 'Jij moet de foto's hier nemen, Alice. Ik kan het niet...' Ze bukt zich zo snel en soepel dat de beweging me overrompelt en legt de systeemcamera op de stoffige vloer. Vervolgens komt ze overeind en loopt de gang in.

'Tone!' roep ik. Ik sta op het punt om achter haar aan te gaan, maar bedenk me. Ze wil met rust gelaten worden, wil zich vermannen en kalmeren. Ze is anders dan ik. Op mijn zwakkere momenten wil ik omhelsd worden en heb ik bevestiging nodig.

'Oké,' mompel ik tegen mezelf. 'Goed dan.'

Ik pak de camera van de vloer en kijk door de zoeker. Tone heeft me de grondbeginselen over hoe ik hem moet gebruiken geleerd, maar als ik heel eerlijk ben had ik niet verwacht dat ik inderdaad foto's zou maken.

Ik kijk naar de deuren. Moet ik toch achter haar aan gaan? Ik had moeten begrijpen dat het moeilijk voor haar zou zijn, had ernaar moeten vragen, maar ze is soms zo gesloten.

Nee, zeg ik tegen mezelf. Neem een paar foto's en laat haar met rust. Dat is wat ze wil. Over een paar minuten is ze gekalmeerd en dan kunnen we naar de kerk gaan.

Ik loop de kamer in, maak willekeurig wat foto's terwijl ik me er pijnlijk van bewust ben dat Tone er straks naar zal kijken en ze onder de maat zal vinden.

Het licht is mooi en de stofdeeltjes die in beweging komen door mijn voetstappen dansen in de lucht. Niemand heeft hier de afgelopen zestig jaar een voet gezet. Het mijnbouwbedrijf dat hier mensen naartoe heeft gestuurd om de grond te inspecteren heeft opdracht gegeven om de grond in kaart te brengen en proeven te nemen, niet om de gebouwen te betreden. We hebben hun conclusie over de staat waarin de bruggen, de wegen en de rotsbodem in de jaren negentig verkeerden, maar niets over de stad zelf.

De aprilzon klimt langzaam naar het hoogste punt. Ik houd de camera voor mijn gezicht en maak een foto van de stad, ruik de geur van het naderende voorjaar en daarnaast iets anders. Iets wat op roest lijkt maar het niet is.

Als ik de camera op het bed richt om dat te fotograferen, blijf ik roerloos staan. Mijn hand aarzelt boven het vergeelde laken dat aan de bovenkant is versierd met een flinterdunne kanten rand.

Ik trek de lakens met een haastige beweging weg.

Op het matras zitten roestbruine vlekken. Bloed.

Ik staar er een paar seconden naar voordat de stilte wordt verbroken door een plotseling gekraak van iets wat breekt. Daarna volgt een langdurige, oorverdovende schreeuw.

NU

'Je mag zwaarder op me leunen,' zeg ik tegen Tone. 'Je hoeft niet op je voet te staan. Het lukt me wel.'

Tone knikt verbeten. Ze heeft het masker naar beneden getrokken zodat het rond haar nek hangt en ik zie haar kaakspieren spannen als ze de gewonde voet op de grond zet om korte, huppende stappen over de kinderhoofdjes te maken.

Max ziet ons in de verte aankomen. Ik vraag me af of hij naar ons heeft uitgekeken, want hij is binnen een paar seconden bij ons.

'Wat is er gebeurd?' vraagt hij.

Tone geeft antwoord. 'Ik ben door de trap gezakt,' zegt ze kort. 'In het schoolgebouw. Het hout was vermolmd.'

'Heb je je voet bezeerd?' vraagt Max.

Ik knik en zeg: 'Kun je iets voor haar vinden om op te zitten?'

Max rent al naar de auto's terug voordat ik mijn zin heb afgemaakt. Hij zoekt in de laadruimte van onze bestelwagen en haalt er een koelbox uit. Ik help Tone om erop te gaan zitten. Haar voorhoofd glanst ondanks de kou van het zweet en bij haar slapen zwellen kronkelende blauwe aderen op.

Ik ga voor Tone op de koude straatstenen zitten. 'Ik moet je schoen uittrekken,' zeg ik tegen haar.

Ze doet haar ogen dicht en knikt.

'Wacht,' zegt Max achter me en ik kijk om. Hij heeft een kleine zilveren strip met tabletten uit zijn zak gehaald, drukt er twee in zijn handpalm en geeft ze aan Tone.

'Wat zijn dat voor pillen?' vraag ik hem.

'Alvedon,' zegt Max.

Tone schudt haar hoofd, geeft ze aan hem terug en vertrekt haar gezicht omdat haar voet door de beweging verplaatst.

'We moeten mijn schoen nu uittrekken,' zegt ze verbeten. 'Ze werken toch niet meteen.'

'Maar...' begint Max.

Ik onderbreek hem. 'Kun jij de verbandtrommel halen?' vraag ik hem. 'Hij ligt in de bestelwagen van Emmy en Roger. Kijk maar op de voorstoelen.'

Max is even van slag, maar knikt dan. 'Natuurlijk, dat regel ik.'

Het vocht van het mos tussen de straatstenen is inmiddels tot boven de knieën van mijn spijkerbroek doorgedrongen. Ik kijk naar Tones grove schoenen en vervolgens naar haar gezicht. Haar lippen zijn bleek.

'We kunnen kijken of er iets is wat je wel kunt slikken,' zeg ik.

Tone schudt haar hoofd. 'Ik weet niet welke pijnstillers werken,' zegt ze. 'Trek hem gewoon uit.'

Ik begin de stevig vastgesnoerde veter open te knopen en probeer niet te luisteren naar de verstikte geluiden die ze maakt omdat ik haar pijn doe, hoe voorzichtig ik ook probeer te zijn.

Als de veter helemaal los is, pak ik de schoen met twee handen beet en kijk naar haar op. 'Klaar?' vraag ik.

Tone knikt.

Ik trek zachtjes aan de schoen. Ze is doodstil en heeft haar tanden zo stevig op elkaar geklemd dat haar kaken helemaal wit zijn, tot aan het laatste stukje, als de voet er uiteindelijk uit gewurmd moet worden. Dan kan ze zich niet meer inhouden. Ze kreunt langdurig, wat bijna erger is dan de schreeuw die ik hoorde toen de trap het begaf. Ik proef de adrenaline van dat moment nog steeds in mijn mond en de angst heeft mijn lichaam in een ijzeren greep. Het voelt als pijn in mijn ledematen.

Ik zet de schoen naast ons neer en kijk naar Tone. Haar ogen glanzen en als ik met mijn hand over mijn mond veeg, besef ik dat mijn wangen nat zijn. 'Het ergste is achter de rug,' lieg ik.

Ze probeert te glimlachen, wat misschien nog erger is dan tranen.

Ik trek haar sok uit. Ze bloedt niet – dat is in elk geval een opluchting – maar ik zie dat haar enkelgewricht begint te zwellen en dat de huid vuurrood is.

'Ik hoorde iets,' zegt Tone.

'Dat is Max waarschijnlijk. Hij zoekt de verbandtrommel,' antwoord ik.

'Nee,' zegt Tone zachtjes. 'In het schoolgebouw. Ik hoorde iets op de begane grond. Daarom ging ik naar beneden.'

Ik kijk naar haar. 'Wat hoorde je dan?'

Tone kijkt me strak aan, haar lippen zijn bleek. 'Voetstappen,' zegt ze. 'Ik hoorde beneden iemand rondlopen.'

'Maar er was daar niemand,' zeg ik.

Tone klemt haar lippen op elkaar. 'Dat zou inderdaad niet zo moeten zijn,' zegt ze.

Ik schrik als ik aan Emmy's bleke gezicht van afgelopen nacht denk en kan het niet laten om het haar te vragen: 'Weet je zeker dat... Ik bedoel, weet je zeker dat wat je hoorde... echt was?'

Voordat een van ons iets kan zeggen, haast Max zich van de bestelwagen naar ons toe. Hij heeft een witte doos in zijn hand.

'Hier,' zegt hij en hij zet de doos naast me neer. 'Ik kon hem niet meteen vinden omdat hij achter een van de camerastatieven gevallen was.'

'Dank je,' zeg ik en ik open de doos, haal er een rol verbandgaas uit en begin dat rond mijn hand te wikkelen terwijl ik vanuit mijn ooghoeken zie dat Emmy en Robert over het plein aan komen rennen. Robert draagt hun spullen en Emmy rent voor hem uit. Ze blijft voor ons staan, ademloos en met zweetplekken onder haar armen. Net als bij Tone hangt haar masker als een macaber sieraad rond haar nek.

'Wat is er gebeurd?' vraagt ze terwijl ze naar Tones opgestroopte broekspijp en gezwollen enkelgewricht kijkt.

'Ze is door een trap gezakt,' zegt Max.

'Heb jij ons opgeroepen?' vraagt Emmy aan Tone.

Tones ogen glanzen en ze kijkt haar verbaasd aan. 'Ik heb niemand opgeroepen,' zegt ze.

'Iemand heeft dat gedaan,' zegt Emmy. 'Iemand kreunde in de walkietalkie. Van pijn.' Ze kijkt naar Robert.

Tone heeft haar hand in haar achterzak gestoken alsof ze iets zoekt en zegt: 'Ik was het niet. Ik heb mijn walkietalkie niet eens meer bij me. Die ben ik waarschijnlijk verloren toen ik viel.'

Emmy kijkt naar Robert. 'Kunnen we dat gehoord hebben? Misschien is hij op de zendknop terechtgekomen toen hij viel.'

Robert haalt zijn schouders op. Hij heeft een terneergeslagen blik in zijn bruine eekhoornogen. 'Misschien wel,' zegt hij. 'Of hij is stukgegaan. Dat kan een storing of zoiets veroorzaakt hebben.'

Emmy doet een stap naar voren en gaat voor Tones voeten zitten, zo dichtbij dat ik mijn evenwicht verlies en een stukje naar achteren schuif.

'Is het goed als ik je voet aanraak?' vraagt ze aan Tone.

Tones stem klinkt ijl en uitgeput: 'Alice was bezig om...'

'Ik heb mijn EHBO-diploma.'

Ik voel de irritatie in me opkomen terwijl ik de pijn in Tones stem hoor. Haar enkel is nu zo gezwollen dat die nauwelijks nog op een deel van een been lijkt.

Ik slik mijn trots in en zeg: 'Ga je gang.'

Emmy voelt voorzichtig met haar vingertoppen, die in de rode, gezwollen huid verdwijnen, werpt haar een blik toe en mompelt 'sorry' als ze kreunt.

'Heb je iets tegen de pijn geslikt?' vraagt ze.

Tone schudt haar hoofd en ik neem het woord: 'Ze is allergisch voor pijnstillers. Het heeft met haar maag te maken.'

'Is dat waar?' vraagt Emmy.

Tone knikt zonder te aarzelen.

'Ik heb whisky bij me,' zegt Emmy. 'Daar kun je een paar slokken van nemen. Het is een heel ouderwetse manier van pijnstilling, maar het werkt.'

Het lukt Tone zelfs om een glimlachje tevoorschijn te toveren en Emmy kijkt over haar schouder naar Robert, die zonder een woord te zeggen naar hun bestelwagen loopt. Emmy haalt nog een rol verbandgaas uit het witte doosje en begint die stevig rond Tones enkel te wikkelen.

'Ik kan niet voelen of je enkel gebroken of verstuikt is,' zegt Emmy. 'Maar een steunverband houdt alles voorlopig op z'n plaats. Het zou beter geweest zijn als we iets kouds op je voet hadden kunnen leggen, maar...' Ze kijkt me aan. 'Heb je misschien diepvrieseten meegenomen waar we niets vanaf weten?'

Ik schud mijn hoofd.

'Dan kunnen we er alleen druk op uitoefenen en moet je je enkel omhooghouden.' Emmy zet het verbandgaas vast met de kleine veiligheidsspeld die in de rol zat. 'Hoe voelt dat?'

'Ik heb me weleens beter gevoeld,' zegt Tone. Ze is nog steeds bleek, maar heeft nu iets meer kleur op haar gezicht en transpireert niet meer. 'Ik overleef het wel.'

Emmy glimlacht naar haar. 'Mooi,' zegt ze.

Het geeft me een onbehaaglijk gevoel om de interactie tussen die twee te zien, een combinatie van onrust en iets wat op jaloezie lijkt. Ik bijt op de binnenkant van mijn wang.

Robert komt terug met Emmy's zakflacon van de vorige avond en Tone pakt hem dankbaar aan, waarna ze een paar flinke slokken neemt. Ik weet niet zeker of het een goed idee is, maar wil niet protesteren.

'Oké, luister,' zegt Emmy terwijl ze gaat staan en haar knieën afveegt. 'Zullen we een tijdje pauzeren om een beetje te kalmeren? We kunnen iets eten en bespreken wat we nu gaan doen.'

'Dat klinkt als een goed plan,' zegt Robert.

Het voelt alsof ik dat had moeten zeggen, alsof ze iets van me afgepakt heeft. Ik ben tenslotte degene die dit project leidt. Maar

Emmy loopt al weg om de spullen voor de lunch te halen en Robert gaat met haar mee. Het moment is voorbij.

Ik kijk haar na terwijl ze naar de bestelwagen loopt. Het gevoel van onbehagen in mijn maag wordt steeds sterker.

Ik kan me niet herinneren dat ik iets in mijn walkietalkie heb gehoord, zoals gekreun van Tone. Maar als Robert en Emmy niets hadden gehoord, waarom waren ze dan teruggekomen? Hoe konden ze weten dat Tone gewond was?

Ik dacht dat ik iemand op de begane grond hoorde.

Kan het iets anders dan verbeelding zijn geweest?

Waren het Emmy en Robert geweest?

Maar waarom dan, als dat zo is?

1 december 1958

Lieve Margareta!

Vrolijke eerste adventsdag! Of misschien moet ik vrolijke tweede adventsdag zeggen? Als je deze brief leest is die dag tenslotte al voorbij.

De eerste adventsdag was dit jaar zo gezellig. Mama had saffraanbroodjes voor het ontbijt gebakken. Je zou zo trots op me geweest zijn – ik stelde uit mezelf voor dat we 's middags een broodje naar Birgitta zouden brengen! – maar mama zei dat Birgitta dat toch niet zou eten. Ze eet alleen koude kip en speculaasjes en drinkt bessensap. Maar mama glimlachte en streelde mijn wang en zei dat het een goed idee was en dat we toch altijd speculaasjes naar haar toe brengen, en dat dat tenslotte ook bij kerst hoort. We gingen samen naar haar toe. Zelfs Birgitta leek vrolijker dan anders. Mama en ik zongen kerstliedjes voor haar en het leek bijna alsof ze mee probeerde te neuriën.

Margareta, ik kan het niet meer voor me houden. Ik moet het grote nieuws aan je vertellen! (Of heeft mama er al over geschreven? Nee, dat heeft ze niet gedaan, ze schrijft nooit over leuke dingen.)

We hebben een nieuwe pastoor!

Nu vraag je je beslist af waarom ik daar zo opgewonden over ben! Iedereen weet dat Einar een zuipschuit is en eigenlijk is het vreemd dat hij hier zo lang geweest is. Mama wordt boos op me als ik het daarover heb – ze zegt altijd dat hij een man van God is en dat je niet slecht over anderen mag praten – maar hij is de afgelopen jaren erger en erger geworden. Lena vertelde me dat haar vader Einar een paar weken geleden langs de weg heeft zien slapen en dat hij niet eens een broek aanhad! Je praat toch niet slecht over iemand als je de waarheid vertelt?

Maar goed, het spannende is dat we niet alleen een nieuwe pastoor hebben, maar dat niemand wist dat hij zou komen! Hier in de stad weet iedereen alles over iedereen (Albert van de apotheek vroeg me pasgeleden hoe je nieuwe appartement je bevalt!), maar dit kwam vanuit het niets!

Mama had het aan me verteld, want zij heeft hem van de week ontmoet, maar ik dacht dat de nieuwe man over wie ze praatte een soort hulpkracht was in plaats van een nieuwe pastoor. Iedereen fluisterde tegen elkaar toen we de kerk in kwamen. Vorige zondag hield Einar de preek, mompelend en sissend als een schoorsteen, maar nu we binnenkwamen voor de adventskerkdienst zat hij zwijgend op de eerste rij en stond pastoor Mattias op de kansel.

Hij is zo knap! Het spijt me, Margareta, mag je dat over een pastoor zeggen? Maar het is waar! Hij ziet eruit als een filmster, met dik blond haar en lichte ogen. Ze zijn grijs als mist, met lange donkere wimpers als van een meisje. Hij is niet zo lang – mama is bijna langer dan hij is – maar dat ben ik tenslotte ook niet, dus dat komt prima uit.

Hij vertelde dat ze hem vanuit Stockholm gestuurd hebben om Einar een beetje te helpen in de parochie in deze moeilijke tijden en dat hij ernaar uitkijkt om Silvertjärn te leren kennen. En toen hij begon te preken was het zo mooi. Je weet dat ik nooit goed ben geweest in luisteren als Einar praat (dat ben jij ook niet!), maar nu was ik betoverd. Hij heeft zo'n mooie stem, soepel en zacht als zijde, en hij praatte zachtjes, zodat iedereen heel stil moest blijven zitten om hem te kunnen horen. Je kon een speld horen vallen! Hij praatte over het hemelrijk, maar niet zoals Einar altijd doet, over klapwiekende engelen en gouden poorten, maar over het hemelrijk als gevoel. Het was zo mooi dat ik ervan huiverde.

Na afloop, toen we op weg naar buiten waren, kwam hij zelfs naar ons toe om ons te begroeten. (Dat was het moment dat ik zijn wimpers zag!) Mama en hij hadden iets te bespreken, over een oude vrouw die ziek is, maar hij begroette mij ook, keek in mijn ogen en pakte mijn hand vast. Hemel, Margareta, ik werd van top tot teen rood! Dat was zó pijnlijk, maar hij zei er niets over. Hij glimlachte alleen en zei dat Aina een mooie naam is. Hij zei dat het Hebreeuws is en 'schoonheid' betekent, kun je je dat voorstellen? Ik dacht dat ik ter plekke zou flauwvallen.

Pastoor Mattias zegt dat hij een bijbelgroep voor jongeren gaat organiseren en dat het leuk zou zijn als ik wil meehelpen. Natuurlijk heb ik ja gezegd! Op weg naar huis zei mama dat het goed was dat ik iets te doen had en dat het goed voor me kon zijn. Ik was helemaal zenuwachtig, Margareta! Als je met Kerstmis op bezoek komt zul je zien wat ik bedoel. Maar je moet voorzichtig zijn, misschien word je verschrikkelijk verliefd, verlaat je Nils, kom je naar Silvertjärn terug en trouw je met de nieuwe pastoor!

Nu moet ik stoppen, want mama roept me. Schrijf snel en veel!

Je zusje Aina.

NU

Max gooit zijn hoofd in zijn nek en roept hard: 'Hallo!'

Zijn stem echoot tegen het gewelfde dak en de massieve muren, lijkt gesneden en versplinterd te worden door de scherven in de raamkozijnen. Het stationsgebouw is klein maar vreemd vertrouwd; alle Zweedse treinstations lijken volgens hetzelfde gestandaardiseerde model gebouwd te zijn. Blijkbaar ook in een mijnstadje in niemandsland. Het heeft hoge ramen en stenen vloeren, met kleine banken in het midden waarop je kunt wachten.

'Stop daarmee,' zeg ik tegen Max, die verbaasd naar me kijkt.

'Hoezo?' vraagt hij.

Ik kan niet goed uitleggen waarom ik wil dat hij stil is. Tone begreep dat instinctief in het schoolgebouw. 'Sorry,' zeg ik in plaats daarvan. 'Ik neem aan dat ik een beetje gespannen ben na alles wat er gebeurd is.'

'Je hoeft nooit sorry tegen me te zeggen,' zegt Max. 'Natuurlijk ben je gespannen. Ik ben onder de indruk omdat je je ondanks alles zo goed staande houdt.'

Ik lach even. Als hij vindt dat ik me goed staande houd, vraag ik me af wat hij had verwacht.

Tone werd vrij snel slaperig en duizelig van de alcohol en at maar een beetje van de lunch die Emmy had gemaakt. Toen we klaar waren met eten nam Emmy de leidersrol weer op zich. Ze richtte zich tot de groep, maar keek naar Tone. 'Zullen we dit nu beëindigen en vertrekken?'

Max is naar de deur aan de andere kant van de ruimte gelopen, die naar het perron leidt, en wenkt me. 'Kom hier eens kijken,' zegt hij. 'Hier willen we foto's van hebben.'

Ik loop met lange passen over de vieze, gebarsten vloertegels en hoor het grind onder mijn schoenen knarsen. Het middaglicht is zachter dan het scherpe schijnsel van vanochtend.

Max is naar buiten gelopen en staat op het perron.

'Voorzichtig,' zeg ik tegen hem.

Het perron is van beton, maar net als de trap naar het schoolgebouw is het beton gebarsten en verweerd. Tegen de muur van het stationsgebouw staan twee gietijzeren banken. Beide zijn zo verroest dat het nauwelijks meer dan okerrode omhulsels zijn.

Ik neem er een paar foto's van, de camera onhandig in mijn handen, en kijk op als ik hoor dat Max van het perron springt en tussen de struiken terechtkomt.

Het heeft instinctief iets onaangenaams om iemand op de rails te zien staan, ook al is er ruim een halve eeuw geen trein meer dit station in gereden.

Het is eenvoudig om je voor te stellen dat het stationsgebouw vol mensen is. Verveelde kinderen die in afwachting van de trein kibbelen, vrouwen die hun mooiste zondagse kleren dragen en naar het zuiden reizen om familieleden te bezoeken. Mijn oma, onmogelijk jong met haar achttien jaar, op weg naar Stockholm om een nieuw leven op te bouwen.

En later werkloze mannen die nergens anders naartoe konden. Die probeerden hun onzekere toekomst te verdrinken en op de harde stationsbanken lagen te slapen.

Max houdt zijn hand boven zijn ogen en kijkt naar het bos, waar de rails tussen de bomen verdwijnen. 'Het is bizar om te bedenken dat dit de enige manier was om de stad uit te komen,' zegt hij.

Ik ga op het perron zitten en Max steekt zijn hand naar me uit. Ik pak hem vast en beland onhandig op de rails, hoewel ik hem als steun gebruik. 'Ze hadden de weg ook,' zeg ik tegen hem terwijl ik de camera richt.

Door de lens gezien ziet het spoor er afgelegen uit en lijkt het bos een halve eeuwigheid weg. Het verdwijnende licht is goudkleurig, waardoor de roest op de rails glanst. Een paar roze knoppen ontluiken tussen de heide.

Hij heeft het mis. Ik wil hier minder graag foto's van hebben dan film, wil proberen de rust te vangen, de onnatuurlijke stilte, de hartslag ervan. Ik wil ze laten voelen dat ze bij ons in Silvertjärn zijn, hun net zo'n rilling langs hun ruggengraat bezorgen als ik voel nu ik hier sta.

Ik draai me om en maak snel een paar foto's van de gevel van het stationsgebouw. Met zijn afgeronde hoeken en zandkleurige stucwerk lijkt het een vervallen peperkoekhuisje.

'Wij hoeven ons in elk geval geen zorgen te maken,' zeg ik. 'We kunnen vertrekken zodra we dat willen.' De woorden smaken zuur in mijn mond.

Max snapt wat ik ermee bedoel. Zo goed kent hij me inmiddels. 'Tone zei dat ze niet naar het ziekenhuis wil,' zegt hij op een toon die duidelijk kalmerend bedoeld is. 'Ze zei dat ze wil blijven.'

'Ja,' antwoord ik. 'Dat deed ze.'

Maar haar ogen waren troebel van vermoeidheid, pijn en alcohol geweest, en ze had me een hele tijd aangekeken voordat ze het zei. Ik zou willen zeggen dat ze de spanning op mijn gezicht niet heeft gezien en de zwijgende smeekbede in mijn borstkas niet heeft gehoord.

De waarheid is dat dit de enige poging is die we kunnen doen. We hebben de uitrusting voor vijf dagen gehuurd en ondanks het geld dat Max heeft bijgedragen, hebben we ons volledige budget gebruikt. Als Max haar naar het ziekenhuis brengt, zijn we hem en Tone minstens een etmaal kwijt. Het zou de doodsteek voor de productie betekenen als we met nog maar drie in plaats van met vijf personen zouden zijn. Het zou onmogelijk zijn om alles binnen het geplande tijdschema af te krijgen.

Tone weet dat ook, en ik weet dat zij het weet, dus was de messcherpe opluchting die ik voelde toen ze zei dat het een verstuiking was en dat we bleven, vermengd met een beschaamd en naar gevoel.

‘Het zijn maar een paar dagen,’ zegt Max. ‘Tone is volwassen. Ze zegt het heus wel als het erger wordt.’

‘Ik hoop het,’ zeg ik, maar ik weet niet of ik dat meen.

Ik klim op het perron en loop het stationsgebouw weer in. Vanaf deze kant zie ik een grote klok boven de deuren die naar de stad leiden hangen. De wijzers zijn op negen minuten over drie blijven staan en de wijzerplaat is in tweeën gedeeld door een flinke scheur. Ik kijk automatisch op mijn horloge – zeventien minuten over vijf – voordat ik een foto van de klok neem.

‘Dat productiemeisje lijkt me nogal bazig,’ zegt Max achter mijn rug.

Ik kijk naar hem. ‘Emmy?’

‘Ja,’ antwoordt Max. Hij zit op zijn hurken op de stoffige stenen vloer, heeft zijn rugzak afgedaan, draait zijn waterfles open en neemt een flinke slok.

‘Ik heb het gevoel dat ze de leiding over het project wil nemen,’ zegt hij terwijl hij zijn mond afveegt.

‘Ik dacht dat ik me dat verbeeldde,’ zeg ik.

Max schudt zijn hoofd. ‘Nee,’ zegt hij, ‘dat denk ik niet.’

‘Zo is ze altijd geweest,’ zeg ik zonder dat ik het eigenlijk wil. ‘Ze houdt er gewoon van om… over mensen te beslissen.’

‘Altijd?’ vraagt Max. ‘Ik dacht dat je haar en die technicus alleen voor het project had aangenomen?’

Ik hoor de verbazing in zijn stem en aarzel. Ik heb al die jaren met niemand anders dan Tone over Emmy gepraat, maar het knagende gevoel van onbehagen in mijn maag zorgt ervoor dat ik moeizaam slik en begin te vertellen: ‘Dat is zo, maar we… Ik ken Emmy al langer. Zo ben ik voor dit project met haar in contact gekomen. Ze is hier eigenlijk veel te goed voor, ze heeft aan heel veel prachtige producties meegewerkt. Hierna gaat ze beginnen aan een dramaserie voor *C-More*.’

‘Hoe kennen jullie elkaar?’ vraagt Max.

Ik zucht, wrijf met de rug van mijn hand over mijn voorhoofd en ga naast Max op de vloer zitten. Mijn broek zal vies worden, maar dat kan me op dit moment niet schelen.

'We hebben samen gestudeerd,' zeg ik. De woorden komen traag, met tegenzin. Ik pak zijn waterfles en neem een slok in een poging het eenvoudiger te maken, de weerstand weg te spoelen. 'Ze was mijn beste vriendin,' ga ik verder.

De herinneringen dringen zich op, ongevraagd en met een enorme kracht. Late avonden en vroege ochtenden met een kater, onderlinge grapjes en verstikkend gelach. Ze mengde drankjes om mee te nemen als we ergens gingen indrinken, zure, bruisende heksenbrouwsels die niet naar alcohol smaakten, maar die me na maar een paar slokken helemaal naar de stratosfeer schoten.

'Je hebt nooit iets over haar verteld,' zegt Max.

'Dat klopt,' zeg ik. 'Dat heb ik inderdaad niet gedaan.'

De eerste twee jaar op de universiteit sliep ik vaker op haar bank dan in mijn eigen bed.

Van het derde jaar herinner ik me niet veel, maar wat ik me herinner is de duisternis achter het raam, het gedoofde licht. Stille tranen die op mijn kussen drupten. Emmy die brood roosterde, thee zette en met haar ongelakte nagels over mijn rug krabde tot ik uitgeput in slaap viel.

'We waren heel erg close,' zeg ik zachtjes. 'De eerste twee jaar woonde ik min of meer bij haar. We praatten er veel over wat we na onze opleiding zouden gaan doen, dat we samen zouden werken en een revolutie in de Zweedse filmindustrie teweeg zouden brengen. Je weet wel, dat soort dingen doe je nu eenmaal.'

Ik slik moeizaam.

'Je weet dat ik… problemen… op de universiteit gehad heb.' Ik kijk naar hem en hij knikt even. 'Ik raakte gedeprimeerd. Zwaar gedeprimeerd.'

Het woord voelt log in mijn mond. Ik verafschuw het, haat de manier waarop het klinkt: gedeprimeerd. Het is een vormeloos woord, een grauw woord, dat verdriet suggereert en medelijden opwekt. Iemand die de controle is kwijtgeraakt.

'Emmy was er in het begin voor me, maar ze kreeg er al snel genoeg van. Het is niet leuk om een vriendin te hebben die niet wil uitgaan en voornamelijk in bed ligt te huilen. Na een tijdje kon ze het niet meer verdragen. En daarna...'

De herinnering is bitter, als een zoemen achter mijn voorhoofd. Ik voel mijn ogen branden maar weiger mijn tranen te laten stromen.

Het water dat onder de brug door stroomde.

Mijn mobiel tegen mijn oor.

'Alsjeblieft.'

Het gelach, de muziek op de achtergrond. Het was een nummer van de rockband Kent.

E*n achter de muren bij de rivier laat ik een spoor na,*
Ik schreef mijn naam in het water,
Zodat je weet waar ik ben.

Ik kan nog steeds niet naar dat nummer luisteren.

'Ik probeerde zelfmoord te plegen,' zeg ik zachtjes, zo zachtjes dat het nauwelijks meer dan een fluistering is. 'Ik probeerde van een brug te springen.'

'Jezus,' zegt Max. Hij wil mijn hand vastpakken, maar ik trek hem weg.

'Ik belde Emmy,' zeg ik. 'Toen ik op de brug stond. Ik belde haar en vroeg haar om me op te halen. Het was vrijdagavond. Ze was waarschijnlijk aan het indrinken.' Ik slik. Mijn keel is droog als schuurpapier. 'Ze zei...' Mijn keel snoert dicht, maar ik dwing mezelf om toch verder te gaan. 'Ze zei dat ze er niet meer tegen kon. Dat ik zo niet door kon gaan. Daarna verbrak ze de verbinding.' Het laatste komt eruit als een zucht. De spanning in mijn borstkas is niet verminderd, maar het is fijn dat ik het heb gezegd. Het lijkt op het gevoel wanneer je iets zwaars optilt en dat eindelijk kunt neerzetten.

Max schudt zijn hoofd. Ik haal mijn schouders op.

'Waarom is ze hier?' vraagt hij voorzichtig zonder beschuldigend te klinken.

Ik schud mijn hoofd. 'We hadden geen keus,' zeg ik. 'We hebben iemand met Emmy's capaciteiten nodig, iemand die ervaring met filmproducties heeft. Emmy is heel goed in knippen en redigeren, en bovendien heeft ze contacten. We hebben contacten nodig.'

'Dat is niet wat ik bedoel,' zegt Max. 'Waarom doet ze mee?'

Ik open mijn mond, maar sluit hem weer. 'Ik weet het niet,' zeg ik uiteindelijk. 'Ik dacht dat ze nee zou zeggen. Het verbaast me nog steeds dat ze dat niet gedaan heeft.'

Max draait een grasspriet tussen zijn vingers. 'Je had het mij kunnen vragen,' zegt hij terwijl hij met zijn grote, glanzende ogen naar me kijkt. Hij heeft verbazingwekkend donkere, dichte wimpers. Toen we elkaar ontmoetten droeg hij een bril. Ik neem aan dat hij nu contactlenzen heeft. Soms mis ik die lelijke, lompe bril, net zoals ik om de een of andere vreemde reden de acné op zijn voorhoofd kan missen. Dat heeft met mezelf te maken. Met die tijd in mijn leven. Met wie ik toen was, vers van de universiteit, en wie ik nu ben.

'Ik weet het,' zeg ik, 'maar ik wilde niet dat je iemand zou zoeken. Ik kan je niet om meer geld vragen zodra er iets misgaat. Ik wilde iemand met talent hebben, iemand die goed is, en wat ik voor Emmy voel is minder belangrijk dan het project. Deze film betekent alles voor me.'

De geschiedenis van mijn oma. Mijn verhaal. Silvertjärn is zowel mijn verleden als mijn toekomst. Ik heb sinds ik een kind was met Silvertjärn geleefd, en Silvertjärn moet mijn doorbraak worden. Geen baantjes als receptioniste meer. Geen tijdelijke aanstellingen meer. Geen trieste studentenkamers meer en geen vernederende gesprekken met mijn vader en moeder waarin ik om geld vraag om de telefoonrekening te betalen, hoewel ik dit jaar negenentwintig word, hoewel al mijn studiegenoten carrière maken, loonsverhogingen krijgen, trouwen en aan kinderen beginnen.

De verdwenen stad is mijn ticket om daaraan te ontsnappen.

Max knikt langzaam. 'Ik neem aan dat ik gewoon niet begrijp hoe je haar nog kunt vertrouwen,' zegt hij.

'Ik hoef haar niet te vertrouwen,' antwoord ik. 'Ik hoef alleen te weten dat ze haar werk doet. En dat doet ze. Ze is een vakvrouw.' Ik slik de plotselinge zure smaak in mijn mond weg. Het trage licht glanst in het struikgewas.

Ik hoop dat ik kan vertrouwen op wat ik zeg.

NU

De nacht valt zacht als een zucht over de stad. Voordat Max en ik op het plein terug zijn likt de zonsondergang al met vuurrode tongen aan de hemel, en als ik de foto's van de camera's op mijn laptop heb geladen, is de zon half achter de horizon verdwenen.

Ik bekijk de foto's op de laptop terwijl Max het eten maakt. Robert heeft blijkbaar besloten hem te helpen; ik hoor ze met elkaar praten over kookpunten en de hoeveelheid lood in conservenblikken. Met hun blonde en rode haar boven de spiritusbrander gebogen zien ze eruit als twee jochies in de zandbak die elkaar verlegen hun speelgoed aanbieden.

Ik vertrek mijn mond bij de aanblik, waarna ik me weer op het beeldscherm concentreer. Ik verwacht niet dat ik alle foto's nu kan bekijken, dat doe ik tijdens het werk achteraf. In die fase zal ik waarschijnlijk heel nauw met Emmy moeten samenwerken. Voordat we hiernaartoe kwamen leek die gedachte niet helemaal onmogelijk, maar na een etmaal in Silvertjärn vraag ik me af of we een deel van het technische werk kunnen uitbesteden. Haar aanwezigheid veroorzaakt reacties bij me waarmee ik geen rekening had gehouden.

Helaas is Emmy buitengewoon goed in redigeren. Een beetje te zeker van haar zaak, een beetje te overtuigd van haar talent, maar in principe is dat gerechtvaardigd. Bovendien is ze bijzonder goed op de hoogte. De eerste keer dat ze me opviel aan de Hogeschool voor de Kunsten in Stockholm was tijdens ons tweede college in Dramaturgie I. Ik had het kleine, enigszins rockachtig geklede meisje met de groene ogen en het warrige haar eerder gezien, maar had geen aandacht aan haar besteed voordat ik met een bijdrage kwam die ik zelf zowel doordacht als goed onderbouwd vond. Ik was enorm geschokt toen ik scherpe kritiek kreeg van het meisje dat zo te zien net uit bed was gerold en een pluk pruimtabak in haar mond had. Ze nam punt voor punt door wat ik had gezegd en verpletterde mijn argumenten tegen de conventionele theaterstructuur tot er niets meer van over was.

Later die avond in het studentencafé dook ze vanuit het niets op met een glas bier in haar hand en een verontschuldigende glimlach op haar lippen. Ze stelde zich voor als Emmy Abrahamsson, verontschuldigde zich voor wat er tijdens het college was gebeurd en zei dat ze soms een beetje te enthousiast kon worden.

Ik weet nog steeds niet of ik er spijt van heb dat ik dat glas bier heb aangenomen.

Ik ben nooit meer de oude geworden na die nacht op de brug. Die dag leerde ik iets over mensen en over mezelf.

Sindsdien is er zeven jaar verstreken. Dat is bijna een kwart van mijn leven. Ze is de hele tijd een half genezen wond geweest, een korst waaraan ik voortdurend moest krabben.

Het was naïef van me om te denken dat ik dat nu naast me neer kan leggen.

Ik schud mijn hoofd en probeer me op de foto's te concentreren. Ze zijn goed. De foto's van de school zijn krachtig. Ze zijn niet altijd helemaal gecentreerd – Tone lijkt de camera nog niet volledig onder de knie te hebben – maar de foto's die dat wel zijn, zijn helder en intens. Er is iets oer-Zweeds en herkenbaars aan de foto's van de klaslokalen. Van de schoolborden en de banken. Kapot en in de steek gelaten. Een jeugdherinnering die onherkenbaar is vervormd.

Als ik plotseling een video tegenkom ben ik verbaasd. Ik wist niet eens dat het mogelijk was om te filmen met de camera's die we hebben gekocht.

'Hoe gaat het?' hoor ik iemand zeggen. Ik schrik en kijk op. Max torent met opgetrokken wenkbrauwen boven me uit.

'Jezus, wat laat je me schrikken,' zeg ik en ik lach om de scherpe klank in mijn stem te compenseren.

'Je was volkomen gehypnotiseerd,' zegt Max met een scheve glimlach. 'Ik wilde alleen zeggen dat het eten bijna klaar is.'

'Mooi,' zeg ik.

'Zullen we Tone wakker maken?' vraagt Max.

Ik schud mijn hoofd. 'Nee, laat haar maar slapen. Dat is waarschijnlijk beter.'

Max knikt en ik richt mijn aandacht weer op de laptop. Ik klik op het play-symbool van de video.

Het lijkt erop dat Tone niet bewust heeft gefilmd. De camera wijst naar de vloer, het gebarsten, versplinterende hout en de glasscherven in de raamkozijnen. Ik hoor het zwakke geluid van schoenen op de vloer en zet het geluid van de laptop iets harder. De camera wijst nog steeds naar de vloer als de voetstappen stoppen en ik schrik als ik mezelf hoor zeggen: 'Ben je er klaar voor?'

De cameralens is op een lambrisering gericht. Het behang is deels losgekomen van de muur.

'Oké,' hoor ik mezelf zeggen.

Als de camera opnieuw beweegt en ik een glimp van de traptreden met de vergane vloerbedekking zie, realiseer ik me wanneer het filmpje is genomen. Het is van vlak voordat we die verdomde trap naar de bovenverdieping op liepen.

Hierna duurt het filmpje nog maar twaalf seconden. Ik zie de cameralens heen en weer zwaaien terwijl Tone achter me aan de trap op loopt, zie een glimp van mijn stevige sneakers op de onbetrouwbare traptreden.

Nog vier seconden.

Ineens hoor ik iets.

Ik frons mijn voorhoofd en druk op pauze, spoel een stukje terug en druk weer op play.

De camera zwaait heen en weer. Rood vloerkleed, duisternis, versplinterd hout, muren met vochtschade.

Daar.

Bij vier seconden.

Daar is het weer.

Ik pauzeer. Aarzel. Zet het geluid zo hard mogelijk en spoel opnieuw een stukje terug.

Nu hoor ik Tones ademhaling, het kraken van de trap onder onze voeten. En dan…

Hoor ik hoesten?

Kan ik gehoest hebben? Maar het klinkt niet als hoesten, niet echt. Het klinkt alsof het geluid van heel ver weg komt. Het is blikkerig en gedempt. Zachtjes en als het ware… hikkend.

Het lijkt niet op hoesten, maar op lachen. Hees en gedempt, als een kind dat zich in de kledingkast heeft verstopt en zijn gegiechel probeert in te houden.

De avondkilte is op het plein neergedaald. Ik wrijf over mijn armen en probeer de rillingen die over mijn rug lopen te negeren.

Toch ben ik me er plotseling en onvermijdelijk van bewust dat de school maar vijftig meter verderop staat, aan de overkant van het plein, met open deuren als een gapende mond.

Ik verbeeld het me. Waarschijnlijk hoor ik gewoon mijn eigen ademhaling. De geluidskwaliteit van de laptop is niet bijzonder goed en het is mogelijk om van alles te horen als je je best doet. Precies zoals je in een wolk een gezicht kunt zien.

Toch kan ik het niet laten.

Ik steek mijn hand uit om opnieuw terug te spoelen en nog een keer te luisteren.

Op dat moment wordt het scherm zwart.

Ik schrik en vloek: ‘Verdomme!’

Max, die bij het kampvuur zit en me hoort, vraagt: ‘Wat is er?’

Ik klap de laptop dicht. ‘De batterij van de laptop is leeg.’

‘Dat komt goed uit,’ zegt Max. ‘Het eten is klaar.’

‘Ik kom eraan,’ zeg ik, waarna ik de laptop in de tas stop.

Na een laatste, aarzelende blik op de school loop ik naar de anderen toe voor het avondeten terwijl ik mijn best doe om het prikkende gevoel in mijn nek te negeren.

NU

De eerste sterren staan al fonkelend aan de hemel als we klaar zijn met eten. Op dat moment opent Tone de deuren van de bestelwagen en klimt er voorzichtig op één voet uit.

'Tone!' zeg ik terwijl ik overeind kom. 'Hoe voel je je?'

Tone glimlacht en wrijft in haar gezicht. 'Ik heb honger,' zegt ze.

Haar ogen zijn klein en slaapdronken, en het korte haar zit in de war. Ze pakt mijn arm vast en ik help haar naar het kampvuur.

'Hoe is het met je?' vraagt Max. Hij legt een deken over een van de koelboxen zodat ze kan zitten.

'Ik heb me wel eens beter gevoeld,' zegt Tone terwijl ze de kom soep aanpakt die ik haar voorhoud. Ze proeft en trekt een gezicht. 'Findus minestrone?' vraagt ze.

Emmy rolt met haar ogen. 'Alleen het beste.'

Ik kan me niet inhouden. 'In tegenstelling tot de producties die je anders doet hebben wij het budget niet voor luxe catering. Het spijt me als je de broodjes garnaal mist.' Voordat ze iets kan antwoorden richt ik me tot Tone en voeg eraan toe: 'Ik kan brood boven het vuur roosteren als je daar trek in hebt.'

Tone knikt. 'Graag.'

Ik haal twee sneden witbrood uit de zak en prik ze aan een spies terwijl ik met één oor naar de anderen luister.

'Hoe is het vanmiddag gegaan?' vraagt Tone terwijl ze kleine hapjes van haar soep neemt.

Emmy geeft antwoord. 'Goed,' zegt ze. 'We hebben de ijzergieterij verkend en zijn daarna in een paar woningen geweest.'

'Wat hebben jullie gedaan?' vraag ik terwijl ik me haastig omdraai.

'We zijn in twee rijtjeshuizen geweest,' vertelt Emmy. 'We hadden tijd over. Het is ongelofelijk hoe identiek ze zijn. Het is alsof ze vierhonderd huizen van Ikea gekocht hebben en ze naast elkaar neergezet hebben.'

'Zo is het toch ook ongeveer gegaan?' vraagt Max aan mij. 'De eigenaren van de mijn hebben die huisjes toch neergezet voor de werkkrachten die daar tijdens de oorlog naartoe zijn gehaald?'

'Inderdaad,' zeg ik. Als ik een brandlucht ruik denk ik aan het brood en ik draai de sneden om voordat ze vlam vatten. Ze zijn een beetje verbrand, maar eetbaar. Het geeft ze in elk geval smaak.

'We hebben geweldige foto's gemaakt,' zegt Emmy. 'Eén ervan is van een appelboom in een tuin die door een van de ramen naar binnen is gegroeid, waardoor de halve muur ingestort is. Heel onaangenaam, maar op een mooie manier.'

Het lukt me niet om mijn mond te houden. 'De woningen stonden niet op het schema.'

Ik verwacht dat Emmy een stekelig antwoord zal geven, maar de zwijgzame Robert is degene die het woord neemt: 'Het was mijn idee. Ik wilde ze graag van binnen zien.'

'O,' zeg ik. 'Oké.'

'Het is moeilijk om niet nieuwsgierig te worden,' zegt hij verontschuldigend terwijl hij in zijn nek krabt. Hij heeft enorm grote handen en voeten, wat bijdraagt aan de lompe, enigszins onhandige indruk die hij maakt. Hij ziet eruit als een tiener die nog niet volgroeid is, hoewel Emmy heeft verteld dat hij maar een paar jaar jonger is dan wij. Misschien is het daarom zo moeilijk om me aan hem te ergeren.

'Je gaat je afvragen wat er gebeurd is,' zegt hij. 'Er stond nog een kopje op een van de tafels. Alsof iemand zijn kop koffie heeft neergezet, naar buiten is gegaan om de krant te halen en daarna gewoon...'

Tone maakt zijn zin af. '... verdwenen is,' zegt ze.

'Precies,' beaamt Robert.

Ik haal het brood boven de vlammen vandaan, schuif de boterhammen van de spies en geef ze aan Tone. Ze kijkt ernaar. 'Perfect geroosterd,' zegt ze, waarna ze een hap neemt. Hoewel ik het brood min of meer verkoold heb, is het toch een opluchting. Ze klinkt weer als zichzelf, ook al is ze moe en heeft ze pijn. Eerder spottend dan overwonnen.

'Zijn er theorieën over?' vraagt Emmy me.

Ik trek de mouwen van mijn trui over mijn handen en ga weer op een van de matjes zitten. 'Dat staat in de map,' zeg ik.

'Ja, ja. Het staat allemaal in de map,' antwoordt Emmy. 'Maar jij weet alles over deze plek. Kun je het niet gewoon vertellen?'

Ik bijt op mijn wang, maar zie dat Max en Robert me beiden bestuderen. Ik laat mijn adem, die ik heb ingehouden, met een zucht ontsnappen en geef toe. 'Oké,' zeg ik. 'Natuurlijk kan ik dat doen.'

Ik zoek naar een natuurlijke ingang om mijn verhaal te beginnen, een draad om aan te trekken. Terwijl ik dat doe word ik me opnieuw bewust van het plein waarop we ons bevinden, de starende lege ramen, de koude straatstenen onder ons. De onmogelijk hoge hemel boven onze hoofden. Zoveel sterren. Voor Silvertjärn had ik de Melkweg nog nooit gezien.

'Het politieonderzoek leverde niets op,' begin ik aarzelend. 'Dat weten jullie, het staat in...'

Ik zie dat Emmy haar lippen op elkaar perst.

'Maar er zijn natuurlijk theorieën,' zeg ik. 'De meeste lijken ervan uit te gaan dat het een soort collectieve zelfmoord was. Zoals Jonestown, die sekte in Zuid-Amerika met een krankzinnige prediker die bijna duizend mensen gedwongen heeft om zelfmoord te plegen.'

'Als hij ze gedwongen heeft, was het waarschijnlijk eerder massamoord,' mompelt Emmy.

Ik negeer haar.

'Er zijn overeenkomsten,' zegt Max. 'Een sekte, een geïsoleerde plek, een charismatische idioot...'

'Ik weet niet of je het een sekte kunt noemen,' zeg ik. 'Ik denk dat de meesten het een vrije kerk noemden. Hooguit. Ze hebben zich nooit losgemaakt van de Zweedse kerk, dus technisch gezien was het een normale parochie.'

'Het heeft geen zin om te muggenziften,' zegt Emmy. 'Het was een sekte, ongeacht hoe ze zichzelf noemden.'

Voordat ik kan antwoorden, zegt Tone: 'Dat klopt. Er was een sekte-element aanwezig. Dat komt duidelijk naar voren in de brieven.'

'Bedoel je Aina's brieven?' vraag ik.

Tone knikt.

'Goed, we weten niet veel over wat er de laatste maanden in Silvertjärn gebeurd is,' ga ik verder. 'De laatste brief van Aina dateert van mei 1959. Behalve de allerlaatste, dus. Ik heb gezocht naar brieven van anderen uit dezelfde periode – want er moeten meer bewoners dan alleen mijn familie verwanten buiten de stad hebben gehad – maar ik heb niets gevonden. Mensen hebben ze niet bewaard of ze zijn in de loop der jaren verdwenen. Er zijn getuigenverklaringen van familieleden die deel uitmaken van het onderzoek, maar die leveren niet veel op. Alle theorieën over de kerk en de pastoor zijn dus uitsluitend op speculaties gebaseerd.'

'Maar het moet daarmee te maken hebben,' zegt Emmy. 'Of niet soms? Het kan geen toeval zijn dat er een fanatieke beweging rond die vent ontstaat en dat ze daarna spoorloos verdwijnen.'

'Zeg dat niet,' zegt Tone met een uitdrukkingsloos gezicht. 'Er zijn mensen die geloven dat ze allemaal door aliens ontvoerd zijn.'

Ik vertrek mijn mond. 'Dat is de theorie waar ik voor ga,' zeg ik. 'Vertel het dus als één van jullie vannacht een vliegende schotel ziet.'

Emmy rolt met haar ogen. Ik denk dat ik haar mondhoeken zie bewegen en dat veroorzaakt een vreemde reactie in mijn maag, als een echo van vertrouwelijkheid.

'Waarschijnlijk heeft het inderdaad met elkaar te maken,' ga ik verder. 'De meest gangbare theorie is dat het om vrijwillige migratie ging. Dat de pastoor heeft gezegd dat God hem de opdracht gegeven heeft om de hele parochie te verhuizen, bijvoorbeeld naar het noorden, en dat ze onderweg gestorven zijn. Het zou niet de eerste keer zijn dat zoiets gebeurt. De geschiedenisblog 'Ons Duistere Verleden' vergelijkt het met de Kinderkruistocht in de dertiende eeuw. Religieuze fixatie kan een vreemd effect op mensen hebben.'

'Toch is het eigenaardig dat ze nooit iets gevonden hebben,' zegt Max. 'Het voelt alsof er sporen van ze gevonden moeten zijn. Negenhonderd personen die migreren laten een afdruk achter, vooral in de buurt.'

'En dat verklaart de baby niet,' voegt Emmy eraan toe. 'Of wel soms?'

Ik schud mijn hoofd. 'Nee, dat klopt. En de honden en de katten ook niet. Of de moord op Birgitta Lidman. En het verklaart ook niet waarom niemand iets meegenomen lijkt te hebben. Het klopt wat je zegt, Robert. Er staan nog steeds kopjes op aanrechten, pannen op fornuizen. Volgens het politieverslag hing er wasgoed aan de lijnen te drogen. Het lijkt heel plotseling gebeurd te zijn. Als het een massamigratie was geweest, dan hadden ze spullen ingepakt en meegenomen.'

'Er zijn theorieën dat het om een massapsychose ging,' zegt Tone.

Ik knik. In de geschiedenis bestaan daar voorbeelden van. In de zestiende eeuw vond er iets plaats wat 'de dansplaag' werd genoemd, toen zo'n vierhonderd mensen ruim een maand lang onafgebroken in de straten van Straatsburg dansten. Velen van hen stierven van uitputting. Men denkt dat het een vorm van door stress veroorzaakte massapsychose was, die was veroorzaakt door de hongersnood en een algemeen gevoel van onrust. Met het oog op de wanhoop na het sluiten van de mijn zou het misschien iets soortgelijks geweest kunnen zijn.'

'Maar dat verklaart nog steeds niet waar ze naartoe gegaan zijn,' zegt Tone. 'Net als met de migratietheorie.'

'Dat klopt,' beaam ik. 'Als ze gewoon vertrokken zijn, is er veel wat niet klopt. Sommigen hebben geopperd dat het een gaslek geweest kan zijn. Methaangas in de aardkorst dat is vrijgekomen door de mijnwerkzaamheden. Daarom heeft het mijnbouwbedrijf in de jaren negentig de luchtkwaliteit gemeten. Ze vonden niets, en ook als dat zou verklaren waarom iedereen in dat geval tegelijkertijd gestorven is, dan is dat nog steeds geen verklaring voor de baby, of waarom er geen lichamen in de stad gevonden zijn, behalve dat van Birgitta. Ze is duidelijk niet door verstikking om het leven gekomen. Augustus was warm dat jaar. Als het een gaslek was geweest, dan hadden er rottende lijken in de straten moeten liggen toen de politie arriveerde.'

Max vertrekt zijn gezicht even bij die gedachte.

Ik kijk naar Tone. 'Zie ik theorieën over het hoofd?' vraag ik aan haar.

'Geen belangrijke,' zegt ze. 'Maar ik heb die over de Russische invasie altijd prachtig gevonden.'

'Ja, inderdaad! Die is gaaf. Dat de Sovjet-Unie de grens over is gestoken en een soort generale repetitie gehouden heeft voor de invasie van Zweden en een hele stad ontvoerd heeft.' Ik haal mijn schouders op. 'Eerlijk gezegd heb ik daar geen concrete tegenargumenten voor. Ik hoop bijna dat het waar is. Wat een scoop zou dat zijn!'

Emmy lacht. Opnieuw die kleine glimp van herkenning, van warmte. Ik verdring het.

'Er is dus eigenlijk geen goede verklaring?' bromt Robert.

'Nee,' zeg ik. 'Daarom is het zo'n raadsel. Bijna negenhonderd personen die zonder een spoor achter te laten verdwijnen. Niemand weet of ze leven of dood zijn. Niemand weet of ze zelfmoord gepleegd hebben, ziek zijn geworden of de stad vrijwillig verlaten hebben. Niemand weet waarom die arme Birgitta Lidman gestenigd is. En niemand weet van wie de baby in de school was, of waarom die achtergelaten is.'

Een wonderlijke, drukkende stilte verspreidt zich na mijn laatste woorden, alsof de ernst van de situatie ons tegelijkertijd overvalt. De wind die over het plein jaagt is geen voorjaarswind; hij is nog koud en guur door de winterkou en gaat recht door onze kleren, waardoor de haren in mijn nek overeind gaan staan.

'Ze zijn beslist dood, denken jullie niet?' zegt Emmy zachtjes op een toon die niet in overeenstemming is met haar gebruikelijke luide, uitdagende stem.

Ik slik. 'Ik denk het wel,' zeg ik. 'Maar ik weet niet hoe of waarom. Ik hoop dat we een aanwijzing vinden.'

Het is een halve waarheid. Ik hoop dat we meer dan een aanwijzing vinden. Ik hoop op antwoorden. We zijn geen rechtbank en ik hoef geen bewijzen te hebben, alleen iets wat in een bepaalde richting wijst. Een brief die nog niet verzonden is, gefossiliseerde sporen die het bos in leiden.

Ik geloof niet dat ons dat lukt, maar ik kan mezelf er niet toe zetten om te stoppen met hopen.

Max knikt. Tone zwijgt. Als ik naar haar enkel kijk, zie ik dat de broekspijp een stukje omhooggeschoven is en dat de huid boven het steunverband rood en gezwollen is. Ze heeft het geroosterde brood niet helemaal opgegeten; een treurige, half opgegeten, verbrande snee ligt naast haar op de grond.

'Dan hebben we een doel voor morgen,' zegt Emmy op haar gebruikelijke toon. Ze staat op en steekt haar hand uit naar Robert, die ook overeind komt. 'Ik duik mijn bed in,' zegt ze. 'Tot morgen.'

Robert knikt naar ons en volgt haar naar de bestelwagen.

Max kijkt met opgetrokken wenkbrauwen naar me. 'Jezus,' zegt hij zo zachtjes dat Emmy en Robert het niet kunnen horen. 'Het is nog niet eens negen uur.'

Ik kijk naar Tone, wier mond een gespannen streep is. Ze heeft donkere kringen onder haar ogen. Het lijken afdrukken van een vieze vinger. 'Ik denk dat wij misschien ook naar bed moeten gaan,' zeg ik. 'Het is een lange dag geweest.'

Tone zegt niets.

'Wat vind jij?' vraag ik aan haar.

Ze kijkt verbaasd op, alsof ze me nu pas hoort.

'Naar bed gaan?' herhaalt ze. 'Ja, misschien is dat een goed idee.'

Ik kom overeind, rol het matje op en steek mijn arm naar Tone uit. Dat is niet voldoende, dus sla ik mijn arm rond haar middel om haar op te tillen. Het is lastiger dan ik had gedacht en ze leunt zwaar op me.

'Welterusten, Max,' zeg ik over mijn schouder tegen Max, die eenzaam bij het vuur achterblijft. 'Slaap lekker.'

Ik zie dat hij ons nakijkt en zijn hand uitsteekt om nog een stuk hout op het vuur te leggen.

Als ik Tone de tent in heb geholpen en de rits achter ons heb dichtgetrokken, zie ik in het licht van het elektrische lampje dat we bij ons hebben dat Tone nat van het zweet is. Mijn maag trekt samen als ik zie hoe bleek haar gezicht is.

Ik poets mijn tanden terwijl Tone zwijgend haar spijkerbroek uittrekt en een lange onderbroek aantrekt om vannacht warm te blijven. Ik zie hoe elke beweging een scheut van pijn door haar been lijkt te sturen.

Ik steek mijn hoofd uit de tent om de tandpasta uit te spugen en schrik als ik merk dat Max vlak voor me staat.

'Sorry,' zegt hij gedempt. 'Ik wilde je niet bang maken.'

'Het hindert niet,' zeg ik terwijl ik mijn mond afveeg. 'Wat is er?'

'Mag ik je tandpasta lenen?' vraagt hij. 'Ik kan de mijne niet vinden.'

Ik draai me om en steek mijn hand uit naar de enorme toilettas van Tone en mij die alles bevat, van pleisters en tandpasta tot shampoo. 'Ga je gang,' zeg ik als ik de tas aan hem geef. 'Wacht, heb je je tanden tot nu toe niet gepoetst?'

Max grijnst terwijl hij naar de tube zoekt en hem uiteindelijk vindt. Hij knijpt de halve tube in zijn mond, bedankt me onduidelijk en geeft me de toilettas terug.

Ik lach. 'Ga slapen, viezerik,' zeg ik, waarna ik hem een kushandje toewerp en me in de tent terugtrek.

Ik trek mijn dikke sokken aan en kijk naar Tone. 'Luister...' begin ik aarzelend.

'Wat is er?'

'Moeten we je niet naar het ziekenhuis brengen?' Het staat me tegen, maar het zou me nog meer tegenstaan om het niet te vragen. 'Ik weet dat je hard bent, Tone, maar je hebt zoveel pijn. Stel dat je enkel gebroken is en verkeerd geneest?'

Tone perst haar lippen op elkaar en schudt haar hoofd. 'Dat is niet zo,' zegt ze kortaf. 'Hij is gewoon verstuikt.'

'Weet je dat zeker?' vraag ik aarzelend. 'Hij ziet er niet goed uit.'

'Ik kan het voelen,' zegt Tone kortaf. 'Ik wil niet – en ik hoef niet – naar het ziekenhuis.' Ze zoekt in de toilettas en kijkt me niet aan.

'Ik wil niet dat je voor mij blijft,' zeg ik tegen haar. 'Mijn film is minder belangrijk dan jouw gezondheid.'

Nu kijkt ze me in de ogen. 'Het is jouw film niet, Alice. Je bent niet de enige die veel in dit project geïnvesteerd heeft. Je bent niet de enige die het belangrijk vindt.'

Haar opmerking doet zoveel pijn dat ik mijn mond verder houd.

Als een verstuikte voet het ergste is wat ons tijdens deze trip overkomt, dan komt het ondanks alles misschien toch goed.

TOEN

Als ze slaapdronken de trap af loopt en de keuken in gaat blijft ze abrupt in de deuropening staan. Ze krijgt een zinkend gevoel in haar borstkas. Het gevoel is ongewoon en het kost haar een paar seconden om het te identificeren.

Het is wanhoop.

Hij zit aan de tafel met een halfvolle fles brandewijn voor zich.

Elsa weet niet hoe hij daaraan gekomen is. Ze wil geen drank in huis hebben en dat weet hij. Ze heeft een hekel aan de lucht ervan en de keren dat hij bij de Petterssons is geweest en verdwaasd en stinkend thuiskwam heeft hij op de bank in de eetkamer geslapen. Waarschijnlijk heeft hij daarom niet eens geprobeerd om naar de slaapkamer te gaan.

Ze hoopt in elk geval dat het daarom is.

Hij zal pijn hebben als hij wakker wordt. Zijn rug speelt hem parten sinds hij een ongeluk heeft gehad toen hij iets ouder dan dertig was, maar daar is mee te leven zolang Elsa hem 's avonds masseert.

Als zijn blonde haar niet zo dun was geworden, zou hij op een jochie lijken, zoals hij op het tafelblad ligt. Hij is nog steeds lang en slank, maar met een buikje dat hij de afgelopen maanden heeft ontwikkeld. Hij eet nu meer, heeft ze gemerkt. Er zijn niet veel andere dingen die hij kan doen.

Elsa kijkt haastig achter zich naar de trap. Aina is nog niet wakker, wat een geluk is. Voor één keer is ze blij dat haar dochter vaak de hele ochtend slaapt. De afgelopen weken is ze weliswaar vroeg opgestaan, ook op zondag als ze niet naar school hoeft, maar dat is om zich op te doffen voor de kerkdienst. Elsa denkt dat ze verliefd is op de nieuwe pastoor en dat is eigenlijk niet zo vreemd. Hij is knap en er zijn voor een meisje niet veel mannen in Silvertjärn die het waard zijn om naar te kijken.

Ze loopt naar de keukentafel en legt haar hand op Staffans schouder. 'Staffan,' zegt ze zachtjes tegen hem.

Hij reageert niet. Ze strijkt voorzichtig over zijn rug. 'Staffan,' herhaalt ze.

Nu voelt Elsa een beweging. Hij heft zijn hoofd een stukje op en gaat kreunend rechtop zitten. Het kost hem een paar seconden om zijn ogen op haar te richten en ze ziet de schaamte erin voordat hij heeft kunnen knipperen.

Die lijkt er tegenwoordig altijd te zijn.

Hij kijkt naar haar. Zijn ogen zijn bloeddoorlopen en hij is niet geschoren. Hij ziet eruit als een zuiplap. Zoals Einar eruitzag als ze hem in de kerk vond en naar de kapel moest slepen zodat hij zijn roes kon uitslapen.

Elsa wacht op de woede en dat doet Staffan ook, ze ziet dat hij ineenkrimpt onder haar blik. Ze kan het echter niet over haar hart verkrijgen. Ze voelt geen woede, alleen verdriet.

'Ga naar boven om je roes uit te slapen, Staffan,' zegt ze zachtjes.

Ze streelt zijn hoofd. Staffan perst zijn lippen op elkaar en knikt. Zijn ogen glanzen.

Elsa blijft met haar blik op zijn stoel gericht staan terwijl hij met zware stappen de trap op loopt. Die moet opnieuw geschilderd worden. Alles moet opnieuw geschilderd worden. De keukenstoelen zijn fel turkoois. Mensen die bij haar thuis komen krijgen daardoor altijd een glimlach op hun gezicht. Het is onverwacht, net als de groene voordeur. Elsa houdt van kleur. Als zij het voor het zeggen had, zou het huis bruisen van kleur – blauw en lila en rood en oranje en turkoois – maar dat zou er belachelijk uitzien. Ze heeft het dus op hier en daar een kleuraccent gehouden. De voordeur. De keukenstoelen. De bloemen in de perken in het voorjaar en de zomer, de glanzende appels in de herfst.

Ze krabt met haar nagel aan een verfschilfer die is losgekomen van de rugleuning van de stoel. Daaronder is het levenloze, grijze hout zichtbaar.

Het is alsof de vonk in hem is gedoofd.

Elsa doet haar ogen dicht.

Ze heeft altijd geweten wat er gedaan moest worden. Zelfs in haar donkerste perioden wist ze wat er van haar werd verwacht. Ze heeft haar moeder verzorgd toen die op sterven lag, heeft haar soep gevoerd, boven de po gehouden en haar luiers verschoond. Ze huilde nooit als haar moeder dat kon zien.

Elsa heeft anderen altijd advies gegeven. Ze is altijd iemand geweest op wie anderen konden steunen. *Vraag het Elsa*, zeggen ze in de stad. *Als je hulp of advies nodig hebt of iemand die naar je luistert, ga dan naar Elsa toe.* Daar is ze trots op.

Maar nu wordt ze 's ochtends wakker met het gevoel dat ze geen adem kan halen.

Wat moeten we doen?

Ze hebben nog wat geld, maar dat is bij lange na niet voldoende om ergens anders een huis te kopen. Ze kunnen er nog een paar maanden van leven als ze uitstel vraagt om de rekeningen te betalen, maar daarna…

Er is geen werk. Niet in Silvertjärn. Ze kunnen echter ook nergens anders naartoe. De wereld krimpt om hen heen.

Ze doet haar ogen open. Ze heeft hier geen tijd voor. Het heeft geen enkele zin om zo te denken.

Elsa stopt de speculaasjes, het restant koude kip en het laatste bessensap in de mand. Ze moet nieuwe voorraad kopen. Ze probeert er niet aan te denken wat het kost om Birgitta te voeden nu ze nauwelijks nog geld voor zichzelf hebben.

Het is buiten koud en knisperend, met die typische scherpte van de nawinter. De stad tekent zichzelf in reliëf af tegen de hemel die steeds lichter wordt. De hemel is hoog en puur, met een paar lichte wolken aan de horizon, en de sneeuw knerpt onder haar schoenzolen als ze naar Birgitta's hutje loopt.

De stad is verlaten. Vorig jaar rond deze tijd zou er leven en beweging zijn geweest, ook voordat de zon was opgekomen. Degenen die op zondag dienst hadden zouden op weg naar hun werk zijn. Als ze naar Birgitta liep keek ze er altijd naar uit om de mannen die op weg naar de mijn waren tegen te komen, grapjes met ze te maken en naar hun moeders, zussen en vrouwen te informeren. Nu is ze bijna bang voor de vroege ochtenden als ze naar Birgitta's huisje loopt. Als ze nu mensen tegenkomt, vermoeid en met verward haar, is dat omdat ze 's nachts buiten hebben geslapen of omdat ze ronddwalen en niets hebben om naartoe te gaan. Als lamlendige spoken.

Het is kouder dan Elsa had verwacht en ze had waarschijnlijk beter een sjaal om kunnen doen toen ze vertrok, maar ondanks de kou voelt ze het voorjaar in de lucht. De rivier stroomt sneller, en hoewel de avonden en de ochtenden nog steeds koud zijn, is de middagzon krachtig en warm. Ze voelt haar hart een beetje lichter worden tijdens de wandeling. Het komt goed. Dat is altijd zo. Hoe slecht het ook kan lijken, het komt altijd goed.

Als ze bij Birgitta's hutje is klopt ze een paar keer snel achter elkaar op de deur. 'Birgitta,' roept ze. 'Ik ben het, Elsa.'

Birgitta herkent haar stem en doet de deur open. Ze lijkt schichtiger dan anders, en als Elsa in het huisje is, ziet ze dat Birgitta zich weer heeft bezeerd. Ze heeft blauwe plekken in haar gezicht.

'O, Birgitta,' zegt ze zachtjes tegen haar.

Soms zou Elsa willen dat ze Birgitta in haar armen kon nemen om haar te sussen als een kind, hoewel Birgitta niet veel jonger is dan zijzelf. Elsa weet echter dat Birgitta in paniek raakt als ze dat probeert. Ze houdt niet van fysiek contact, dat heeft Elsa gedurende de jaren geleerd.

Terwijl ze toekijkt hoe Birgitta volgens haar eigen speciale ritueel het eten uit de mand haalt, voelt ze een echo van het vreselijke, zinkende gevoel in haar borstkas.

Hun woning is niet het enige waarom ze niet uit Silvertjärn weg kunnen, want als ze dat zouden doen, wie zorgt er dan voor Birgitta?

DONDERDAG

NU

De kerk bevindt zich maar een paar huizenblokken bij het plein vandaan, maar in Silvertjärn wil dat zeggen dat het gebouw aan de andere kant van de stad staat. De wind is vanochtend opgestoken en het gebouw ziet er onheilspellend uit met de zware, loodgrijze wolken op de achtergrond.

De kerk is onze eerste bestemming voor vandaag, maar vanwege de grijze mist voelt het alsof de schemering bijna invalt.

Ik heb besloten dat we alle vier naar de kerk gaan; daarna zullen we ons splitsen. Tone is het met me eens. Zij bekijkt de foto's van de vorige dag terwijl wij op onderzoek uitgaan. Ze ziet er vandaag beter uit, met een beetje kleur op haar wangen en heldere ogen. Ik had geen behoefte om er iets over te zeggen, maar ik zag dat ze tijdens het ontbijt twee witte pilletjes uit een strip Ibuprofen drukte en die met een slok oploskoffie innam.

De grote glas-in-loodramen boven de kerkdeuren zijn nog intact, met uitzondering van een klein blauw ruitje in het midden dat gebarsten is. De gepleisterde, witte muren zijn eveneens in een verbazingwekkend goede staat en de deuren zien er verontrustend stevig uit.

'Zijn ze vergrendeld?' vraagt Emmy als we aan de voet van de verweerde kerktrap staan. Die getuigt er in elk geval van dat de stad verlaten is; het beton brokkelt af en de treden zijn bedekt met dennennaalden.

Ik loop de trap op en voel aan de deuren. Ik moet flink duwen – de deuren zijn zwaar en lijken opgezwollen door vocht en kou – maar ze glijden langzaam met een schrapend, enigszins krakend geluid open.

Het is binnen bedompt en het ruikt lichtjes naar schimmel, maar minder erg dan in de school. Waarschijnlijk komt dat doordat de meeste ramen nog intact zijn. Het vocht heeft hier geen vrij spel gehad, zoals in de rijtjeshuizen. De kerkbanken staan in zwijgende rijen van donker hout tot aan het altaar, dat ogenschijnlijk nog volledig intact is. Een magere, bloedende Jezus, die boven het altaar aan zijn kruis hangt, staart met lege ogen naar ons. Hij is enorm groot, veel groter dan de meeste crucifixen die ik heb gezien; de Jezusfiguur is minstens zo groot als ik en lijkt zwaar. Hij is bovendien onaangenaam natuurgetrouw. De jukbeenderen lijken door de huid te dringen, de ribben tekenen zich duidelijk af en de buik is ingevallen alsof hij maandenlang honger heeft geleden. In tegenstelling tot veel andere onverklaarbaar Arische en welvarende Jezusfiguren aan kruizen overal in het land heeft deze donker haar en lijdt hij duidelijk. Ondanks het slordige schilderwerk lijken de zwarte ogen met de beschuldigende blik bodemloos. Als het meer onder het wolkendek.

'Verdomme,' zegt Emmy zachtjes. Als ik me omdraai zie ik dat zij ook naar de crucifix staart. 'Ik snap dat je begint te geloven in een boze God als deze de hele tijd naar je staart,' zegt ze. Haar stem klinkt gemaakt opgewekt en ze blijft naar de crucifix staren.

Ik schrik als ik geklik hoor en zie dat Robert vanaf de ingang een foto van het kruis heeft genomen. Hij maakt meer foto's van het kerkinterieur en loopt vervolgens naar het altaar toe.

Het plafond is hoog en als ik naar boven kijk zie ik dikke houten balken, maar het echoot niet als we iets zeggen. Ik loop langzaam naar het altaar.

Ik kan me voorstellen hoe hij daar stond, met opgerolde mouwen en zijn engelachtig mooie gelaatstrekken rood van opwinding. Het beeld dat ik van zijn gezicht heb is zo duidelijk dat ik het ergens gezien moet hebben. Dat was beslist van een volkomen onschuldige man die ik een keer op straat ben gepasseerd, iemand die paste bij het beeld dat ik in mijn hoofd heb. Een glad gezicht, een hoog voorhoofd en stralende ogen met lange wimpers. Geprononceerde, dikke wenkbrauwen en een smalle neus. Als een renaissanceschilderij van een engel. Een Scandinavische profeet in de dichte bossen.

Dit deel van mijn oma's verhaal heeft me altijd het meest gefascineerd.

Hij was een jonge man, nauwelijks ouder dan dertig, met een glad, jongensachtig gezicht. Hij was niet lang, maar had brede schouders en een vriendelijke glimlach. De vrouwen van de stad zaten iedere zondag voor in de kerk, gekleed in hun mooiste kleren, en luisterden met glinsterende ogen naar de preken van pastoor Mattias.

Ik heb met de gedachte gespeeld om dit verhaal te reconstrueren voor de documentaire. Om acteurs in te huren en ter plaatse te filmen. Ik heb zelfs een manuscript voor een paar korte scènes geschreven; een preek in de kerk, een scène met Gekke Gittan. Er zou zelfs iets met de steniging gedaan kunnen worden. Dat zou de documentaire iets extra's geven, sensationeler maken, maar het is niet realistisch. We hebben geen budget om het er mooi genoeg uit te laten zien. Het is beter om ons aan het format van een documentaire te houden en erop te gokken dat het verhaal op zich aantrekkelijk genoeg is.

We moeten er alles aan doen om op te vallen. Met Netflix en HBO en een overvol medialandschap kost het moeite om zichtbaar te zijn.

Ik kijk weer naar boven en vraag me af hoe de stem van de pastoor hierbinnen klonk als hij naar het plafond opsteeg. Ik heb mijn oma een paar keer naar zijn dialect gevraagd, maar daar kon ze geen antwoord op geven. Alleen iets vaags dat het anders klonk en dat hij niet uit de omgeving kwam. Meer kreeg ik niet uit haar.

Mijn blik gaat naar de kleine, gesloten, houten deur naast het altaar. Zou dat een kast zijn? Ik loop om het altaar heen, pak de ronde messing knop vast en draai hem om.

Ik kom in een klein, gezellig vertrek. Ook hier zijn de ramen vrij goed intact gebleven, en het matte grijze licht van de voorjaarsdag sijpelt door de vieze ramen naar binnen. Als ik erdoorheen kijk zie ik het wazige beeld van een knus klein kerkhof, pervers idyllisch met zijn weelderige begroeiing.

Het vertrek lijkt op een keuken of een zitkamer, met een kitchenette en een eenvoudige grenenhouten tafel. Op de vensterbank staat een glazen pot met een paar extreem broze en verbleekte gedroogde bloemen, en op een van de kookplaten in de kitchenette staat een ouderwetse percolator. Ik loop ernaartoe en til het deksel op. Aan de binnenkant zit een dikke laag ingedroogde prut.

Ik ruik eraan en meen een zwakke geur van koffiedik te ruiken, wat natuurlijk onmogelijk is.

Was dit de plek waar de bijbelgroep bij elkaar kwam?

Pastoor Mattias geloofde heilig in de bijbel. Hij vertelde dat hij hem vier keer van begin tot eind had gelezen, en hij was van mening dat iedere goede christen dat eveneens zou moeten doen. Aina begon zich ook door de bijbel te worstelen. Ze schreef dat ze er iedere avond een stukje in las. Pastoor Mattias had haar gevraagd om hem te helpen met het opstarten van een jeugdgroep voor de bijbelstudie. Ze was daar dolblij over en barstte bijna uit elkaar van trots.

De stem van mijn oma werd altijd monotoner als ze over Aina praatte. Alsof het daardoor gemakkelijker was om haar gevoelens uit te schakelen.

'Wat is dit?' vraagt Emmy achter me.

Ik schrik en kijk om. 'Ik denk dat het een soort spreekkamer is,' zeg ik kort. 'Of kantoor,' ga ik verder als ik de slordige stapel papieren op een van de met manchester beklede stoelzittingen zie liggen.

Ik pak ze voorzichtig op. Ze zijn bedekt met een dicht, enigszins krabbelend handschrift in inkt. Het papier is gedurende de jaren vergeeld en de inkt is verbleekt, maar de tekst is nog steeds leesbaar.

Ik durf de papieren niet goed vast te houden uit angst dat ze zullen verpulveren. Ik weet niet hoe broos papier na zestig jaar is. Dus leg ik ze op de tafel en buig me naar voren om het bovenste te lezen.

Wie oprecht trouw is aan God, heeft geen geheimen nodig.

'Wat is dat?' vraagt Emmy terwijl haar ogen over de zinnen glijden.

'Ik denk dat het een preek is,' zeg ik plotseling ademloos.

Zuivere harten hoeven niets te verbergen, niet voor God en niet voor elkaar. Jullie willen je zelf verstoppen, jullie willen vluchten voor de scherpe blik en het ware licht, de duisternis binnen in jullie verbergen, wegstoppen waarvoor jullie je schamen. Dat is de duivel die praat. De verrotting binnen in jullie schuwt het licht, want jullie zielen kennen geen angst. Ze verdrinken onder het gewicht van het kwaad. Ze willen zien en gezien worden door God.

Pas als je je volledig overgeeft, kun je één met Hem worden. Pas als je je wereldse goederen opgeeft, je onbeduidende, wereldse gedachten en zorgen achter je laat, kun je zuiver worden. En pas als je zuiver bent, kun je vrij worden.

Pas als je zuiver bent kun je groeien en veranderen. Wie zuiver is, zakt niet weg in de duisternis, maar loopt net als Jezus over het water.

'Dat is niet bepaald vergevingsgezind,' zegt Emmy zachtjes.

'Nee,' beaam ik.

Boven onze hoofden klinkt gekletter. Ik schrik, kijk op en zie de eerste regendruppels tegen het raam slaan. 'Verdomme,' vloek ik, waarna ik zo hard op mijn tanden bijt dat mijn kaken er pijn van doen. Ik had gehoopt dat de regenwolken gewoon wolken zouden blijven. 'We moeten naar de auto's terug,' zeg ik terwijl ik voorzichtig een nette stapel van de papieren maak en mijn rugzak afdoe om ze erin te stoppen. 'Het is niet veilig om tijdens zware regen in vervallen gebouwen te verblijven. Soms kunnen de bouwwerken dat niet aan. Door het gewicht van het water storten ze in.'

Emmy knikt. 'Ik zeg het tegen de anderen.' Ze wacht niet tot ik antwoord geef en loopt naar de deuropening.

'Luister!' roept ze naar de anderen in de kerk. 'We moeten naar de auto's terug.'

'Waarom?' hoor ik een van de mannen terugroepen.

'Door de regen is het niet veilig,' zegt ze. 'Pak jullie spullen bij elkaar, dan vertrekken we.'

Ze protesteren niet, natuurlijk niet. Emmy is degene die het zegt en mensen doen wat ze zegt omdat zij verwacht dat ze dat doen.

Ik ben daar altijd jaloers op geweest.

Ik doe de rits van de rugzak dicht en kom overeind op het moment dat de hemel achter het raam oplicht.

Het is een echte voorjaarsstorm. Heel typerend dat die precies toeslaat tijdens een van mijn vijf dagen, maar met een beetje geluk duurt het niet lang. Meestal trekt zo'n noodweer snel verder.

'Ben je klaar?' vraagt Emmy terwijl ze vanuit de deuropening naar me kijkt.

'Ja,' antwoord ik. Ik zet de capuchon van mijn jack op terwijl boven ons hoofd een donderslag davert.

NU

De regen klettert op het autodak. Het is koud in de laadruimte van de bestelwagen, veel kouder dan het eerder was, maar ik heb een deken om me heen gewikkeld en een van de op batterijen werkende lampen aangedaan. Tone ligt in de tent te slapen. Ik ben begonnen met het schrijven van een concept voor een blog over de eerste dag en vraag me af of Tone het goed zal vinden als ik een foto van haar enkel plaats. Dat is misschien een beetje smakeloos, maar het geeft het verhaal legitimiteit, een gevoel van tastbaarheid.

Anders moet ik het laten bij een foto van de ingestorte trap. Met een beetje geluk kunnen we die vanmiddag maken, als het gestopt is met regenen. We moeten toch naar het schoolgebouw terug om Tones walkietalkie te zoeken.

Ik staar inmiddels al minstens tien minuten naar dezelfde zin. Het geluid van de regen die op het dak klettert is vreemd slaapverwekkend en ik gaap achter de rug van mijn hand. Ik begrijp waarom Tone slaapt. Het liefst zou ik hetzelfde doen, want de blog schrijven schiet niet op.

De rugzak, die bij mijn voeten ligt, trekt aan me.

Waarom zou ik niet in de papieren van de kerk kijken? Dat is tenslotte ook een deel van het werk. Die vertellen een verhaal. Dat het leuker lijkt om die te bekijken dan een blog te schrijven en het productieschema voor de lange termijn op te stellen, wil niet zeggen dat ze niet belangrijk zijn.

Ik sluit mijn laptop af, pak de rugzak en open de rits voorzichtig, zodat de druppels aan de buitenkant niet op de papieren terecht zullen komen.

Ze voelen zo dun tussen mijn vingers dat ik ze nauwelijks durf vast te pakken. Zal het vet van mijn vingers ze ruïneren? Archivarissen en bibliothecarissen dragen handschoenen als ze oude papieren aanraken, maar die heb ik niet bij me. En ik wil ze zo graag lezen dat mijn handen een beetje trillen.

Het goddelijke
Het goddelijke licht binnenlaten
Er is geen angst ten overstaan van God. Alleen liefde.

De eerste pagina komt overeen met wat Emmy en ik in de kerk hebben bekeken. Het lijken preken te zijn. Pastoor Mattias heeft geschreven, doorgestreept en veranderd, heeft concept na concept opgeschreven en zijn ideeën bijgeschaafd zoals iedere goede schrijver doet. De taal is gezwollen maar betrokken.

Ik sla de pagina om.

Dit is waarschijnlijk op een ander moment geschreven. Hier staan geen doorhalingen in; alles is in één keer geschreven en het handschrift is ook anders. Het is groter en onregelmatiger, alsof de tekst in een koortsachtige roes is geschreven.

God heeft altijd opofferingen van zijn onderdanen geëist. Verlossing is goedkoop noch eenvoudig. De ware weg leidt door de duisternis. Alleen degenen die het aandurven om door de vallei van de schaduwen des doods te lopen, kunnen aan de andere kant zuiver en opnieuw geboren worden; alleen degenen die afdalen in de duisternis kunnen het licht vinden.

De ware weg is niet licht of verleidelijk, maar bochtig en zwaar. Hij scheidt de getrouwen van de luiaards en de zwakken.

De waardigen van de onwaardigen.

Naast die weg wacht de duivel voortdurend op je. Soms is hij op de achtergrond aanwezig, met een onschuldig gezicht en een milde stem. Hij zal in je oor fluisteren: Volg me. Kies de geneugten van het leven, de fonkelende oppervlakkige dingen die je tijdelijk kunnen afleiden. Waarom zou je voor de eeuwigheid kiezen?

Zijn dienaren bevinden zich te midden van jullie. Ze zullen het kwaad in jullie aanspreken. Ze zullen bidden en smeken, maar jullie moeten jullie harten pantseren en alleen naar Gods stem luisteren. Luister niet naar de leugens die als honing van hun lippen druipen, zich rond jullie hart wikkelen en dat verzwaren. Wapen jullie ertegen en volg het ware licht.

Jullie zijn Zijn krijgers. Jullie zijn Zijn uitverkorenen. Maar jullie moeten ervoor kiezen Hem te volgen. Jullie kunnen niet achteroverleunen en op de zaligheid wachten. Het hemelrijk is niet vanzelfsprekend. Jullie moeten het aardse leven loslaten. Jullie moeten de moed hebben om door de duisternis te reizen om het licht te kunnen zien. Jullie moeten bereid zijn om te zien hoe zijn vijanden echt zijn en ze met goddelijke kracht en woede verslaan.

Ik lik aan mijn droge lippen en sla de pagina om. Buiten bliksemt het. Ik zie het licht ervan door het kleine raam van plexiglas dat zich tussen de voorbank en de laadruimte bevindt. Ik tel – één, twee, drie, vier – en dan volgt de donderslag, snel en meedogenloos. Het onweer moet vlak boven ons zijn.

De bladzijden liggen kriskras door elkaar, alsof iemand ze bij elkaar heeft gegraaid. De haastig geschreven preek gaat niet verder op de volgende pagina. Ik begrijp eerst niet waarnaar ik kijk. Het ziet eruit als iets wat een kind heeft getekend; onsamenhangende cirkels en figuurtjes die op onbeholpen streeppoppetjes lijken.

De gedachte dat er een kind in dezelfde ruimte is geweest als de persoon die deze pagina's heeft geschreven, geeft me een onbehaaglijk gevoel.

De woorden herinneren me aan die arme Birgitta Lidman, die al verstoten was voordat pastoor Mattias naar de stad kwam. Waren dit de woorden waardoor ze zich tegen haar keerden?

De stem van mijn oma echoot in mijn hoofd.

Ze heette Birgitta en ze was achtergebleven, daarom werd ze Gekke Gittan genoemd. Haar moeder was een paar jaar eerder gestorven en op haar doodsbed had ze mijn moeder gevraagd om voor Birgitta te zorgen. Mijn moeder was een vrouw die iedereen wilde helpen, dus stemde ze ermee in.

Ze was een grote, lompe vrouw, met piekerig haar en kleine donkere ogen waarmee ze nooit iemand aankeek. Soms, voordat haar moeder stierf, werden ze samen in de stad gezien, maar nadat ze alleen op de wereld was achtergebleven, kwam ze haar huisje niet meer uit. Voordat ik in Stockholm ging wonen, gingen mijn moeder en ik iedere dag om de beurt met een mand eten naar Birgitta toe. De mand bevatte altijd hetzelfde, want het was heel belangrijk voor Birgitta dat er niets veranderde.

Birgitta kon angstaanjagend zijn met haar gemopper, de ontwijkende blik en de dingen die ze deed. Soms kreeg ze een woedeaanval, waardoor ze zo opgewonden raakte dat ze zichzelf pijn deed. Ik herinner me de keer dat mijn moeder een van de mannen in de stad had overgehaald om een tafel en twee stoelen voor Birgitta te maken. Ze had alleen een bed en een po in haar hutje staan. De tafel en de stoelen waren een beetje scheef en krom, maar we dachten dat het beter was dan niets. Toen we ze bij haar neerzetten, werd Birgitta helemaal wild. Ze begon met haar hoofd te schudden en heen en weer te wiegen. Plotseling veranderde haar gemopper in gebrul en ze begon wild met haar armen te zwaaien. Mijn moeder kreeg een harde klap, maar degene die er het ergst onder leed was Birgitta zelf. Ze bonkte zo hard met haar hoofd tegen de muur tot ze een bloedende wond op haar voorhoofd had.

Dacht pastoor Mattias dat het kwaad zich binnen in haar verstopte?

Was het proces, dat ermee zou eindigen dat Birgitta Lidman op het plein van Silvertjärn werd vastgebonden aan een paal en werd gestenigd, op deze pagina's begonnen?

Het was een onvoorstelbare gedachte dat de mensen hadden

geluisterd naar het gezwollen en bloemrijke taalgebruik over het bovennatuurlijke en het kwaad. Toch was dat gebeurd.

Aina luisterde ernaar.

Ik sla een bladzijde om als de bliksem de hemel weer verlicht en de donder na maar twee tellen volgt. Ik schrik en lach vervolgens een beetje gegeneerd, hoewel er niemand is die me kan zien.

Ik leg de pagina's naast me neer en pak de mappen die in mijn rugzak zitten. Het kost wat moeite om ze eruit te krijgen en ze zijn zo zwaar dat ze bijna uit mijn handen glijden.

Het eigen onderzoek van mijn oma beslaat honderden pagina's. Ik heb van de allerbelangrijkste een samenvatting gemaakt die ik aan de anderen heb gegeven, maar ik heb het meeste achtergehouden. Mijn oma bewaarde elk artikel dat ooit over Silvertjärn en de verdwijning is geschreven. Veel ervan is waardeloos. Het zijn speculaties, sporen die nergens toe leiden en artikelen die herhalen wat anderen al hebben geschreven.

Een deel ervan heeft me echter verbaasd.

NU

Ik leg de mappen naast me op de vloer, bekijk ze vluchtig en pak de map die ik zoek: MATTIAS ÅKERMAN. Hij ligt onder de map SKANDIJÄRN – 92.

Ik heb geen idee hoe het mijn oma is gelukt om een kopie van het rapport van het mijnbouwbedrijf in handen te krijgen. Het concern dat het bedrijf aan het begin van het jaar 2000 had opgekocht, weigerde toen ik een mail stuurde waarin ik om een kopie vroeg. Toen ik een vergeeld maar goed leesbaar exemplaar in mijn oma's mappen vond, voelde het alsof ik een goudmijn had ontdekt.

Dat was echter niet het enige wat ik in mijn oma's archief vond.

De map met de titel MATTIAS ÅKERMAN is zo oud dat het karton begint te rafelen. De inhoud van de andere mappen heb ik gekopieerd en in nieuwe mappen opgeborgen, maar mijn oma heeft de titel van deze map zelf op het etiket geschreven en ik kon het niet over mijn hart verkrijgen om hem weg te gooien. Haar handschrift is vierkant en pragmatisch, met grote uithalen. Ik strijk met mijn vingers over de verbleekte potloodletters voordat ik de map open.

De eerste pagina is kort en bijna onleesbaar. Het is een kopie van een klein berichtje in een plaatselijke krant.

N*ils en Edda Åkerman zijn op 12 september 1928 verblijd met een zoon. Ze hebben hem Mattias genoemd en hij wordt aanstaande zondag 23 september gedoopt in de Forshälla Kyrka.*

Ik heb geen idee hoe mijn oma hem op het spoor is gekomen en of ze er zeker van was dat ze de juiste persoon te pakken had. Ik heb haar archief pas na de eerste beroerte gevonden en toen was het te laat.

Ik had gedacht dat we meer tijd zouden hebben. Dat denken we tenslotte altijd.

De volgende pagina is geen krantenartikel, maar een kopie van een ziekenhuisdossier van patiënt Mattias Åkerman, elf jaar oud. Mattias, geboren 12 september 1928, blijkt gedurende de jaren 1939 en 1940 drie keer in het ziekenhuis geweest te zijn. Eén keer voor een gebroken rib, één keer voor buikpijn en één keer voor een gebroken arm. Er wordt niets vermeld over de oorzaak van de verwondingen, alleen dat hij alle drie de keren is behandeld en naar huis is gestuurd. In de eerste twee verslagen wordt Nils Åkerman vermeld als voogd. In de derde – met betrekking tot de gebroken arm – is het betreffende vakje leeg. Ik weet niet of het slordigheid is of dat het iets betekent. In de kantlijn ernaast heeft mijn oma NAAR OOM VERHUISD? geschreven.

De volgende kopie is een overlijdensadvertentie van begin juni 1942 die van dezelfde plaatselijke krant lijkt te zijn.

Edda Åkerman is na een ziekteperiode overleden. Edda laat haar echtgenoot Nils Åkerman achter. De begrafenis van Edda Åkerman vindt aanstaande zaterdag 5 juni plaats in de Forshälla Kyrka.

De advertentie wordt begeleid door een donkere, sombere foto van een bleek gezicht. De gelaatstrekken zijn niet te onderscheiden. De ogen zijn twee donkere vlekken in een witte ovaal. Het lijkt er niet op dat ze lacht.

In de kantlijn heeft mijn oma geschreven: AL VERHUISD? DE ZOON WORDT NIET GENOEMD. En daaronder: DOODSOORZAAK?

Er is geen antwoord op die vraag.

De volgende pagina bevat een tijdlijn. Ik heb geen idee in hoeverre het vermoedens zijn of dat mijn oma zich heeft gebaseerd op het materiaal dat ergens tussen haar mappen is verdwenen.

12/09 1928: Geboren. Ouders zijn Nils en Edda Åkerman in Förshälla, Blekinge.

1928- ?: Vroege jeugd doorgebracht bij de ouders. Onduidelijk wanneer de overplaatsing plaatsvindt. Geen reden opgegeven. Mogelijke oorzaken: de dood van de moeder; financiële problemen; eerdere gewelddadige neigingen.

1939-1940: Gaat drie keer naar het ziekenhuis voor breuken en mogelijke interne bloedingen. Verder onderzoek heeft niet plaatsgevonden.

1940?-1944: Verlaat het ouderlijk huis en verhuist naar zijn oom Gustaf Larsson. Onduidelijk wanneer de verhuizing heeft plaatsgevonden. De overlijdensadvertentie van de moeder geeft aan dat de verhuizing voor haar dood in juni 1942 heeft plaatsgevonden, maar pas in 1944 is er concreet bewijs dat Mattias bij het gezin Larsson woont.

Juni 1942: Moeder Edda Åkerman overlijdt begin juni. Op dat moment is Mattias dertien. Onduidelijk of hij op dat tijdstip nog thuis woont of bij zijn oom. Doodsoorzaak onduidelijk.

21/10 1944: Eerste bewijs dat Mattias officieel bij het gezin van zijn oom woont. Zie uittreksel van het bevolkingsregister. Hetzelfde uittreksel toont aan dat Gustavs gezin bestaat uit zijn vrouw Berit en dochters Linnea en Sofia, geboren in 1934 resp. 1936. Zie ook de huwelijksvergunning en de geboortebewijzen.

Mei 1946: Linnea bezoekt het ziekenhuis. Moeder Berit Larsson staat genoteerd als begeleidende voogd. Het dossier geeft aan dat ze eerder heeft geklaagd over buikpijn. Linnea heeft blauwe plekken op haar linkerarm en beide dijbenen. Wil niet vertellen hoe die ontstaan zijn. De verpleegster oordeelt dat behandeling niet nodig is en stuurt haar naar huis met een vermaning dat ze voorzichtiger moet zijn tijdens het spelen.

November 1946: Linnea bezoekt het ziekenhuis voor de tweede keer. Moeder Berit Larsson staat opnieuw genoteerd als begeleidende voogd. Linnea is flauwgevallen tijdens een zware menstruatie.

De bloeding blijkt tijdens onderzoek een vroege miskraam te zijn. Linnea weigert te vertellen wie de vader is. Blijft drie dagen voor observatie in het ziekenhuis.

Juli 1947: Uittreksel van het bevolkingsregister toont aan dat Mattias niet meer bij het gezin Larsson woont. Woont ook niet bij vader Nils Åkerman. Geen sporen gevonden waar hij zich bevindt.

16/02 1951: Mattias Åkerman wordt in Stockholm opgepakt voor landloperij. Wordt veroordeeld tot een boete. Deze lijkt niet betaald te zijn.

09/07 1953: Een jongeman – middellang, blond haar, grijze ogen, gekleed in een versleten overhemd en een verstelde broek – wordt verdacht van het seksueel molesteren van een jong meisje in Falun. Hij geeft als naam Mattias Larsson op, maar kan geen identificatie tonen. Wordt de volgende dag vrijgelaten als het meisje zegt dat ze hem niet met zekerheid kan identificeren. Waaruit de verdenking bestaat wordt niet precies omschreven. Onzeker is of het om Mattias Åkerman gaat. Fysieke beschrijving klopt. De naam Mattias Larsson kan van het gezin van de oom afkomstig zijn.

Juni 1955: Mattias Åkerman meldt zich aan voor de opleiding tot pastoor. Wordt afgewezen.

Juni 1956: Mattias Åkerman meldt zich aan voor de opleiding tot pastoor. Wordt afgewezen.

Daarmee eindigt de tijdlijn van mijn oma.

Er zijn meer documenten: geboortebewijzen van Sofia en Linnea, en ziekenhuisverslagen van Linnea. Het eerste verslag bevat foto's van haar blauwe plekken. Het zijn niet meer dan wazige, donkere plekken op tengere witte ledematen.

Ik heb de documenten heel vaak gelezen. Ik heb de artikelen gelezen en heb de uittreksels van het bevolkingsregister, de ziekenhuisverslagen en de politieverslagen bestudeerd. Ik weet niet waarom mijn oma er zo van overtuigd was dat Mattias Åkerman de man is die pastoor Mattias zou worden. Misschien was ze hem op het spoor gekomen vanwege zijn afgewezen aanmeldingen voor het pastoorschap, of vond ze dat de profielen overeenkwamen. Hoe ik ook heb gezocht, ik heb geen duidelijk verband in haar papieren gevonden.

Er is veel onduidelijk, maar tegelijkertijd is het eenvoudig om een verhaal te creëren rond de onmiskenbare feiten die ze heeft gevonden. Een gewelddadige jeugd die lijkt te hebben geleid tot de verhuizing naar zijn oom en een moeder die voortijdig overleed. Een instabiele jongen die opgroeit met twee jongere nichtjes, die hem beslist adoreerden. Hun knappe neef die net een grote broer was en op wie ze heimelijk verliefd waren.

Daarvan maakte hij misbruik en hij maakte misbruik van hen, tot het werd ontdekt en hij op straat werd gezet.

Vervolgens een paar jaar rondzwerven, kleine vergrijpen, een verdenking van een ongedefinieerde seksuele overtreding tegenover een meisje in Falun, mislukte pogingen om opgenomen te worden in de kerk.

Vervolgens verscheen hij op een mooie dag in Silvertjärn, met een licht, onbekend dialect uit Blekinge en een mysterieus verleden, waarna hij de verlosser en profeet van de stad werd.

Het is onmogelijk te achterhalen of het klopt of niet, maar het voelt alsof er een kern van waarheid in kan zitten. En het is niet moeilijk om benieuwd te zijn naar de consequenties. Naar Aina's vererende, bijna bezeten liefde, en wat het resultaat daarvan geweest kan zijn.

Ik denk aan Silvertjärn op die middag in augustus. De verzengende hitte. De onverklaarbare leegte. Een eenzame baby in een lege ruimte op de bovenverdieping van een verlaten school.

Soms heb ik Tones gezicht bestudeerd, op zoek naar gelijkenissen met dat van mijn oma, terwijl ik me afvroeg of haar koele ogen op die van mijn oma leken.

Kan het kind Aina's dochter zijn geweest?

Ik heb mezelf nooit toegestaan om die gedachte volledig te denken.

De regen klettert nog steeds tegen de voorruit en een bliksemschicht snijdt door de hemel. Ik zie dubbel wazig vanwege het plexiglas naar de cabine en de voorruit, maar zie toch dat Max langs de tweede bestelwagen in mijn richting loopt. Hij heeft een groot jack aangetrokken en loopt snel. Hij is nauwelijks meer dan een silhouet in het kabaal van het onweer.

Hij verveelt zich waarschijnlijk in de Volvo en wil gezelschap hebben. Ik voel een steek van irritatie in mijn maag. Dit is geen kampeervakantie, we zijn hier om te werken. Ik kan me niet steeds met hem bezig houden zodra hij zich verveelt.

Ik hoor voetstappen naderen die stoppen bij de laaddeuren. Ineens schaam ik me voor mijn gedachten. Misschien komt hij naar me toe omdat hij over het project wil praten.

Ik wacht tot hij op de deur klopt, maar er gebeurt niets.

De seconden verstrijken. De regen trommelt oorverdovend hard op het dak. Ik hoor alleen mijn eigen ademhaling en de kletterende regen.

Blijft hij buiten staan?

Ik ga rechter op zitten en kruip naar de achterdeur om die te openen, maar ineens aarzel ik.

De haren in mijn nek staan overeind.

Er is iets niet in orde. Waarom klopt hij niet? Waarom blijft hij in de regen staan?

Mijn reptielenhersenen fluisteren iets, ver weg in mijn hoofd. Mijn ademhaling is oppervlakkig geworden.

Waar is hij vandaan gekomen?

De Volvo staat schuin rechts van de auto, maar hij stak het plein recht over en kwam dus uit de richting van de school.

Het is alsof de tijd langzamer verstrijkt. Ik ben me plotseling bewust van de kou in de bestelwagen en van mijn vingers, die trillen door de adrenaline. Pastoor Mattias' half afgemaakte preek ligt op de vloer achter me. Om de een of andere reden klinkt één van de zinnen voortdurend in mijn hoofd: *Zijn dienaren bevinden zich te midden van jullie.*

Het bliksemt weer en de donderslag volgt onmiddellijk. Ik houd mijn hand voor mijn mond om niet te gillen en schop tegen de batterijlamp, die uitgaat.

Ik heb het gezien. Ik heb het gezien.

In het licht van de bliksemflits zag ik Max in de Volvo zitten. Niet meer dan een silhouet, zijn gezicht gebogen over iets, een boek of een mobiel, maar hij was het. Het was Max.

Als Max echter in de Volvo zit…

Het is Emmy, denk ik bij mezelf. Emmy staat buiten. Ze wil iets van me.

Maar waarom blijft ze daar dan staan?

Op dit moment wil ik dolgraag dat Tone bij me zou zijn. Om niet alleen te zijn in de kleine, gesloten ruimte die plotseling als een kooi voelt.

De deuren zijn niet op slot.

De regen roffelt in hetzelfde tempo als mijn hart.

Plotseling hoor ik iets kraken en gedurende een eeuwigdurende, krankzinnige seconde denk ik dat er iemand aan de deuren krabt, maar vervolgens besef ik dat het geluid in de laadruimte klinkt. Het is van mij afkomstig, van de band van mijn spijkerbroek.

Het is de walkietalkie en ik probeer hem met trillende vingers los te maken. Ik druk op de knop en zeg: 'Alice hier.' Het komt naar buiten als een schrille, beverige fluistering.

Opnieuw gekraak, zo hard dat het in mijn oren snijdt, en te midden van het gekraak hoor ik gekreun. Een kinderstem, een vrouwenstem, verwrongen en metaalachtig door de radiostoringen.

Plotseling gaan de deuren open; ik schreeuw en laat de walkietalkie op de vloer vallen, waardoor het klepje van de batterijen eraf valt.

De gestalte in de deuropening trekt de capuchon van het hoofd. Emmy's hennarode haar valt op haar schouders. 'Wat is er?' vraagt ze. 'Rustig! Ik ben het maar!' Ze klimt in de laadruimte en laat de deuren openstaan. Achter haar zie ik hoe de enorme regendruppels in de plassen op het plein kletteren.

'Wat is er?' vraagt ze opnieuw. 'Is er iets gebeurd?' Haar pupillen zijn enorm groot in het donker.

Het kost me een paar seconden om mijn stem terug te vinden. Mijn nuchterheid zit opgesloten in een kooi van angst en adrenaline, en de woorden schieten als een explosie uit me: 'Wat doe je verdomme? Waarom bleef je daar staan? En wat heeft dat gedoe met die walkietalkie te betekenen?'

Emmy deinst een stukje achteruit voor mijn woede, maar daarna verharden haar gelaatstrekken en ze sist terug: 'Waarom doe je zo hysterisch? Je kunt verdomme toch niet boos zijn omdat ik hiernaartoe gekomen ben? Ik wilde alleen voorstellen om te gaan lunchen.'

'Ik ben niet boos omdat je hiernaartoe bent gekomen, ik ben boos omdat je je gedraagt als een psychopaat, vijf minuten lang achter de auto blijft staan en daarna verdomme ook nog eens als een kind in je walkietalkie kreunt alsof je een zombie bent!'

Mijn handpalmen zijn bezweet en ik proef ijzer in mijn mond. De woede is zo intens dat het mijn stem schor maakt en de woorden hakkelend uit mijn mond komen.

'Wat?' zegt Emmy. Ze klinkt oprecht verward. 'Waar heb je het over? In de walkietalkie kreunen?'

'Probeer het verdomme niet eens...' zeg ik, maar Emmy schudt haar hoofd.

'Nee, Alice, ik... Ik weet niet wat ik volgens jou gedaan heb, maar ik heb mijn walkietalkie niet eens bij me.' Ze trekt de zakken van haar capuchonshirt naar buiten zodat ik kan zien dat ze leeg zijn en gebaart naar haar lege broeksband. 'Kijk dan,' zegt ze.

Ik staar naar haar.

'En ik heb hier niet gestaan,' gaat ze verder. 'Ik ben hier vanaf de andere bestelwagen naartoe gerend. Ik wilde niet natter worden dan nodig was.'

Haar haar zit in de war, de huid rond de heldere ogen is rimpelloos.

Bijna tegen mijn wil wordt mijn blik naar de voorruit getrokken. Naar de school die in de verte zichtbaar is. Naar de grote, open deuren die aan de verroeste scharnieren hangen en de stille lege ruimte daarachter.

Boven ons licht de hemel weer op, maar de donderslag volgt seconden later. Het onweer begint weg te trekken en het regent ook iets minder hard.

Ik kijk naar Emmy, naar haar lichtgrijze capuchontrui.

Die is bijna helemaal droog.

Haar ogen zijn bodemloos als ze me strak aankijkt en op een zachte, meedogenloze toon zegt: 'Je zag iemand. Of niet soms?'

9 februari 1959

Lieve Margareta!

Ik hoop dat de treinreis goed ging en dat je niet al te misselijk bent geweest. Je zag een beetje groen op het station toen we afscheid van elkaar namen. Ik wilde niets zeggen omdat ik bang was dat het daardoor nog erger zou worden! Mama praatte er vanochtend tijdens het ontbijt over. Ze vertelde dat zij zo misselijk was toen ze zwanger van jou was dat ze de eerste maanden nauwelijks uit bed gekomen is.

Het is zo spannend! Ik weet dat je het verschrikkelijk druk hebt met je werk en de zwangerschap en het nieuwe appartement, maar je moet proberen om iedere week te schrijven. Ik zal hetzelfde doen om je eraan te herinneren!

Ik heb trouwens een prachtige naam voor de baby bedacht. Als het een meisje is tenminste. Dagny was hier om koffie te drinken toen ik vandaag thuiskwam en zij beweerde dat je absoluut een dochter krijgt omdat je altijd misselijker bent als je een meisje krijgt. Mama glimlachte alleen maar toen ze dat zei, maar toen Dagny weg was zei ze dat het gewoon kletspraat was, kun je je dat voorstellen? Ik denk toch dat Dagny gelijk kan hebben, of misschien hoop ik het alleen. Stel je voor hoe heerlijk het zou zijn om een meisje te krijgen! Ik kan niet wachten. Het kan niet snel genoeg augustus zijn.

Maar goed, de naam... Vind je niet dat Ruth een mooie naam zou zijn? Ik weet dat je het over Elisabet en Charlotta had, maar ik vind een korte naam eigenlijk mooier. (Het is waarschijnlijk niet zo belangrijk dat het 'continentaal' klinkt, wat dat ook betekenen mag. Papa zei dat je als een echte stadsbewoner begint te klinken! Zei hij dat ook tegen jou? Misschien had ik dat niet moeten vertellen. Maar ik geloof niet dat hij het onaardig bedoelde.)

Ik heb de naam gisteren tijdens de bijbelgroep gevonden. In de bijbel is een heel boek naar haar vernoemd en pastoor Mattias had ons gevraagd om dat boek voor de bijeenkomst te bestuderen. We zijn inmiddels met heel veel mensen! Zelfs Lena komt nu naar de bijeenkomsten, hoewel ik denk dat het niet zozeer is omdat ze uit de bijbel wil lezen, maar omdat ze met de pastoor dweept. Gisteren droeg ze de blouse die ze rond haar taille moet wikkelen en waarvan ze altijd zegt dat ze er een echte wespentaille van krijgt. Het leek de pastoor echter niet op te vallen, hij glimlachte alleen vriendelijk en zei dat het mooi was dat er zoveel nieuwe gezichten in de groep zijn. Hij gaf haar helemaal geen extra aandacht! Ik vermoed dat ze daardoor een beetje beledigd was.

We praatten over Ruth en haar familie en hoe moeilijk het moet zijn om geen thuis te hebben. Toen begon Karin Änglund te huilen. Het werd doodstil en we wisten geen van allen wat we moesten zeggen, maar de pastoor ging naast haar zitten en wachtte zwijgend tot ze een beetje gekalmeerd was, waarna hij vroeg waarom ze zo verdrietig was. Karin zei dat haar vader en moeder misschien niet in Silvertjärn zouden blijven, maar dat ze moesten verhuizen om werk te vinden en dat ze niet wist waar ze terecht zouden komen. Ze zei dat ze geen thuis meer zou hebben, net als Ruth. Toen herinnerde de pastoor haar eraan dat Ruth een nieuw thuis had gevonden en hij zei dat ze zich niet ongerust hoefde te maken, omdat wij en de kerk haar thuis zouden zijn. Hij zei dat hij – en God – haar altijd zouden opnemen. Toen begon Karin nog harder te huilen en ze fluisterde: 'Bedankt, bedankt, bedankt.' Ik voelde een steek in mijn hart en was bang dat ik ook zou gaan huilen.

Mama denkt dat ik niets merk, maar ik zie dat ze elke dag vermoeider en ongeruster wordt. Ze liet het niet merken toen jij hier was omdat ze je niet ongerust wil maken, maar ik hoorde haar tegen Dagny zeggen dat we geldgebrek hebben en dat papa geen an-

der werk kan vinden. Als het niet snel beter gaat, dan gebeurt met mij misschien hetzelfde als met die arme Karin Änglund.

En weet je, het was net een wonder, want toen ik dat dacht keek pastoor Mattias me recht aan en het was alsof hij precies wist wat ik dacht. Hij begon tegen ons te praten, hoewel ik het gevoel had dat hij het alleen tegen mij had: 'Iedereen heeft een thuis bij God. Niemand van jullie hoeft zich ooit zorgen te maken dat hij verdwaalt. Als jullie gezinnen hun woningen kwijtraken, dan is de kerk jullie thuis. Als jullie ouders, zusjes en broertjes jullie verlaten, dan zijn wij jullie familie. God zorgt voor zijn volgelingen.'

Na de bijbelgroep bleef ik nog even hangen, en pastoor Mattias bedankte me omdat ik zoveel met de groep had geholpen en het me was gelukt om er zoveel jongeren naartoe te krijgen. Hij zei dat het hem zonder mij nooit was gelukt. Kun je je dat voorstellen? Ik wist nauwelijks wat ik moest zeggen, maar dat leek hij te begrijpen, net zoals hij alles altijd begrijpt, en hij glimlachte alleen. Daarna zei hij dat ik de verzen voor de volgende bijeenkomst mocht uitkiezen! Hij zei dat ik mocht kiezen wat ik wilde, maar dat ik zou moeten kijken naar het Hooglied omdat hij dacht dat ik dat mooi zou vinden. Daar heb ik nog geen tijd voor gehad, maar hij heeft beslist gelijk. Dat heeft hij altijd.

Maar stel je de naam voor! Ruth! Het is misschien niet zo continentaal, maar ondanks alle beproevingen is ze uiteindelijk een koningin geworden, dus is het een koninklijke naam en dat is volgens mij eigenlijk nog beter!

Nu ga ik het Hooglied lezen en proberen de verzen uit te kiezen. Schrijf snel!

Je zusje Aina.

NU

Ik word wakker met een snel kloppend hart, knipper met mijn ogen en ga in mijn slaapzak zitten om de droom van me af te schudden. Ik steek mijn hand uit en raak het tentdoek aan. Ik ben niet in de bestelwagen, maar in de tent.

Waardoor ben ik wakker geworden?

Het is aardedonker in de tent. Ik heb geen idee hoe laat het is, maar het ochtendlicht sijpelt nog niet door het dunne tentdoek. Het ruikt hierbinnen naar slaap en mensen, gecombineerd met een lichte regengeur.

Ik hoor dat Tone zich in haar slaap omdraait en zeg haar naam zachtjes.

Geen antwoord.

Als ik naar Tones ineengedoken gestalte kijk, lijkt het alsof ik haar ogen zie glanzen in de duisternis, alsof ze doodstil naar me ligt te staren. Daardoor gaat mijn hart nog sneller slaan, maar seconden daarna ben ik ervan overtuigd dat ik het me verbeeld. Het is alleen de achtergebleven sluier van de droom voor mijn ogen. Ze slaapt.

Ik ben het niet gewend om midden in de nacht wakker te worden, wel om tot laat op te blijven en te werken, maar het gevoel om uit mijn slaap gerukt te worden ken ik niet; de onaangename stilte als je wakker bent en alle anderen slapen. Mijn gehoor lijkt scherper dan anders en hoe ik het ook probeer, ik kan het niet laten om te luisteren of ik iets hoor.

Voetstappen.

Er is niemand, zeg ik tegen mezelf. Je weet dat er niemand is.

Het is volkomen stil buiten de tent.

Ik heb ontkend dat ik iets had gezien en heb Emmy gevraagd om weg te gaan, maar de angst verdween niet uit mijn lichaam, ook niet nadat ik de deuren van de laadruimte op slot had gedaan. Ik voelde me niet op mijn gemak, zelfs niet nadat het wolkendek voldoende openbrak om de ragfijne roze zonsondergang te zien. Het was onmogelijk om een kampvuur te maken op de natte grond, dus grilden we boterhammen boven de spiritusbrander. Ik zei niet veel terwijl we aten en observeerde de anderen zwijgend terwijl ze met hun mond vol praatten en broodkruimels over de straatstenen sproeiden.

Ik observeerde Emmy.

Zij was tenslotte degene geweest die daar had gestaan, die de deuren had geopend. En hoewel haar capuchontrui droog was, kon ze dat op de een of andere manier geregeld hebben. Ze kon hem meegenomen hebben in een plastic zak en hem aangetrokken hebben om me ervan te overtuigen dat ze rechtstreeks van haar auto was gekomen.

Maar waarom?

Tone had gezegd dat ze iemand op de begane grond van het schoolgebouw had gehoord voordat ze door de trap zakte en Emmy en Robert waren veel te snel terug geweest.

Het voelt absurd om te denken dat Emmy hierachter kan zitten. Dat zou indruisen tegen alles wat ik over haar denk te weten. Hoewel ik niet bepaald positief over haar denk, kan ik niet ontkennen dat ze haar werk altijd uitermate serieus heeft genomen. Ze was onuitstaanbaar op de universiteit, zo zorgvuldig met details dat niemand groepsopdrachten met haar wilde doen. Ze zat net zo lang te monteren en opnieuw te monteren tot haar ogen rood van vermoeidheid en haar vingertoppen gevoelloos waren. Het resultaat was het enige dat telde.

Ik kan niet geloven dat ze het project zou saboteren.

Maar aan de andere kant…

Ik heb me afgevraagd waarom ze met het project heeft ingestemd, hoewel we haar bijna niets kunnen betalen en het betekent dat ze onder mijn leiding moet werken.

Nee. Ik schud mijn hoofd. Dat is een krankzinnige gedachte. Emmy is misschien egoïstisch, pragmatisch en kil, maar ze is niet gek. Ze probeert het niet te verpesten door de film te saboteren. Het zijn maar hersenschimmen die worden veroorzaakt door de invloed die Silvertjärn op me heeft.

Ik wilde dat Tone wakker was. Een vertrouwde stem in de duisternis. Ze zou op haar sceptische toon tegen me zeggen dat ik niet zo gek moet doen, dat het ergste wat ons kan overkomen is dat er een slaapdronken beer, hongerig na de lange winter, midden in de nacht Silvertjärn binnenloopt en van mening is dat we eruitzien als een heerlijk ontbijt.

Maar Tone slaapt diep en ik ben de enige die wakker is.

Dat is een heel eenzaam gevoel.

Ik kan het niet laten om aan mijn oma te denken. Mijn oma alleen in een bed in Stockholm, met een dikke buik door de zwangerschap en gek van ongerustheid. Aan wat ze over de laatste brief heeft gezegd.

Die arriveerde eind augustus. Ik was bijna uitgerekend. Het was een koude zomer geweest, maar eind juli was de kou verdwenen en augustus was vreselijk. Het was alsof de lucht helemaal stilstond. Het lukte nauwelijks om adem te halen en bewegen was nog moeilijker. Ik had al bijna een maand niets van Aina of mijn moeder gehoord en ik was ongerust, maar de pijn en de warmte namen het grootste deel van mijn aandacht in beslag.

De brief was kort. Het handschrift leek niet op dat van Aina; ze kreeg altijd veel complimentjes omdat ze zo mooi schreef. Deze brief was echter slordig en met grote uithalen geschreven op een vel papier dat vol inktvlekken zat. Hij was onsamenhangend en onbegrijpelijk. Ze schreef dat het uur was gekomen. Dat ik naar Silvertjärn moest terugkeren voordat het te laat was.

Ik werd gek van ongerustheid, dat kun je je wel voorstellen. Ik bad en smeekte je opa om me naar Silvertjärn te laten gaan. Hij werd ook ongerust toen hij de brief las, maar ik kon niet reizen. Ik was negen maanden zwanger en kon niet eens op mijn benen staan.

Dus ging je opa zelf.

Hij had zijn beste vriend gevraagd om met hem mee te gaan, voor het geval hij hulp nodig had. Ze namen de trein van 09.13 uur van het Centraal station in Stockholm naar Sundsvall, en stapten daar over op de trein naar Silvertjärn. Het kostte ze elf uur om daar te komen. De treinen reden in die tijd langzamer.

Het schemerde toen je opa en Nils uit de trein stapten. Het station was volkomen verlaten en stil. Er was geen levende ziel te bekennen.

Ze liepen langzaam naar het centrum van het stadje. De schaduwen waren lang en de woningen waren leeg. Ze klopten af en toe op een deur in een poging iemand te vinden die hun de weg kon wijzen – je opa was al heel lang niet in Silvertjärn geweest en hij kon de woning van mijn ouders niet vinden, vooral niet omdat ze allemaal zo op elkaar leken – maar niemand reageerde.

Pas toen ze de rivier over waren gestoken en het Stortorget op liepen zagen ze het.

Midden op het plein stond een paal en aan die paal was een slap lichaam vastgebonden. Gekke Gittan moet daar dagenlang gestaan hebben, want de vliegen gonsden rond haar lichaam en ze was opgezwollen in de nazomerhitte. Haar gezicht was bebloed en onherkenbaar verminkt. De stenen die ze voor haar terechtstelling hadden gebruikt, lagen rond de paal. Ronde, gladde, afgeslepen rivierstenen die op de oever van het meer hadden gelegen. Ze waren bedekt met bloed en haar.

Je opa en Nils waren als versteend. Ze wisten niet wat ze moesten doen. In eerste instantie wilden ze proberen haar los te maken, maar ze beseften al snel dat Birgitta niet meer te redden was. Ze was al dagen dood. In plaats daarvan renden ze naar het dichtstbijzijnde huis om iemand te zoeken die kon helpen.

Dat was echter leeg. En het volgende huis, en het volgende. De deuren waren dicht en de kamers waren verlaten.

Inmiddels waren ze bijna krankzinnig van angst. Ze renden weer naar het plein terwijl de schemering inviel. Birgitta's lichaam stond nog steeds tegen de paal. Toen ze naar haar keken – en dat zweert je opa op God de Vader – draaide ze haar hoofd om en staarde naar hen.

Ze liepen de hele nacht door de bossen tot ze de dichtstbijzijnde stad bereikten, die honderd kilometer verderop lag. Nils stortte uitgeput in toen ze de rand van de stad bereikten, maar je opa hield vol. Hij vertelde dat ze hulp naar Silvertjärn moesten sturen, dat er iets verschrikkelijks was gebeurd, voordat ook hij instortte.

Toen er twee politieagenten in Silvertjärn arriveerden, vonden ze Birgitta's lichaam op het plein aan de paal, precies zoals je opa had verteld. Het was doodstil en te midden van die stilte hoorden ze een baby huilen.

De baby lag naakt op de vloer van het kantoor van de schoolverpleegster. Ze was maar een paar dagen oud. Er was geen spoor van degene die de baby had gevoed en daar had achtergelaten.

Ze doorzochten elke woning, elk rijtjeshuis en elke villa, maar er was geen levende ziel. Het was alsof alle 887 inwoners van Silvertjärn in rook waren opgegaan. Deuren waren niet op slot, ramen stonden op een kier. De rivier stroomde vredig naar het meer. De stad was verlaten.

Er werden zoekacties in het bos gehouden, maar er werd niemand gevonden. Er waren geen sporen. Aina, mijn moeder en mijn vader waren verdwenen, net als al onze buren, vrienden en bekenden. Ze waren weg. Alsof ze nooit hadden bestaan.

VRIJDAG

NU

De dag die aanbreekt is helder en bijna overdadig mooi. De lucht is fris, zoals alleen gebeurt na een flinke voorjaarsbui. Het ruikt naar dennennaalden en natte aarde, en de hemel boven ons is lichtblauw zonder ook maar één wolk.

Het rivierwater is ijskoud maar verbazingwekkend helder. Ik heb gelezen dat het rechtstreeks uit de bergen komt. We hebben ons gewassen met de 'twee in één'-shampoo waarvan de verkoopster in de recreatiewinkel me had verzekerd dat die organisch en afbreekbaar was. Als ik ga staan en het water uit mijn haar knijp, zie ik hoe de kleine witte zeepbellen door het water naar het meer worden gevoerd. Het gladde oppervlak glinstert in het ochtendlicht. Misschien hadden we ons in het meer moeten wassen – daar is het water waarschijnlijk ook iets warmer – maar Emmy zei dat het water daar minder helder zou zijn omdat het stilstaat. Eerlijk gezegd was ik opgelucht toen ze dat zei. De onpeilbare diepte is niet bepaald uitnodigend.

Ik heb het zo koud dat ik mijn voeten nauwelijks voel als ik de oever op klim en de lelijke, pluizige Coca-Cola-handdoek om me heen sla. De lucht voelt bijna warm na het ijskoude water en ondanks de onrustige nacht voel ik me klaarwakker.

Alles lijkt eenvoudiger bij daglicht. De onrust van vannacht lijkt ver weg. Mijn wantrouwen is nog niet helemaal verdwenen, maar als ik Emmy rillend en vloekend het schuim uit haar haar zie spoelen, is het moeilijk om haar als de schaduw in mijn nachtmerries te beschouwen. Ik kijk vanuit mijn ooghoeken naar haar terwijl ze zich wast. Ze heeft een tatoeage op haar heup die ik niet ken, een kleine gestileerde uil, en ze is gespierder dan ik me herinner.

Ik hoor een geluid en draai me om. Het is afkomstig van Tone, die worstelt om uit het water te komen. Ik steek mijn hand naar haar uit om haar de oever op te helpen. Ze hangt zo zwaar aan mijn arm dat ik haar bijna laat vallen, maar het lukt me om mijn evenwicht op tijd terug te vinden. Als ik naar haar voet kijk begrijp ik waarom. Die is vuurrood en zo gezwollen dat haar enkel net zo dik is als haar kuit. 'Hoe is het met je voet?' vraag ik. Het is een overbodige vraag. Ik zie hoe het met haar voet is, maar wil dolgraag iets anders horen.

Tone knikt. 'Het gaat goed,' zegt ze.

Haar lippen zijn blauw van de kou. Toch voelt haar hand koortsachtig warm in de mijne.

'Je hebt hem gewoon nog niet zonder steunverband gezien,' gaat ze verder.

Ik hoor dat Emmy ook uit het water komt en zich begint aan te kleden. Tone gaat zwaar op de handdoek zitten en begint, nog steeds in haar natte ondergoed, het verbandgaas rond haar enkel te wikkelen. Ik doe mijn mond open om iets te zeggen – wat, weet ik niet zo goed – als ik Max bij de huizen hoor roepen. 'Zijn jullie klaar?' vraagt hij.

Ik doe mijn mond weer dicht.

'We zijn klaar!' roept Tone terug met een stem die niet trilt en klinkt alsof ze niet veel pijn heeft. Ze klinkt net als anders.

Ik trek mijn kleren snel over mijn vochtige ondergoed aan. De spijkerbroek schuift moeizaam over mijn dijbenen en heupen als ik hem aantrek, en de trui rimpelt en stribbelt tegen. Het is me net gelukt om hem naar beneden te trekken als Max en Robert aan komen lopen.

'Hoe is het water?' vraagt Max.

'Koud,' zegt Emmy, waarna ze het slobberige T-shirt over haar hoofd aantrekt. 'Verdomd koud.'

Ik grijns naar hem. 'Je trui zit binnenstebuiten en achterstevoren,' zeg ik.

Max kijkt naar beneden, ziet het etiket onder zijn kin fladderen en wordt rood. 'Dat hindert niet,' zegt hij. 'Ik moet hem toch weer uittrekken.'

Ik glimlach.

Robert loopt een paar passen achter hem. Zijn haar is fel roodgoud in het vroege ochtendlicht en hij ziet er bijna androgyn uit met zijn onzichtbare wenkbrauwen.

'Jullie moeten opschieten met jezelf wassen, mannen,' zeg ik. 'We hebben vandaag veel werk te verzetten nadat we gisteren bijna niets hebben kunnen doen.'

Max steekt zijn duim op. 'We zijn sneller dan het licht.'

Samen met Tone en Emmy ga ik naar het plein terug. We lopen langzaam zodat Tone ons bij kan houden. Op dit moment zou het bijna een gewoon Zweeds stadje kunnen zijn; op een vroege zaterdagochtend misschien, terwijl iedereen uitslaapt en het leven nog niet op gang is gekomen.

'Wacht,' zeg ik en ik blijf staan.

Birgitta's hutje ligt voor ons, links van de straat. De kale boom die bij één hoek van het huis staat lijkt bijna gepolijst vanaf deze kant gezien, en de kapotte ramen trekken aan me.

Ik kijk Tone aan. 'Zullen we even binnen kijken?' vraag ik. 'We gaan er vanmiddag naartoe, maar het kan geen kwaad om nu alvast een kijkje te nemen.'

Tone knikt. 'Natuurlijk,' zegt ze.

Emmy fronst haar voorhoofd en kijkt naar Tone. 'Weet je zeker dat je dat aankunt?' vraagt ze.

Tone knikt. 'We kunnen het net zo goed nu doen, zodat we onze tijd effectief gebruiken.'

Ik aarzel, maar mijn nieuwsgierigheid wint het van mijn slechte geweten. Ik ondersteun Tone terwijl we naar het hutje lopen. Het ligt afgelegener dan je zou denken. Ik stel me voor hoe het zou voelen om hier iedere dag met een mand aan je arm naartoe te lopen, naar de ramen met de dichtgetrokken gordijnen, terwijl je je bewust bent van de vrouw die binnen wacht.

De voordeur is niet op slot. Hij staat op een kier die zo klein is dat het pas opvalt als je ervoor staat. Ik duw hem voorzichtig open en hoor de scharnieren knarsen.

Het hutje is nog kleiner dan het van buiten lijkt. We kunnen met z'n drieën nauwelijks binnen staan. Ondanks de kapotte ramen en de lichte, zuivere ochtend is het hierbinnen donker en somber. De ramen zijn klein, het dak hangt zo ver over dat de zon nauwelijks naar binnen kan schijnen en de dode boom geeft vanaf de westkant schaduw.

Het bed is klein en haveloos, en is al zestig jaar onopgemaakt. Bij het hoofdeind ligt een klein kussen en de dekens in verschillende grauwe kleuren passen niet bij elkaar. Er ligt geen laken op het verbleekte, gestreepte matras, waarop een paar vage lichtbruine vlekken zitten. Het bed is niet meer dan tachtig centimeter breed, maar neemt toch bijna de halve vloer in beslag.

'Je moet verder naar binnen lopen,' zegt Emmy achter me.

Tone perst zich achter me naar binnen, hinkt naar de tafel met de twee stoelen en laat zich op één ervan vallen. Ik wil haar tegenhouden, maar ze zit voordat ik iets kan zeggen, en ondanks het krakende protest van de ongelijke poten houdt hij haar gewicht.

Nu we alle drie binnen zijn is er nauwelijks ruimte om ons te bewegen.

Emmy kijkt om zich heen. 'Geen wastafel,' zegt ze. 'En geen wc.'

Ik vraag me af of de anderen hetzelfde voelen. Hierbinnen, in deze kleine donkere ruimte, drukt de beklemmende werkelijkheid als een zwaar gewicht op mijn borstkas.

'Wat een leven,' zegt Emmy zachtjes. 'Wat een ellendig leven.'

Ik ben verbaasd dat ze het zich aantrekt, maar aan de andere kant heeft ze altijd graag voor mensen gezorgd, zolang het niets kost tenminste. Het is eenvoudiger om te sympathiseren met dode mensen, tragische slachtoffers die lang geleden zijn overleden. Dat vereist niet zoveel. Het is goedkoop medelijden.

Of misschien komt het doordat het bijna onmogelijk is om niet geraakt te worden door het trieste leven van Birgitta Lidmans als je tussen deze vier muren staat.

Tones ademhaling is rustiger geworden. Het lijkt haar goed te doen om te zitten. Ze buigt zich over het tafelblad en strijkt er met haar vinger overheen. 'Hier staat iets,' zegt ze.

Ik kom dichterbij, buig me voorover en tuur naar het donkere hout.

Het ziet eruit als een vingertekening, alsof iemand dikke, onhandige strepen met zijn vingertoppen heeft getrokken. Door de ouderdom zijn de kleuren ingedroogd en verbleekt, weggezonken in het hobbelige houten blad, maar ik kan toch zien dat het streeppoppetjes zijn. Ze zijn ongelijk en getekend met de onhandige lijnen van een ongeduldig kind. De monden zijn zwarte gaten; er spreekt razernij uit. Er is zo hard op het krijt geduwd dat het korrelig is.

Plotseling kan ik het niet meer verdragen.

Ik zeg niets, maar wring me langs Emmy en loop naar buiten. Door de frisse lucht zou ik me beter moeten voelen. Ik kijk naar de bosrand, probeer de zuivere lucht in te ademen, dwing de donkere, beklemmende hut om me met rust te laten. Ik probeer niet te denken aan de naïviteit van de tekeningen op het tafelblad. Aan een kind dat opgesloten is in het lichaam van een volwassen vrouw en dat de kracht van een volwassen vrouw heeft. Aan hoe bang ze geweest moet zijn, aan de angst die ze gevoeld moet hebben omdat ze niet begreep wat er gebeurde, en midden op het plein aan een paal werd vastgebonden, waarna de eerste steen…

Iemand legt een hand op mijn schouder en ik draai me om.

Ik verwacht dat het Tone is, maar Emmy staat achter me. Ik herken haar gezichtsuitdrukking, die heb ik al duizenden keren gezien. Iedere late avond als ik naar adem snakkend van angst naar haar studentenkamer kwam; iedere keer dat de duisternis me overspoelde; iedere keer dat ze me aankeek met haar kalme, stabiele ogen en mijn blik vasthield tot mijn hartslag en ademhaling rustiger werden.

'We moeten Tone naar het plein terugbrengen,' zegt ze. 'En ervoor zorgen dat ze iets eet.'

Ik luister met verbazing naar haar. 'Ja,' zeg ik als ik mijn zelfbeheersing terug heb. 'Natuurlijk moeten we dat doen.'

Ik kijk in het hutje. Tone zit over de tafel gebogen. Haar haar valt naar voren zodat het haar gezicht bijna bedekt. Ze heeft het been met de gewonde voet voor zich uit gestrekt.

Als ik weer over de drempel stap hoor ik haar iets mompelen. Het klinkt niet alsof ze tegen zichzelf praat; ze geeft antwoord op iets, een losstaand deel van een langere conversatie.

'Tone?' zeg ik. De onzekerheid klinkt in mijn stem door.

Tone kijkt niet op. Haar ogen zijn strak op het tafelblad gericht en ze maakt herhaalde bewegingen met haar hand, alsof het een patroon is. Als ik dichterbij kom zie ik wat het is. Ze volgt geconcentreerd een van de figuurtjes op de tafel met haar vinger, telkens weer.

'Tone?' zeg ik iets harder.

Ze stopt, kijkt op en knippert met haar ogen alsof ze zichzelf wil dwingen om ze te focussen. Haar ogen, die altijd solide als vuursteen zijn, lijken op herfstnevel. Net als de ogen van mijn oma, halfblind achter de sluiers van grauwe staar.

Mijn huid kriebelt en ik schraap mijn keel. 'We willen teruggaan om te ontbijten,' zeg ik. Ik hoor dat ik praat alsof ik het tegen een kind heb. 'Heb je honger?'

Tone knikt, probeert overeind te komen en vertrekt haar gezicht als ze op haar gewonde voet steunt.

'Verdomme,' zegt ze, en het moment is voorbij. Ze ziet eruit zoals anders, maar moe en met vochtig haar.

'Steun maar op mij,' zeg ik. 'We gaan vandaag naar de pastorie. Misschien vinden we een stok of een kruk of iets dergelijks voor je.'

'Anders reken ik erop dat je er een van een oude dennentak snijdt,' mompelt Tone met een zuinig glimlachje. 'Wat heeft al je research voor zin als je dat niet kunt?'

NU

Tone hinkt en leunt zwaar op mijn arm tot we bij de auto's zijn.

Ik zeg, eerder dan dat ik het vraag: 'Waarom ga je niet in de tent liggen, dan maken wij het ontbijt klaar.'

Tone perst haar lippen op elkaar en ik denk dat ze zal protesteren, maar in plaats daarvan knikt ze. Haar korte blonde pony is nat van het zweet en kleeft aan haar voorhoofd. 'Dat is geen gek idee.'

Ik help haar de tent in en loop vervolgens naar de bestelwagen van Emmy en Robert. Emmy zit op haar knieën in de laadruimte en zoekt in een van de dozen met blikken.

'Kun je de spiritusbrander aangeven?' vraag ik.

Emmy stopt met wat ze doet als ze mijn stem hoort. Vervolgens steekt ze haar arm uit en trekt de doos met de brander naar zich toe. Ze geeft hem aan me met een snelle blik over haar schouder. Haar groene ogen schieten vuur, waardoor ik schrik.

Ik blijf een paar seconden met de doos in mijn handen staan voordat ik naar het midden van ons kleine kamp loop. Ik pak de spiritusbrander uit terwijl ik Emmy achter mijn rug tussen de ontbijtspullen hoor rommelen. Als ze het geopende pak poederkoffie en de kan water voor me neerzet kijk ik op.

'Alice, we moeten praten,' zegt ze tegen me, waarna ze in kleermakerszit op de straatstenen gaat zitten. Ze doet het soepel, in één vloeiende beweging. Zo soepel was ze vroeger niet. Ze was stijf en een beetje lui, 's ochtends langzaam en 's avonds snel, en gaapte hartgrondig als een kat als ze wakker werd.

Hoe vaak hebben we samen ontbeten? Honderd keer? Duizend? Zij met nat haar na het douchen, zoals nu, ik met de make-up van de vorige dag nog op mijn gezicht. Nu is mijn gezicht naakt en dat van haar is gesloten.

De spiritusbrander staat als een muur tussen ons in. Ik steek hem aan.

'Wat is er?' vraag ik terwijl het kleine blauwe vlammetje verschijnt, waarna ik met de lucifer zwaai om hem te doven. Ik probeer mijn stem koel en professioneel te houden. Ik ben tenslotte haar producent. De projectleider. Haar baas.

Emmy laat haar onderarmen op haar knieën rusten. Ze heeft grasvlekken op haar spijkerbroek. 'Ik weet dat je ziet dat Tone ziek is,' zegt ze. 'En ik begrijp dat je het project niet wilt afbreken, maar dit kan niet langer. Ze moet onmiddellijk naar een ziekenhuis.'

Haar woorden zijn niet agressief, alleen direct. Als een hand in mijn buik die in mijn organen knijpt.

'Ze zegt dat ze dat niet wil,' zeg ik tegen Emmy terwijl ik de koffiepot pak en hem op de spiritusbrander zet. 'Tone is volwassen, ze weet zelf wat het beste voor haar is.'

Emmy rolt met haar ogen. 'Kom op, Alice,' zegt ze, haar stem is zowel traag als geïrriteerd. 'Klets geen onzin, je weet dat het slecht met haar gaat. We hebben haar daarnet in het hutje van Gittan gezien, ze ijlde verdomme. Waarschijnlijk komt het door de koorts. Ze moet naar een arts. Nu.'

'Ze is niet warm als je haar aanraakt,' zeg ik. Ik bijt mijn tanden zo hard op elkaar dat mijn kaakspieren spannen. Het lijkt tegenstrijdig, maar door haar woorden verdwijnt mijn onrust. Ik heb Tone half naar de auto's gedragen en ze voelde niet warm aan. 'Ze zegt zelf dat het een verstuiking is.'

'Een verstuiking ziet er niet zo uit, Alice,' zegt Emmy.

Ik kan me niet langer inhouden. 'En dat weet jij natuurlijk omdat je dokter bent. Nietwaar?'

'Ik hoef geen dokter te zijn om te zien dat Tone nauwelijks kan lopen en dat haar toestand verslechtert,' antwoordt Emmy. Ze heeft haar handen tot kleine, harde vuisten gebald.

'Ik ben Tones moeder niet,' zeg ik. 'Denk je dat ik niet met haar gepraat heb? Denk je dat ik het niet gevraagd heb? Ik ben er telkens weer over begonnen, maar ze blijft volhouden. Wat vind jij dat ik moet doen? Haar in de laadruimte van een van de bestelwagens smijten, de deuren op slot doen en wegrijden? Ze is een volwassen vrouw, dat moeten we respecteren.'

'Mmm, jij zegt het,' zegt Emmy.

In de ruimte tussen de woorden hoor ik alles wat ze niet zegt. Het is een vloek dat ik haar zo goed ken, dat ik begrijp wat ze bedoelt zonder dat ze het uitspreekt.

'Wat suggereer je?' vraag ik. Ik hoor zelf dat ik over-articuleer en de lettergrepen de grenzen laat trekken waartoe ik zelf niet in staat ben.

'Niets, Alice,' zegt ze met een hese scherpte in haar stem. 'Ik suggereer niets. Ik zeg alleen dat het vreemd is dat het heel slecht met Tone gaat en dat jij als haar vriendin daar niet ongerust over lijkt.'

Mijn adem stokt in mijn keel en de woede stroomt door me heen vanwege de beschuldiging. 'Waag het niet om tegen me te zeggen dat ik niet ongerust ben,' bijt ik haar toe. 'Waag het niet om te beweren dat ik me geen zorgen over Tone maak. En waag het niet om zo tegen me te praten.'

Emmy trekt haar wenkbrauwen op en opent haar mond, maar ik onderbreek haar voordat ze iets kan zeggen. Het is een heerlijk gevoel om te zeggen wat ik al bij me draag sinds ik haar tijdens onze wervingsbijeenkomst zag, toen ik de kleine lachrimpeltjes rond haar ogen zag, de henna waardoor haar haar oplicht, de vertrouwde vorm van haar oren. De schok en de woede en het verdriet van de herkenning voelde.

'Het is grappig dat je zo ongerust bent over Tone,' zeg ik. 'Je bent nooit op me overgekomen als iemand die zich veel zorgen maakt over het welzijn van een ander. Maar misschien maak je je niet echt zorgen over Tone. Misschien is het eerder de kans om tegen me te kunnen zeggen dat ik egocentrisch ben en te veel eisen stel.

Wat fijn voor je dat je een gelegenheid hebt gevonden om dat te zeggen.'

Ik ken de uitdrukking dat de ogen van een mens zwart van woede kunnen worden, maar ik heb het nog nooit gezien. Als Emmy's pupillen zich verwijden, doe ik een stap naar achteren.

Ze zegt niets en ik ben me er plotseling van bewust dat Tone in de tent slaapt en wij alleen zijn. Emmy is soepel en gespierd, haar ogen zijn donker van woede en ze heeft haar handen tot vuisten gebald.

Mijn adem stokt in mijn keel en ik probeer te slikken, maar merk dat het niet lukt. De tijd lijkt stil te staan.

'Hallo, hoe gaat het?' De stilte wordt plotseling verbroken, waardoor ik zo schrik dat ik bijna struikel. Ik ben nog nooit zo opgelucht geweest om Max' stem te horen.

'Het gaat prima!' roep ik met een hese stem terwijl ik Emmy een snelle blik toewerp. Ze strijkt met haar vingers door haar haar en alle sporen van het woedende masker zijn verdwenen. Allemaal, behalve een zweem verstarring in de gezichtsspieren. 'Hoe was het water?'

Max en Robert komen aanlopen over het plein, beiden met nat haar en schone, opgefriste gezichten. Ik doe een paar passen in hun richting en kan het niet laten om Max van pure opluchting te omhelzen.

Max beantwoordt de omhelzing en lacht. 'Jezus, wat een welkomstcomité,' zegt hij. 'Knuffels en koffie.'

Als ik hem loslaat, zie ik dat Emmy de kan heet water van de brander heeft gehaald en er poederkoffie in doet.

'Haal jij het brood?' vraagt ze aan Robert, die naast haar is gaan staan. 'En de olie, en een koekenpan.'

Robert haalt alles wat nodig is voor bonen op toast en helpt Emmy met de voorbereiding. Ik ben nog steeds een beetje trillerig, maar de schijn van normaliteit is zo overtuigend dat ik er duizelig van word. De zon verwarmt me door mijn jas en de dunne wolkensluiers aan de horizon lijken de hoge, heldere hemel nog te accentueren.

Als we zitten te ontbijten vraagt Max wat de plannen voor vandaag zijn.

‘We verkennen de rest van de kerk en ik wil daar beginnen met filmen,’ zeg ik. ‘En in de pastorie. Daarna moeten we kijken hoe we er wat tijd betreft voor staan.’

‘In teams van twee?’ vraagt Max.

Ik wil antwoord geven, maar Emmy is me voor. ‘Ik blijf hier,’ zegt ze met haar mond vol brood en bonen.

Robert kijkt verbaasd. Ik aarzel.

Emmy kijkt me strak aan. ‘Ik denk dat het goed is als er iemand bij Tone blijft. En ik wil het materiaal dat we hebben doornemen en een gedetailleerd productieschema voor de komende dagen maken.’ Haar blik is stabiel en volledig gesloten. Haar ogen lijken groene knikkers.

Het moment lijkt een halve eeuwigheid te duren, tot ik merk dat ik knik. Natuurlijk. Als ze daardoor kalmeert en er niet meer over praat is het geen hoge prijs om te betalen. We kunnen een paar uur zonder haar op verkenning gaan en ze heeft gelijk dat ze hier ander werk te doen heeft. Bovendien is het inderdaad goed als er iemand bij Tone blijft.

‘Goed dan,’ zeg ik.

TOEN

Elsa verschuift op haar plaats. De kerkbanken zijn hard en de laatste jaren krijgt ze pijn in haar heupen als ze te lang in dezelfde houding zit. Haar moeder klaagde altijd over haar heupen, knieën en enkels, maar Elsa had nooit gedacht dat haar hetzelfde zou overkomen.

Maar goed, zo oud is ze nog niet, en het is niet vreemd dat ze last krijgt als ze een uur op een houten plank moet zitten.

'... hoeveel van jullie denken tijdens jullie dagelijkse leven aan de daden van Jezus?' vraagt de pastoor aan de parochie. 'Velen die zich christelijk noemen doen weinig om die naam waar te maken. Het is gemakkelijk om je te laten verleiden door het dagelijkse sloven en zwoegen en te vergeten...'

Ze vindt dat de preek vandaag lang duurt. De kerk is bomvol en dat is prettig om te zien – veel kerkgangers op de eerste rijen komen hier niet vaak; het is een heerlijke combinatie van jongeren en oudere alleenstaande mannen – maar ze maakt zich zorgen dat pastoor Mattias te langdradig voor hen is. Einar zorgde ervoor dat de preken niet langer dan veertig tot vijfenveertig minuten duurden, en kort en bondig waren. Hij begreep dat de zondag geen vrije dag was voor de bewoners van Silvertjärn, ongeacht wat er in de bijbel staat.

Aan de andere kant zijn de meeste bewoners van Silvertjärn tegenwoordig elke dag vrij.

Elsa voelt haar maag samentrekken, maar dan schudt ze haar hoofd. Zo mag ze niet denken. Er komt een oplossing. Ze zal het oplossen, dat doet ze altijd. Ze zal aan haar neef in Skåne schrijven. Misschien kan hij een baan voor Staffan in een fabriek of zo regelen.

De gedachte om uit Silvertjärn te verhuizen is bijna ondraaglijk, maar tegelijkertijd merkt Elsa dat zij de laatste tijd ook het slachtoffer begint te worden van de zwaarmoedigheid die als mist boven de stad hangt.

Het is koud in de kerk. De bijtende, gure voorjaarskou trekt via de grote ramen naar binnen en Elsa wikkelt haar sjaal wat dichter om zich heen.

'... het gaat er niet om dat Jezus alleen van degenen die het waard zijn houdt, maar dat de enige manier om te tonen dat je het waard bent is om in Christus op te gaan. Iedere menselijke ziel krijgt de kans om in het goddelijke op te gaan. Wie zou zo'n kans afslaan? Iemand die zich al van God afgewend heeft. Iemand die er al voor gekozen heeft om zich bezig te houden met de smerigheid en de geneugten van het aardse bestaan. Een ziel die ervoor kiest om de ware weg te volgen is zuiver en helder als water, maar een ziel die zich laat verleiden en in verzoeking laat brengen, wordt zwart en smerig als as.'

Elsa fronst haar voorhoofd. De pastoor is harder gaan praten, zijn vurige woorden stijgen naar het plafond. Hij klinkt bijna betoverd als hij zijn stem heft en zijn armen spreidt. Toch blijft zijn gezicht volkomen kalm en gelijkmatig terwijl zijn heldere, zilvergrijze ogen glanzen.

Elsa buigt zich naar Staffan toe en zegt zachtjes: 'Praat hij niet een beetje fel?'

Voordat Staffan antwoord kan geven, sist Aina 'sstt' tegen haar moeder.

Elsa schrikt als ze de vlammende blik van haar dochter ziet. Aina's ogen zijn vol geconcentreerde woede. Ze zoekt naar een antwoord, maar Aina's aandacht is alweer op het altaar gericht, en haar gezichtsuitdrukking is van woede in aanbidding veranderd. Ze ziet er verrukt uit.

Elsa kijkt met opgetrokken wenkbrauwen naar Staffan, maar hij schudt zijn hoofd alleen en haalt zijn schouders op. Heeft hij niet gezien wat er gebeurde? Misschien niet. Hij is nooit een oplettende man geweest.

Ze kijkt in de kerk rond en ziet dat Aina niet de enige is die met een verrukte, betoverde blik naar de pastoor kijkt. Er zijn er meer die zo kijken. Veel bezoekers lijken aan zijn lippen te hangen.

Elsa's maag trekt samen; het is een ander gevoel dan wanneer ze aan de mijn denkt, of aan Staffan, of aan een eventuele verhuizing. Dit is scherper. Gevaarlijker.

Misschien moet ze met hem gaan praten. Ze hebben tenslotte regelmatig contact gehad. Hij heeft haar geholpen met de laatste dagen van die arme Agneta Lindborg en met Pär Nilsson toen die alleen achterbleef met zijn kleine Elinor en niet wist hoe hij een ouder voor haar moest zijn.

Pastoor Mattias lijkt een redelijke man. Aina is een beetje verliefd op hem, maar ze is jong en hij heeft een knap uiterlijk. Het is zijn fout niet dat hij sommige parochieleden het hoofd op hol brengt met zijn mooie gezicht en uitstraling.

Ze zal hem vragen om het iets af te zwakken, misschien kan hij Einar de volgende preek laten doen. Een kleine koerscorrectie zal goed zijn. Ze heeft veel inwoners van de stad door de jaren heen geholpen om de vrede te bewaren.

De preek lijkt godzijdank eindelijk bijna afgelopen. Ze zingen nog een psalm en dan staan de parochieleden als één man op. Elsa legt haar hand op Staffans arm. 'Ik wil iets met de pastoor bespreken. Neem jij Aina mee naar huis, ik kom iets later.'

Staffan knikt, maar als hij naast zich kijkt trekt hij zijn wenkbrauwen op. 'Waar is ze gebleven?' vraagt hij aan Elsa.

Elsa kijkt om zich heen en ziet Aina's lange donkere haar te midden van een groepje dat zich bij het altaar heeft gevormd, waar pastoor Mattias nog steeds staat. Twintig tot dertig bezoekers zijn naar voren gedrongen.

Dit heeft ze nog nooit meegemaakt.

Of wel soms? Kleine observaties komen in Elsa's hoofd op, dingen die ze heeft gezien en gehoord maar waaraan ze verder geen aandacht heeft geschonken.

Eigenlijk gedraagt Aina zich de laatste tijd vreemd. Ze is stiller, kortaangebonden. Veel inwoners hebben het erover dat pastoor Mattias zo goed is, dat hij zoveel voor de stad doet, dat hij het kwaad uit Silvertjärn verdrijft. 'Het kwaad', alsof dat iets is wat in het dagelijks leven een punt van discussie is.

Elsa trekt haar schouders naar achteren en schudt de ongerustheid van zich af. Er is niets aan de hand. Ze zal het regelen. Dat doet ze altijd.

Ze loopt naar het altaar en blijft staan achter de groep die zich voor pastoor Mattias heeft verzameld. Elsa schraapt haar keel beleefd, maar niemand gaat aan de kant of kijkt naar haar. Ze hoort niet wat de pastoor zegt. Hij voert een zacht, fluisterend gesprek met een van de jongeren en heeft zijn hand op haar blonde haar gelegd.

Het is Lena, beseft Elsa met een schok. Aina's vriendin Lena. Ze huilt terwijl ze met opengesperde ogen gefascineerd naar de pastoor staart.

Op dat moment is Elsa's geduld op. 'Pastoor Mattias!' zegt ze. Haar stem klinkt schel en komt boven het gemompel en geroezemoes uit.

De pastoor kijkt op en ziet haar staan. Zijn mondhoeken trekken op in dezelfde milde glimlach als anders, maar zijn ogen zijn koud als steen.

Elsa laat zich niet afschrikken. 'Kan ik je even spreken?' vraagt ze. Ze heeft tenslotte niets te vrezen van deze jongeman en zijn groepje aanbidders. Elsa kent iedereen in Silvertjärn en pastoor Mattias is hier pas een paar maanden. Ze moet hem heel gewoon vertellen hoe de dingen er in Silvertjärn aan toe gaan.

In eerste instantie geeft de pastoor geen antwoord. De stilte verspreidt zich. Elsa is zich er onaangenaam van bewust dat iedereen die tussen haar en de pastoor in staat naar haar staart.

'Natuurlijk, mevrouw Kullman,' zegt hij na een tijdje. 'Waar wilt u over praten?'

'Kunnen we in de kapel praten?' vraagt Elsa.

De pastoor kijkt haar kalm aan. 'Dat kan hier net zo goed,' zegt hij.

Elsa slikt. Ze weigert zich af te laten schrikken, maar het is moeilijk om zich niet te laten beïnvloeden door alle ogen die iedere beweging van haar lijken te volgen. 'Ik vraag me af of het mogelijk is dat Einar volgende week de preek houdt,' zegt Elsa. 'Hij is al zo lang bij ons, en hoewel jouw preken heel geëngageerd zijn, zou het prettig zijn om Einar weer eens te horen preken. Hij is tenslotte jarenlang onze pastoor geweest.'

Pastoor Mattias glimlacht kil. 'Einar heeft ervoor gekozen om zijn werk als pastoor neer te leggen, mevrouw Kullman,' zegt hij. 'Hij is vanwege zijn gezondheid naar zijn zus in het zuiden verhuisd.'

Elsa knippert met haar ogen. 'Zijn... zijn zus?' hakkelt ze.

'Ja,' zegt pastoor Mattias. 'We zullen hem natuurlijk allemaal verschrikkelijk missen, maar voordat Einar vertrok verzekerde hij me ervan dat hij volledig vertrouwen in me heeft.'

Elsa weet niet wat ze moet zeggen.

'Is er nog iets, mevrouw Kullman?' vraagt de pastoor.

'Ja,' zegt Elsa. Ze slikt opnieuw. Haar keel is kurkdroog. 'Ik...'

'Dan wens ik u een prettige dag, mevrouw Kullman,' zegt de pastoor. Zijn ogen glanzen. 'We zien elkaar volgende zondag.'

Het is geen duw, alleen een verplaatsing. Alsof de groep een kleine stap naar achteren doet en Elsa daardoor haar evenwicht verliest.

Ze zoekt naar woorden om nog iets te zeggen, maar iedereen heeft zich van haar af gekeerd. Niemand kijkt nog naar haar. Niemand lijkt zich ervan bewust te zijn dat ze er nog staat. Ook de pastoor niet.

Zelfs Aina niet, wier glanzende, donkere achterhoofd een krachtigere en pijnlijkere terechtwijzing is dan welke duw dan ook.

NU

Als ik de kerk uit kom trek ik het masker naar beneden en voel de aprilzon op mijn gezicht. Die is vandaag krachtig, brandt bijna, en de warmte zorgt ervoor dat het in de stad naar voorjaar ruikt.

'Oké,' zegt Max. 'Gaan we nu naar de pastorie?'

'Ja,' beaam ik. 'Als de kaart uit de negentiende eeuw klopt, dan moet die hier in de buurt liggen.' Ik zwijg even en ga dan verder. 'Jullie kunnen de gezichtsmaskers afdoen als jullie dat willen,' zeg ik. Robert haalt zijn schouders op. Max daarentegen trekt het naar beneden en glimlacht. Het masker heeft een rode afdruk op zijn gezicht achtergelaten, waardoor ik me afvraag of dat bij mij ook zo is.

Dit deel van de stad – dat tussen de kerk en het plein ligt – is ouder dan de identieke rijtjeshuizen aan de andere kant van de stad. De woningen verschillen van vorm en grootte, zijn lager en hebben gevels van massief houten planken. Het zonnegeel en roodbruin is verbleekt en de witte hoeken bladderen af, maar ze hebben de tand des tijds beter doorstaan dan de rijtjeshuizen, hoewel ze veel ouder zijn.

We hebben in de kerk gefilmd en hebben veel foto's gemaakt om de details te vangen die we de eerste keer over het hoofd hebben gezien, wat minder tijd kostte dan ik had verwacht. De stress begint een beetje te verminderen. Hoe effectief we vandaag ook werken, we zijn twintig procent van onze ingecalculeerde tijd kwijtgeraakt. Waarschijnlijk zal een van de scènes in de ijzergieterij eraan moeten geloven. Eerlijk gezegd is het minder spannend om in de financiële malaise van een kleine mijn te duiken dan ons op de sensationelere delen van de geschiedenis te concentreren. De moord. Het kind. De pastoor.

We zijn hier tenslotte niet om een film te maken. We zijn hier om aan te tonen waarom we geld en subsidie moeten krijgen om deze film te maken. De massa's op internet moeten voldoende geïnteresseerd zijn om het uiteindelijke product te willen zien. Het gaat om het wekken van interesse. Om vragen, niet om antwoorden.

Na vandaag hebben we nog maar twee dagen, wat een krankzinnige gedachte is. Hoe heeft het zo snel kunnen gaan? Maar ik begin er toch voorzichtig op te hopen dat dit betekent dat het ons gaat lukken.

Nog twee dagen. Twee dagen om Tone zo min mogelijk pijn te laten hebben, twee dagen om een oogje op Emmy te houden. Twee dagen om het materiaal te verzamelen dat ons hopelijk voldoende animo oplevert om iemand te vinden die Emmy's plaats in het project kan innemen. Eén of meerderen.

Ik kan deze twee dagen doorkomen. Wij kunnen deze twee dagen doorkomen.

Als ik het keurige huis in het oog krijg, lijkt het zich niet noemenswaardig te onderscheiden van de omringende woningen. Toch voel ik mijn hartslag tot in mijn vingertoppen. Ik controleer de kopie van de kaart nog een keer. Alle plekken zijn aangegeven in een sierlijk, bijna onleesbaar handschrift, maar de proporties lijken niet helemaal overeen te komen met de werkelijkheid – de rivier lijkt langer dan hij is en het plein ligt verder naar het oosten – maar het kleine vierkant waarbij PASTORIE staat, lijkt het huis dat voor ons staat aan te geven. 'Ik denk dat dit het is,' zeg ik en ik blijf staan.

Het is een geel huis met een kleine veranda. De voordeur is dicht en het houten trappetje dat ernaartoe leidt lijkt verrot te zijn.

'Ik ga eerst, Alice,' zegt Max. Hij loopt om me heen en zet zijn voet op het midden van de onderste traptrede.

'Nee, wacht...' kan ik nog net zeggen voordat hij er met een verbaasde uitroep doorheen zakt.

Ik pak zijn schouder vast. 'Heb je je bezeerd?' vraag ik.

‘Doe voorzichtig,’ voegt Robert eraan toe als Max zijn been uit het gat probeert te trekken.

‘Je kunt niet op het midden van de treden lopen,’ zeg ik tegen Max. Mijn stem klinkt scherp van ongerustheid. ‘Daar is de structuur het zwakst.’

‘Dat heb ik in de gaten,’ zegt Max. Hij probeert te lachen als hij zijn broekspijp omhoogtrekt en zijn dunne, witte kuit bekijkt. Die lijkt ongedeerd.

‘Is alles goed met je? Laat me niet meer zo schrikken,’ zeg ik tegen hem.

Ik loop om hem heen, zet mijn voet voorzichtig op de tweede trede en loop vervolgens langzaam langs de leuning naar boven. De treden kraken maar houden mijn gewicht.

Ik wacht niet op de anderen, maar voel aan de deurkruk. Die is sierlijk, uit brons gegoten, ouderwets maar mooi. De woning is niet groot, maar het is te merken dat hier iemand heeft gewoond die belangrijk was.

Ik doe mijn gezichtsmasker voor, dat warm en vochtig tegen mijn gezicht voelt. Vervolgens duw ik de deur open. Die gaat een beetje stroef, maar het lukt.

Ik hoor Roberts camera klikken terwijl ik de hal in loop. Het plafond, waaraan een stoffige kroonluchter hangt, is verbazingwekkend hoog.

Alsof we een zwijgende overeenkomst hebben, slaat Robert af naar de kleine keuken en lopen Max en ik naar de ruimte tegenover de voordeur. Het blijkt een haveloze, koude slaapkamer te zijn. Behalve een bed met een ruw laken vol gele vlekken en een grote kledingkast staat er niets in de kamer. Er hangen zelfs geen gordijnen naast de scheve raamkozijnen. Als ik op mijn knieën naast het bed ga zitten om eronder te kijken zie ik twee lege, bruine flessen.

‘Die moeten van Einar geweest zijn,’ zeg ik en ik neem er een foto van.

‘Einar?’ vraagt Max.

Ik sta op en klop mijn knieën af. ‘Degene die voor Mattias pastoor was,’ leg ik uit. ‘Ik heb geen sporen van hem kunnen vinden. Hij is blijkbaar samen met de anderen verdwenen.’

We gaan naar de hal terug, waar Robert op ons wacht.

‘Heb je iets interessants gevonden?’ vraag ik.

Hij schudt zijn hoofd. ‘Het is er koud,’ zegt hij. ‘En de slaapkamer?’

‘Leeg,’ zeg ik. ‘Is dit iets waaraan we tijd moeten besteden? Filmtechnisch gezien?’

Robert wrijft over zijn kin zodat de baardstoppels tegen zijn vingers schuren en schudt zijn hoofd. ‘Misschien later,’ zegt hij. ‘Het kan een gave achtergrond in de film zijn. Een mooi detail. Maar ik geloof niet dat het zin heeft om dit in het voorlopige materiaal op te nemen.’

‘Dat denk ik ook,’ beaam ik, opgelucht omdat mijn vermoeden wordt bevestigd. ‘Laten we vroeg gaan lunchen, dan kunnen we het schema bekijken.’

Ik haal mijn walkietalkie van mijn riem en breng hem naar mijn mond. ‘Alice hier,’ zeg ik terwijl ik de zend-knop ingedrukt houd. ‘Emmy, ben je daar?’

Ik hoor mijn woorden robotachtig uit de walkietalkie in Roberts zak echoën, laat de knop los en wacht, maar hoor niets. ‘Emmy,’ zeg ik opnieuw. ‘Alice hier. Hoor je me?’

Niets.

‘Emmy?’ vraag ik opnieuw.

‘Het kunnen de muren zijn,’ zegt Robert. ‘De walkietalkies lijken hier binnen tussen ons drieën te werken, maar misschien komen de signalen niet naar buiten. Dat gebeurt soms.’

Ik knik, ook al verdwijnt het gevoel van ongerustheid niet. Het klinkt aannemelijk.

We lopen naar de voordeur en nog voordat ik op de veranda sta probeer ik Emmy opnieuw op te roepen. ‘Emmy,’ zeg ik. ‘Hallo. Hoor je me?’

Het blijft stil, op een zwak, melodieus geruis op de lijn na.

Ik slik. 'Kan ze hem weggelegd hebben?' vraag ik aan Robert.

Ik hoop dat hij zijn schouders ophaalt en op zijn kalme, brommende toon zegt dat er niets is om me zorgen over te maken, maar dat doet hij niet. Hij heeft een frons tussen zijn wenkbrauwen en haalt zijn eigen walkietalkie uit zijn zak. 'Emmy?' zegt hij.

Geen antwoord.

'Denken jullie dat er iets gebeurd is?' vraagt Max, waarmee hij uitspreekt wat we allemaal denken.

Ik schud mijn hoofd. 'Er is beslist niets aan de hand,' probeer ik mezelf te overtuigen. 'Zolang we hier zijn werken ze al niet goed. Er is gewoon iets mis mee.' Ik kijk naar Robert en ontmoet zijn blik. Ik weet zeker dat we hetzelfde denken.

'Ik denk dat we terug moeten gaan,' zegt Robert zachtjes.

Ik knik. 'Oké. Er is hier toch niets meer te zien.'

Eigenlijk zouden we nog wat foto's van de buitenkant moeten maken, maar ik ben inmiddels zo ongerust dat ik in een hoog tempo naar het plein begin te lopen. Pas als de riem tegen mijn gezicht schuurt besef ik dat ik het masker nog steeds op heb en ik trek het met een ruk naar beneden.

We passeren een straatnaambord dat verroest en dun als papier is. Nog maar een deel van de naam is zichtbaar. SO ÄGEN.

Ik hoor Max achter me hijgen terwijl hij jogt om het tempo bij te houden. We slaan af naar de hoofdstraat en zien het plein in de verte liggen. De overwoekerde, platgetreden weg gaat over in de kinderhoofdjes.

'Wat...' zeg ik en ik begin te rennen.

Eén van de bestelwagens ontbreekt. De asymmetrie ervan prikt in mijn ogen. Plotseling staat er maar één, terwijl het er twee moeten zijn.

'Emmy!' hoor ik Robert roepen.

Geen antwoord.

Ik blijf staan als we op het plein zijn en kijk om me heen in de ijdele hoop dat Emmy hem alleen verplaatst heeft.

'Waar zijn ze verdomme?' hoor ik Max achter me vragen.

Robert rent naar de overgebleven bestelwagen en rukt het portier open. Een paar milliseconden heb ik hoop, tot ik zie dat de cabine leeg is.

Als hij zich omdraait is er pure angst op zijn gezicht te lezen, waardoor zijn normaal gesproken zo kalme, beheerste gezicht er vreemd uitziet. De sproeten steken fel af tegen zijn bleke huid. 'Waar zijn ze?' vraagt hij hulpeloos.

Ik kijk om me heen naar het lege plein, de heide die tussen de kinderhoofdjes groeit, de witgepleisterde muren van het stadhuis, de open deuren van de school.

'Verdomme,' vloek ik terwijl ik over mijn voorhoofd wrijf. Ik ben een idioot en had het moeten begrijpen. 'Ik denk dat Emmy Tone naar het ziekenhuis brengt,' zeg ik.

Robert kijkt verbijsterd, maar de opluchting begint de wanhoop in zijn ogen te verdrijven.

Mijn kaken zijn gespannen, maar ik probeer mijn woede niet te laten merken. Ik mag mijn zelfbeheersing niet kwijtraken. Niet op dit moment.

'Zonder iets te zeggen?' vraagt Max.

'Dat hebben ze waarschijnlijk geprobeerd,' zegt Robert. Hij lijkt met elk woord zekerder van zijn zaak te worden. 'Maar als de muren de signalen van de walkietalkie geblokkeerd hebben...'

'We weten niet of dat zo is,' zegt Max. 'Ik geloof niet...'

'Waarschijnlijk hadden ze haast,' onderbreek ik hem. Mijn woede vecht met opluchting en mijn slechte geweten. Het is zo laf, zo verschrikkelijk laf. Ik verwacht veel van Emmy, maar niet dat ze laf is. Aan de andere kant is ze altijd ongelofelijk competitief geweest. Uitermate doelgericht. Ze wilde dat Tone naar het ziekenhuis ging en ik werkte niet mee. Dus heeft ze zichzelf in een positie gemanoeuvreerd waarin ik haar niet kon dwarsbomen.

Aan de andere kant is het misschien juist goed. Ik kan mijn ongerustheid niet ontkennen. Ik heb mezelf de vraag gesteld, hoewel ik heb geprobeerd het niet te doen. Neemt ze haar medicijnen nog steeds?

We kunnen dit zonder Tone doen, probeer ik mezelf te overtuigen. We kunnen zonder haar filmen. We kunnen voldoende materiaal verzamelen om het project zonder haar op gang te houden. Wat maakt het uit als ze een paar dagen eerder naar huis gaat? Ze zal het niet prettig vinden, maar het is beter zo. En ze kan erbij zijn als de echte opnames beginnen.

Als ik het geluid hoor, besef ik eerst niet wat het is, maar dan kijk ik naar de weg en ik zie vanuit mijn ooghoeken dat Max en Robert hetzelfde doen.

Het is het geluid van een motor.

Als de bestelwagen aan de andere kant van het plein verschijnt, lijkt hij bijna op iets uit een animatiefilm. Het is zo'n afwijking van de bewegingloze achtergrond dat hij bij een andere tijd lijkt te horen. Wat in feite ook zo is.

Ik zie Emmy achter het stuur zitten. Ze maakt een bocht en gaat nog langzamer rijden, zodat het hotsen over de opengebroken bestrating een sukkeldrafje wordt. Ze parkeert behendig naast de andere bestelwagen en maakt haar veiligheidsgordel los.

'Oké...' begint ze als ze op de kinderhoofdjes is gesprongen. 'Het spijt me. Ik kan het uitleggen. Ik...' Ze kijkt naar ons en kijkt vervolgens om zich heen. Haar blik blijft op de andere bestelwagen en de open achterdeuren hangen. Langzaam, heel langzaam kijkt ze naar mij. 'Waar is Tone?' vraagt ze.

NU

Het duurt een paar seconden voordat ik mijn stem terug heb, maar Max is me voor. 'Is ze niet bij jou?'

Emmy kijkt naar ons alsof ze verwacht dat we zullen zeggen dat het een grap is, alsof Tone elk moment tussen ons vandaan kan springen om te vertellen dat we haar in de maling hebben genomen.

'Nee,' zegt ze. Ze schudt haar hoofd en kijkt naar de andere auto. 'Nee, ze was... ze was hier, ze...'

Ik knipper met mijn ogen, kijk van Emmy naar de auto en vervolgens naar het plein. 'Wat bedoel je?' vraag ik haar. 'Zijn jullie niet naar het ziekenhuis gegaan?'

Emmy likt over haar gesprongen lippen en kijkt naar ons. 'Nee, ik...' Ze kijkt om zich heen. 'Ze was hier toen ik vertrok. Dat is minder dan een uur geleden.'

Ik weet dat het ijdele hoop is, maar toch loop ik met een paar lange passen naar de tent en ruk hem open.

De tent is leeg. Natuurlijk is hij leeg.

Ik ga rechtop staan. Als de ernst van de situatie tot me doordringt, is het alsof ik een klap met een hamer tegen mijn achterhoofd krijg. Ik wankel bijna onder de kracht ervan. 'Waar ben je dan in vredesnaam geweest?' vraag ik Emmy.

Emmy geeft geen antwoord. Ze is een stukje bij de auto vandaan gelopen, verheft haar stem alsof ze hem niet helemaal vertrouwt en zegt nauwelijks harder dan op gesprekstoon: 'Tone? Hallo?'

Mijn oren suizen.

'Emmy...' zeg ik. Het uitspreken van haar naam veroorzaakt een ijzig gevoel. 'Als je Tone niet naar het ziekenhuis gebracht hebt, waar ben je dan geweest?'

Voordat ze kan antwoorden – als ze dat al van plan is geweest – vraagt Robert haar: 'Hoe lang heeft het geduurd? Hoe lang ben je weggeweest?'

Er is iets mis met zijn stem, met zijn houding, de manier waarop zijn kin naar zijn borstkas wijst, het gebrek aan verbazing in zijn stem.

'Wat hebben jullie gedaan?' fluister ik.

'Dat wat gedaan moest worden,' snauwt Emmy. Haar blik is van wezenloos in woedend veranderd en haar rode paardenstaart schijnt als een rood stoplicht in de zon.

'En wat was dat dan?' vraagt Max.

Emmy kijkt niet naar hem als ze antwoord geeft, maar naar mij. 'Iemand moest iets doen, Alice,' zegt ze. 'Je wilde niet luisteren.'

Ik schud mijn hoofd. Een klein, verwrongen lachje ontsnapt aan me. 'Uiteraard,' zeg ik. 'Het is natuurlijk mijn schuld, nietwaar?'

'Er is hier iemand, Alice!' slingert Emmy in mijn gezicht.

Ik staar haar aan. 'Wat?' zeg ik.

'Er is iets mis,' zegt Emmy. 'Heel erg mis. Ik weet dat je iemand hebt gezien toen je in de bestelwagen zat. Ik zag de eerste nacht iemand naar me staren. En er zijn andere dingen. Robert en ik hebben allebei geluiden gehoord.' Ze schudt haar hoofd. 'En nu het steeds slechter met Tone gaat... Ik kan haar natuurlijk niet dwingen om zich te laten behandelen, maar ik moest iets doen. We zijn hier volkomen afgesloten van de buitenwereld. Ik kon niet anders.' Emmy is bleek, maar perst haar lippen vastbesloten op elkaar.

'Ik ben nog geen uur weggeweest, oké? Tone sliep toen ik vertrok. We hebben meer dan voldoende benzine, ik heb niets verspild. Ik wilde alleen buiten de dode zone komen zodat ik kon bellen.'

'Wie heb je gebeld?' De woorden voelen log in mijn mond.

Ik zie dat Emmy slikt. 'Mijn moeder,' zegt ze. 'Je weet dat ze verpleegster is. Ik wilde haar over Tones voet vragen. En contact met de buitenwereld hebben. Voor het geval er iets gebeurt. We zijn hier volkomen hulpeloos. We hebben geen telefoons, geen enkele mogelijkheid om hulp in te roepen…'

'Je zegt dus,' zeg ik langzaam en zorgvuldig articulerend, 'dat je zo ongerust was dat er iets mis was dat je Tone ziek en slapend helemaal alleen achter hebt gelaten? Een uur lang?'

Dit is waarschijnlijk de eerste keer dat ik Emmy met een mond vol tanden zie staan. Haar handen hangen langs haar zijden, de handpalmen zijn in een weerloos gebaar naar buiten gedraaid.

Het geeft me geen voldoening.

'En nu is ze weg.' Het is niet alleen een constatering, maar ook een veroordeling.

'Misschien overdrijven we,' zegt Max. 'Ze kan natuurlijk gewoon naar het toilet zijn.'

'Dan zou ze ons gehoord hebben,' zeg ik. 'We zijn al bijna een halfuur terug.'

'Maar haar voet is gewond,' zegt Max. 'Stel dat ze weggegaan is om te plassen, gevallen is en niet overeind kan komen? Dat zou niet zo vreemd zijn.'

Max legt zijn hand op mijn arm. 'Kom op,' zegt hij tegen me. 'We gaan haar zoeken. Je zult zien dat we haar snel vinden. Ik kan met je meegaan.' Hij houdt mijn elleboog vast alsof hij me rechtop wil houden.

Ik schud mijn hoofd. 'Nee,' zeg ik en ik knik naar Emmy. 'Ga maar met háár mee. Houd haar in de gaten. Iemand moet dat doen zodat ze niet opnieuw een auto pakt en ervandoor gaat.'

Ik wacht tot Emmy woedend zal reageren, maar ze zwijgt en kijkt naar Robert. 'Ga jij maar met Alice mee,' zegt ze tegen hem. 'Het belangrijkste is dat we Tone vinden voordat haar iets overkomt.'

NU

'Tone!' roep ik terwijl ik een steeg in loop. Robert pakt mijn arm vast. Hij doet het voorzichtig, maar toch deins ik terug.

'Het is beter om het systematisch te doen,' zegt hij. 'We moeten straat voor straat controleren, anders lopen we haar misschien mis.' Zijn stem is mild, maar het voelt als een provocatie.

Ik blijf staan en kijk naar hem. 'Wist je dat Emmy weg wilde gaan?'

Robert aarzelt en krijgt een onzekere blik in zijn ogen. Zijn pupillen in de hazelnootbruine irissen lijken heel klein.

Het gevoel dat in me opkomt lijkt bijna op walging. 'Natuurlijk wist je het,' zeg ik.

Had Emmy maar niet aangeboden om te blijven. Max of ik hadden bij Tone kunnen blijven. Had ze maar gezegd dat ze weg wilde om te bellen omdat ze zich zorgen maakt. Ik zou ja gezegd hebben.

Dat zou ik toch gedaan hebben?

Het zonlicht prikt in mijn ogen en de woningen lijken elkaar te naderen, te versmallen en zich op te dringen. Zo meteen worden we verzwolgen door Silvertjärn. Dan zakken we weg in de aarde, vergroeien we met de muren, worden we één met de verrotting en de stilte. Net als Tone. Net als Aina, en Elsa, en Staffan.

Er zal geen spoor van ons achterblijven.

Ik probeer de gedachten van me af te schudden. Die zijn alleen morbide en helpen ons niet.

'Tone!' roept Robert weer. Zijn stem is helderder en klinkt minder wanhopig dan de mijne, maar dat betekent dat hij misschien minder ver te horen is.

Mijn zenuwen voelen broos als verbrande haren en zijn pijnlijk onder mijn huid. Mijn oren lijken onnatuurlijk gevoelig. Het is alsof ik haar iedere seconde 'Hier!' zal horen roepen, zwak en ellendig, haar stem doordrenkt van pijn.

Ze is waarschijnlijk op haar voet gevallen, zodat die er nu nog erger aan toe is. Ze ligt ergens met tranen in haar ogen en op elkaar gebeten tanden. Zodra we haar vinden vertrekken we. Dan laten we deze verdomde stad achter ons en brengen we haar naar het ziekenhuis.

We lopen tussen de bedrieglijk idyllische woningen door. Ik loop op een holletje door de straat en trap meedogenloos op de net uitgekomen sterhyacinten en krokussen, die moeizaam wortel hebben geschoten in de samengeperste aarde. Verroeste brievenbussen hangen schots en scheef aan dunne houten palen, gespietst als verschrompelde hoofden met metalen cijfers bij wijze van gezicht. 16. 17. 18.

'Tone!' Mijn stem begint te breken. Denk ik echt dat ze antwoord zal geven?

Waar kan ze zijn?

Zonder dat ik het wil hoor ik een zachte echo van de vreemde lach op de film in mijn hoofd en zie ik de gestalte in de regen op mijn netvlies.

De gedachte die ik probeer te verdringen komt weer in me op: *We zijn hier niet alleen.*

Ik kan het idee niet verdragen dat Silvertjärn, mijn desolate, verlaten stad, misschien niet zo verlaten is. Dat hier iets op ons heeft gewacht. Dat dat iets – of iemand – Tone heeft meegenomen en nu in de schaduwen wacht, ons op dit moment misschien observeert.

De huid van mijn armen prikt.

Robert haalt me in en ik blijf staan voor een grauwe woning die ooit wit is geweest. Onder de vensterbank hangt een scheefgezakte en gebarsten witte plastic plantenbak. Als ik mijn ogen dichtdoe schijnt de krachtige aprilzon door mijn oogleden.

Robert legt zijn hand op mijn schouder, maar ik deins terug en schud mijn hoofd. 'Nee,' zeg ik.

'Ze bedoelt het niet verkeerd,' zegt Robert.

Ik doe mijn ogen open. 'Wat?'

'Emmy en ik hebben erover gepraat,' zegt hij zachtjes. In zijn stem klinkt een aarzeling door. 'Ik wist wat ze ging doen. Ze maakte zich zorgen en wist niet zeker of je naar haar zou luisteren, dus... Ze maakte zich alleen zorgen over Tone. Ik zweer het.'

Hij ziet er oprecht uit, eerlijk. Ik weet niet of ik hem geloof, maar hij heeft het soort gezicht waardoor ik hem wil vertrouwen. Hem wil geloven.

Ik geef geen antwoord. In plaats daarvan kijk ik naar de straat, haal diep adem en roep: 'Tone! Tone, hoor je me? Ik ben het, Alice! Tóne!'

Het blijft stil. De enige geluiden zijn mijn onregelmatige ademhaling en de wind die door de kapotte ramen fluit.

Het lukt me niet om stil te staan. Ik kijk om me heen en loop vervolgens naar de kruising terug. Als ik in de zon kijk, houd ik mijn hand boven mijn ogen om beter te kunnen zien, blijf staan en kijk met samengeknepen ogen de volgende straat in.

Ineens wordt de intense stilte verbroken.

De realiteit bevriest één moment. De tijd versplintert in milliseconden. Een beeld waarin ik abrupt blijf staan. Een beeld waarin ik mijn handen voor mijn oren houd. Een beeld waarin ik hurk en mijn rug krom. Een beeld waarin ik mijn ogen dichtknijp en mijn zintuigen probeer af te sluiten voor de dreunende knal die door de stad davert.

Het geluid is afkomstig van het plein. Het is een explosie.

NU

Ik ruik de rook voordat ik die zie. De verstikkende, prikkende lucht zorgt ervoor dat ik begin te hoesten terwijl we rennen. Ik heb een vrij goede conditie, maar raak toch buiten adem. Ik begin achter te raken, maar Robert wacht niet op me.

Voor ons stijgt de rook dik en zwart boven het plein op.

Robert trekt zich niets aan van mij, of van Tone, of van zichzelf. Hij rent naar Emmy toe.

Ik haal een paar keer diep adem, krijg rook in mijn longen, hoest achter mijn hand en probeer bij hem te komen.

Het plein ziet eruit alsof het om een oorlogsfilm gaat. De door brand aangetaste, zwarte restanten van een van de bestelwagens liggen over het hele plein verspreid.

Onze spullen branden nog steeds, wat de walmende rook veroorzaakt die naar de hemel opstijgt. De tweede bestelwagen ligt op zijn kant. De witte buitenkant zit vol zwarte roetvlekken en de banden lijken gesmolten door de hitte.

Max' Volvo is door de drukgolf tegen de gevel van het stadhuis gesmeten. Het verkreukelde blauwe plaatstaal lijkt samengeperst door een enorme hand.

Het grootste deel van de heide heeft vlam gevat en brandt met flakkerende vlammetjes die naar zuurstof lijken te snakken.

Mijn oren suizen nog steeds.

Aan de andere kant van het plein zie ik Emmy en Max aan komen rennen en abrupt blijven staan. Haar haar is uit de paardenstaart gegleden. Het hangt in verwarde, hennarode pieken rond haar hoofd. In de chaos zoeken haar ogen die van mij.

Onze spullen branden nog steeds, maar ik zie hoe ze zwart beginnen te worden en in de vlammen verdwijnen. Het is bijna onmogelijk om te onderscheiden wat wat is.

'Emmy!' roept Robert. De naam scheurt uit zijn keel.

Ik zie dat Emmy de arm van Max pakt en iets tegen hem zegt. Vervolgens beginnen ze voorzichtig naar ons toe te lopen. Ze blijven vlak bij de gebouwen en houden zo veel mogelijk afstand van het vuur, dat nog steeds aan de kinderhoofdjes likt.

Als ze bij ons zijn rent Robert naar Emmy toe en houdt haar zo stevig vast dat het lijkt alsof ze in tweeën zal breken. Emmy omhelst hem eveneens. Haar ogen zijn dicht en ze zeggen allebei niets.

Het doet pijn om dat te zien, en dat wordt nog erger als Max mij ook omhelst. Het voelt vreemd en verkeerd, en ik maak me los van hem.

Emmy heeft Robert eveneens losgelaten en kijkt me strak aan. 'We kunnen hier niet blijven,' zegt ze. 'Het gevaar bestaat dat de andere auto ook explodeert.'

'Wat gebeurt hier verdomme?' vraag ik. Ik weet niet of ik tegen Emmy praat, of tegen een van de anderen, of tegen de stad.

'Ik weet het niet,' antwoordt Emmy. 'Maar we moeten onszelf eerst in veiligheid brengen. Daarna kunnen we proberen dat uit te zoeken.' Ze strijkt haar haar achter haar oren en kijkt naar Robert, die knikt.

Ik hoor het metaal kraken als er iets in de rechtopstaande, brandende bestelwagen bezwijkt.

Ik weet niet hoe het werkt met explosies, ik weet alleen dat ik verder uit de buurt van de auto wil zijn. Ik heb ergens gehoord dat niet het vuur, maar de drukgolf het gevaarlijkst is, dat die de inwendige organen in soep verandert.

Ik sta het mezelf niet toe om daaraan te denken.

Emmy begint te rennen en ik ren achter haar aan.

TOEN

'Elsa!' hoort ze Dagny achter zich roepen. Ze aarzelt en is even in de verleiding om net te doen alsof ze haar niet heeft gehoord, maar haar gevoel voor fatsoen wint het en ze draait zich om.

Dagny is zoals gewoonlijk een beetje te mooi gekleed voor een wandeling door het stadje, met een strakke rok en een opzichtige broche op de kraag van haar jas. Haar donkere lippenstift is uitgelopen in de mondhoeken. Toen ze jonger waren, was Dagny de schoonheid van het stadje, en hoewel ze nog steeds heel elegant is, zijn de jaren haar aan te zien. Dagny en haar man hebben geen kinderen en Elsa vermoedt dat dat niet is omdat ze het niet hebben geprobeerd. Het verdriet heeft zijn sporen bij haar achtergelaten en heeft haar een hard, gelakt uiterlijk gegeven, zoals een mooie vaas van breekbaar porselein.

'Goedemiddag,' zegt Elsa tegen haar als Dagny bij haar is. 'Hoe is het met je?'

Dagny gebaart met haar hand naar de koude, grijze hemel. Het lijkt eerder januari dan april. 'Ach, je weet wel. Het weer is zo ongelofelijk saai,' zegt ze, alsof het iets is wat alleen haar en niet de hele stad overkomt. 'Hoe is het met jou?'

Elsa weet niet wat ze daarop moet antwoorden. Hoe is het eigenlijk met haar? Haar dochter weigert met haar te praten, haar man drinkt te veel, haar eerstgeborene, die duizend kilometer bij haar vandaan woont, ligt in bed met zwangerschapsvergiftiging en Elsa durft niet naar haar toe te gaan om haar te helpen omdat ze haar beschermeling niet eens een paar dagen alleen durft te laten.

'Goed,' zegt ze. 'Alles is goed.'

'Heb jij de hond van de Axelssons gezien?' vraagt Dagny. Het lijkt erop dat ze van plan is helemaal tot Elsa's woning met haar mee te lopen.

'Nee,' antwoordt Elsa. 'Hoezo?'

Dagny schudt haar hoofd. 'Hij schijnt een paar dagen geleden weggelopen te zijn,' zegt ze. 'Dat zeggen ze in elk geval. Persoonlijk denk ik dat we beren in het bos hebben.'

'Beren?' vraagt Elsa.

'Jazeker,' knikt Dagny met nadruk. 'De hond van Klaes Ekman is een paar weken geleden ook verdwenen. Weggelopen, zegt hij. Hij heeft er geen verdriet van, want hij had hem voornamelijk om de ratten weg te houden, maar ik denk dat de beren hem gepakt hebben. Ik heb een nicht in Lapland die van de winter een hond aan de beren kwijtgeraakt is. Dat is omdat ze te weinig voedsel hebben, snap je.'

'Dat gebeurt toch in de winter en niet in het voorjaar?' zegt Elsa.

'Ach,' zegt Dagny met een achteloos handgebaar. 'Met dit weer maakt dat natuurlijk geen verschil.'

Normaal gesproken zou Elsa haar verteld hebben wat er verkeerd is aan die opmerking, maar vandaag heeft ze niet voldoende energie om aan Dagny uit te leggen hoe beren zich gedragen in de verschillende jaargetijden.

Ze naderen Dagny's woning en ze gaat langzamer lopen. Elsa voelt zich gedwongen hetzelfde te doen.

'Er is iets wat ik met je wil bespreken, Elsa,' zegt Dagny. Ze ziet er een beetje opgelaten uit. 'Birgitta maakt de laatste tijd een ongelofelijk kabaal.'

Elsa's hart begint te bonken. 'Kabaal?'

''s Avonds laat en 's nachts, we horen het helemaal bij ons huis,' zegt Dagny, waarna ze haar lippen op elkaar perst en haar mond een donkerrode streep in het magere gezicht wordt. 'Je weet dat ik niet zoals de anderen ben. Ik roddel niet over Birgitta. Ik vind de manier waarop sommige parochieleden over haar praten stuitend. Ze is ziek. Het is haar schuld niet dat ze zo is.'

Ze ziet er zo vroom en schijnheilig uit als ze dat zegt dat Elsa bijna tegen haar uitvaart, maar ze dwingt zichzelf haar woorden in te slikken.

'Maar alsjeblieft, probeer haar te laten begrijpen dat ze niet zo tekeer moet gaan,' gaat Dagny verder. Ze kijkt naar de omringende woningen. 'Zoals de mensen praten...' Ze schudt haar hoofd. 'Ik denk dat ze beter voorzichtig kan zijn,' zegt ze zachtjes, waarna ze een hele tijd met een ongeruste blik naar Birgitta's hutje kijkt.

NU

Emmy blijft pas staan als ze drie straten verder weg is. Ze slaat af achter de gebouwen en ik ren achter haar aan. Ik hoor niets, behalve het harde klepperen van onze zolen op de straatstenen en het suizen in mijn hoofd; ik zie niets, behalve Emmy's in spijkerbroek gestoken benen voor me en het haar dat in de maat van haar voetstappen op haar rug danst.

Ze blijft in een dwarsstraat staan, buigt zich naar voren en krijgt een hoestbui. De rook ligt als een film op mijn tong en in mijn keel, maar ik hoest niet. Mijn longen voelen als verschrompelde pitten in mijn borstkas.

Ik hoor Max en Robert achter me naderen, blijf staan, buig me voorover en doe heel even mijn ogen dicht om de wereld te laten stilstaan en in mijn lichaam terug te komen. Alles is heel ver weg en lijkt gevoelloos.

Een vreemd gekriebel stijgt uit mijn borstkas omhoog. Ik laat het uit mijn keel ontsnappen en begin schril te giechelen. Ik kijk op, houd mijn hand voor mijn mond om het binnen te houden, terug te duwen, te verstikken.

'Wat is er gebeurd?' vraagt Max.

Iets aan de vlakke, redelijke toon zorgt ervoor dat ik het krankzinnige lachje onder controle krijg en ik laat mijn hand weer zakken. Ik zie dat Emmy een laatste keer hoest en op de grond spuugt, waarna ze overeind komt.

'Wat is er gebeurd?' hoor ik een stem zeggen. Diep van binnen besef ik dat ik het zelf ben. 'Hoe kon de bestelwagen zomaar exploderen? Auto's exploderen niet zomaar!'

Ik wil dat iemand iets doet. Mijn schouders vastpakt, me door elkaar schudt, me een oorvijg geeft, me dwingt om bij mijn positieven te komen.

Niemand beweegt echter. We staan verbijsterd en ademloos naar elkaar te staren.

'Spiritus,' zegt Emmy zachtjes.

Ik kijk op en zie dat ze naar de rookslierten staart die nog steeds boven de daken uit stijgen.

'Wat?'

'Spiritus,' herhaalt Emmy. 'Er stonden jerrycans met spiritus in de bestelwagen. En we hadden een jerrycan met benzine. Dat stond op de lijst.'

Oké.

'Iemand moet ze op de een of andere manier in brand gestoken hebben. Dat is de enige verklaring.'

We kijken elkaar aan; het is een van de zeldzame momenten die soms ontstaan als drie of vier personen precies tegelijkertijd hetzelfde denken. Ik kijk naar Robert en naar Max, die zegt: 'Emmy was bij mij.' Tegelijkertijd zegt Robert: 'Alice was bij mij.'

'Het was niemand van ons,' zegt Emmy. 'Geen van ons vieren kan het gedaan hebben.'

'Tone,' zegt Max.

Ik staar naar hem, met angst en verbazing als een misselijk makende spiraal in mijn maag. 'Max...' begin ik.

'Alice, kom op. Ze hebben het recht om het te weten.'

Hij kan niet bedoelen wat ik denk dat hij bedoelt, want hoe weet hij dat? Maar iets in de lijnen rond zijn mond en de frons tussen zijn wenkbrauwen zegt me dat hij het wel degelijk weet en dat ik hem niet zover kan krijgen om te zwijgen.

'Wat moeten we weten?' vraagt Emmy scherp.

Max blijft me aankijken. Zijn lippen zijn smal, zijn asymmetrische gelaatstrekken gespannen. Als hij zich naar Emmy omdraait weet ik al wat hij gaat zeggen. 'Tones moeder is de baby die ze in de school gevonden hebben,' zegt hij tegen haar. 'Zo hebben Alice en Tone elkaar leren kennen. Alice heeft haar twee jaar geleden gevonden toen ze research voor de film deed.'

'Is dat waar?' vraagt Emmy. Haar stem klinkt gedempt maar scherp.

'Het was nergens voor nodig dat jullie dat wisten,' zeg ik. 'Tone wilde het niet vertellen en dat respecteerde ik. Het was haar zaak om het te vertellen, niet die van mij.'

'Maar dat is niet het enige wat je niet verteld hebt, Alice,' zegt Max.

Het ruikt nog steeds naar vuur, roet en brandend staal. Een scherpe, prikkelende geur waarvan onze ogen gaan tranen, die aan onze kleren kleeft en in onze neuzen dringt.

'Max, alsjeblieft,' zeg ik smekend.

'Ik heb de pillen gezien, Alice,' zegt hij.

Ik herken hem niet meer. Max, mijn Max, mijn vriend. Die me altijd aan het lachen maakt, die altijd bereid is om een biertje met me te gaan drinken, naar me te luisteren, onzin uit te kramen. Die altijd in alle situaties achter me staat.

Hij ziet er niet uit alsof hij ervan geniet. Hij ziet eruit zoals ik me voel. Op het punt om in huilen uit te barsten. Misschien meent hij het echt als hij zegt dat hij vindt dat ze het recht hebben om het te weten.

Misschien heeft hij gelijk.

'Ik heb ze gezien,' gaat hij verder. 'In de toilettas, toen ik tandpasta van je leende. Abilify.' Hij zwijgt even en zijn stem is donker als hij verdergaat. 'Abilify wordt tegen psychosen geslikt. Of niet soms? Dat stond op de verpakking.'

Ik geef geen antwoord, dus legt hij het uit, waarmee hij het nog erger maakt.

'Tone lijdt aan psychosen.'

Ik schud mijn hoofd. 'Dat is niet waar,' zeg ik terwijl ik de tranen, die dreigen over te stromen, koortsachtig wegknipper. 'Ze heeft ruim een jaar geleden gewoon een slechte periode gehad.

Ze is niet psychotisch en niet gevaarlijk. Ze lijdt aan depressies en heeft één psychose gehad, één keer maar. Het is niet zo dat ze de hele tijd psychotisch is. Tone voelt zich nu veel beter. Ze wil niet dat anderen het weten en nee, ik vond niet dat het mijn taak was om het te vertellen. Zolang ze haar medicijnen slikt is ze…' Ik wil de zin afmaken, maar kan het niet.

De stilte verspreidt zich.

'Slikt ze haar medicijnen?' vraagt Emmy zachtjes.

Mijn keel snoert dicht.

Ik zie de strip met Ibuprofen in haar hand. De starende, ondoorgrondelijke blik toen ze twee pillen slikte en haar lippen op elkaar perste.

Ik wist waarom ze geen pijnstillers wilde nemen, wist dat ze niets wilde slikken wat invloed op de werking van haar medicijnen kon hebben. Ik snapte het echter niet. Ik wist niet wat er kon gebeuren.

Tone is volwassen. Ze weet wat ze doet.

Maar ze had pijn. Verschrikkelijk veel pijn. En ze wist dat ik niet wilde vertrekken, wist hoeveel dit voor me betekent. Ze zag het in mijn ogen toen ik vroeg of ze naar het ziekenhuis wilde.

'Wanneer is ze gestopt met het innemen van haar medicijnen, Alice?' vraagt Emmy met een ijle maar duidelijke stem.

Het besef is eenvoudig en broos en helder, als ijs van een dag oud.

Dit is mijn schuld.

Ik ging één keer per week bij haar op bezoek in het ziekenhuis. In de periode voordat het misging was ze gestopt met het opnemen van haar telefoon en reageerde ze niet meer op sms'jes. Ik ging niet onuitgenodigd naar haar appartement omdat ik aannam dat ze gewoon niet met me wilde praten. Het kwam niet bij me op dat er iets mis kon zijn. Hoewel ik het, van alle mensen, had moeten begrijpen. Hoewel ik beter dan ieder ander wist hoe onmogelijk het kan voelen om zelfs je mailprogramma te openen als de angst met dunne, zwarte vingers je keel dichtknijpt.

Ze was heel stil in het ziekenhuis, nog stiller dan anders, en gaf nauwelijks antwoord op mijn geklets. Ik praatte op mijn beurt sneller dan anders, probeerde elke seconde te vullen met woorden om de stilte niet te horen. Soms vroeg ik me af of ze wel wilde dat ik op bezoek kwam.

Maar als ik weg wilde gaan, omhelsde ze me altijd zo stevig alsof ik een reddingsboei was en ze op het punt stond om te verdrinken. Dus bleef ik komen, tot ze me op een dag op mijn mobiel belde om te vertellen dat ze weer thuis was. Alsof er nooit iets was gebeurd.

Later praatte ze niet veel over die periode. De paar keren dat het ter sprake kwam zei ze: 'Ik voelde me verward. En bang. Soms dacht ik dat ik mijn moeder was en me in Silvertjärn bevond. Soms hoorde ik stemmen die me geheimen probeerden te vertellen.'

Ze had er al een hele tijd niet meer over gepraat, behalve om er zeker van te zijn dat ik het aan niemand zou vertellen.

Ze was tenslotte beter. Ze voelde zich goed.

Zolang ze haar medicijnen slikte.

Het beeld van Tone aan Birgitta's tafel veroorzaakt een brok in mijn keel, dwingt ongewenste tranen in mijn ogen. Ik wilde het niet zien, wilde niet begrijpen wat het kon betekenen.

Ze zei dat alles goed was.

Dat heeft ze gezegd.

Waarom heb ik naar haar geluisterd?

Het blijft een hele tijd stil. Ik probeer mijn tranen te verdringen en mijn stem terug te krijgen. Ik wil dat een van de anderen iets zegt, de leegte vult.

'We moeten hier weg,' zegt Emmy. Haar stem klinkt vlak. 'We kunnen hier niet blijven. We hebben hulp nodig.'

'Hoe?' hoor ik Max vragen. 'Je hebt de auto's gezien. Wat er van de auto's over is.'

'We kunnen lopen,' zegt Emmy.

Robert schraapt zijn keel. 'Het is minstens dertig kilometer over moeilijk begaanbaar terrein naar de dichtstbijzijnde weg. En daar hebben we geen enkele auto gezien. Waar was het dichtstbijzijnde tankstation? Nog tientallen kilometers verder, nietwaar?'

'We hoeven niemand te vinden,' zegt Emmy. 'We moeten alleen maar uit de dode zone zien te komen.'

'Hoe ver was dat?' vraagt Robert.

'Drie kwartier,' zegt Emmy. 'Ik moest heel langzaam door het bos rijden, dus ging het niet snel. Ik weet niet hoe ver het hemelsbreed is.'

Ik kijk lang genoeg op om te zien dat ze haar mobiel uit haar zak haalt. Ze probeert hem aan te zetten, maar schudt haar hoofd. 'Mijn batterij is leeg na het telefoongesprek,' zegt ze. 'Hoe is het met die van jullie?'

Robert schudt zwijgend zijn hoofd. 'Ik hoef hem niet te controleren om te weten dat hij dood is.'

'De mijne is ook leeg,' zegt Max.

'Heb je een telefoonlader?' vraagt Emmy gespannen. 'Zo een die je in een sigarettenaansteker kunt stoppen?'

Er verschijnt een vonk in Max' ogen. 'Ik denk het wel,' zegt hij. 'In het dashboardkastje.'

Robert schudt zijn hoofd. 'De motor van de Volvo is er geweest,' zegt hij. 'Je hebt gezien hoe hij eruitzag, er is geen enkele kans dat...'

'Maar de generator niet,' zegt Emmy. 'Die ligt in de andere bestelwagen. Hij kan onbeschadigd zijn. Als we Max' lader daarop aansluiten, kunnen we zijn telefoon opladen. En daarna lopen we dertig tot veertig kilometer om bereik te hebben.'

'Is dat veilig?' vraagt Max. 'We weten niet of de andere auto ook kan exploderen.'

Emmy kijkt over de daken in de richting van het plein. 'Het rookt niet meer,' zegt ze. 'En auto's exploderen niet zomaar. Als de jerrycan met benzine ontploft is, dan is er geen reden om te denken dat de andere auto onveilig is.'

'De auto niet,' zegt Robert zachtjes. Meer hoeft hij niet te zeggen.

‘We zijn met z’n vieren,’ zegt Emmy tegen Robert. Ze heeft een gespannen uitdrukking op haar gezicht en duldt geen tegenspraak. ‘Wat is één persoon tegen vier? We hoeven daar niet lang te blijven. We gaan ernaartoe, pakken de lader en de generator, sluiten de mobiel erop aan en laden hem op. We houden de wacht en pakken uit de laadruimte wat we nodig hebben, zoals eten en water. Datgene wat er nog is.’

Ik weet dat ik mijn mond moet houden, maar dat lukt me niet. ‘Het was Tone niet,’ zeg ik met koude lippen. ‘Het kan Tone niet geweest zijn. Ze is niet gek. Ze is niet gewelddadig, ze is nog nooit gewelddadig geweest. Ze is alleen… ziek.’

Max geeft met een gedempte stem antwoord: ‘Als zij het niet was, wie dan wel, Alice?’

Ik hoor dat hij het niet bedoelt als een vraag, maar als een manier om er een punt achter te zetten. Toch voelt het als een steek recht in mijn hart. Ik denk aan de gestalte in de regen, de schaduw van een lach op de film, aan Tone die fluisterde: *Ik dacht dat ik iemand op de begane grond hoorde.*

Aan Emmy en de doordringende blik in haar groene ogen. *Je zag iemand. Of niet soms?*

Ik kijk naar haar. Ze heeft haar lippen zo stevig op elkaar geperst dat haar mond nauwelijks meer dan een streep in haar gezicht is.

‘Dat maakt niet uit,’ zegt ze tot mijn verbazing. ‘Het belangrijkste is dat we hulp kunnen vragen om hier weg te komen, maar om dat te doen moeten we naar het plein terug.’

‘Wat gebeurt er als het niet werkt?’ vraagt Max. Hij heeft roetvlekken op zijn gebreide trui.

Emmy krabt in haar nek. ‘In het ergste geval kunnen we gewoon afwachten,’ zegt ze. ‘Mijn moeder was ongerust, dus heb ik tegen haar gezegd dat ze de politie hiernaartoe moet sturen als ik binnen 48 uur niets van me heb laten horen. Dat was toen ik dacht dat ik terug zou gaan, Tone in de auto zou zetten en haar naar het ziekenhuis zou brengen, maar nu…’ Ze haalt haar schouders op.

‘Het is beter als we proberen om een van onze mobieltjes op te laden en vandaag om hulp te bellen,’ zegt Robert.

Mijn stem klinkt dof en uitgeput als ik uitspreek wat we allemaal denken: ‘We moeten naar het plein terug.’

NU

Ik loop een paar meter achter de anderen als we langzaam naar het plein teruglopen en kijk in alle stegen die we passeren.

Tone. Tone. Tone.

Ik wil geloven dat zij niet degene is die de bestelwagen in brand heeft gestoken. Ik wil daar net zo zeker van zijn als ik probeer te klinken. Maar hoe ik ook pieker, ik kan geen betere verklaring vinden.

Is de auto spontaan geëxplodeerd? Door een fabricagefout? Is hij gaan lekken, is de motor vanzelf gestart, kan er op het verkeerde moment een vonk ontstaan zijn?

Misschien.

Misschien is het de vloek van Silvertjärn. Misschien zijn het geesten. Misschien zijn het buitenaardse wezens.

Of mijn vriendin heeft het gedaan, mijn vriendin die ziek is, mijn vriendin die haar medicijnen niet heeft geslikt. Die paranoïde en in de war is, en dacht dat ze me verdedigde tegen iets wat er niet is.

De angst is koud en heeft lange nagels.

Ik wil het niet geloven.

De anderen zijn blijven staan op de plek waar het plein begint. Ik loop naar ze toe. We luisteren zwijgend.

'Oké?' zegt Emmy tegen ons.

Ik kijk naar de anderen. Niemand zegt iets, maar Robert knikt.

Heel even word ik overvallen door het absurde van de situatie, het onmogelijk filmische ervan.

Ik ben hier niet op voorbereid. Ik kan er niet in meegaan.

Het maakt niet uit. Emmy loopt het plein op en wij volgen haar.

Het vuur is grotendeels gedoofd. Het enige wat over is zijn de geblakerde resten van de begroeiing tussen de beroete kinderhoofdjes. Er jankt geen alarm. Er draaien geen wielen. De wrakstukken van de bestelwagen liggen nog waar we ze hebben achtergelaten, de restanten van onze apparatuur liggen verspreid op het midden van het plein. Ik herinner me niet of onze verzekering vreemde ongelukken dekt. Of brandstichting, want dit is toch brandstichting?

Ik sluip over het plein, probeer zo zachtjes mogelijk te lopen, maar heb geen verklaring waarom ik dat doe. Als iemand zo dichtbij is dat hij of zij mijn voetstappen kan horen, dan kunnen ze me absoluut ook zien. Maar primaire instincten zijn niet gevoelig voor logische argumenten; ze willen zich alleen zo klein mogelijk maken, zo stil mogelijk zijn, hurken, wegkruipen en verdwijnen.

De Volvo staat op het achterste deel van het plein. Hij stond al een beetje apart, waardoor hij waarschijnlijk minder door de explosie is aangetast dan de tweede bestelwagen. De kracht van de explosie heeft hem tegen de muur gesmeten, maar hij is niet op de zijkant terechtgekomen en heeft geen brandschade opgelopen. Het ziet eruit alsof de bestuurder heeft gedronken en van de weg af is geraakt. De voorkant zit in elkaar en de motor is kapot, maar verder is de auto niet beschadigd.

'Horen jullie iets?' vraagt Emmy zachtjes. Ze heeft een gespannen uitdrukking op haar gezicht. Ik schud mijn hoofd en Robert zegt net zo zachtjes: 'Nee, niets.'

Max komt naast me staan als we bij de Volvo zijn en ik deins achteruit. Ik kan me er niet toe zetten om naar hem te kijken. Hij voelt aan de deurkruk en ik kijk weg als ik de klik hoor waarmee het portier opengaat.

'Oké,' zegt Emmy. 'Gelukkig. Als jij de lader eruit haalt, dan ga ik naar de bestelwagen om de generator te zoeken.'

Ik wil niet bij Max blijven, dus volg ik Emmy naar de bestelwagen, wat het minst slechte alternatief is. Hij ligt op de zijkant en dat ziet er enigszins dreigend uit; als een gewond dier dat is gaan liggen om op krachten te komen.

'Ik weet niet hoe we naar binnen moeten komen,' zegt Emmy. Haar stem klinkt vlak en pragmatisch.

Ik begrijp wat ze bedoelt. De bestelwagen stond met de achterkant deels naar de andere auto gericht en de achterdeuren hebben het grootste deel van de klap opgevangen. Ze zijn gedeukt en geblakerd op een zodanige manier dat ik ernstig betwijfel of ze wel open zullen gaan.

'Ik kan het proberen,' zeg ik tegen beter weten in. 'Anders kan ik proberen vanaf de bestuurderskant naar binnen te klimmen.'

Die is naar boven gericht.

Ik denk dat ze zal protesteren, maar ze knikt alleen.

Ik pak de deurkruk, die nog steeds warm is, voorzichtig vast en probeer hem te draaien, maar hij zit muurvast. 'Oké,' zeg ik tegen Emmy. Meer hoef ik niet te zeggen.

Ik loop rond de auto naar de voorkant. Het portier zit hoger dan ik dacht. Er is geen enkele kans dat het me lukt om zonder hulp naar boven te klimmen.

Ik kijk om me heen naar iets om op te staan, maar Emmy heeft al een half verkoolde autoband gepakt en begint die naar me toe te slepen. Als ze bij me is zet ze de gesmolten klomp rubber rechtop en steekt haar hand uit zodat ik die kan pakken.

'Bedankt,' zeg ik. Ik houd haar blik een paar seconden te lang vast. Dat is niet de bedoeling, maar onze blikken blijven als vanzelf aan elkaar hangen.

Ik weet niet wat we daarmee tegen elkaar zeggen.

Vervolgens plaats ik mijn voet op wat er over is van de band en trek mezelf omhoog. Ik raak mijn evenwicht bijna kwijt, maar het lukt me om de deurkruk vast te pakken. Ik trek me omhoog en schop tegen de band voor een extra zetje. De zijkant van de auto is glad en bedekt met roet, wat op mijn kleren terechtkomt, maar het lukt me toch om boven op de auto te komen, zodat ik naast het bestuurdersportier zit.

Ik kom op mijn knieën te zitten en trek aan het portier. Het is schokkend hoe zwaar dat is als de zwaartekracht tegenwerkt, maar het zit niet vast in de omlijsting. Ik trek het portier met beide handen zo ver open dat het omhoog blijft staan en wurm me vervolgens op de voorbank.

Het is net een speeltuin voor volwassenen in de cabine. Een normale, vertrouwde omgeving waarin alles negentig graden gedraaid is. Spullen liggen dwars door elkaar, het dashboardkastje is opengevlogen en er ligt allerlei troep in de cabine. Ik zie oude potloodstompjes en koffiebekers van de rit hiernaartoe die op de deur aan de passagierskant zijn terechtgekomen. Daartussen liggen de papieren die ik in de kerk heb gevonden. Ik aarzel een seconde voordat ik ze zo voorzichtig mogelijk opvouw en in mijn achterzak stop om ze mee naar buiten te nemen.

Het raam tussen de cabine en de laadruimte is verdwenen, door de explosie of toen de auto op zijn kant viel, maar het lege kozijn is volledig geblokkeerd. Er zit iets in de opening vast waar ik geen beweging in krijg. Ik neem aan dat het een camerastatief of iets dergelijks is.

Is dit alles wat er over is van mijn droom?

Nee. Zo mag ik nu niet denken. Ik moet het verdriet op afstand houden. Daarmee komt de angst, de schaamte, de paniek. Als zwarte, druipende teer.

Ik moet me concentreren op wat er gedaan moet worden.

Ik kruip naar achteren, zodat ik het dashboard tegen mijn rug heb, zet mijn voeten tegen het blokkerende voorwerp en duw zo hard mogelijk. Een tijdlang denk ik dat mijn rug het zal begeven – het voelt alsof mijn spieren elk moment los kunnen scheuren en het zweet parelt op mijn gezicht – maar plotseling, van de ene seconde op de andere, geeft het voorwerp mee en schiet weg als een kanonskogel. Het kabaal als de stapel spullen die het raamkozijn blokkeerden instort is zo hard dat ik in elkaar duik en mijn hoofd instinctief met mijn armen bescherm.

'Alice!' hoor ik Emmy roepen.

'Niets aan de hand!' roep ik terug, verbaasd over haar uitroep.

Ik kronkel tussen de stoelen door naar de laadruimte en tast met mijn handen over de uitrusting. De voorruit is gebarsten in een overdadig sterrenpatroon en is bovendien bedekt met roet, dus er is nauwelijks licht in de laadruimte. Ik kan niet zien waar ik overheen kruip, alleen dat het plastic en metaal is, met scherpe hoeken en snoeren. Ik vraag me af wat er nog heel is na de explosie. Waarschijnlijk niet veel.

De generator is een kleine, compacte kubus en ik probeer te voelen of ik iets met die vorm kan vinden. Mijn ene voet glijdt weg en ik stoot mijn knie zo hard tegen iets scherps dat ik sterretjes zie. Ik kerm zachtjes en voel met mijn vingertoppen aan mijn knie. Mijn broek is in elk geval nog heel.

Ik zou op dat moment willen dat ik beter kon zien.

Ik overweeg om mijn mobiel te pakken om mezelf bij te lichten met de zaklamp, maar herinner me dat hij leeg is. Daarom ben je hier, idioot, om te proberen de generator te pakken zodat we de mobiel van Max kunnen opladen. Zodat we hier kunnen vertrekken. Weg uit deze verdomde stad.

Ineens hoor ik iets in het duister.

In eerste instantie klinkt het alsof mijn ademhaling tegen de wanden echoot, maar daarna hoor ik het piepkleine verschil. De ademhaling van de ander is dieper en volgt een fractie na de mijne, zodat het ritme een dissonant wordt.

Mijn voeten slapen inmiddels van de ongemakkelijke houding. Ik durf me niet te bewegen. Het is inbeelding. Ik weet dat het inbeelding is.

Mijn lichaam reageert instinctief. Ik houd mijn adem in en hoor de hese, diepe ademhaling nog steeds. Ik voel hoe een stroompje urine langs mijn dijbeen sijpelt, waardoor mijn spijkerbroek nat wordt.

Mijn ogen beginnen langzaam maar zeker aan de duisternis te wennen. Er is te weinig licht om goed te kunnen zien, maar de contouren beginnen zichtbaar te worden. Bij de kapotte deuren bevindt zich iets met zachte, langwerpige vormen; het is geen camerastatief, generator of koelbox.

Er beweegt iets.

'Tone?' fluister ik.

Op dat moment raakt een dof lachje mijn trommelvliezen.

Mijn verlamming wordt doorbroken als een ijzige golf van overlevingsinstinct als een tornado door mijn lichaam trekt en me dwingt om naar achteren te deinzen terwijl ik me overal aan stoot. Met een wanhoop die ik nog nooit heb gevoeld, vecht ik me een weg naar buiten, naar achteren, naar de voorbank. Ik schop met mijn voeten, ben uitzinnig, waanzinnig, een dier dat voor zijn leven vlucht. Ik heb geen gedachten, alleen doodsangst die mijn reptielenbrein in beslag heeft genomen en dreigt om uit mijn hoofd te springen.

Ik pers me door de ruimte tussen de stoelen en trek mezelf met een kracht waarvan ik niet wist dat ik die in me had door de deuropening omhoog. Vervolgens laat ik me naar beneden glijden en tuimel op de kinderhoofdjes met een schok die ik tot in mijn ruggengraat voel. Ik zou me niet moeten kunnen bewegen, kan het eigenlijk ook niet, maar kom toch overeind en begin te rennen.

Ik ben maar een paar meter bij de bestelbus vandaan als iemand me van achteren vastpakt.

NU

'Alice! Wat doe je?'

Ik probeer mijn hand weg te trekken, maar de greep rond mijn pols is te stevig. Langzaam begint mijn hartslag te kalmeren. Ik draai me om en zie Emmy naar me staren.

'Alice?' hoor ik Max bij de Volvo zeggen.

De wereld om me heen begint weer op zijn plaats te vallen.

'Alice, wat is er?' vraagt Emmy, waarna ze mijn pols loslaat. Ze bestudeert me met een frons tussen haar wenkbrauwen. 'Wat is er gebeurd?'

Ik slik en kijk naar de bestelwagen. Die ligt nog precies zoals daarnet, als een beroete, gewonde reus. Mijn voet doet pijn, besef ik. Ik moet er verkeerd op terechtgekomen zijn toen ik uit de auto sprong. 'Er...' begin ik op een ijle en afwezige toon.

Er is iemand in de bestelwagen.

De woorden liggen op mijn tong, maar ik kan ze niet over mijn lippen krijgen.

Ik hoorde daarbinnen iets. Iemand.

Het was Tone niet.

Ik heb toch iets gehoord?

De moed zakt me in de schoenen. Ik slik en zeg moeizaam: 'Ik heb de generator niet gevonden. Alles in de auto is kapot. Ik denk dat hij ook kapot is.'

Emmy vloekt, kijkt naar me en aarzelt even. 'Is alles goed met je?' vraagt ze vervolgens.

Wat zullen ze zeggen als ik vertel dat ik iemand in de auto hoorde? Iemand die lachte. Iemand die Tone niet is...

Maar...

Heb ik het me verbeeld?

Ik heb nooit een psychose gehad, niet zoals Tone, maar haar symptomen begonnen als een depressie en ik ben ook depressief geweest. Zwaar depressief. En Emmy luisterde destijds ook niet naar mij.

Er klinkt geen geluid in de bestelwagen. Ik zou ze kunnen vragen om het te controleren, om naar binnen te kruipen en te kijken. Maar ik kan me Emmy's gelaatsuitdrukking maar al te goed voorstellen als ze weer naar buiten komt en afgemeten zegt: *Er was niets binnen. Ze verbeeldt het zich alleen. Ze is hysterisch.*

Ik slik. 'Ik… kwam vast te zitten,' zeg ik tegen haar. 'Ondersteboven. Dat was heel onaangenaam. Ik was bang dat ik niet los zou komen.'

'Hoe ging het,' vraagt Robert, die bij ons is komen staan. Als ik mijn hoofd omdraai zie ik dat hij een lange, witte oplaadkabel vastheeft.

'Ze zegt dat het lijkt alsof de generator stukgegaan is door de explosie,' zegt Emmy.

Hij knijpt zijn lippen op elkaar. 'Verdomme.'

'We moeten ons kamp ergens opslaan,' zegt Emmy. 'Een degelijke plek, onder een dak, zodat we kunnen bedenken wat we moeten doen.'

'Iets met deuren,' voegt Robert eraan toe.

Zodat we alles kunnen buitensluiten. En zelf binnen zitten.

Hij hoeft het niet te zeggen.

Emmy kijkt met half dichtgeknepen ogen naar de middagzon en vervolgens naar de stad. De stralen worden weerkaatst door het glanzende kruis, dat het hoogste punt van de stad en ons ijkpunt is. 'De kerk,' zegt ze. 'We gaan naar de kerk.'

NU

‘We moeten de deuren barricaderen,’ zegt Emmy tegen Max en Robert. Ze laat het niet bij woorden maar loopt naar een van de kerkbanken en pakt het ene uiteinde vast. Het lukt haar nauwelijks hem te verschuiven – hij lijkt van massief eiken te zijn – maar Robert helpt duwen en samen lukt het hun om hem naar de deuren te schuiven. Het maakt een afschuwelijk piepend geluid dat naar het hoge dak opstijgt.

Robert doet een paar stappen naar achteren en kijkt ernaar. ‘Dat moet voldoende zijn,’ zegt hij.

‘En wat doen we nu?’ vraagt Max.

‘Als Emmy’s moeder na 48 uur de politie zou bellen, en je hebt haar een paar uur geleden gebeld, dan moeten ze hier overmorgen arriveren,’ zegt Robert.

‘Dat is twee dagen,’ zegt Max. ‘En we hebben geen eten, geen water...’

‘We kunnen water uit de rivier halen,’ antwoordt Emmy. ‘In deze tijd van het jaar is het waarschijnlijk vooral smeltwater, dus is het schoon.’

‘We kunnen proberen te lopen,’ stelt Robert met een aarzeling in zijn stem voor. ‘Maar we hebben geen kompas en geen fatsoenlijke wandelschoenen... We kunnen proberen de weg te volgen, maar het is minstens veertig tot vijftig kilometer naar de dichtstbijzijnde weg en nog verder naar de eerstvolgende stad.’

‘Hoe staat het met tankstations?’

‘Degene die we in gedachten hadden ligt een paar uur rijden hiervandaan,’ antwoordt Robert.

Max kijkt niet naar Robert, maar naar de eikenhouten bank die de kerkdeuren blokkeert.

Mijn blik wordt naar de Jezusfiguur boven het altaar getrokken. Zijn intens zwarte en matte ogen lijken spottend naar ons te lachen en zijn lippen zijn verwrongen tot een weerzinwekkende grijns.

'We kunnen haar niet buiten laten,' zeg ik.

Ik kijk van de Jezusfiguur naar Emmy. Ze schudt haar hoofd. Geen van de anderen zegt iets.

'Ze is waarschijnlijk bang. Doodsbang. En ze is helemaal alleen. Ze zou zichzelf iets aan kunnen doen, ze zou kunnen...' Ik slik moeizaam.

'Wat wil je dat we doen?' vraagt Emmy. 'In heel Silvertjärn naar haar op zoek gaan? Als ze niet gevonden wil worden, dan vinden we haar niet. En ze is gevaarlijk, Alice. Het is niet veilig.'

'Ze is niet gevaarlijk!' roep ik.

Een klein, logisch deel binnen in me weet dat dit niet de beste manier is om ze te overtuigen, maar ik kan me niet inhouden. Hoe kunnen ze haar buiten laten? Hoe kunnen ze een monster zien in een zieke, eenzame vrouw die niet beseft wat ze doet?

'Ze heeft onze auto's opgeblazen, Alice!' roept Emmy. Ze begint haar geduld duidelijk te verliezen. 'Daarom zitten we hier vast!'

'Dat weet je niet,' zeg ik hoofdschuddend. 'Jullie nemen het alleen maar aan.'

'Dit had niet gehoeven als je me verteld had dat je vriendin psychisch gestoord is.'

'Ze is niet gestoord,' zeg ik. Mijn stem trilt. Ik probeer de woede weg te slikken en binnen te houden. 'Ze is niet gestoord. Ze is ziek. Dit is gewoon een episode en die...'

Het is mijn schuld.

Emmy schudt haar hoofd. 'We blijven hier,' zegt ze. 'We wachten gewoon af.'

Ik bijt mijn tanden zo stevig op elkaar dat mijn kaken er pijn van doen. 'Nee,' zeg ik.

'Oké,' antwoordt Emmy. 'Dan stemmen we erover.' Ze kijkt naar de anderen. ‘Steek je hand op als je ervoor kiest om in de kerk te blijven tot de politie arriveert.’

Ik kijk naar de andere twee. Robert heft zijn hand langzaam en bijna verlegen op. Max fronst zijn voorhoofd als hij naar me kijkt, maar steekt dan eveneens zijn hand op.

Heel even sta ik op het punt om iets te zeggen over de ademhaling in de auto die nog steeds in mijn hoofd echoot, diep en hees. Maar zouden ze nu naar me luisteren? Zou Emmy naar me luisteren, ook al had zij eerder gedacht dat er iemand was en ik niet naar háár luisterde? Of zouden ze denken dat het Tone was geweest, hoewel ik tot in het diepst van mijn ziel voelde dat ze het niet was?

Ik weet niet eens of er werkelijk iemand was, of dat het een moment van waanzin is geweest. Een hersenschim die was ontstaan door Silvertjärn en die in mijn oor fluistert.

Ik zwijg.

‘Dat is dan duidelijk,’ zegt Emmy.

NU

Ik ben op een van de oude Windsor-stoelen in de kapel gaan zitten. De zitting is beschimmeld en halfvergaan. Er zijn alleen nog restanten over van het sierlijke dessin met kleine bloemen. De poten kraakten toen ik ging zitten, maar hij houdt mijn gewicht.

Achter het raam is de zon aan zijn luie reis naar de horizon begonnen. Ik heb zijn reis met mijn vermoeide ogen gevolgd. Ik weet niet precies hoe lang ik hier al zit, maar het kan niet langer dan een uur zijn.

Ik heb de deur achter me dichtgedaan en er is nog niemand naar binnen gekomen. Ik weet niet of ik daar teleurgesteld over ben. De stilte hierbinnen is slaapverwekkend, troostend; hier is niemand tegen wie ik tekeer kan gaan, maar er is ook niets wat me van mijn gedachten kan afleiden.

De gedachten aan Tone. Aan Silvertjärn. Aan mijn film, die nu niet doorgaat. Misschien zou ik me daar niets van moeten aantrekken nu de hele wereld is gekapseisd en onherkenbaar is geworden, maar dat doe ik wel. De droom over deze film heeft me bijna twintig jaar voortgedreven. Om die plotseling te verliezen nu ik er zo dichtbij ben, geeft hetzelfde gevoel als naar mijn benen kijken en ontdekken dat er één mist en de stomp bloedt.

Ik schrik als de deur achter me kraakt en kijk om.

'Hoe is het met je?' vraagt Max.

Hij heeft een halfvolle fles water in zijn hand. Voordat ik antwoord kan geven, komt hij binnen en doet de deur dicht. 'Ik dacht dat je misschien wat water zou willen.' Hij doet een paar voorzichtige stappen in mijn richting.

Het voelt onaangenaam om te zitten terwijl hij staat, dus kom ik overeind. Max glimlacht naar me en steekt de fles water naar me uit.

Ik aarzel voordat ik hem aanpak en naar mijn mond breng, waarna ik een paar flinke slokken neem. Het water is lauw en smaakt naar plastic, maar het spoelt de droogte uit mijn mond en keel en ik word me er plotseling van bewust hoeveel honger ik heb.

'Ik heb een paar proteïnerepen in mijn rugzak,' zegt Max. 'Wil je daar één van?'

Ik laat de fles water zakken. 'Wat wil je, Max?' vraag ik. Het klinkt scherper dan ik van plan was, maar ik heb er geen spijt van.

'Ik wilde alleen maar controleren of alles goed met je is,' zegt hij.

'Nee,' antwoord ik. 'Het is niet goed met me. Ga alsjeblieft weg. Hier.'

Ik probeer hem de fles te geven, maar hij pakt hem niet aan. Hij heeft een gespannen trek om zijn mond en grote verdrietige koeienogen onder een gefronst voorhoofd. Zijn wenkbrauwen zijn heel smal, zie ik ineens. Ik heb daar nooit op gelet. Ze zien er uitdrukkingsloos uit, als de geschilderde strepen op een poppengezicht.

'Ben je boos op me?' vraagt hij.

Ik staar naar hem. 'Boos?' herhaal ik. Ik lach hees, wat overgaat in een snik.

'Alice, liefje,' zegt Max en hij doet een stap in mijn richting, maar ik schud mijn hoofd.

'Boos is niet voldoende om het te beschrijven,' zeg ik. 'Ik snap niet dat je dat kon doen, Max. Van iedereen hier...' Mijn keel brandt en ik slik moeizaam. 'Van iedereen hier dacht ik dat ik jou kon vertrouwen, Max. Oké? Ik dacht dat ik in elk geval op jou kon rekenen, wat er ook zou gebeuren.'

Als Max praat, doet hij dat op een zachte en redelijke toon, wat een scherp contrast vormt met mijn onzekere, verontwaardigde geluid.

'Ik moest het vertellen, Alice,' zegt hij. 'Ik had geen keus. Je weet dat ik je geen pijn wil doen. Nooit. Maar ze moesten het weten.' Zijn mondhoeken wijzen naar beneden.

'Het was niet mijn taak om het te vertellen,' probeer ik opnieuw uit te leggen. Telkens als ik het herhaal klinken de woorden dunner. Als papier dat net zo lang op dezelfde plek wordt gevouwen tot de vezels scheuren.

'Ze moesten het weten,' herhaalt hij. 'Daarom heb ik het verteld.'

Hij heeft deels gelijk. De anderen moesten weten dat Tone ziek was, dat ze zich niet goed voelde, dat ze zichzelf niet was.

'Nu denken ze dat ze gevaarlijk is. Ze willen haar buiten laten en ze moet zó bang zijn...' Ik schud mijn hoofd.

'Het is te gevaarlijk, Alice,' zegt Max. 'Ik weet dat je zegt dat ze niet gevaarlijk is, maar ze is zichzelf niet. En Silvertjärn heeft natuurlijk ook invloed op haar. Het beste wat we voor Tone kunnen doen is hier vertrekken en hulp halen.' Hij doet voorzichtig een stap naar me toe. 'Het was niet mijn bedoeling om je te kwetsen. Ik wil dat je dat weet. Ik deed alleen wat er gedaan moest worden.'

Ik wil niet naar hem luisteren. Hoewel het redelijk klinkt wat hij zegt, voel ik het verraad nog steeds in mijn hele lichaam. Maar hoe kan ik op mijn intuïtie vertrouwen? Tot nu toe heeft niets van wat ik dacht geklopt.

'Alsjeblieft, Alice,' zegt hij, trekt mijn verstijfde lichaam tegen zich aan en omhelst me. Hij is warm en bezweet onder de vieze kabeltrui, en sporen van zijn deo dringen in mijn neus door. 'Binnenkort zijn we hier weg,' mompelt hij tegen mijn schouder terwijl hij me stevig omhelst. 'Binnenkort is dit allemaal achter de rug. Het gaat ons lukken.'

Ik laat me omhelzen, maar kan me er niet toe zetten om hetzelfde bij hem te doen.

Uiteindelijk laat hij me los, doet een stap naar achteren en kijkt met een glimlach naar me. 'Heb je honger?' vraagt hij. 'Ik kan een proteïnereep voor je halen.'

Ik slik en knik. 'Ja,' antwoord ik. 'Graag.'

Max gaat naar buiten en trekt de deur achter zich dicht.

Ik loop naar de Windsor-stoel terug en ga zitten. De onderdrukte weerzin is gestold tot iets traags en kouds waardoor mijn maag pijn doet. Of misschien is het alleen de honger.

Iets op de stoelzitting prikt me. Ik vloek, sta op en voel aan de zitting. Er is niets wat prikt. Als ik sta besef ik dat het nog steeds prikt en dat het mijn achterzak is.

Ik steek mijn hand uit en haal er een slordige stapel gekreukte papieren uit.

Het zijn de papieren van de kapel die ik een half leven geleden op de tafel heb gevonden en die ik uit de auto heb meegenomen.

Met stijve vingers vouw ik ze uit en bekijk ze. Het bovenste papier bevat de slordige, kinderlijke tekening met cirkels en streeppoppetjes. De zijkanten van het papier zijn gerafeld door mijn ruwe behandeling. Vreemd genoeg doet het me pijn om te zien hoe erg ze eraan toe zijn, ondanks alles wat er is gebeurd.

Ik hoor het zachte geluid van Max en Robert die met elkaar praten, maar hierbinnen is het volkomen stil. Het licht is veranderd van de scherpte van de vroege middag tot de gouden gloed van de late namiddag.

Wacht.

Ik dwing mezelf om me te concentreren op de klunzige streeppoppetjes. Het ziet eruit alsof ze met krijtjes zijn getekend. Ik staar ernaar.

Eén ervan heeft een grote zwarte mond, als een gat. Een holle ruimte.

Het raam boven de gootsteen kijkt uit op het oosten, op de langzaam ondergaande zon en het kerkhof.

Ik kijk van de papieren naar de tafel waarop ik ze heb gevonden en denk aan de man met het engelachtige gezicht die zestig jaar geleden aan deze tafel zat en zijn preken schreef.

Hoe kan deze tekening tussen zijn papieren terechtgekomen zijn?

Ik besef dat ik deze tekeningen, die eruitzien alsof ze door een kind zijn gemaakt, eerder heb gezien. Ik heb de streeppoppetjes gisteren op de eettafel van Gekke Gittan gezien. Zij moet degene zijn die ze heeft getekend. Maar voor zover ik weet kwam Gekke Gittan nooit meer dan een paar meter buiten haar woning.

Wat doet een van haar tekeningen dan in de kerk?

TOEN

Elsa klopt harder op de deur dan anders, maar haar hand beeft en ze heeft moeite om haar stem niet te laten trillen. 'Birgitta!' roept ze. Ze probeert haar stem zo kordaat mogelijk te laten klinken. 'Birgitta, ik ben het, Elsa. Ik heb eten voor je.'

Dat heeft ze inderdaad, in de gebruikelijke picknickmand, maar het eten is haastig bij elkaar gepakt en het is niet hetzelfde als wat ze normaal gesproken brengt. Ze is nog altijd volkomen buiten zichzelf. Haar hart klopt zo snel als dat van een vogel en ze transpireert, hoewel het een koele zomerdag is.

Het is een donkere voorzomer geweest, bewolkt en koud, terwijl de geur van regen voortdurend in de lucht hing. Iedereen lijkt lusteloos en de mensen lopen als geesten door de straten, dwalen doelloos door de stegen. Tussen hen lijken de kerkgangers te branden als fakkels.

Er gaat iets gebeuren.

'Birgitta!' roept ze opnieuw, harder en scheller, en ze bonkt weer op de deur. 'Doe open!'

Zo erg kan het niet zijn, probeert ze zichzelf moed in te spreken. Ze is een paar dagen geleden bij haar geweest en toen zag Birgitta eruit zoals altijd.

Maar misschien was ze toch een beetje bleek geweest? Daar had ze echter geen aandacht aan geschonken omdat ze in beslag werd genomen door andere dingen. Door Staffan en zijn drinken. Door Margareta en haar laatste brief. Doordat ze meer dan iets anders op dit moment bij haar in Stockholm wil zijn om haar hand vast te houden en haar door de zwangerschapsvergiftiging heen te helpen. Ze heeft zo'n medelijden met haar.

Door dat alles heeft ze niet gezien wat er met Birgitta gebeurt.

Met Aina.

Met haar meisjes.

Elsa kan niet anders dan zichzelf vervloeken. De woede brandt in haar. Ze laat haar hand zakken, leunt met haar voorhoofd tegen de deur, en hoewel ze weet dat Birgitta niet zal opendoen, fluistert ze: 'Alsjeblieft Birgitta, doe open.'

Het kale hout is koel en zacht tegen haar voorhoofd. Ze voelt hoe het de warmte van haar gezicht vermindert.

Elsa begint weer op de deur te bonken en ineens hoort ze voetstappen naderen. Ze kan nog net rechtop gaan staan voordat Birgitta opendoet.

Het eerste wat ze voelt is opluchting. Hoewel ze zeker wist dat het niet zo was, was ze toch heel bang geweest dat Birgitta dood zou zijn. Dood of ernstig ziek. Drie dagen zonder toezicht is een lange tijd voor iemand zoals Birgitta.

De opluchting verandert echter snel in iets wat op ontzetting lijkt.

Birgitta heeft haar ogen zoals gewoonlijk neergeslagen, maar haar blik is niet gefocust en angstig, en ze produceert een zacht, kermend geluid terwijl ze heen en weer wiegt. Het lijkt bijna alsof ze huilt. Elsa heeft Birgitta nog nooit horen huilen.

'O, Birgitta,' zegt ze, zet de mand neer en steekt haar armen naar haar uit om haar te omarmen.

Het geluid dat Birgitta maakt groeit uit tot een kreunend geschreeuw en ze slaat met haar armen naar Elsa. Een van haar armen raakt de zijkant van Elsa's hoofd, waardoor ze naar achteren struikelt en sterretjes voor haar ogen ziet. Het doet verschrikkelijk veel pijn, maar het lukt haar om haar evenwicht net op tijd terug te krijgen. Ze brengt haar hand naar haar wang. Die is warm, maar ze lijkt niets gebroken te hebben en de huid is niet kapot.

Birgitta maakt nog steeds een klagend, verdrietig geluid, maar nu klinkt het bijna berustend. Elsa weet dat ze haar geen pijn wil doen.

'Het spijt me, Birgitta,' zegt ze. Haar hoofd tolt nog steeds. 'Dat was verkeerd. Ik had het niet moeten doen.'

Elsa weet niet of Birgitta haar hoort. Ze loopt voorzichtig naar haar toe, met haar armen langs haar lichaam om te laten zien dat ze niet nog een keer zal proberen haar aan te raken. Vervolgens pakt ze de mand met eten van de grond. 'Mag ik binnenkomen? Ik heb eten bij me. Je hebt vast verschrikkelijke honger.'

Elsa blijft roerloos wachten tot Birgitta een beslissing heeft genomen.

Ineens schuift Birgitta een stukje opzij, net voldoende zodat Elsa zich langs haar door de deuropening kan wringen.

'Dank je wel, Birgitta,' zegt ze beleefd, alsof Birgitta een buurvrouw is die haar heeft uitgenodigd voor een kopje koffie. Elsa veegt de modder zorgvuldig van haar schoenen voordat ze verder naar binnen loopt. Na de lange natte voorzomer is Silvertjärn één groot moeras.

Ze loopt naar binnen en kijkt om zich heen. Tot haar verbazing is de bedompte lucht niet erger dan anders, eerder minder. Het zomerlicht sijpelt door de dunne takken van de jonge eik en schijnt op de keukentafel.

Daar ligt iets.

Elsa kijkt alert naar Birgitta, maar Birgitta toont geen tekenen van verontwaardiging. Ze lijkt gekalmeerd te zijn. Ze zet de mand op de stoel, zoals ze altijd doet, en kijkt naar het tafelblad.

Het zijn krijtjes; kleine goedkope oliekrijtjes voor kinderen in vier kleuren; rood, blauw, geel en zwart. Ze zijn duidelijk gebruikt.

Elsa buigt zich over het tafelblad om te zien wat Birgitta heeft getekend, maar ziet niets. Ze kijkt zoekend in de kamer rond. Niets.

Dan blijft haar blik op de vloer hangen, vlak voor Birgitta's voeten. Ze ziet moddersporen. Voetafdrukken veroorzaakt door dezelfde modder als die de grond buiten bedekt. Birgitta begint al met haar hoofd te schudden en met haar armen te zwaaien als je probeert haar iets anders aan te trekken dan de grote vormeloze jurk die ze draagt sinds haar moeder is overleden. Alle andere kleding lijkt haar pijn te doen.

'Birgitta,' zegt Elsa langzaam terwijl ze weer naar de krijtjes kijkt. 'Wie is hier geweest?'

Elsa wil dat Birgitta haar aankijkt en antwoord geeft op de vraag, maar dat kan ze niet. Ze mompelt alleen in zichzelf, geluiden zonder samenhang of betekenis.

Elsa weet dat het Aina niet is geweest. Haar uitdagende, opstandige stem klinkt nog in haar oren, met de kwaadaardige woorden waarvan ze nooit had gedacht dat ze die uit de mond van haar dochter zou horen.

'Je hebt niets over me te zeggen. Ik ben een van Gods uitverkorenen. Je kunt me geen opdrachten geven en ik heb betere dingen te doen dan voor dat wangedrocht te zorgen!'

Elsa heeft haar kinderen nog nooit geslagen. Ze heeft andere mensen nog nooit uit woede een klap gegeven. Haar handen hebben altijd getroost, verzacht, gezorgd voor het wel en wee van anderen. Haar handpalm, die Aina's wang heeft geraakt, brandt echter nog steeds.

Wat ze niet kwijt kan raken zijn niet de leugens, of de opstandigheid, of zelfs de oorvijg die nagalmde in de kamer. Nee, dat is wat er daarna in Aina's mooie donkere ogen oplichtte terwijl ze haar hand langzaam naar haar wang bracht en naar Elsa staarde. Dat was triomf.

Elsa voelt zich ellendig.

Birgitta wiegt weer heen en weer. Ze verplaatst één voet, zet die op de opgedroogde voetsporen en wrijft ze uit zodat er alleen een bruine stoffige vlek op de vloerplanken overblijft.

Als ze zich beweegt ziet Elsa donkere vlekken in haar hals, tussen de piekerige haren. Vlekken die op vingerafdrukken lijken.

Ver weg, als een gerommel vanuit de onderwereld, hoort ze het zwakke geluid van honderden zingende mensen.

Het avondgebed is begonnen.

NU

Ik open de kastdeuren en bekijk de inhoud. Hier is ook niets eetbaars. Er staan uitgedroogde papieren zakken met meel en havermout die door de jaren heen zijn gemummificeerd, blikjes kruiden en glazen flessen met een inhoud die gestold en verkalkt is.

'Hier is ook niets,' zeg ik tegen Robert terwijl ik de kastdeuren dichtdoe. De scharnieren piepen, maar ze doen hun werk nog steeds. Hij knikt met een frons tussen zijn doorzichtige wenkbrauwen.

Dit is het vierde huis dat we doorzoeken en ik begin de hoop dat we iets zullen vinden op te geven.

Max is de enige van ons die zijn rugzak van het plein heeft meegenomen en de drie proteïnerepen die hij had waren bij lange na niet voldoende. Toen het begon te schemeren moesten we een plan bedenken.

Ik zei niet veel terwijl de anderen bespraken wat we moesten doen. Al onze proviand bevond zich in de geëxplodeerde auto. Volgens Emmy was de beste oplossing om in de dichtstbijzijnde woningen op zoek te gaan naar eten. Er moest iets zijn. Bepaalde dingen worden niet slechter naarmate ze ouder worden en het hoeft tenslotte geen gourmetvoedsel te zijn. Het is voldoende om wat niet-giftige calorieën binnen te krijgen, ongeacht van welk voedsel die afkomstig zijn.

Terwijl de anderen knikten stond ik op en zei dat ik zou gaan zoeken.

Emmy zei tegen Robert dat hij met me mee moest gaan en hij knikte zonder te protesteren.

We nemen elk kwartier contact met elkaar op om zeker te weten dat iedereen veilig is.

Ik vraag me af of Robert ooit tegen Emmy in zou gaan. Hij lijkt haar als een absolute autoriteit te beschouwen. Ik vraag me af hoe het is om zoveel macht over een ander mens te hebben. Mijn relaties zijn nooit zo geweest. Mijn partners zijn ongeïnteresseerd en dan hunker ik naar ze, of ik ben ongeïnteresseerd en dan worden ze boos. Op de een of andere manier ben ik altijd de verliezer. Degene die pathetisch is of een hart van steen heeft. Dat zijn de enige twee alternatieven.

Ik ben blij dat ik Robert bij me heb. Het is fijn om hier niet alleen te zijn en ik weet dat de anderen me niet alleen hadden laten gaan. Ze vertrouwen me niet. Die wetenschap schuurt, maar tegelijkertijd hebben ze gelijk. Ik geloof niet dat we eten zullen vinden; ik wil alleen proberen Tone te vinden. Robert door de stad slepen is een kleine prijs om te betalen als ik daardoor kan zoeken naar Tone, naar een spoor, een aanwijzing, iets wat kan verraden waar ze is.

'We moeten het volgende huis proberen,' zegt Robert, en ik knik.

Als we weer op straat staan zie ik dat de zon helemaal verdwenen is. Het enige wat over is van het daglicht is het vurige schouwspel boven de boomtoppen, maar dat verbleekt ook snel. We bevinden ons in de straat die langs de rivier loopt en kunnen grote delen van Silvertjärn zien. De daken, de rivier die door de stad snijdt en het donkere meer dat een belofte lijkt in te houden.

Robert kijkt op zijn grove zwarte horloge. 'Er is een kwartier voorbij,' zegt hij en hij haalt zijn walkietalkie van zijn riem.

'Robert hier,' zegt hij in de microfoon. Ik hoor zijn blikkerige stem uit de zender in mijn broekzak komen. 'We zijn op weg naar... Alice, wat doe je?'

Ik heb al een paar stappen gezet voordat ik begrijp waarnaar ik kijk. Dit moet het zijn. Er is geen andere mogelijkheid.

Een klein geel huis bij de rivier.

Het is een huisje zoals alle andere en staat midden op een perceel dat lang geleden in beslag is genomen door de planten die zich langs de oever verdringen. Het lijkt in een betere staat te zijn dan de andere woningen in de straat. Het dak is niet ingestort en de groene deur is intact.

Alle huizen in de straat waren geel, maar dat van ons was het enige met een groene deur.

De groene verf is verbleekt en afgebladderd. Ooit moet het stralend smaragdgroen zijn geweest, maar jarenlang zon, wind en sneeuw hebben het veranderd in een verwaterd flessengroen dat van het vergrijsde hout eronder is afgebladderd.

Ik kijk om me heen in de straat om heel zeker te zijn. Ja, alle andere huizen zijn geel, maar geen ervan heeft een groene deur.

Daardoor voelde ik me heel bijzonder.

'Alice, wat doe je?'

Robert klinkt onverwacht zenuwachtig. Ik draai me om. Hij heeft de zendknop losgelaten en kijkt naar me.

'Dit is het huis van mijn oma,' zeg ik.

Robert knippert met zijn ogen, kijkt eerst naar mij en vervolgens naar het huis.

'Wow,' zegt hij. 'Allemachtig.' Hij bestudeert het huis met de groene deur een paar seconden, maar schudt dan zijn hoofd. 'Je weet wat we gezegd hebben. Water, eten, terug. We zijn veiliger in een groep.'

'Er kan daarbinnen voedsel zijn,' houd ik vol. 'We kunnen naar binnen gaan. Heel even maar.'

Robert schudt zijn hoofd. 'Nee,' zegt hij.

Ik kijk naar het huis. 'Robert, ze kan daarbinnen zijn,' zeg ik zachtjes. 'Tone weet hoe het huis eruitziet. Ze kan het herkennen en misschien geeft het haar een veilig gevoel. We zijn samen en ze... ze is niet gevaarlijk. Ik beloof je dat ze niet gevaarlijk is. Kunnen we even naar binnen gaan om te kijken? Bovendien zouden we nog één huis proberen. Dit is nog één huis. Misschien vinden we binnen iets te eten.'

Robert kijkt naar het huis en ik zie de aarzeling op zijn gezicht vol sproeten. Ik zeg niets meer, beantwoord zijn blik terwijl hij naar me kijkt en probeer er zo evenwichtig en oprecht mogelijk uit te zien. Ik mag mijn wanhoop niet aan hem laten merken.

Hij zucht zachtjes en brengt de walkietalkie weer naar zijn mond. 'Robert hier. Met ons is alles oké. Het duurt iets langer dan we gedacht hadden.'

Hij wacht op Emmy's snelle, blikkerige 'oké' en glimlacht vervolgens even naar me.

Ik zou hem wel kunnen kussen, maar zeg alleen: 'Bedankt.'

Robert bevestigt de walkietalkie weer aan de rand van zijn jeans. 'Als we haar niet vinden, is het misschien beter dat we dit niet aan Emmy vertellen.'

Ik knik. 'Uiteraard.'

Het huis blijkt van dichtbij in een slechtere staat te zijn. Op een groot deel van de trap groeit korstmos. De deurkruk van de verbleekte groene deur glanst in het verdwijnende daglicht. Ik leg mijn hand erop en duw hem naar beneden. De deur gaat open zonder te kraken.

Het is donker binnen. We komen in een kleine hal met een laag plafond en muren met behang. Rechts is een trap naar de bovenverdieping, voor ons een kleine deur die waarschijnlijk naar een toilet leidt. Links ligt de keuken.

Hetzelfde ontwerp als de andere woningen. Niets opmerkelijks. Toch is het alsof er binnen in me iets loskomt.

Ik loop de keuken in met ogen als raketten die zelf hun doel zoeken en ben Tone tijdelijk vergeten. Ik zuig alle indrukken die ik kan vinden in me op. Hier woonden ze. Hier leefden ze. Op deze excentrieke turkooisblauwe Windsor-stoelen zaten ze, praatten ze en aten ze, rond deze versleten tafel met de ronde brandplek aan één kant. Elsa. Staffan. Aina. Oma.

Ik ga op mijn hurken zitten en streel met mijn vingers over het vloerkleed. Er zitten zoveel kleuren in dat ze in elkaar overvloeien tot een nutteloze brij.

'Alice?' zegt Robert zachtjes achter me.
Ik kom overeind en draai me om.
'Hier woonden ze dus?' vraagt hij.
Ik knik.
Robert loopt naar het aanrecht en opent een van de kastjes. Ik kan de inhoud niet zien omdat hij ervoor staat.
'Kijk eens aan,' zegt hij terwijl hij zijn hand in de kast steekt.
Ik rek me uit en zie dat hij een glazen pot honing pakt die bijna vol is. Op de bovenste plank vindt hij een blik waarop THEE staat, maar dat blijkt leeg te zijn. Vervolgens tast hij met zijn hand achter de papieren zakken op de middelste plank en haalt drie blikken sardines in tomatensaus tevoorschijn.
'Denk je dat die eetbaar zijn?' vraag ik hem.
'Honing bederft niet,' zegt hij. Zijn hazelnootbruine ogen glanzen in het laatste avondlicht. 'Als het niet verontreinigd is tenminste, en ik geloof niet dat deze dat is. Van sardientjes weet ik het niet, maar we kunnen het meenemen. Dat moet ons avondeten worden.'
Ik glimlach naar hem. 'Zie je wel?' zeg ik. 'Ik zei toch dat het de moeite waard zou zijn.'
Dank je wel, oma, denk ik. Ze zorgt nog steeds voor me.
Ik loop de keuken uit en kijk in de hal naar het gebloemde behang naast de trap. Vocht is in stroompjes langs het bombastische bloemendessin gelopen.
Ik heb de andere woningen gezien en weet wat er boven moet zijn; de slaapkamer van Staffan en Elsa, en die van Aina.
Ik loop naar de trap. Die ziet er stabiel uit, niet verrot zoals sommige andere. De leuning is niet meer dan een smalle stok aan één kant, maar als ik mijn hand erop leg en duw geeft hij niet mee.
'Weet je zeker dat het een goed idee is om naar boven te gaan?' vraagt Robert. 'Misschien moeten we eerst roepen en afwachten of ze antwoord geeft. Je weet niet of de trap stabiel is.'
'Ik wil haar niet bang maken,' zeg ik zachtjes.

Robert heeft het eten in de rugzak gestopt en heeft die naast zich neergezet, op de houten parketvloer die vol krassen zit en versleten is. Toch is nog te zien dat het ooit een mooie vloer is geweest. Iemand heeft hem geschuurd en geboend om hem glanzend te houden. Iemand was trots op haar huis.

Niet iemand, maar Elsa. Mijn overgrootmoeder.

'We doen voorzichtig,' zeg ik. 'Als ze boven is, kan het zijn dat ze zich verstopt.'

23 juni 1959

Margareta,

Ik snap niet waarom je zo boos klinkt in je laatste brief. Ik was gekwetst nadat ik hem had gelezen, maar ik begrijp dat het moeilijk voor je moet zijn geweest om het te horen. Het is niet altijd eenvoudig om je ogen te openen voor nieuwe waarheden, vooral niet als je zo vasthoudt aan de oude. Dat zegt pastoor Mattias. Hij heeft hard moeten werken om de ogen van de bewoners van Silvertjärn te openen voor Gods licht, maar als dat eenmaal gebeurt… Ach. Jij zult het ook meemaken, dat weet ik zeker.

Het is een nieuwe wereld, Margareta. Het voelt alsof ik mijn hele leven blind ben geweest, ik heb me zorgen gemaakt over dingen die helemaal niet belangrijk zijn en voelde me klein en bang en machteloos, maar pastoor Mattias heeft me de ware weg gewezen. Ik weet dat jij hetzelfde hebt gevoeld. Toen je pas in Stockholm was en niemand met je wilde praten, toen ze lachten om je kleren en de manier waarop je praatte, voelde je je toen niet eenzaam? Je maakte er grapjes over, maar ik voelde dat je verdrietig was! Nu zeg je dat je gelukkig en tevreden bent, maar dat gevoel zal nooit verdwijnen, Margareta. Dat komt doordat je vervreemd bent van God.

Maar dat is jouw schuld niet! Dat is de schuld van papa en mama. Je zegt dat je op mijn leeftijd hetzelfde voelde en dat het overgaat, maar heb je nooit een hekel aan ze gehad omdat ze slechte ouders zijn? Ze hebben ons niet over God geleerd. Ze hebben nooit om ons gegeven, Margareta! Alleen als we hielpen en verder niet. Dat is geen ware liefde. Ware liefde is grenzeloos en onvoorwaardelijk. Dat is zowel je lichaam als je ziel met elkaar delen en niets voor jezelf houden. Als je in liefde leeft, hoef je nooit 'nee' te zeggen.

Hoe vaak heeft mama 'nee' tegen jou en mij gezegd? Duizenden keren! Omdat ze ons nooit heeft gezien. Ze heeft jou en mij en zelfs papa nooit gezien. Waarom denk je dat hij gedwongen werd om te drinken? Omdat hij is weggezakt in goddeloze duisternis en omdat zij er niet voor hem was.

Misschien zou je het begrepen hebben als je het had gezien, Margareta. Ik weet dat je je mama als goed herinnert, omdat je zelf goed bent. Maar je hebt niet gezien hoe ze tegenwoordig is! Het enige wat ze doet is papa uitschelden en proberen het voor de kerk te verpesten. Ze wil me er eigenlijk niet eens meer naartoe laten gaan. Hoe kun je zeggen dat mama niet goddeloos is als ze me niet naar Gods eigen huis wil laten gaan?

Je zult het zien als je hiernaartoe komt.

Pastoor Mattias heeft alles aan me uitgelegd. Hij heeft uitgelegd waarom ik me altijd zo eenzaam voelde. Hij heeft me antwoorden gegeven waarvan ik niet eens wist dat ik ernaar op zoek was!

Misschien geloof je me niet als je me over Birgitta hoort vertellen, maar je zult het begrijpen als je pastoor Mattias over haar hoort praten. Hij heeft verteld dat gezegende en zuivere mensen gevoeliger voor het kwaad zijn dan anderen. Daarom heeft hij altijd veel onbehagen gevoeld als hij in Birgitta's buurt was, omdat hij haar duisternis heeft gevoeld. Pastoor Mattias zegt dat de demonen in Birgitta mama misschien hebben misleid. Hij zegt dat hij zal proberen om Birgitta te verlossen, waardoor hij mama's ziel ook redt.

Begrijp je nu hoe goed hij is? Hoe hij zijn leven voor God leeft? Hij wil alles opofferen om ons te redden. Hij heeft ons de weg gewezen. Hij is het licht in de duisternis.

Kom naar huis, Margareta. Ik wil je onze nieuwe kerk zo graag laten zien. Dan zul je het begrijpen. Dan zul je alles begrijpen.

Aina

NU

De lucht op de bovenverdieping staat stil. Ik zie een kleine gang, nauwelijks meer dan een overloop, waarop twee deuren uitkomen. Beide zijn gesloten.

Ik hoor Roberts krakende voetstappen achter me op de trap en draai me om, een beetje ongerust dat hij erdoorheen zal zakken. Hij is weliswaar slank, maar zwaarder dan ik.

Boven aan de trap bevindt zich een klein raam met vier omlijste ruitjes, waardoor schemerlicht naar binnen valt. Stofdeeltjes dansen in de lucht. Ik ben me er onaangenaam van bewust dat we onze gezichtsmaskers niet bij ons hebben, maar verdring die gedachte; asbest of zwarte schimmel is een probleem voor later.

Robert komt naast me staan en knikt kort naar me. Ik haal diep adem, houd de lucht binnen, loop naar de rechterdeur en open die. 'Tone?' zeg ik zachtjes terwijl ik in de kamer kijk.

Die ziet eruit als een lichte meisjeskamer uit een klassieke film. Er staan twee bedden, die beide nauwelijks tachtig centimeter breed zijn. Oma heeft blijkbaar een kamer met Aina gedeeld voordat ze naar het zuiden verhuisde.

Het behang is vergeeld en het is onmogelijk te bepalen welke kleur het oorspronkelijk heeft gehad, maar het dessin is nog zichtbaar; kleine, dikke rozenknoppen aan buigzame ranken.

Verder is de inrichting spaarzaam. Een boekenplank, een bureau met een stoel en een plantenpot van keramiek met verdroogde aarde op de vensterbank. Het raam is alleen gebarsten en niet helemaal gebroken, en kijkt uit op de ondergaande zon in de verte. De barsten in het glas gloeien in het vuurrode licht.

Ik loop een paar passen de kamer in en kijk om me heen. Hij lijkt leeg, maar toch voel ik een bepaalde aanwezigheid. De bezwete haartjes in mijn nek staan overeind en de huid van mijn handpalmen lijkt gevoeliger dan anders. 'Tone?' zeg ik opnieuw.

Ze is hier niet. Er is niemand.

Ik slik moeizaam voordat ik snel op mijn knieën tussen de bedden ga zitten en onder één ervan kijk. Ik krijg een visioen van stekende grijze ogen die vanuit het donker naar me staren en mijn hart slaat een slag over, maar er ligt niemand onder de bedden. 'Hier is niemand,' zeg ik gedempt tegen Robert.

Hij knikt en loopt naar de hal, maar ik volg hem niet. In plaats daarvan kom ik overeind en loop nog een stukje de kamer in. Het bureau trekt aan me. Het is klein en sierlijk, met bewerkte houten laden en slanke witgeschilderde poten. Ik trek de laden langzaam open, bang dat ze zullen blijven steken.

Er ligt niet veel in. Lege vellen papier. Een potloodstompje. Het dagboek met Aina's netjes opgeschreven gedachten, waarvan ik nu pas besef dat ik erover heb gefantaseerd, ontbreekt.

'Alice,' zegt Robert zachtjes. Het is een duidelijke aansporing.

'Ik kom eraan,' zeg ik. Ik kan me nog niet losmaken. Ik zou hier willen blijven, het huis in me opzuigen, op een van de matrassen slapen en in de kamers ronddwalen.

Elsa, Staffan en Aina zijn mysterieuze figuren voor me. Ik ben met ze opgegroeid alsof ze in een sprookje thuishoren. Te midden van al het andere is het bijna niet te bevatten dat ze hier echt hebben gewoond.

Ik til een van de matrassen op. Die gaat stuk door mijn aanraking en de vulling stroomt over mijn vingers.

'Alice,' zegt Robert opnieuw, een beetje harder deze keer. Ik knik, laat het matras los en loop naar de gang. Ik denk dat hij me verwijten zal maken, maar in plaats daarvan legt hij zijn hand op de andere deurkruk en duwt die naar beneden.

De tweede slaapkamer is groter. Het raam is gebroken en de

scherven liggen op de donkere, houten vloer vol splinters. Er staan twee smalle bedden naast elkaar in plaats van een tweepersoonsbed, wat ik vreemd vind. Ik vraag me af of dat een gewoonte uit de jaren vijftig is of dat het drinken en de werkloosheid Elsa en Staffan uit elkaar hebben gedreven. Of misschien was Elsa net zo koud en afwijzend als Aina haar in haar brieven heeft beschreven. Het is moeilijk om te bepalen hoe ik me tegenover Elsa moet opstellen. Oma zei altijd dat ze sterk en gedreven was, doelgericht op een manier die in die tijd niet gebruikelijk was voor vrouwen. Een vrouw – en moeder – wier liefde stug en pragmatisch was, maar oprechter en dieper dan van de meesten.

Dat beeld is niet in overeenstemming met Aina's brieven.

Ik heb mijn oma's versie altijd geloofd en beschouwde Aina als een verwarde tiener, maar misschien is dat verkeerd. Misschien zijn de herinneringen van mijn oma vertroebeld door de tijd en het gemis.

Ik zal het nooit te weten komen. Ze zijn allemaal lang geleden gestorven en daarmee de waarheid.

'Tone?' zegt Robert.

Het blijft doodstil.

Hij kijkt naar me. 'Ze is hier niet.'

Het bureau in deze kamer is groter, van donker gelakt hout en met een groene leren onderlegger. De lak is verbleekt en lelijk geworden, maar het is duidelijk dat het ooit veel geld heeft gekost. Het was beslist Elsa's trots, of die van Staffan. Een eerste stap naar een leven dat nooit is gekomen.

'Daar lijkt het op,' zeg ik en ik trek de bureaulade open.

Die zit vol papieren die er officieel uitzien. Het lijken rekeningen en dergelijke, belangrijke documenten die voor mij geen betekenis hebben. Toch pak ik ze op.

Ik zou me nu moeten omdraaien, we moeten gaan, maar in plaats daarvan loop ik naar de kledingkast aan de andere kant van de kamer en probeer de deuren te openen. Ze gaan zwaarder open dan de laden, misschien zijn ze in de loop der tijd opgezwollen, en ik moet flink trekken om ze open te krijgen.

Door vocht aangetaste, broze kleren, gevlekt door tijd en water, zijn van de hangers gevallen en liggen kriskras door elkaar.

'Dacht je dat ze zich daar zou verstoppen?' vraagt Robert.

Ik weet niet of hij een grapje maakt, negeer zijn opmerking, begin de laden een voor een open te trekken en tast tussen de grove wollen en dunne onderkleding in lelijke synthetische stoffen, op zoek naar iets, wat dan ook.

Ineens voel ik papier onder mijn vingers.

Ik pak het en heel even denk ik dat het geluid dat ik hoor afkomstig is van het geritsel van oud papier tegen broze stoffen, maar het gaat door en wordt krachtiger. Ik draai me verward om en zie dat Robert zijn walkietalkie pakt.

Het is een vreemd, dissonant geluid dat lijkt op een storing op de lijn maar het niet is. Het stijgt en daalt, en wordt dan zo krachtig dat ik denk verwrongen woorden te kunnen onderscheiden. Vervolgens stijgt het volume tot een schreeuw die zo hard en onverwacht is dat ik achteruitdeins en Robert de walkietalkie op de vloer laat vallen, waarna het geluid abrupt stopt.

Robert en ik staren verstijfd naar het onschuldige, geelzwarte kastje dat op de glasscherven tussen ons in ligt.

Als het apparaat opnieuw tot leven komt wil ik instinctief mijn oren bedekken, maar het is Emmy's stem, blikkerig en geschokt, die uit het apparaat klinkt. 'Wat was dat in vredesnaam?'

Robert pakt de walkietalkie en drukt op de zendknop. Zijn bleke vingers trillen een beetje. 'Waren jullie dat niet?'

'Nee,' antwoordt ze onmiddellijk nadat hij zijn vinger van de zendknop heeft gehaald. 'We dachten dat jullie het waren.'

Robert kijkt naar me met ogen die donkere gaten in zijn bleke gezicht lijken.

Ik schud mijn hoofd. 'Ik heb geen idee,' zeg ik. 'Ik heb verdomme geen idee.'

Robert brengt de walkietalkie naar zijn mond. 'We komen nu terug,' zegt hij.

We lopen sneller dan verstandig is de trap af, maar mijn hart slaat razendsnel en ik wil plotseling alleen nog maar terug zijn bij de anderen achter de dikke stenen muren van de kerk. Ik heb de papieren nog onder mijn arm en Robert pakt in het voorbijgaan zijn rugzak met het eten. We lopen de veranda op en de trap naar de straat af.

Het is inmiddels donker aan het worden, een schakering tussen blauw en indigo die zacht als fluweel lijkt. De eerste sterren fonkelen boven ons, als speldenprikken van een andere wereld.

We lopen zo snel mogelijk naar de kerk, maar rennen nog net niet. Ik houd de papieren stevig tegen mijn borstkas alsof ze me veiligheid bieden en voel de kou in mijn wangen bijten en het bloed door mijn aderen stromen.

Ineens blijf ik abrupt staan. Robert doet nog een paar passen in de overwoekerde straat voordat hij merkt dat ik niet langer naast hem loop.

'Alice?' zegt hij, zijn stem een halve octaaf hoger dan anders.

'Hoorde je dat?' vraag ik.

Robert kijkt om zich heen en schudt zijn hoofd. 'Wat moet ik gehoord hebben?'

Mijn blik glijdt over de huizen. De ingestorte muren en afbladderende verf lijken zacht en broos in de schemering. De ramen lijken ons te lokken. 'Het klonk als...' Ik maak mijn zin niet af.

Hij kijkt me hoofdschuddend aan. 'Ze is daar niet, Alice,' zegt hij op een toon die duidelijk maakt dat zelfs aan zijn ogenschijnlijk oneindige geduld een eind begint te komen. 'En ook als ze daar wel is... Ga gewoon mee. We moeten naar de anderen terug.'

Ik protesteer niet, knik alleen en volg hem. Als Robert nog sneller gaat lopen, doe ik dat ook.

Ik zeg niet wat ik denk.

Dat het niet als Tone klonk.
Dat het als iemand anders klonk.
Dat het klonk alsof iemand… zong.

ZATERDAG

NU

Ik zie door mijn oogleden dat het licht begint te veranderen. Ik heb vannacht helemaal niet geslapen. Gedommeld misschien, maar het is me de hele nacht nauwelijks gelukt om onder de oppervlakte van mijn bewustzijn te glippen. Het heeft meerdere keren geregend en ik schrok iedere keer als de waterdruppels het dak raakten.

Het helpt niet dat de vloer koud en hard is en dat de dekens die we hebben gevonden zo dun als papier zijn en over de huid schuren. Mijn hele lichaam voelt ruw en pijnlijk. Ik heb het gehoord als de anderen opstonden en elkaar aflosten. We hebben afgesproken om beurtelings de wacht te houden en ik ben als laatste aan de beurt.

Het zilvergrijze ochtendlicht verandert mijn oogleden in een netwerk van dunne adertjes. Ik doe mijn ogen open en zie dat het inderdaad licht begint te worden. Het regent niet meer en het stukje hemel dat zichtbaar is vanaf de plek waar ik lig heeft de bleke non-kleur die tussen de nacht en de ochtend verschijnt.

Ik ga zitten en vertrek mijn gezicht vanwege de stramheid van mijn lichaam en de muffe smaak in mijn mond. Een avondmaaltijd van water, honing en geconserveerde vis geeft blijkbaar een heel vieze ochtendadem.

Ik kijk naar de uitgang. Emmy zit met haar rug naar de deuren op de kerkbank. Ze heeft één been naar haar borstkas opgetrokken en haar haar hangt los; de rode pieken vallen rond haar hoofd en sleutelbeenderen.

'Emmy,' zeg ik zachtjes als ik bij haar ben. 'Zal ik het nu overnemen?'

Emmy kijkt me aan. Haar ogen zijn helder en gefocust. 'Oké,' zegt ze. Ze staat op en loopt naar de bult die Robert is. Ik zie hoe ze naast hem schuift en tegen zijn rug aan gaat liggen.

De bank is niet zachter dan de grond, maar is in elk geval iets ergonomischer. Ik buig me naar voren en pak de fles water, waarin nog een paar centimeter zit. Ik aarzel even, maar drink hem vervolgens leeg, met het idee dat ik hem kan vullen als de anderen wakker zijn. Het is heerlijk om de muffe smaak in mijn mond weg te spoelen. Daarna leg ik de papieren die ik bij me heb op mijn schoot, leun naar achteren en wacht tot het licht is. Als ik toch wakker moet zijn, doe ik dat liever met de papieren uit het huis van mijn oma dan alleen met mijn gedachten.

De bovenste stapel papieren blijkt ongeveer datgene te zijn wat ik al dacht. Het zijn facturen waarop iemand in een smal, samengedrukt handschrift BETAALD heeft geschreven. Waarschijnlijk is dat Elsa geweest, en ik merk dat ik er langer naar staar dan misschien gerechtvaardigd is. Mijn overgrootmoeder.

Ik heb alleen een foto van haar gezien. Een familieportret dat mijn oma naar Stockholm had meegenomen. Aina was nog maar een meisje op de grens van de puberteit met rechte, donkere wenkbrauwen, kort donkerblond haar en een geruite jurk waarin ze jonger lijkt dan ze waarschijnlijk was. Ze kijkt met half dichtgeknepen ogen naar de camera, heeft een uitdagende blik in haar ogen en een stijve glimlach op haar gezicht. Onder het linkeroog heeft ze een moedervlek die bijna met een viltstift getekend lijkt, zoals Franse hofdames en actrices in stomme films deden. Dat heeft er beslist glamoureus uitgezien toen ze ouder werd. Misschien vulde ze hem in met een donkere pen om hem te accentueren, of deed ze er poeder op zodat hij niet zichtbaar was.

Oma – zestien of zeventien jaar op de foto – was geen schoonheid, zoals oude familieleden zo vaak op jeugdfoto's lijken. Ze had een vierkante kaak en enigszins pluizig haar, maar toen al had ze de krachtige capabele uitstraling die ze tot op hoge leeftijd zou houden. Wat me altijd weer verrast is de mooie glimlach. Ze lijkt naar de camera te lachen, met de ongeveinsde aura van een tiener met een grenzeloos zelfvertrouwen en een toekomst die de hele wereld leek te omvatten.

Staffan en Elsa staan achter hen in de klassieke gezinsopstelling. Hij was lang, met een nogal nietszeggend gezicht, op de brede en innemende glimlach na. Hij heeft zijn arm om Elsa heen geslagen op een manier die onverwacht liefdevol lijkt en buigt zijn hoofd naar haar toe zodat het lijkt alsof hij zo dicht mogelijk bij haar wil zijn. Mijn overgrootvader was geen mooie man, maar absoluut sympathiek.

Elsa, een stevige vrouw die de veertig net was gepasseerd, is het onmiskenbare middelpunt van de foto, waaromheen het hele gezin lijkt gegroepeerd. Net als mijn oma was ze niet mooi. Ze draagt een rok en een blouse die – met het karakteristieke meisjesachtige silhouet en de niet bij elkaar passende bloemendessins uit de jaren vijftig – bijna kinderlijk bij haar lijken. Ze ziet eruit als een vrouw die broeken en praktische schoenen had moeten dragen om zo gemakkelijk mogelijk te kunnen komen waar ze naartoe moest.

Haar gezicht is net zo hoekig als dat van mijn oma, met een onverwacht volle mond, de mond waarvan Aina een kinderversie heeft als je zorgvuldiger kijkt. Ze glimlacht op een manier die in tegenspraak is met de rest van haar verschijning. Ze heeft een stijf krullenkapsel dat ter ere van de foto lijkt te zijn en haar lichte ogen kijken zonder te aarzelen recht in de camera. Haar handen rusten op Aina's schouders. De handen van mijn overgrootmoeder, bijna identiek aan die van mijn oma, met een eenvoudige zilveren trouwring aan haar vinger.

Die handen hebben op iedere betaalde rekening in een sierlijk handschrift 'betaald' geschreven. Mei 1958. Juli 1958. November 1958.

Vervolgens beginnen er andere notities te komen.

VERTRAAGD

UITSTEL VAN BETALING

UITSTEL VAN BETALING

GESCHRAPT

Op de laatste twee rekeningen is helemaal niets geschreven.

Ik heb de dunne, sepiabruine papieren op mijn schoot uitgespreid en staar er een paar seconden naar. Mijn hoofd bonkt door de vermoeidheid.

Onder de rekeningen liggen drie vellen papier die nagenoeg onbeschadigd zijn.

Ze zijn beschreven met hetzelfde handschrift als de notities, maar zien er anders uit. De letters zijn kleiner en de tussenruimten groter. De regels zijn ongelijk en lijken haastig geschreven, en de inkt is op een paar plekken gevlekt.

Er staat geen datum op en geen inleidende begroeting, dus begrijp ik pas dat het een brief is als ik me vooroverbuig en met half dichtgeknepen ogen naar de woorden kijk.

Margareta, ik schrijf je deze brief omdat ik het gevoel heb dat ik dat moet doen. Ik zie geen ander alternatief.

Ik weet dat je het druk hebt en dat er veel te doen is met een kind onderweg. Ik weet dat je niet veel plek hebt. Maar alsjeblieft, neem je vader, je zusje, mij en Birgitta bij je in huis. Ik hoop dat het voor korte tijd is, maar ik smeek je als je moeder om ons in onze nood te helpen.

De situatie is erger geworden dan ik me ooit had kunnen voorstellen. De hele stad lijkt in trance te zijn en je zusje doet daaraan mee. Ze behandelen de pastoor alsof hij God de Vader zelf is, maar ik begin te geloven dat hij de duivel in een menselijke gedaante is. Hij brengt de parochie tot waanzin. Ik heb ze tijdens de preken horen spreken in tongen. Iedere avond tijdens zonsondergang zijn hun psalmen in de hele stad te horen.

Een klein groepje heeft hij nog niet onder controle, en je zusje is zijn rechterhand. Ik begin haar kwijt te raken. Ze is naar de kerk verhuisd en slaapt daar 's nachts. Ik ben bang dat ze zich van ons afkeert door het gif waarmee hij haar oren vult. Ik moet haar hier weg zien te krijgen voordat het te laat is.

Ik begrijp dat je verbaasd bent over Birgitta. Ik weet dat ze een extra last zal zijn, vooral door haar gedrag, maar ik durf haar niet achter te laten. Pastoor Mattias en zijn parochie haten haar. Ze noemen haar een heks en een feeks, zeggen dat ze bezeten is door demonen en de duivel dient. Ik ben bang voor wat er zal gebeuren als ik haar hier laat. Ze kan zich niet verdedigen. Alleen God weet of iemand zich tegen hen zal kunnen verdedigen.

Ik weet niet eens zeker of ze de christelijke leer nog volgen. Ze zijn begonnen om kerkdiensten te houden in

Daar eindigt de brief abrupt. Geen punt, geen afsluiting. Alsof Elsa midden in een zin plotseling is onderbroken, de brief in de ondergoedlade heeft gestopt en hem daarna nooit heeft afgemaakt.

Of dat niet kon.

TOEN

Ze aarzelt met de pen boven het papier voordat ze verder schrijft.

Ik weet niet eens zeker of ze de christelijke leer nog volgen, schrijft ze. Als de woorden eenmaal uit haar pen komen, gebeurt dat in een onregelmatig, haastig handschrift dat niet van haarzelf lijkt te zijn. Ze weet niet hoeveel ze Margareta moet vertellen.

Margareta lijkt veel op haar. Ze is doortastend en als Elsa te veel zegt is ze bang dat Margareta besluit om naar Silvertjärn te komen, maar toch moet ze het vertellen. Ze moet haar hart luchten, kan het niet langer verdragen.

Tot op het laatst heeft Elsa gedacht dat ze het zouden doorstaan. Ze heeft gedacht dat het van voorbijgaande aard was. Tot ze een paar dagen geleden thuis was gekomen en Staffan aan de keukentafel op haar had gewacht. Hij wilde met haar praten. Zijn ogen glansden maar hij rook niet naar alcohol. In eerste instantie was ze opgelucht geweest. Ze dacht dat het misschien betekende dat hij zich had vermand en de ernst van de situatie had ingezien.

Elsa wordt misselijk als ze bedenkt hoe de hoop door haar heen stroomde toen ze tegenover hem aan de keukentafel ging zitten en haar handen voor zich verstrengelde. De zware geur die de nazomer met zich meebracht was binnen zelfs te ruiken.

Toen hij tegen haar zei dat het afgelopen moest zijn, was ze het hartgrondig met hem eens. Ze opende haar mond om te zeggen dat ze iets aan Aina moesten doen, dat ze haar tot rede moesten brengen, maar hij had haar de mond gesnoerd voordat ze een woord had kunnen zeggen.

'Je moet je verstand gebruiken en niet meer naar de pastoor toe gaan,' had hij tegen haar gezegd. 'De mensen beginnen te praten, Elsie. Het is genoeg.'

Op dat moment voelde ze haar hart breken. Hij had met een vlakke, boze blik naar haar gekeken, alsof zij het niet was maar een vreemde. Iemand die niets voor hem betekende. Iemand die hij verachtte.

De avond daarna kwam hij niet naar huis.

En toen de avondzang door Silvertjärn stroomde, dacht ze – hoewel dat onmogelijk was – dat ze Staffans stem tussen de andere hoorde.

Ze zijn begonnen om kerkdiensten te houden in

De voordeur gaat open en ze haalt de pen van het papier.

'Staffan?' vraagt ze, maar zijn naam ligt ijl en verbleekt op haar lippen. Haar stem klinkt zwak.

Elsa hoort voetstappen en staat op. Ze graait de brief zo snel mogelijk van het bureau en kijkt om zich heen naar een plek waar ze hem kan verstoppen.

Ze opent de garderobekast en stopt de pagina's in de lade met ondergoed. Op het moment dat ze de deur van de kledingkast dichtdoet roept iemand haar naam.

Ze doet een paar passen bij de kast vandaan. De slaapkamerdeur gaat open.

Het is Dagny.

Haar gezicht glanst van het zweet, haar haar zit in de war, ze heeft een zonnehoed in haar handen en haar gele schoenen zijn stoffig. Ze ziet eruit alsof ze heeft gerend.

'Elsa,' zegt ze met een stem die hees en rasperig van de inspanning is. 'Er is iets met Birgitta. Je moet komen.'

NU

Ik word langzaam wakker, mijn bewustzijn troebel door slaap en verwarring, en ga rechtop zitten. Het moet laat in de ochtend zijn, rond tien uur of halfelf, te oordelen naar het warme licht buiten. Het is een mooie ochtend die de kerk een betoverend aura geeft, ondanks het stof en de rommel op de leistenen vloer in schaakbordpatroon.

Jezus. Ik ben blijkbaar in slaap gevallen, hoewel ik de wacht zou houden. Zelfs dat kan ik niet eens. Gelukkig zijn de anderen niet wakker en hebben ze me niet zien slapen. Dat is tenminste iets.

Ik knipper met mijn ogen en gaap achter mijn hand. Een paar van mijn papieren zijn op de vloer gevallen; ik buig me voorover en verzamel ze haastig in een kleine stapel. Hierbinnen is het vredig, met het binnensijpelende zonlicht dat op de anderen schijnt, die nog diep in slaap zijn. Het enige wat het plaatje verstoort is de starende Jezusfiguur boven het altaar.

Als ik aandachtiger naar de anderen kijk, schrik ik. Roberts ogen zijn open.

'Ik wilde niemand wakker maken,' zegt hij zo zachtjes dat ik bijna moet liplezen.

Hij gaat zitten, schuift voorzichtig onder Emmy's arm vandaan en staat op. 'Is er nog water?' vraagt hij.

Ik kijk schuldbewust naar de lege fles naast de bank en schud mijn hoofd. 'Sorry,' zeg ik. 'Ik heb het laatste vannacht opgedronken.'

Hij knikt. 'Het was ook niet voldoende voor vier personen.'

'We kunnen naar buiten gaan om meer te halen,' fluister ik tegen hem. ‘De rivier is vlakbij. Ik wilde het vanochtend doen, maar het leek niet slim om alleen te gaan.’

Robert kijkt naar de slapende Emmy, die opgekruld tot een kleine bal onder de dunne deken ligt. Haar gezicht is zacht nu ze slaapt, waardoor ze er jonger en verbazingwekkend vertrouwd uitziet. Als ik bij haar sliep was ik altijd de eerste die wakker werd – ze was ’s ochtends niet bepaald op haar best – en soms lag ik naar haar te kijken terwijl ze sliep. We hadden het soort vriendschap die alleen kan ontstaan in de broze periode vanaf de tienerjaren tot je volwassen bent, voordat je in staat bent om te bepalen hoe bereid je bent om andere mensen toe te laten.

‘Oké,’ fluistert Robert. ‘Maar dan moeten we de bank verplaatsen en proberen ze niet wakker te maken.’

Ik sta op van de bank en pak het ene uiteinde beet. Als we hem tegelijkertijd proberen te verschuiven en op te tillen lukt dat niet goed. Ik kan mijn kant niet omhooghouden en de bank schuift met een hard schurend geluid over de vloer.

Ik kijk haastig naar Emmy, maar die heeft zich niet eens bewogen, en Max snurkt met een zacht, fluitend geluid.

Ik trek de zware deur open. De frisse lucht die naar binnen stroomt voelt als een zucht en ik snuif de geur van de ochtend na een regenbui op. Het licht is puur en wit, zoals dat alleen in april en mei voorkomt. Ik loop naar buiten. Het is volledig windstil. Geen grasspriet beweegt.

Robert komt achter me aan naar buiten.

Ik draai me naar hem om. ‘Ben je er klaar voor?’ vraag ik. Mijn stem klinkt bijna opgewekt.

Robert kijkt echter niet naar me. Hij staart met een nadenkende uitdrukking op zijn gezicht naar de trap en ik draai me om en volg zijn blik.

Door de regen van vannacht is het stof op de trap in modder veranderd. Dat begint weer op te drogen in de ochtendzon, maar de treden zijn nog steeds nat.

Op de trap staan modderige voetafdrukken.

Mijn hersenen analyseren de mogelijkheden binnen een seconde. De afdrukken zijn duidelijk genoeg om te zien dat het voeten zijn, ook al is niet te zien of ze van blote voeten of schoenen zijn. Ze zouden misschien van een dier met langwerpige poten kunnen zijn, maar we hebben zulke dieren niet gezien nadat we de stadsgrens zijn gepasseerd.

Iemand is hier de afgelopen uren geweest.

Ik kijk naar Robert. Zijn gezicht is uitdrukkingsloos. Hij passeert me, loopt de trap af naar de afdrukken en gaat op zijn hurken zitten om ze nauwkeurig te bekijken.

'Wat is dat?' vraagt Emmy achter me.

Ik schrik. Blijkbaar sliep ze toch niet zo diep. Ze staat in de deuropening en kijkt naar Robert. Het duurt een paar seconden langer dan wij nodig hadden, maar dan spert ze haar ogen open en wordt bleek.

Ze zegt niets, maar loopt eveneens de trap af. Ik kijk haastig om me heen. Er is niets, behalve lege woningen en planten die zijn opgefrist door de neerslag van de afgelopen nacht, maar daardoor voel ik me niet rustiger. Duizend lege ramen staren van alle kanten naar me. Ik kijk naar links en naar rechts, op zoek naar een beweging, maar zie niets.

Inmiddels is Emmy op haar hurken bij een van de afdrukken gaan zitten. Ze steekt haar hand uit en pakt iets uit de modder. Het ziet eruit als een licht steentje. 'Krijt,' zegt ze zachtjes.

'Wat?' Ik luister nauwelijks naar haar. Ik heb het te druk met het in de gaten houden van de omgeving. Het gevoel van paranoia zorgt ervoor dat alles tegelijkertijd lijkt te versnellen en te verlangzamen.

'Het is een stukje krijt,' zegt Emmy. Ze houdt het voor me.

'Dat moet in haar schoenzool zijn blijven steken,' zeg ik. Mijn lippen prikken. 'Het is afkomstig uit de school. Er liggen gebroken krijtjes in een van de klassen.'

'Denk je dat...'

Ik onderbreek haar. 'Dat we Tone gisteravond door de walkietalkie gehoord hebben? Dan was ze in het schoolgebouw terug. Daar heeft ze haar walkietalkie verloren toen de trap het begaf.' Ik kijk uit over Silvertjärn. Vanaf deze plek lijkt het bijna een normale stad in het voorjaar. Als je je ogen tot spleetjes knijpt. 'Daar is ze gewond geraakt en daar is haar moeder gevonden. Het zou niet vreemd zijn als ze daarnaartoe gegaan is.'

'Waarnaartoe gegaan is?' vraagt Max, die in de deuropening staat.

'Tone was hier,' zeg ik. 'Vannacht. Ik denk dat ze in het schoolgebouw is.'

'We weten niet of het Tone was,' zegt Emmy. 'De afdrukken zouden van een van ons kunnen zijn. Ze kunnen net zo goed van jouw schoenen zijn, Alice.'

'Dat verklaart niet waarom er stukjes krijt in de afdrukken zitten,' zeg ik. Ik hoor zelf hoe ongeduldig ik klink.

'Ook al is ze in het schoolgebouw geweest, dan nog kunnen we er niet zeker van zijn dat ze daar nog steeds is,' zegt Emmy.

'Maar dat is de beste leidraad die we hebben,' zeg ik terwijl ik naar de anderen kijk. 'We moeten het in elk geval controleren.'

'Dit verandert niets,' zegt Emmy. 'Ik weet dat het zo voelt, maar dat is niet zo. We hebben gestemd en het is veiliger om hier te blijven.'

Ik kijk naar de anderen. Robert heeft zijn lippen op elkaar geperst. Max kijkt me niet aan.

Ze heeft gelijk. Dat hebben ze allemaal. Ik voel de angst in mijn benen, proef die als een zure smaak op mijn tong. Ik wil ook niets liever dan hier blijven en zwichten voor hun redelijkheid. Ik heb de films ook gezien. Ik weet wat er gebeurt met degene die de veiligheid verlaat en teruggaat naar het donkere bos, het behekste psychiatrische ziekenhuis, de verlaten school.

Wat ze niet tonen is dat de schaamte om te blijven zwaarder kan wegen dan de angst om te gaan. 'Dan ga ik alleen,' zeg ik.

De zon prikt in mijn ogen. Ik draai me om en loop langs Max de kerk in.

NU

Het duurt een paar seconden voordat mijn ogen aan de donkere kerk zijn gewend. Ik stoot mijn dijbeen tegen de verschoven kerkbank en vloek, lelijke explosieve woorden die ik normaal gesproken niet zou gebruiken, waarna ik naar de kapel strompel.

Hierbinnen is het warm. Ik doe de deur achter me dicht, ga op een van de Windsor-stoelen zitten, begraaf mijn handen in mijn gezicht en probeer langzaam en diep adem te halen. In en uit.

Durf ik het?

Ik moet, ook al ben ik misselijk van de stress, ook al echoot de onmenselijke schreeuw uit de walkietalkie in al zijn facetten door mijn hoofd.

Het moet Tone geweest zijn. Net zoals het Tone was in de bestelwagen, als er echt iemand was. Dat het niet klonk als de Tone die ik ken, betekent niet dat ze het niet was. De Tone die ik ken is waarschijnlijk niet dezelfde als degene die zich ergens in het stadje verstopt.

Uiteindelijk maakt het geen verschil. Als er een kans is dat ze zich in het schoolgebouw bevindt, dan moet ik ernaartoe.

Als de deur opengaat vraag ik zachtjes: 'Wil je met me mee?'

Ik verwacht Max' stem. Ik verwacht 'nee'. Pas als ik geen antwoord krijg, kijk ik op.

Emmy heeft de deur achter zich dichtgedaan. Ze kijkt uit het raam naar het kerkhof. Het zonlicht speelt over haar gezicht, verbergt de vermoeidheid en het vuil.

'Je kunt me er niet van weerhouden om ernaartoe te gaan,' zeg ik tegen haar, hoewel een klein deel van me hoopt dat ze dat wel doet.

'Jawel, dat zou ik waarschijnlijk wel kunnen,' zegt ze. 'Als ik het zou proberen.' Ze klinkt zo overtuigd dat het een schurend gevoel in mijn binnenste geeft, als vuursteen tegen ijzer; het veroorzaakt een vonk die mijn angst in woede verandert.

'Ik begrijp niet hoe je in de kerk kunt blijven,' zeg ik tegen haar. 'Als jij niet was weggegaan, dan was dit nooit gebeurd, dat snap je toch wel? Als je hier was gebleven, zoals de bedoeling was, dan zou ze nooit... nooit...'

'Ik weet het,' onderbreekt Emmy me. 'Oké? Ik weet het. Ik weet het.'

Ik ben zo verbaasd dat ik mijn mond houd.

'Je gedraagt je alsof je de enige hier bent die zich zorgen maakt om Tone,' zegt Emmy terwijl ze me voor het eerst met haar brandend groene ogen aankijkt. 'Alsof je de enige bent met gevoel voor verantwoordelijkheid, de enige die ongerust is. Begrijp je niet hoe verdomd frustrerend dat is?'

Ze spreidt haar armen.

'Iedereen wil een held zijn, Alice! Iedereen wil wegrennen om iedereen te redden en alles te regelen, maar dit is geen film! Dit is niet een van de verhalen van je oma! Alleen omdat we in Silvertjärn zijn, wil dat niet zeggen dat we weten hoe de geschiedenis eindigt. Tone heeft onze bestelwagen opgeblazen. Je zegt dat ze niet gewelddadig is, dat ze ziek is, en ik accepteer het dat ze niet weet wat ze doet. Maar je hebt geen idee waartoe ze in staat is in deze toestand! Wat denk je dat er gaat gebeuren? Dat je op een vriendelijke toon verstandig met haar kunt praten en haar kunt smeken om weer gezond te worden? Zo werkt het niet!'

Emmy strijkt gefrustreerd met haar hand door haar haar en ik sta op van de stoel en doe mijn mond open om antwoord te geven.

'Ik probeer pragmatisch te zijn, Alice. Ik probeer volwassen te zijn. Iemand moet dat tenslotte zijn. Oké? Iemand moet in de realiteit leven.'

'Ja,' snauw ik met zeven jaar opgeslagen vergif in mijn stem.

‘Pragmatisch en volwassen. Dat ben je altijd geweest, nietwaar? Het is het nooit waard om ergens voor te vechten. Het is het nooit waard om je best voor iemand te doen. Om te proberen iemand te redden. Het is beter om het op te geven en je eigen gang te gaan.’

Emmy staart naar me. ‘Waar heb je het in vredesnaam over?’ vraagt ze.

‘Ik wist dat het een vergissing was,’ zeg ik en ik lach in mezelf, machteloos en vertwijfeld. ‘Het is mijn schuld, want ik wist hoe je bent. Ik wist het en toch vroeg ik je voor dit project. Ik dacht dat het ergste wat er kon gebeuren was dat je slecht werk zou leveren. Ik begrijp dat deze film je niet interesseert, daar kan ik mee leven, maar niet met het feit dat je ons probeert te dwingen om Tone…’ Mijn stem breekt. Ik schud mijn hoofd in een poging verder te gaan, maar mijn stembanden laten me in de steek. Ik slik moeizaam. ‘Maar dat is wat je doet, nietwaar? Je laat mensen in de steek op het moment dat ze je het meest nodig hebben. Ik snap niet dat ik daar verbaasd over ben. Maar je kunt mij niet dwingen om hetzelfde te doen, Emmy. Je kunt me niet dwingen om net zoals jij te worden.’

Het zou een fijn gevoel moeten zijn om het te zeggen, maar ik voel me alleen moe, moe en verdrietig, en als ik de tranen met de rug van mijn hand uit mijn ogen wrijf besef ik dat ik huil.

Als Emmy begint te praten klinkt ze kalm: ‘Dat is dus de manier waarop je het je herinnert?’

Ik schud mijn hoofd. ‘Hoe vind jij dan dat ik het me moet herinneren?’ fluister ik. ‘Vertel het me maar. Je bent er altijd goed in geweest me te vertellen dat alles wat ik voelde verkeerd was.’

Emmy schudt haar hoofd. Als ze naar me kijkt glanzen haar ogen. ‘Alsjeblieft, vertel me wat ik heb nagelaten om te doen. Ik heb alles geprobeerd. Ik hield van je, Alice.’ Haar lippen trillen. ‘Je was als een zus voor me. Weet je hoeveel pijn het deed om je zo te zien? Om te zien hoe je kromp en er steeds minder van je overbleef, tot je uiteindelijk nauwelijks nog uit bed kwam? Kun je je herinneren dat je drie weken in mijn bed hebt geslapen en weigerde te douchen omdat je zei dat het water te veel pijn op je huid deed?'

'Zeg je nu dat het moeilijk voor jou was?' vraag ik met een verbitterd lachje.

'Natuurlijk was het dat!' antwoordt ze. Haar uitbarsting stuitert tegen de muren van de kleine ruimte. 'Natúúrlijk was het voor mij ook moeilijk! Je was mijn beste vriendin en je kwijnde weg, en ik wist niet wat ik moest doen! Ik maakte afspraken voor je bij het gezondheidscentrum, maar je weigerde ernaartoe te gaan! Ik pleitte voor je bij de studiebegeleider, zodat je niet van de opleiding geschopt zou worden! Ik probeerde alles wat in mijn macht lag en het was nooit voldoende. Niets werkte. Je wilde met niemand praten, je wilde geen medicijnen, je wilde geen hulp zoeken, je wilde niet… leven.'

Ze struikelt over het laatste woord, alsof het te groot voor haar mond is.

'De eerste keer dat je zei dat je dood wilde, belde ik mijn moeder en kon ik alleen maar huilen, Alice. Ik kon niet eens praten. Ik huilde alleen. Ik was zo moe. Ik was nog maar tweeëntwintig. Ik was zo moe en ik wist niet wat ik moest doen. Ik wist niet hoe ik je moest redden. Mijn moeder zei tegen me dat je aan het verdrinken was en dat ik met je meegezogen werd. Ze zei dat je iemand die geen hulp wil niet kunt helpen, maar ik probeerde het toch, omdat ik van je hield. Het enige wat ik wilde was dat je gezond zou worden.'

Ze schudt haar hoofd. Het hennakleurige haar zwiept in grove lokken over haar schouders.

'Op een bepaald moment kon ik het niet meer verdragen,' zegt ze. Ze droogt haar tranen met haar mouw in een weids, slordig gebaar. 'Oké? Ik heb het mezelf nooit vergeven. Nooit. En dat heb jij blijkbaar ook niet. Dat snap ik. Toen je contact met me opnam voor dit project was ik dolblij omdat ik wist hoeveel het voor je betekende. Omdat je me belde en me erbij wilde hebben hoopte ik dat het misschien betekende dat je me had vergeven. Ik mocht tenslotte deel van je droom uitmaken.'

Emmy schudt haar hoofd. 'Mijn moeder zei dat ik de opdracht niet moest aannemen, maar Robert zei dat hij mee kon gaan als cameraman en ik... ik wilde geloven dat ik gelijk had. Ik wilde geloven dat je het als een uitgestoken hand bedoelde.' Ze slikt. 'Tijdens de eerste bijeenkomst was het al overduidelijk dat je me nog steeds haatte, dus probeerde ik afstand te houden en mijn werk te doen.'

Ze schudt haar hoofd. Vervolgens glimlacht ze, een beverige glimlach met lippen die nat zijn van de tranen, wat helemaal niets voor haar is. 'Voor alle duidelijkheid, Alice, ik geloofde echt in de film. Ik geloofde dat die fantastisch zou worden. We hadden iets bijzonders kunnen creëren.'

Ik heb de smaak van ijzer en zout in mijn mond en zie haar nauwelijks meer. Mijn lichaam trilt door de onderdrukte snikken, als een naderende aardbeving die ik met alles wat ik in me heb onder controle probeer te houden. 'Ik haatte je niet,' zeg ik moeizaam, de woorden zo dun en geforceerd dat ze vervormen. 'Ik haat je niet. Of misschien deed ik dat ooit wel. Omdat ik mezelf haatte. En omdat ik zo eenzaam was. Toen je verdween had ik alleen mezelf nog.'

Ik wrijf hard over mijn ogen, duw mijn vingers tegen mijn oogleden en geef mezelf een paar seconden rust in de duisternis. 'Dat is de reden waarom ik haar niet in de steek kan laten. Begrijp je dat niet? Het is niet omdat ik naar binnen wil stormen om de held te spelen, maar omdat ze eenzaam rondzwerft. En je hebt gelijk. Het is mijn schuld. Ze is waarschijnlijk gestopt met haar medicijnen om pijnstillers te kunnen nemen, omdat ze wist hoe graag ik wilde dat ze zou blijven. Het is mijn schuld dat ze weer ziek is en ik kan... Ik kan haar niet in de steek laten.'

Iets in mijn borstkas is losgekomen. Oud littekenweefsel, verhard en versteend. Ik weet niet of het betekent dat het bloedt of dat het geneest.

Emmy doet haar ogen even dicht. Als ze ze weer opent, is het groen intenser omdat ze bloeddoorlopen zijn van het huilen. 'Oké,' zegt ze. 'Dan doen we het.'

'Je hoeft niet mee te gaan,' zeg ik.

Emmy glimlacht even. 'Jawel,' antwoordt ze. 'Dat doe ik wel. En je kunt me niet tegenhouden.'

'Jawel, dat zou ik waarschijnlijk wel kunnen,' zeg ik en ik glimlach met trillende lippen terug. 'Als ik het zou proberen.'

Emmy opent de deur. 'Ga mee,' zegt ze. 'We halen de mannen en daarna vertrekken we.'

Ik loop naar haar toe en blijf staan. Dit is geen film. In een film zouden we elkaar omhelzen en weer hartsvriendinnen zijn, voor nu en altijd. Dat zullen we nooit meer worden. Ik denk dat ik de rest van mijn leven met deze doffe pijn moet leven. Wat we destijds hadden zullen we nooit terugkrijgen.

Maar misschien hoeft dat geen slechte zaak te zijn.

Misschien kunnen we toch op een bepaalde manier met elkaar omgaan.

'Ik ben blij dat jij niet samen met mij verdronken bent,' zeg ik.

Ze knikt langzaam. 'Ik ben blij dat jij niet verdronken bent,' antwoordt ze.

NU

De aanblik van het plein is een schok, ook al weten we wat ons te wachten staat. De zwartgeblakerde autodelen en de beroete, verwelkte planten zijn als een open wond in de stille stad, een postapocalyptische aanblik te midden van een ouderwetse ansichtkaart.

Het ruikt nog steeds naar as en brandend metaal. Het schoolgebouw troont als een wangedrocht aan de korte kant van het plein. De explosie is duidelijk de laatste druppel geweest voor een van de deuren, die volledig van de scharnieren is gevallen.

We blijven onder aan de trap naar de ingang staan.

'Wacht,' zegt Emmy tegen ons. Ze doet een pas naar voren, blijft staan en luistert aandachtig.

Ik doe hetzelfde en probeer iets te horen.

Voetstappen.

Gelach.

Een ademhaling in de duisternis.

Het is volkomen stil.

Emmy draait zich om. 'We blijven bij elkaar,' zegt ze. 'Niemand loopt bij de anderen weg. Niemand gaat in z'n eentje op onderzoek uit. Zelfs niet met z'n tweeën. Oké?'

Ik ontmoet haar blik en knik. 'Oké,' zeg ik.

Ze glimlacht naar me, snel en onverwacht oprecht.

'Laten we dan maar gaan,' zegt ze en ik loop achter haar aan de trap op en het schoolgebouw in.

Het is binnen warmer dan buiten, wat onbegrijpelijk is met het oog op de lege raamkozijnen en de open deuren. Het is doodstil, met uitzondering van het knerpende geluid van onze voetstappen op het gebroken glas.

Als we de deur naar het eerste klaslokaal openen, glijdt die zonder problemen open. Het ziet eruit zoals de keer dat ik hier met Tone ben geweest. De schoolbanken staan in nette rijen. De wandplaten met het alfabet in hoofdletters, kleine letters en cursieve letters hangen aan de muren. Een iets kleinere wandplaat met de tafels van vermenigvuldiging hangt naast het zwarte schoolbord.

Het lokaal is leeg.

We lopen zonder iets te zeggen naar het tweede lokaal, dat bijna identiek is aan het eerste. Alleen de wandplaten aan de muren verschillen.

Als we bij het laatste klaslokaal komen blijft Emmy in de deuropening staan.

Plotseling komt er een beeld van Tone bij me op, met een leeg gezicht en ogen met een wilde blik die op ons zijn gericht, ineengedoken onder een bank. Of erop zittend, gehurkt met een kromme rug en glanzende ogen onder de vieze pony; een vreemd en gevaarlijk gedrocht.

Ik haat mezelf omdat ik dat denk, en nog meer omdat het beeld me doodsbang maakt, waardoor mijn hart steeds sneller gaat slaan en mijn mond droog is.

Ik kan het me niet permitteren om bang voor Tone te zijn.

'Wat is er?' vraag ik zachtjes aan Emmy.

Ik slik de angst weg en kijk over haar schouder. Iemand heeft de stoelen en de banken omgegooid. Een van de stoelen is volledig kapotgeslagen.

Emmy loopt een paar passen de klas in, blijft bij de eerste stoel staan en draait zich om. Als ik haar blik volg zie ik dat ze naar een vlek op de muur kijkt. Die is donker en onregelmatig, een bruinrode veeg op de afbladderende lichtgele verf. Hij ziet er vers uit.

Een kronkelende, ijzige kou begint in mijn maag op te komen en mijn ogen branden.

Wat heeft ze zichzelf aangedaan?

Het is onmogelijk me te verweren tegen het beeld dat bij me

opkomt van Tone, die haar pols heeft opengesneden en het pulserende bloed met een lege blik in haar ogen op de muur smeert.

Emmy kijkt naar me. Ik bijt op mijn tanden en knik alleen.

Niemand van ons zegt iets, maar we blijven dichter bij elkaar als we door de gang naar de klassen aan de andere kant lopen. We proberen de glasscherven op de grond te ontwijken en sluipen zo zachtjes mogelijk. Behalve onze gespannen ademhaling is er nog steeds geen geluid te horen.

De twee andere lokalen lijken onaangeroerd. Toch begint me iets op te vallen. Ik denk te kunnen zien dat het glas op de vloer ligt alsof er iemand overheen is gelopen. Bepaalde scherven zijn in stukjes gebroken en zijn in het lelijke groene linoleum gedrongen. En een deel ervan is in stapels naar de kant geveegd. Ze vormen een bijna onzichtbaar, kronkelend spoor.

Ik zeg niets. Ik ben niet zeker van wat ik zie.

Als we bij de trap terugkomen blijven we staan. Halverwege de trap zit het grote gat waar Tone door de trede is gezakt. De rest van de trap ziet er redelijk stabiel uit, maar het wordt moeilijk om langs dat gedeelte te komen.

'Ik loop voorop,' zeg ik. 'Ik heb hier eerder gelopen. Jullie hoeven niet mee naar boven te gaan. Daar heb ik begrip voor.'

Emmy schudt haar hoofd. 'Ik ga eerst,' zegt ze. 'Ik weeg het minst. Het is beter als ik de trap test.'

Robert en ik protesteren allebei, maar Emmy onderbreekt ons. 'Jullie weten dat ik gelijk heb,' zegt ze.

Ik kijk weer naar boven. De treden zijn breed en vlak. Het lichte, versplinterde hout lijkt stabiel, met uitzondering van het gat.

'Als je helemaal aan de kant blijft...' zeg ik aarzelend.

'Dat doen we allemaal,' antwoordt Emmy. 'Loop in mijn voetsporen, net zoals je over besneeuwd ijs loopt.' Ze bindt haar haar in een dot boven op haar hoofd vast en knikt naar ons. 'Oké, volg me.'

Emmy zet haar voet voorzichtig op de eerste trede en verplaatst haar gewicht. Het hout kraakt niet en bezwijkt niet.

Ze pakt de messing leuning, die er met zijn stabiele bouten in de muur aanzienlijk betrouwbaarder uitziet dan de trap, stevig vast en begint voorzichtig naar boven te lopen. Ik volg haar langzaam. Ondanks de kou parelt het zweet in mijn nek. Ik verbeeld me dat het hout onder me doorbuigt, maar er is nog niets om ons ongerust over te maken.

Als we het deel met het gat passeren blijf ik er strak naar kijken. Vanuit mijn ooghoeken zie ik dat Max achter me loopt, gespannen en met op elkaar geklemde kaken. Daarna volgt Robert met een gefronst voorhoofd.

Ik ben twee treden voorbij het gat; Emmy is er vier treden voorbij. Nog maar vijf treden naar de bovenverdieping.

Als ik mijn hoofd omdraai om tegen de anderen te zeggen dat ze voorzichtig moeten zijn bij het gat – zowel Max als Robert weegt veel meer dan Emmy en ik – verdrinkt mijn stem in een overweldigend kabaal.

Als de bodem onder me verdwijnt hang ik gedurende een duizelingwekkende milliseconde in de lucht. Duizend onsamenhangende gedachten schieten door mijn hoofd. Heel even is het alsof ik probeer te springen, ik werp me naar voren in een poging om de traptrede voor me vast te pakken, maar dan verdwijnt die ook. Ik val.

Ik hoor een korte verbaasde uitroep, een instinctieve kreet die donker en hees is in plaats van hard en helder, en weet niet of die van mij of van een van de anderen afkomstig is. Mijn lichaam is gewichtloos. Vervolgens land ik hard op mijn rug, zo hard dat alle lucht uit mijn longen verdwijnt en ik zwarte en rode lichtflitsen zie.

Een paar seconden lang krimpt alles tot één wit punt. Ademhalen. Ik moet ademhalen. Mijn longen willen niet meewerken en mijn borstkas beweegt niet. Ik stik; mijn mond gaat open en dicht zoals bij een vis.

Ineens sijpelt er lucht in mijn longen, te weinig maar heerlijk.

Ik snak ernaar, zuig het telkens weer naar binnen, net zo lang tot mijn keel zich opent en mijn borstkas uitzet.

Ik rol op mijn zij en braak waterig speeksel en honing uit.

Langzaam word ik me bewust van de uitstralende pijn in mijn rug en het feit dat ik op de ingestorte trap lig. Boven me gaapt een gat waardoor ik het plafond met de afbladderende verf kan zien. Van de trap is niets over. Die is volledig ingestort.

Ik ben bang om naar de anderen te kijken, maar ik moet wel. Ik ga moeizaam zitten en kijk om me heen.

Max, die een paar meter verder op zijn buik ligt, probeert op zijn ellebogen en knieën te komen. Zijn gezicht is vertrokken van de pijn. Hij heeft een bloedneus; het bloed loopt over zijn kin. Robert ligt met één opgetrokken been op zijn rug. Hij beweegt niet. Mijn hart slaat een slag over, maar dan hoor ik hem kreunen en begint hij te bewegen.

Ik kijk om me heen.

Max. Robert.

Waar is Emmy?

NU

Robert rolt op zijn zij en kreunt zachtjes. Max zit inmiddels en veegt zijn neus af, waardoor hij het bloed over zijn gezicht smeert. Hij knippert met zijn ogen, wazig door de schok.

'Emmy!' roep ik. Mijn stem is te zwak om het plafond te bereiken.

Kan ze op de een of andere manier naar buiten gevlogen zijn?

Ik kruip over de restanten van donker hout naar de stenen vloer terwijl ik zowel hoop koester als bang ben om haar daar te zien. Ze is er niet.

Inmiddels lukt het me om voldoende lucht in mijn longen te zuigen en ik roep: 'Emmy!'

Ik ben dolblij als ik haar ijl en zachtjes boven me hoor roepen: 'Hier. Ik ben hier.'

Ik vergeet de bonkende pijn in mijn rug even terwijl de opluchting door me heen stroomt. 'Emmy! Waar? Waar ben je?'

Het duurt een paar seconden voordat ik antwoord krijg. Haar stem klinkt verstikt. 'Op de bovenverdieping.' En vervolgens, een paar seconden later: 'Ik ben naar boven gesprongen toen de trap instortte.'

Robert komt naast me staan. 'Is alles goed met je?' roept hij. Zijn rode haar is bedekt met splinters en zijn wenkbrauw is gespleten. Het bloed begint al te stollen.

De pijn in mijn rug neemt toe, ik voel doffe steken in de maat van mijn hartslag, maar heb geen tijd om daar aandacht aan te besteden.

'Gebroken ribben,' hoor ik Emmy zeggen. 'Denk ik. Ik ben erop terechtgekomen.' Haar stem klinkt geforceerd.

'Blijf stil liggen!' roept Robert, onverwacht schel en snijdend. 'We komen naar boven om je te halen!'

Ik hoor iets wat het midden houdt tussen een lach en een kreun en heb bijna het gevoel dat ik haar gedachten kan lezen.

Hoe moeten we haar naar beneden krijgen?

Dat is op dit moment niet belangrijk. Het belangrijkste is dat we boven komen.

Robert draait zich om en begint met lange passen door de gang met de klaslokalen te rennen. Max' neus bloedt nog steeds. Hij haast zich met zijn mouw tegen zijn neus achter Robert aan. Ik zie dat Robert hinkt.

Hij kijkt om zich heen. 'Verdomme,' zegt hij.

'Is er een eetzaal of iets dergelijks?' vraagt Max aan me.

Ik schud mijn hoofd. 'Voor zover ik weet niet.'

Max knikt. Robert kijkt door het raam naar buiten. Zijn halsspieren zijn gespannen en ik zie een ader in zijn slaap kloppen.

'Ga mee,' zeg ik. 'We gaan buiten kijken. Misschien is er een manier om naar boven te klimmen. Het gaat ons lukken om boven te komen, maak je geen zorgen.'

Als we buiten zijn knijp ik mijn ogen tot spleetjes tegen de zon, die inmiddels hoog aan de hemel staat. Het is over twaalven. Over minder dan vierentwintig uur zal de politie poolshoogte komen nemen.

Het helpt iets tegen de harde knoop die zich in mijn borstkas heeft gevormd.

Een etmaal. Dat redden we.

We halen Emmy naar beneden, dragen of ondersteunen haar naar de kerk – het is een korte wandeling, dat moet lukken – barricaderen de deuren en wachten tot het zover is. We hebben water en honing. We redden het wel.

Op dit moment ben ik niet in staat om aan Tone te denken.

Max staat op de kinderhoofdjes en bekijkt het schoolgebouw. Wat hij ziet lijkt niet hoopgevend en ik begrijp waarom. De gevel is knoestig, maar heeft nergens een mogelijkheid om naar boven te klimmen.

'We moeten naar de andere kant,' zeg ik.

Robert knikt en loopt half joggend weg. Ik volg hem op de hielen.

Ik kan op dit moment niet eens in zijn ogen kijken omdat ik weet wat hij moet denken.

Als ik er niet op had gestaan om hiernaartoe te gaan, als ik naar ze had geluisterd, als ik Emmy niet had overgehaald om mee te gaan... Dan was dit niet gebeurd. Dan had Emmy nu niet gewond op de bovenverdieping van de school gelegen.

Ik kan echter helpen. Dat moet iets betekenen.

Als we de achterkant bereiken bots ik tegen Robert aan. Hij is abrupt blijven staan.

Het terrein achter de school ziet er gezellig uit. Het bestaat uit een vierkant grasveld dat ooit is platgetreden door sport en spel, met vier sierlijke buitentafels op een rij vlak achter het gebouw. Het hout is gekrompen; de metalen poten zijn donkerrood van de roest en eroderen langzaam.

Ik kijk echter niet naar de tafels, maar naar de brandtrap daarachter.

Natuurlijk is er een brandtrap.

Robert maakt aanstalten om ernaartoe te lopen, maar ik leg mijn hand op zijn arm. 'Jij bent te zwaar voor de trap,' zeg ik.

'Hij houdt het,' zegt Robert kortaf.

Ik schud mijn hoofd. 'Kijk ernaar,' zeg ik. 'Hij is verroest. Je weegt... hoeveel... tachtig kilo? Vijfentachtig?'

Robert geeft geen antwoord en ik zie dat zijn schouders een beetje zakken.

De sporten van de trap zijn verroest, maar lijken intact.

'Ik ga,' zeg ik.

Ik schud mezelf even, probeer me te concentreren terwijl ik naar de brandtrap loop en die inspecteer. Van dichtbij blijkt hij minder stabiel. Sommige sporten zijn zo dun als potloden.

Het komt goed. Het gaat lukken.

Achter mijn rug roept Robert naar de bovenverdieping: 'Emmy! We hebben een brandtrap gevonden! We komen naar boven!'

Ik ga op de eerste sport staan en verwacht dat die zal breken, maar hij houdt mijn gewicht. De volgende sport. Die houdt het eveneens.

Mijn hart pompt met harde, krachtige slagen. Het is de brug weer, uitgekristalliseerd in iets anders, eenvoudiger, zwakker, erger. Het water stroomt onder me door.

Ik probeer niet naar beneden te kijken, maar mijn voeten zijn de eerste rij ramen al gepasseerd. Ik voel een koele bries in mijn rug. Die beweegt mijn bezwete, verwarde haar en zorgt ervoor dat de haartjes in mijn nek overeind gaan staan. Ik stop, haal met korte, harde stoten adem en weet niet of dat door de inspanning of door de angst komt.

'Alice!' roept Max onder me. 'Is alles goed?'

Ik geef geen antwoord. Mijn mond is kurkdroog.

'Alice!' roept hij opnieuw. 'Wil je niet liever naar beneden komen?'

Dat is het enige wat ik wil.

Ik kan al voelen hoe de sporten onder me breken. De eerste geschokte milliseconde en daarna de val, kort, ijzingwekkend en mooi, de klap waarmee ik de grond raak, die absurde overgang van snelheid naar stilstand. Ik stel me het geluid voor waarmee mijn schedel op de stenen verplettert.

Maar Emmy ligt op de bovenverdieping en kan niet naar beneden komen. Emmy, die me in haar armen hield toen ik zo hard huilde dat mijn hele lichaam ervan schudde, die altijd weer de telefoon opnam, die naar me luisterde en voor me zorgde en van me hield, tot ik die liefde door mijn angst reduceerde tot er niets meer van over was. Emmy, die eenzaam en met gebroken ribben op de bovenverdieping ligt omdat ik haar heb overgehaald om mee te gaan.

'Alles is in orde!' roep ik met een trillende stem terug, waarna ik verder klim.

Ik neem de laatste sporten sneller, weiger me te concentreren op de hoogte of de roest onder mijn vingers. Als ik bij het raam ben zie ik dat er geen glasscherven in het raamkozijn zitten, wat een geluk is.

Ik pak het kozijn vast. De opluchting is groter dan de inspanning en het lukt me om min of meer soepel naar binnen te klimmen.

Ik veeg mijn handpalmen af aan mijn spijkerbroek, waardoor er vieze roestbruine vlekken op de stof achterblijven, en kijk om me heen. Het is niet moeilijk om te bepalen waar ik ben; het is de kamer van de schoolverpleegster met het bed in de hoek.

'Ik ben boven!' roep ik door het raam naar Max en Robert. 'Emmy? Ik ben het, Alice! Ik ben boven!'

Ik loop met een paar grote passen naar de grote, statige deuren, die op een kier staan, en duw ze helemaal open.

Emmy ligt op haar rug bij de deur van het natuurkundelokaal. Het is een schok om het gapende gat te zien waar de trap zich bevond.

'Emmy?' zeg ik terwijl ik naar haar toe loop.

Ze staart naar het plafond, zie ik als ik dichterbij kom. Ze kijkt niet naar mij. Is ze boos? Misschien wel. Dat zou niet zo vreemd zijn.

'Het spijt me,' zeg ik als ik bij haar ben. 'We hebben een brandtrap gevonden en moeten je op de een of andere manier...' Ik zwijg.

Ze geeft geen antwoord.

Ze reageert niet, beweegt niet.

Haar borstkas gaat niet op en neer.

Haar ogen zijn leeg. Op het oogwit zitten stipjes.

'Emmy?' zeg ik met een stem die vreemd klinkt en van heel ver weg lijkt te komen. 'Emmy, hoor je me?'

Ze geeft nog steeds geen antwoord.

Ik kijk naar haar. Het witte T-shirt is vies en stoffig, de spijkerbroek versleten en vlekkerig. De ketting met het gouden hartje die ze rond haar hals draagt – een doopcadeau van haar opa – is boven de halsboord van het T-shirt zichtbaar.

Ik leg mijn hand op haar arm, voel dat haar huid warm is en bedenk dat er niets aan de hand is. Ze heeft natuurlijk pijn, daarom geeft ze geen antwoord. Ik schud aan haar, zeg haar naam opnieuw, maar ze antwoordt nog steeds niet. Ik schud harder en haar hoofd beweegt volledig slap heen en weer alsof ze een pop is, en nu schreeuw ik omdat ik wil dat ze antwoord geeft. Dat ze iets zegt... 'Emmy, zeg verdomme iets!'

Stilte.

'Alsjeblieft,' kerm ik.

Ineens word ik opzij getrokken door iemand die schreeuwt: 'Emmy?!'

Ik heb hem niet eens horen naderen. Het hindert niet dat hij me heeft weggeduwd, want de hele wereld lijkt opgesloten in een enorme luchtbel en ik hoor niets en zie niets en mijn gezichtsveld is gekrompen tot een speldenprik en daarin zie ik alleen haar lege, starende ogen.

'Emmy?' fluistert Robert. Hij stopt met schudden en als hij haar naam opnieuw uitspreekt is dat het vreselijkste geluid dat ik ooit heb gehoord, want zijn stem breekt.

Hij mag zich niet omdraaien.

Ik kan het niet aan om zijn gezicht te zien.

'Wat...' hoor ik achter mijn rug terwijl ik op mijn knieën op de stoffige vloer zit. Het lijkt van heel ver weg te komen.

'O, nee,' zegt Max zachtjes achter me. Hij zegt het opnieuw: 'O, nee.'

We worden allemaal doodstil, alsof we Emmy proberen te imiteren.

Ik steek mijn hand uit en raak de blote enkel boven de modderige witte Converse-sneakers aan.

Haar huid begint koud te worden.

NU

Max is degene die zijn hand uitsteekt en haar ogen sluit.

Iets aan dat gebaar is zo definitief dat de luchtbel waarin ik me bevind barst en de wereld me weer bestormt.

Robert komt abrupt overeind, loopt naar de deur aan de rechterkant, smijt die open en verdwijnt in het klaslokaal. Ik maak aanstalten om naar hem toe te gaan, maar Max houdt me tegen. 'Laat hem...' begint hij, maar maakt de zin niet af.

Ik kijk weer naar Emmy. Ik kan niet stoppen met naar haar te kijken. Het is als een weerzinwekkende aandrang in me, een behoefte om voortdurend bevestigd te krijgen wat ik al weet, telkens weer. 'Ik begrijp het niet,' fluister ik tegen mezelf. 'Ik begrijp het niet. Ik begrijp het niet.'

Is dit hoe een shock voelt?

Ik steek mijn hand uit en pak Max' arm vast met een wanhopige kracht die pijn moet doen, maar hij vertrekt geen spier. Zijn gezicht is uitdrukkingsloos, net zo ontdaan van expressie als zijn stem, en ik word plotseling overvallen door de behoefte om hem te laten reageren, om hem te laten voelen wat ik voel. Ik wil hem krabben of tegen hem schreeuwen.

Hij kijkt naar me alsof hij slaapwandelt.

'Ik wist niet dat dit zou gebeuren,' zeg ik moeizaam, hees en snotterig, en ineens begin ik te snikken. 'Ik wist het niet, ik begrijp niet hoe dit kan, ik besefte niet hoe ernstig gewond ze was, dat... dat de ribben door de longen gedrongen zijn of dat haar ruggengraat beschadigd is of dat ze haar hoofd heeft gestoten of wat het ook is, ik dacht alleen...' Ik laat zijn arm los en voel mijn lichaam schudden alsof ik stuipen heb. Hij lijkt eindelijk tot bezinning te komen en ik zie door de mist hoe hij beweegt, voel hoe hij me voorzichtig vastpakt, en ik wil hem van me af schudden maar tegelijkertijd wil ik dat iemand de stukken waarin ik ben gebroken bij elkaar zal houden.

Zoals Emmy altijd deed.

'We moeten...' begint Max. Zijn stem is dik van de tranen en trilt. '... we moeten haar ergens mee bedekken zodat ze niet zo...'

Ik wrijf in mijn ogen, probeer mijn ademhaling te kalmeren en trek me een stukje terug van Max.

'Ik ga iets zoeken,' zeg ik en ik kijk niet naar Emmy, mag niet meer naar haar kijken.

Ik loop naar de kamer waar ik vandaan ben gekomen. De deuren staan wijd open nadat Robert en Max erdoorheen zijn gerend. Ik kijk uit het raam waardoor ik naar binnen ben geklommen.

Een fractie van een seconde overweeg ik om naar buiten te springen, maar de drang is niet sterk genoeg.

Is het mogelijk om de tijd terug te draaien? Maar een paar weken. Die mail wissen. Mezelf ervan weerhouden om haar nieuwe mailadres op te zoeken. Terug te gaan naar het moment waarop ik achter de computer ging zitten met mijn vingers boven het toetsenbord terwijl ik aarzelde en tegen mezelf fluisterde: *Vraag haar niet om mee te gaan. Bied haar geen werk aan. Schrijf alleen dat het je spijt. Schrijf alleen dat je je nu beter voelt. Schrijf dat je haar altijd dankbaar zult zijn voor alles wat ze heeft gedaan.*

Mijn onderlip trilt en ik bijt er net zo lang op tot de huid barst en de smaak van bloed mijn mond vult, tot ik me op die kleine rode pijnparel kan concentreren.

Ik loop op trillende benen naar het bed in de hoek en blijf daar staan. Ik word misselijk als ik naar de ingedroogde bloedvlekken kijk.

Dit laken kan ik niet gebruiken om Emmy mee te bedekken.

Dat gaat niet. Niets met bloed, niets wat herinnert aan wat er is gebeurd, aan de niets ontziende realiteit. Het kan me niet schelen of het bloed afkomstig is uit de neus van een kind nadat het op het schoolplein is gevallen, of dat het bloed van de moeder van de pasgeboren baby is.

Emmy verdient het om bedekt te worden met iets wat schoon is. En heel.

Bedekt.

Mijn gedachten blijven hangen bij dat woord. Mijn blik valt op het kabinetkastje in de hoek, dat eruitziet alsof er een laken in zou kunnen liggen. Ik loop ernaartoe en inspecteer de deur, die geen knop heeft. Het slotje glinstert spottend naar me.

Eén krankzinnig moment wil ik de kast kapottrappen, maar ik beheers me. Hij is van massief hout, dus dat zou me nooit lukken.

In plaats daarvan loop ik naar het bureau, duw de stoel weg, ga op mijn hurken zitten en trek de laden een voor een open.

De bovenste lade is leeg, op een pen en een onbekende munt na.

Ik moet hard trekken om de lade eronder te openen. Hij gaat stukje bij beetje open, alsof er iets blijft steken. De lade zit tot de rand vol met ouderwetse bruine kartonnen mappen die er broos uitzien. Ze zijn beschreven met een sierlijk, vierkant handschrift.

Ik pak de bovenste, waarop KRISTINA LIDMAN staat, open hem en staar met ogen die niets zien een paar seconden naar de inhoud van de map. Met stijve vingers blader ik door de perfect bewaarde, vierkante polaroidfoto's.

Een geluid stijgt op in mijn keel. Ik sla mijn hand voor mijn mond om het te verstikken. De krankzinnige lach verscheurt mijn borstkas en sijpelt tussen mijn vingers door naar buiten. Ik ben bang voor wat er zal gebeuren als ik mijn hand weghaal. Dat het geluid naar buiten vliegt.

Hier is het eindelijk.

Hier is de doorbraak waarnaar ik heb gezocht. Een scoop zonder weerga.

Ik heb alleen nooit vermoed welke prijs ik daarvoor zou moeten betalen.

TOEN

Ze hoort het kabaal al als ze de rij huizen is gepasseerd.

Het is een vreselijk geluid, als een dier dat ondraaglijke pijn lijdt. Het is een dof brullen dat nauwelijks uit de keel van een mens lijkt te kunnen komen en het is afkomstig uit Birgitta's hutje.

Dagny vermindert haar tempo een beetje. Ze kijkt om, buiten adem en met een rood gezicht. 'Het is een uur geleden begonnen,' zegt ze bij wijze van antwoord op de vraag die Elsa nog niet heeft gesteld. 'Eerst dacht ik dat het gewoon een van haar uitbarstingen was, maar daarna werd het erger. En toen ze zo begon te klinken, dacht ik dat ik jou beter kon halen.'

Elsa knikt. Haar mond is kurkdroog en haar hart bonkt. 'Daar heb je goed aan gedaan. Dank je wel,' zegt ze moeizaam.

Dagny heeft haar nog nooit geholpen met Birgitta, ze heeft het nooit aangeboden, maar ze voelt toch een golf van dankbaarheid omdat ze naar haar toe is gekomen. Ze is een van de weinigen die over zijn.

Elsa weet niet wat er gebeurd zou zijn als de aanhangers van de pastoor hier eerder waren geweest. Misschien zijn ze al onderweg.

Ze blijft voor de deur staan. 'Birgitta?' roept ze.

Birgitta geeft geen antwoord. Het gebrul is opgehouden en ze jammert nu zachtjes.

Er is geen tijd voor het gebruikelijke ritueel. Elsa opent de deur. Birgitta ligt ineengedoken op het bed met haar armen rond haar middenrif. Haar geschreeuw is verminderd tot gejammer. Ze ligt van haar af gekeerd met het haar voor haar gezicht. Dit is niet een van haar uitbarstingen. Er is niets kapotgeslagen. De tafel staat op de gebruikelijke plek, met aan beide kanten een stoel. De mand van de vorige dag staat op de plek waar Elsa hem heeft neergezet. Ze lijkt niet boos of verontwaardigd. Ze lijkt niet eens gemerkt te hebben dat Elsa is binnengekomen.

'Birgitta?' zegt Elsa.

Het gejammer sterft weg.

Elsa voelt hoe de angst bezit van haar neemt. 'Birgitta, mag ik dichterbij komen?' vraagt Elsa voorzichtig. 'Ik ben het, Elsa.'

Birgitta geeft geen antwoord. Ze ligt roerloos op bed.

Elsa loopt naar Birgitta toe. Ze wil haar niet bang maken. Na ongeveer een minuut begint Birgitta weer. Het begint met een laag brommend geluid. Elsa ziet dat ze haar armen steviger rond haar middenrif houdt en haar hoofd naar haar borstkas buigt. In het schemerige licht dat door het raam naar binnen valt is het moeilijk te zien, maar Elsa knijpt haar ogen half dicht en buigt zich een stukje naar voren.

De rand van haar wijde, bruine jurk is donkerder. Ze heeft in haar broek geplast.

'Birgitta,' zegt Elsa terwijl ze een hand op haar zij legt.

Op dat moment voelt ze het. Elsa trekt haar hand geschrokken terug en deinst een stukje achteruit. Birgitta krimpt nog meer in elkaar. Het akelige gekreun neemt in volume toe.

'Wat is er met haar?' vraagt Dagny, die angstig in de deuropening staat.

Elsa schudt haar hoofd. De kamer lijkt te zijn gekrompen tot Birgitta's donkere gestalte en doffe gejammer. Ze buigt zich opnieuw over Birgitta heen. Hoe is het mogelijk dat ze het niet gemerkt heeft? Hoe is het mogelijk dat ze het niet begrepen heeft?

Aan de andere kant is het onmogelijk om zich dit voor te stellen. Het is ondenkbaar. Het kan gewoon niet.

Elsa legt een hand op haar buik. Onder haar handpalm voelt ze de vertrouwde krampen.

'Dagny,' zegt Elsa. Haar stem klinkt bijna griezelig kalm in haar eigen oren. Ze komt niet uit boven het gebrul van Birgitta, maar op de een of andere manier bereikt het haar toch. ‘Birgitta is aan het bevallen. We moeten haar naar Ingrids kantoor zien te krijgen.’

Elsa hoort dat Dagny diep inademt. ‘Maar hoe…’ zegt ze.

Elsa schudt haar hoofd. Ze steekt haar hand uit en streelt het bezwete haar van Birgitta. Normaal gesproken zou ze terugdeinzen voor Elsa’s aanraking, maar nu reageert ze niet eens.

Haar gebrul begint weer af te nemen. Hoeveel tijd zit er tussen de keren dat ze schreeuwt? Niet lang in elk geval. Hoogstens vier tot vijf minuten.

Er is haast bij.

‘Ik weet het niet,’ zegt Elsa. ‘Maar haar water is al gebroken. We moeten ons haasten.’

NU

Ik zit nog steeds op de vloer als Max binnenkomt. 'Alice,' zegt hij.

'Ik ben hier,' antwoord ik.

Ik heb de foto's in mijn hand. Op de bovenste heb ik een duimafdruk achtergelaten, die duidelijk zichtbaar is op het glanzende oppervlak.

Het licht dat van buiten komt begint van karakter te veranderen. Het is warmer en zachter, rondt de hoeken van de kamer af en fonkelt in de glasscherven in de raamkozijnen. Als ik opkijk naar Max is hij ook mooier dan hij in het harde licht van de ochtendzon was, ondanks de diepliggende, holle ogen, de wond op zijn kaak en de smoezelige kleren die rond zijn magere lichaam hangen.

'Kijk,' zeg ik lusteloos tegen hem. Ik spreid de vier polaroidfoto's in een waaiervorm voor me uit. De baby op de foto's lijkt net geboren te zijn. Twee foto's zijn scherp en twee zijn wazig. Op de scherpe foto's is te zien dat de baby schoongeveegd is, maar op de mollige armpjes zitten nog donkere, kleverige vlekken. Op een van de foto's is het kind naakt en is het klinisch van boven af gefotografeerd. Op de andere ligt het in vertrouwde armen.

Elsa's gelaat is zichtbaar tot de haargrens. Vergeleken met de foto die mijn oma me heeft nagelaten lijkt ze dertig jaar ouder te zijn geworden. Haar ogen liggen diep in het gezicht en haar mond is een slappe streep.

Een beetje zoals Max er nu uitziet, als ik erover nadenk.

Dat geldt voor mij beslist ook.

'Wat is dat?' vraagt Max verward. Hij staat achter me en zijn schaduw valt over me heen als hij zich naar voren buigt om te kijken.

'Dit is Kristina Lidman,' zeg ik. 'Birgitta Lidman was de moeder van de baby die ze hier gevonden hebben. Birgitta Lidman was Tones oma.'

'Wie...' begint hij.

'Gekke Gittan,' zeg ik zachtjes. 'Kijk, de foto is van 18 augustus 1959.'

Ik kijk naar de twee wazige foto's. Ze zijn niet scherp, maar het is mogelijk om te zien wat erop staat.

Op één ervan is dezelfde baby weer te zien, maar nu van de zijkant. Op de tweede foto ligt ze op een naakte borst. De vrouw op wie ze ligt is groot en vormeloos, en heeft haar gezicht afgewend. Het lange, donkere haar ligt over de schouders en de borsten.

'Waar heb je die gevonden?' vraagt Max.

Ik knik naar het bureau. 'Tussen de dossiers.'

De map ligt opengeslagen voor me. Het handschrift op het gelinieerde papier zwemt voor mijn ogen. Ik wilde het niet lezen, maar kon het niet laten. Alles wat me ook maar zou kunnen afleiden van de bonkende, pulserende waarheid die dreigt om als een rode mist op me neer te dalen was welkom.

Emmy is dood en dat is mijn schuld. Tone is verdwenen, verloren, krankzinnig, en dat is mijn schuld.

De informatie is summier, alleen het geboortegewicht en de lengte – ik weet niet wat gezond is voor een zuigeling, maar de baby ziet er normaal uit in mijn ogen –, en de naam: Kristina Lidman.

Dat was dus haar naam voordat ze Helene Grimelund werd.

Ik vraag me af wat Tones moeder zou zeggen als ze haar eigen babyfoto's onder ogen zou krijgen en wat Tone zou zeggen.

Onderaan staat een gekrabbelde notitie: VADER ONBEKEND.

Ik doe de map dicht. Dit is een doorbraak. Het is explosief materiaal. Het zou de documentaire tot een succes gemaakt hebben.

Het is echter niet belangrijk meer. Niets is nog belangrijk. Er komt geen documentaire. Niemand zal het ooit te weten komen.

Het is niet belangrijk, want Emmy is dood.

Voor alle duidelijkheid, Alice, ik geloofde echt in de film. Ik geloofde dat die fantastisch zou worden. We hadden iets bijzonders kunnen creëren.

'Heb je iets gevonden om haar mee te bedekken?' vraagt Max gedempt.

Op dat moment dringt het weer tot me door; de waarheid, de realiteit.

'Ik wilde in de kast kijken,' zeg ik zachtjes tegen hem terwijl ik met een slappe hand naar het kabinetkastje in de hoek wijs.

Hij geeft geen commentaar, loopt ernaartoe en bekijkt de deuren. 'Hij is op slot,' constateert hij.

Ik rek me uit, trek de laatste lade van het bureau open en zie een kleine messing sleutel aan een gedraaid koord liggen.

Ik pak hem en loop naar de kast. De sleutel schuift in het gat en draait zo gemakkelijk dat het voelt alsof mijn hand de sleutel volgt in plaats van andersom.

De kast is akelig netjes, met verband en pleisters die in vakjes zijn gesorteerd. Onderin liggen handdoeken en lakens. Ik haal het bovenste laken eruit en houdt het heel even in mijn armen.

Het is van witte katoen, een beetje vergeeld en stijf zoals lakens worden als ze gemangeld zijn. De rand is met kleine, tere, witte bloemen geborduurd.

Emmy zal het mooi vinden. Ze heeft altijd van oude spullen gehouden, gebloemde vintagespullen die absoluut niet passen bij haar versleten jeans en lelijke T-shirts.

Emmy zou het mooi gevonden hebben.

Ze zal nooit meer iets mooi vinden.

Wat zou Emmy gedaan hebben?

Ze zou zich vermand hebben. Ze zou de situatie onder controle gekregen hebben.

De vloer is stabiel onder onze voeten als we naar de gang teruggaan. Robert is nog niet terug. Emmy ligt nog steeds klein en roerloos op de vloer.

Ik word overvallen door de realiteit, maar dwing mijn voeten om in beweging te blijven.

Max en ik gaan allebei aan een kant van haar zitten, alsof het een ritueel is. Ik vouw het laken tot de volle lengte uit en Max strekt Emmy's armen en benen.

Ik pak het gouden hartje rond haar hals met voorzichtige vingers vast en trek aan de halsboord om het weer onder haar shirt te stoppen, op de plek waar het moet liggen, maar Max houdt me tegen. 'Wacht,' zegt hij.

'Wat?' Mijn stem is hees, ongebruikt, onervaren.

Max buigt zich over haar heen en haalt mijn hand van haar hals. Ik schrik door de aanraking en deins terug alsof ik me gebrand heb. Hij lijkt het niet eens te merken. Hij kijkt geconcentreerd naar de donkere vlekken op de bleke huid die onder aan haar hals zichtbaar zijn.

Het patroon is op een bepaalde manier mooi en lijkt op een vogel die zijn spookachtige, donkere vleugels naar de nek uitspreidt.

Ik wil hem vragen wat het is, maar de woorden komen niet over mijn lippen omdat het niet hoeft. Ik weet het antwoord op de vraag.

Het is een handafdruk.

Max komt een stukje overeind. Vervolgens legt hij zijn hand op haar ogen en opent ze weer, wat op een bepaalde manier heel verkeerd voelt. Ik wil me afwenden, want de lege starende ogen zijn erger dan haar verstijvende ledematen en koude huid, maar Max kijkt voor ons allebei, hij buigt zich over haar heen en staart in haar ogen.

'Er zitten stipjes op het oogwit,' zegt hij met een vreemde klank in zijn stem. 'Ik heb een keer gelezen dat er stipjes op het oogwit zitten als je...' Hij slikt de laatste twee woorden in.

Gewurgd wordt.

Er is geen gebroken rib door zacht, kwetsbaar weefsel gedrongen. Het is geen ongelukkige val.

Geen ongeluk.

Iemands vingerafdrukken zitten als een aangetrokken halsband rond haar nek.

De gecombineerde smaak van angst en woede is zuur en muf, ontdek ik.

Ik zoek Max' blik, maar hij kijkt niet naar me. Zijn hele lichaam is plotseling gespannen. Hij komt wankel overeind en kijkt naar de deuren aan de rechterkant. Het besef wat hij denkt stroomt naar mijn knieën op het moment dat ik hem hoor roepen: 'Robert!'

Iemand heeft dit gedaan tijdens de tien minuten die zijn verstreken tussen het moment waarop Emmy antwoord gaf op de laatste vraag en ik de bovenverdieping bereikte. Iemand is ons gevolgd of heeft ons opgewacht.

Misschien is er nog steeds iemand in dit gebouw.

Op de bovenverdieping.

En Robert is alleen in het klaslokaal.

TOEN

De middaghitte is overgegaan in koelere avondlucht. Ze hebben de ramen van de schoolziekenboeg niet kunnen openen uit angst dat Birgitta's geschreeuw buiten te horen was en de drukkende warmte van de dag hangt nog in de kamer. Samen met de stank voelt de lucht zo dik als siroop.

Elsa steunt op de wasbak en staat het zichzelf voor de eerste keer toe om te voelen hoe moe ze is. Haar knieën trillen, haar handen doen pijn en de tranen die ze zich niet herinnert hebben zoute sporen op haar wangen achtergelaten.

'Hier,' zegt Ingrid. De stem van de schoolverpleegster klinkt net zo mat als Elsa zich voelt en als ze water in een metalen beker schenkt ziet Elsa dat haar huid vaal en slap is. Ingrids haar, dat normaal gesproken keurig gekruld is, is piekerig en vochtig van het zweet, en ze draagt alleen een hemd en een onderrok.

Pas als Elsa naar zichzelf kijkt beseft ze dat ze haar vest en schoenen heeft uitgetrokken. Dat moet ergens tijdens de afgelopen uren zijn gebeurd. Op haar linkerarm beginnen blauwe plekken zichtbaar te worden. Tijdens de ergste barensweeën begon Birgitta een paar keer met haar armen te zwaaien en te vechten. Ze heeft Elsa blijkbaar geraakt toen ze probeerde haar vast te houden en te kalmeren.

Elsa drinkt een paar grote slokken uit de beker. Het water smaakt metaalachtig.

Het schemerlicht dat door het raam naar binnen valt geeft alles een zachtblauwe glans. Birgitta ligt nog steeds in elkaar gedoken op het bed. Ze heeft haar gezicht afgewend, het haar is een warboel van viezigheid en zweet. Ze maakt geen geluid meer. Misschien is ze in slaap gevallen.

Dagny staat bij een van de ramen. Het licht achter haar tekent haar in een scherp reliëf. Het kind dat ze in haar armen houdt is nauwelijks zichtbaar.

Het is een mooi, gezond meisje met dik donker haar. Een beetje spichtiger dan Elsa zich van haar eigen kinderen herinnert. Ze heeft de troebele donkerblauwe ogen van pasgeboren baby's en haar hoofd heeft een vreemde vorm, maar ze huilde zoals de bedoeling was toen Ingrid een tik op haar billen gaf.

Elsa hield haar vast terwijl Ingrid de navelstreng doorknipte. Geen van hen is arts, maar Ingrid helpt de vrouwen in Silvertjärn bij de geboorte als de dokter niet op tijd is. Elsa is nog nooit aanwezig geweest bij een bevalling. Als ze zich dat tot nu toe voorstelde, was dat bij Margareta's bevalling, of misschien op een dag bij die van Aina.

Buiten klinkt een geluid. Eerst is het zo zachtjes dat het niet echt lijkt, maar dan neemt het langzaam maar zeker in volume toe. Langzamerhand kan ze woorden onderscheiden in het gezang dat opstijgt uit de stad. Het verbreekt de matte betovering in de kamer.

Dagny kijkt op van het kind. Het meisje begint een beetje te jammeren door het geluid van de avondzang van de parochie. Misschien voelt ze het gevaar, zo klein als ze is.

Dagny ziet er bang uit. Van haar hoeft Elsa niet veel hulp te verwachten, beseft ze als ze Dagny's gelaatsuitdrukking ziet.

Ingrid gaat rechtop staan. Haar bril is langs haar neus naar beneden gegleden en ze duwt hem met haar hand omhoog terwijl ze Elsa's blik zoekt. Vervolgens kijkt ze naar de ineengedoken gestalte op het bed bij de achterste muur.

'Wat moeten we doen?' vraagt Ingrid.

De hulpeloosheid die Elsa op dat moment overvalt is met niets wat ze ooit heeft gevoeld te vergelijken. Het gezang, waaraan geen eind lijkt te komen, lijkt tegen hen te fluisteren dat het hopeloos is. Dat ze niets kunnen doen. De parochie is zo groot terwijl zij met zo weinigen zijn, en Birgitta kan zichzelf niet eens helpen. Laat staan het kleine, nieuwe mensje dat in Dagny's armen ligt.

'We moeten proberen ze hier weg te krijgen,' zegt Elsa. 'Weg bij de pastoor en zijn parochie. Weg uit Silvertjärn.'

Ingrid knikt. Ze vraagt niet hoe ze dat moeten regelen. Dat heeft geen zin. Ze weet dat Elsa zich hetzelfde afvraagt.

Dagny kijkt weer naar het meisje in haar armen. Haar gezicht is zachter geworden en ze wiegt haar licht, sust haar om haar stil te houden. Elsa lijkt een spoor van het verlangen dat ze ver weggestopt heeft in haar ogen te zien.

'We moeten haar een naam geven,' zegt Dagny.

Ingrid kijkt opnieuw naar Birgitta. 'Denk je dat ze de baby een naam kan geven?' vraagt ze zachtjes aan Elsa.

Elsa schudt haar hoofd. 'Ik weet niet eens zeker of ze begrijpt dat het haar dochtertje is,' zegt ze bedroefd.

'Wat zeggen jullie van Kristina?' vraagt Dagny plotseling. 'Zo heette haar moeder toch?'

'Ja, dat klopt,' antwoordt Elsa.

Ze herinnert zich Kristina voornamelijk zoals ze in haar laatste dagen was, opgezwollen en uitgeput. De angst op het rode, gespannen gezicht en de opluchting toen Elsa had beloofd dat ze op Birgitta zou passen.

Toch is ze daar niet in geslaagd. Net zoals ze er niet in is geslaagd om op Aina te passen.

'Kristina Lidman,' zegt Elsa zachtjes tegen zichzelf. Ze zet de metalen beker op de wastafel en loopt naar Dagny toe. Iets van de vermoeidheid is verdwenen door het koude water. 'Kristina,' herhaalt Elsa tegen de baby.

Ze is gekalmeerd en kijkt met haar troebele ogen naar Elsa. Het is met niets te vergelijken om in de ogen van een pasgeboren baby te kijken. Elsa is geen bijgelovige vrouw – en ook geen bijzonder gelovige vrouw, als ze eerlijk is, ook al zou ze dat nooit hardop toegeven – maar toch lijkt het alsof pasgeboren baby's iets weten. Alsof ze iets hebben gezien wat voor anderen verborgen blijft.

‘Dat is een mooie naam,’ zegt Elsa tegen Dagny.

‘De volgende trein vertrekt morgen om drie uur uit de stad, nietwaar?’ zegt Ingrid achter haar.

Elsa hoeft het niet te controleren om bevestigend te kunnen knikken. Met twee treinen per week is het niet moeilijk om de vertrektijden te onthouden.

Ze begrijpt wat Ingrid denkt, herinnert zich de half afgemaakte brief die tussen haar ondergoed ligt. Er is geen tijd om die af te maken en te versturen. Elsa kan er alleen op hopen dat Margareta het zal begrijpen als Elsa het uitlegt. Dat zal ze doen. Dat moet ze doen. Als ze eenmaal in Stockholm zijn kunnen ze een plan bedenken.

Maar eerst moeten ze uit Silvertjärn weg.

NU

Als we het klaslokaal in rennen staat Robert doodstil bij het raam. Hij draait zich niet om als we binnenkomen.

'Robert?' zeg ik voorzichtig.

Hij draait zijn hoofd om en kijkt naar ons. Ik weet niet wat ik had verwacht, maar dit in elk geval niet. Zijn gezicht heeft een onbewogen uitdrukking en hij houdt zijn wijsvinger tegen zijn lippen.

De eerste gedachte die door mijn hoofd schiet is dat hij krankzinnig is geworden (hij ook), maar die verdwijnt net zo snel als ze is gekomen. Hij ziet er niet krankzinnig uit.

Max loopt naar het raam en Robert knikt. Mijn hart bonkt als ik eveneens naar Robert toe loop.

Max is als eerste bij het raam. Robert haalt zijn vinger van zijn lippen. Hij wijst niet, maar knikt naar buiten.

Het raam kijkt uit op de straat die naar de rivier loopt. Vanaf deze plek kan ik de puntdaken zien van de huizen die aan deze kant van het plein staan. In de verte zie ik de kaarsrechte lijnen van de rijtjeshuizen. Eerst begrijp ik niet waarnaar ik moet kijken, maar op het moment dat ik het wil vragen zie ik het en slik ik mijn woorden in.

Er beweegt iets.

Ik zie alleen een glimp van iets wat achter een van de huizen vandaan komt en vervolgens weer verdwijnt.

'Zo is ze al een tijdje bezig,' zegt Robert zachtjes. 'Ze komt tevoorschijn en verdwijnt weer.'

Daar is het hoofd weer. Een sprankje zonlicht raakt het blonde haar.

Misschien voelt ze onze blikken, want plotseling verdwijnt ze helemaal. Het ene moment is ze er en het volgende moment is ze verdwenen.

'Is dat...' zegt Max terwijl hij naar me kijkt.

Ik knik.

'Ze beweegt tussen de woningen, maar meer niet. Ze is het,' zegt Robert.

'Wat doet ze?' vraagt Max.

'Het lijkt erop dat ze zich verstopt,' zegt Robert. 'Of iemand in de gaten houdt.'

Max kijkt weer uit het raam en ik doe op zoek naar haar hetzelfde.

Als hij rechtop gaat staan en naar me kijkt is zijn gezicht veranderd. Ik begrijp wat hij denkt. Niet omdat ik het aan zijn gezicht zie, maar omdat ik dezelfde gedachte heb en alles in me zich daartegen verzet. Ik schud mijn hoofd. 'Nee,' zeg ik. 'Nee.'

'Wat bedoel je?' vraagt Robert.

'Robert...' begint Max. Ik zie dat hij ook moeite heeft met de gedachte en die probeert te verdringen. Toch gaat hij verder. 'We hebben naar... naar Emmy gekeken.'

Hoeveel tijd is er verstreken? Hoe lang ligt ze daar al? Veertig minuten? Een uur?

Hoe is het mogelijk dat ze een uur geleden nog leefde en nu niet meer?

'We wilden haar met een laken bedekken en probeerden haar recht te leggen en ze... ze heeft blauwe plekken in haar hals. Het zag eruit als een handafdruk.'

Roberts ogen zien eruit als zwart-witte knikkers. De pupillen zijn nauwelijks meer dan puntjes in het licht van het raam.

'Iemand moet het gedaan hebben terwijl wij probeerden naar boven te komen,' gaat Max verder. 'Tone...' Hij likt aan zijn lippen en zwijgt.

Ik schud mijn hoofd heftig, als een ontkennend kind. 'Nee,' zeg ik.

Robert draait zich naar me om. Zijn ogen branden. Ik weet niet of het verdriet of woede of zelfs haat is.

'Jij…' zegt hij terwijl hij met dat ene woord zwaait alsof het een wapen is. 'Jij zei dat ze niet gewelddadig was. Jij zei dat we haar moesten halen en dat ze ziek was. Emmy…' Zijn stem hapert. '… wilde op een plek blijven waar het veilig was, maar jij dwong ons hiernaartoe te gaan. Om háár te redden.' Hij knikt naar het raam, naar Tone, de gedaante die zich verstopt.

Hij kijkt me strak aan. Zijn opengesperde ogen zijn enorm en bodemloos.

'En nu ligt ze hier,' fluistert hij. 'Nu ligt ze dood in de gang.' Zijn ogen versmallen en kijken me weer strak aan. Zijn woede ondergaan geeft hetzelfde gevoel als mijn hand in een open vuur steken. 'Probeer haar niet opnieuw te verdedigen,' bijt hij me toe. 'Zeg het niet opnieuw. Zeg niet dat ze niet gewelddadig is. Zeg. Het. Niet.'

Ik blijf roerloos staan. De lucht prikt op mijn huid. Ik ben bang dat hij me zal aanvliegen. Me slaan, schoppen, pijn doen.

Alsof hij mijn gedachte kan lezen draait Robert zich abrupt om en loopt het klaslokaal uit.

Max en ik blijven alleen achter. Hij kijkt als gehypnotiseerd uit het raam.

Mijn handen trillen. Ik wil gaan zitten, maar mijn knieën willen me niet gehoorzamen.

Alles stort in.

Ik wil proberen te doen wat Emmy gedaan zou hebben, maar hoe? Hoe moet ik proberen deze situatie onder controle te krijgen? Wat heeft het voor zin om rationeel en pragmatisch te zijn als de wereld op zijn kop staat en de regels niet meer van kracht zijn?

'We moeten misschien achter hem aan gaan,' zegt Max.

Ik kijk op. 'Waarom?'

'Als hij nu achter Tone aan gaat, weet ik niet wat hij zal doen,' zegt Max. Zijn lippen zijn bleek, zijn gelaatsuitdrukking is vlak.

'O god,' zeg ik en ik begin naar de deuren te rennen. Telkens als mijn voeten de vloer raken voel ik een steek in mijn rug.

Ik ruk de deuren open. Robert zit met een gebogen hoofd op zijn knieën bij Emmy's lichaam.

Hij heeft het laken dat we naast haar hebben neergelegd over haar heen getrokken. Ze ziet er heel klein uit onder het witte laken, niet meer dan een silhouet. Het enige wat eronderuit steekt is haar tengere hand, met de korte vingers en de afgebeten nagels. Die houdt hij met beide handen liefdevol en voorzichtig vast, alsof hij hem niet wil beschadigen.

Hij kijkt niet meteen op. Het kost hem een paar seconden om tot bezinning te komen.

Dan legt hij haar hand langzaam en voorzichtig op de vloer en trekt het laken eroverheen.

NU

Als we om het schoolgebouw heen gelopen zijn en op de straat staan kost het me een paar seconden om me te oriënteren. Omdat ik de gebouwen alleen van boven af heb gezien, weet ik niet zeker achter welk huis ze zich verstopt.

'Daar,' zegt Max achter me. Hij praat niet zachtjes genoeg. Ze kan hem horen en dan wordt ze misschien bang.

'Ik zie niemand,' fluister ik tegen hem.

Hij wijst naar een klein rood huis met een zwart dak en zwarte hoeken.

'Misschien is ze er niet meer,' zegt hij. 'Misschien heeft ze ons gehoord.'

Max begint langzaam te lopen, maar ik pak zijn arm vast. 'Wacht,' zeg ik tegen hem, waarna ik naar Robert kijk.

'Ik doe haar niets,' zegt hij. Zijn gezichtsuitdrukking is niet meer zo vlak en doods, maar ik weet niet zeker of ik hem kan geloven.

Ik wil hem niet vooraan laten lopen. Wat er ook gebeurt, ik wil dat ze mijn gezicht als eerste ziet. Misschien kalmeert ze daardoor.

Als we bij het huis zijn, loop ik naar de gevel, blijf bij de afbladderende, rood geschilderde planken staan en sluip dan naar de hoek. Het bloed ruist in mijn oren.

Ik sla de hoek om. Ze is er niet.

Het smalle met kinderhoofdjes bestrate gedeelte tussen de huizen is leeg. Er is niets, behalve schaduwen en heide.

Ineens zie ik een beweging bij de andere hoek. 'Tone,' zeg ik en ik doe een pas naar voren. 'Tone ik ben het, Alice.' Het klinkt te gespannen, te hard. De glimp die ik van haar heb opgevangen, verdwijnt onmiddellijk.

'Jezus,' hoor ik Max mompelen. Ik heb te veel adrenaline in mijn lichaam om niet instinctief te reageren en ren achter haar aan. De muren staan zo dicht bij elkaar dat mijn schouders ertegenaan schuren, het voelt bijna alsof ik me erdoorheen moet wringen en aan de andere kant de straat op val. Maar nu zie ik haar.

Ze rent naar de rivier, maar het gaat niet snel. Er is iets mis met de manier waarop ze beweegt, op een sjokkende, hinkende manier. Eén been sleept achter haar aan.

Haar voet. Natuurlijk.

'Tone!' roep ik opnieuw. Ik kan het niet laten, hoewel ik weet dat het geen zin heeft.

Ik blijf rennen en haal haar snel in. Haar ademhaling klinkt ook vreemd, niet alleen ademloos maar dof en brommend. Ik hoor Max en Robert achter me rennen.

Ik leg de laatste meters tussen ons af met een paar lange, krachtige passen, pak haar arm vast en voel de huid en het bot onder de mouw van haar smoezelige, gebreide vest.

Ze explodeert. Ze slaakt een harde, paniekerige kreet, rukt haar arm los, maakt een zwaaiende beweging in mijn richting en raakt mijn slaap keihard. Ik val. Het is me gelukt om de klap enigszins af te weren, maar toch zie ik sterretjes en ik bijt een gat in mijn lip als mijn kin de grond raakt.

Ik blijf een paar seconden liggen en probeer de wereld te laten stoppen met draaien. Ik ben nog nooit geslagen. Als het me is gelukt om op mijn zij te rollen zie ik dat Max en Robert haar te pakken hebben.

Tone vecht als een gewond dier; ze schopt en probeert te bijten. Haar blik is niet gefocust en dwaalt rond. Ik probeer haar blik op te vangen, maar er is geen herkenning, alleen redeloze woede en angst.

Haar haar zit in de war en is stijf van de viezigheid. De pony ligt piekerig van het opgedroogde bloed op haar voorhoofd, waarop een enorme korst zit. Ze kan niet op haar gewonde voet staan, maar probeert het toch een paar keer. Ze schopt er zelfs mee en kreunt van de pijn als het haar lukt om het dijbeen van Max te raken. Ik schrik als ik zie dat haar enkel dubbelslaat.

'Stop daarmee!' zegt Max. 'Tone, stop, probeer te kalmeren, we doen je geen kwaad, we doen je niets, we willen je alleen helpen.'

Ik wil zeggen dat hij te boos, te fel en te opgewonden klinkt, dat hij moet proberen om kalm en vriendelijk te praten, dat ze misschien niet begrijpt wat hij zegt maar dat ze zijn toon hoort, dat hij duidelijk moet maken dat hij haar geen kwaad wil doen. Ik kan echter geen woord uitbrengen.

'Ze hoort je niet,' zegt Robert met een dikke stem, waarna hij zijn armen om haar heen slaat en abrupt op de grond gaat zitten.

Ze heeft een tenger lichaam, met smalle schouders en heupen, en hoe wild ze ook worstelt en vecht, ze komt niet los uit zijn greep. Na een paar seconden stopt ze met schoppen en worstelen. Het akelige, rauwe gekreun vermindert tot een zware ademhaling.

Op dat moment besef ik pas dat ik over mijn hele lichaam tril.

Ik ga op mijn hurken voor haar zitten, deels om op ooghoogte met Tone te zijn en deels omdat ik niet wil laten merken dat mijn benen me niet meer kunnen dragen. 'Tone?' zeg ik tegen haar terwijl ik haar blik zoek. 'Tone, ik ben het, Alice.'

Ze blijft naar de grond kijken terwijl ze nog steeds buiten adem is en hijgend ademhaalt.

Het bloed op haar voorhoofd is in haar wenkbrauwen gelopen en het dunne haar is samengeklonterd. Ik wil niet naar haar handen kijken, maar doe het toch.

Ze is te ziek, probeer ik mezelf boven het gebonk van mijn hart uit te overreden. Ik proef de smaak van ijzer op mijn tong en luister naar haar raspende, hijgende ademhaling.

Emmy was veel sterker, Tone heeft haar nooit kunnen overmeesteren.

Ik kan me echter onmogelijk verweren tegen de stem van de logica.

Als haar ribben gebroken waren?

Als Tone krankzinnig was, zoals nu, en ze nergens naartoe kon?

Ik denk dat mijn tranen weer gaan stromen, maar dat gebeurt niet. De gezegende, welkome wazigheid blijft uit. Tones contouren blijven scherp en ik staar naar haar met droge, gezwollen ogen zonder te kunnen ontsnappen aan het besef dat steeds krachtiger wordt.

NU

In eerste instantie stel ik voor om haar mee te nemen naar de kerk – dat lijkt het meest logische alternatief – en de anderen maken geen bezwaar. Als we echter vlakbij zijn en Tone de kerk ziet wordt ze weer wild. Ze begint te schoppen en zo hard te vechten dat ze Max bijna omvertrekt. Als we ons in een zijstraat terugtrekken kalmeert ze.

'Wat is er met de kerk?' vraagt Max aan mij omdat we het opgegeven hebben om met Tone te communiceren.

'Ik weet het niet,' zeg ik. Ik ben volkomen kapot. Ik wil alleen nog maar slapen. 'We krijgen haar waarschijnlijk niet naar binnen.'

Het is een verschrikkelijke aanblik om de kleine, tengere Tone tussen de twee grote mannen in te zien hangen en het activeert een soort oerangst binnen in me, niet vanwege haar, maar vanwege hen. Ik wil tegen ze zeggen dat ze haar los moeten laten, haar moeten laten gaan. Tenslotte heb ik haar zien worstelen, schoppen en brullen, heb ik de niet gefocuste blik en het weerzinwekkende, bloederige masker gezien.

Ik staar voortdurend naar haar handen, met de tengere, vieze vingers.

Ik heb een bepaalde grens bereikt en ben zo moe dat ik me niet eens meer wanhopig voel, alleen berustend.

'Wat moeten we doen?' vraagt Robert aan me. Ik zie mijn eigen gevoel in zijn gezicht weerspiegeld. Zijn huid is grauw.

'Ik weet het niet,' zeg ik opnieuw. 'Ik weet het niet. We moeten ergens wachten. We moeten een plek vinden waar...' Ik zwijg en kijk om me heen. 'Het huis van mijn oma,' zeg ik vervolgens. 'Dat staat volgens mij in de volgende straat en het was in een redelijke staat. Misschien kunnen we daar wachten.'

Robert en Max denken er niet over na; ze knikken alleen.

We nemen een kortere weg via de tuinen en komen in de volgende straat uit. Ik zie oma's groene deur onmiddellijk. Die staat nog steeds op een kier nadat Robert me min of meer naar buiten heeft gesleept.

'Daar,' zeg ik tegen Robert en Max, maar Robert heeft het al gezien.

Waren we hier gisteren? Nog maar een dag geleden. Een dag en een nacht.

Ik ga tegen de muur staan om Max en Robert met Tone te laten passeren en doe de deur achter hen dicht.

Binnen ruikt het muf, maar het is hier warmer dan buiten. Links van ons staan de keukenkastjes, waarin we naar eten hebben gezocht, nog steeds open.

Hopelijk is er meer. Ik heb het gevoel dat ik nooit meer zal willen eten, maar tegelijkertijd schreeuwt mijn lichaam om voedsel. Eten en slaap en duisternis. De meest fundamentele behoeften.

'Wat zullen we met haar doen?' vraagt Max. Hij praat zachtjes, alsof hij bang is dat Tone hem zal horen. Ik begrijp hem. Ze leunt wankel tegen Max aan en staat op de voet die niet gewond is. Ik kan er nauwelijks naar kijken.

'We sluiten haar op de bovenverdieping op,' zeg ik. De woorden klinken onwerkelijk. 'Volgens mij heeft een van de slaapkamers een slot.'

'Oké,' zegt Max met een knikje.

Ik kijk ze na terwijl ze samen met Tone de trap op lopen. Ik ben bang dat ze zal tegenstribbelen of protesteren, dat ze valt en gewond raakt, maar ze loopt mee zonder een poging te doen zich te verzetten.

De kleine zitkamer is de enige ruimte waar ik nog niet ben geweest. Die ligt recht voor me, achter de keuken, met een verschrikkelijk lelijk bankstel met een gebloemde overtrek en rechts daarvan een kleine sierlijke eettafel met een verbleekt, geborduurd tafelkleed erop. Twee ramen zijn stuk – door één ervan groeit de knoestige tak van een appelboom naar binnen – en de grote, zwarte schimmelvlekken in het midden van het tafelkleed lijken een ziekelijke imitatie van het borduurwerk.

Ik ga voorzichtig op een van de twee banken zitten. Die ruiken ook sterk naar schimmel, maar ik kan niet bepalen of de lucht afkomstig is van de overtrek of van de vulling. Misschien komt die van beide. Het kussen is stijf en tegelijkertijd vreemd sponsachtig, en ik ben eerst bang dat de stof zal scheuren onder mijn gewicht, maar dat gebeurt niet. Ik leun naar achteren tegen de harde rugleuning en kijk naar de muur tegenover me. Het bloemetjesbehang is verkleurd en in het midden hangt een foto.

Ik weet zeker dat het dezelfde foto is.

Ik dacht dat de foto van mijn oma de enige afdruk was, maar nu staren ze vanuit een goudkleurige lijst naar me: oma met haar vrolijke glimlach, Aina met haar uitdagende blik, haar moedervlek en haar strakke vlechten, Staffan met zijn plompe neus en gezwollen kaaklijn. Elsa met de directe, compromisloze blik die dwars door de tijd heen naar me lijkt te kijken terwijl ik op de bank zit.

Ik wilde alleen een verhaal vertellen, denk ik.

Ik wilde alleen weten wat er gebeurd is. Was dat zo verkeerd?

Op de bovenverdieping gaat een deur dicht en ik hoor de twee mannen mompelend met elkaar praten.

Elsa staart naar me vanaf de muur. Ik doe mijn ogen dicht om haar blik niet te ontmoeten.

Ik weet niet wanneer ik in slaap val.

NU

Ik word wakker doordat iemand een hand op mijn wang legt.

Mijn nek voelt stijf en onbeweeglijk. Ik kreun zachtjes terwijl ik probeer rechtop te gaan zitten en begin harder te kreunen als Max zijn arm op mijn rug legt. Als hij de grote blauwe plek aanraakt is het alsof hij met een mes tussen mijn ribben steekt. 'Au, au, au. Verdomme. Au!'

'Sorry,' zegt Max en hij trekt zijn arm haastig terug.

Ik schud mijn hoofd en ga weer voorzichtig tegen het stijve kussen zitten. Als de pijn wegtrekt besef ik dat ik bovendien een barstende hoofdpijn achter mijn ogen begin te krijgen en dat mijn gezwollen bronchiën kriebelen.

Ik kijk uit het raam naar de tuin. Het is nog steeds licht, maar de dag begint de overrijpe, gloeiende kleur te krijgen die aankondigt dat de schemering bijna invalt.

'Hoi,' zeg ik tegen Max als ik rechtop zit.

Hij glimlacht naar me. Zijn ogen liggen diep. 'Hoi. Sliep je?'

'Ja,' antwoord ik. Ik vind het een vreemde vraag. Hij heeft me tenslotte net wakker gemaakt.

De werkelijkheid begint weer naar binnen te sijpelen, taai en traag vloeibaar als teer. De beelden keren terug. Emmy op de vloer. Tone met ogen die niets zien en een ingedroogde koek van bloed en viezigheid in het blonde haar

'Hoe voel je je?' vraagt Max.

Ik schud mijn hoofd en kies ervoor om antwoord te geven op een ongevaarlijker aspect van de vraag. 'Mijn rug doet verschrikkelijk veel pijn,' zeg ik.

'Laat eens kijken,' zegt Max.

Hij heeft geen medische ervaring, maar dat zeg ik niet. In plaats daarvan draai ik me langzaam om en voel dat hij mijn trui naar boven trekt. Hij fluit zachtjes als hij de blauwe plek ziet. 'Het ziet eruit alsof iemand je rug met paarse waterverf beschilderd heeft,' zegt hij. Hij legt zijn vingertoppen voorzichtig op mijn huid en ik kreun als hij iets te hard drukt.

'Doet dat pijn?' vraagt hij zonder zijn hand weg te halen.

'Ja,' antwoord ik. Ik schuif een stukje bij hem vandaan en trek mijn trui weer naar beneden. 'Hoe voel jij je?' vraag ik terwijl ik mijn haar achter mijn oor strijk.

Max haalt zijn schouders op. 'Leeg op de een of andere manier,' zegt hij. 'Klinkt dat vreemd? Ik voel me volkomen afgestompt.'

'Ik snap wat je bedoelt,' antwoord ik. Mijn blik zwerft door de kamer, die in het overrijpe middaglicht baadt. 'Het voelt niet echt. Niets aan de situatie voelt echt.'

'Inderdaad,' zegt Max.

'Hoe is het met...' Ik moet slikken voordat ik zijn naam kan uitspreken. '... met Robert?'

'Ik weet het niet,' antwoordt Max. 'Hij zegt niet veel. Hij was al niet zo spraakzaam, maar nu...'

'Waar is hij?' vraag ik. 'Hij is toch niet alleen buiten?'

'Hij is in de keuken,' zegt Max. 'Hoewel dat niet belangrijk meer is. We hebben haar tenslotte opgesloten op de bovenverdieping.'

Haar.

Alsof ze een monster is, een spook. Een schaduw zonder naam.

'Luister...' zegt Max zachtjes. Hij steekt zijn hand uit en streelt mijn wang met zijn duim. Op dat moment besef ik dat ik huil. De tranen stromen over mijn wangen zonder dat ik ze kan tegenhouden. Ik probeer ze weg te vegen en schud mijn hoofd. 'Het is goed,' zeg ik.

'Nee, dat is het niet,' antwoordt Max.

Dat is het moment waarop ik breek. Ik snik zo hard dat het voelt alsof ik krampen heb, en Max slaat zijn armen om me heen en trekt me tegen zijn borstkas. De tranen stromen onder mijn gesloten oogleden vandaan en ik huil hakkelend en ongecontroleerd, alsof ik een kind ben, en mompel onsamenhangend. Ik denk dat ik 'Emmy' zeg, of misschien 'Het spijt me'.

Max streelt over mijn rug en dat doet pijn, zoveel pijn dat ik kreun als zijn hand de blauwe plek raakt, maar hij lijkt het niet te merken. 'Ssst,' zegt hij terwijl hij me streelt alsof ik een weerspannige kat ben. 'Het komt allemaal goed. Ik ben bij je. Ik ben bij je.'

Ik snotter in zijn trui en probeer rechtop te gaan zitten, maar hij laat me niet los.

'Ik ben bij je,' zegt hij weer.

'Ik heb nooit gewild dat het zo zou gaan,' fluister ik in zijn trui, waar mijn woorden oplossen en ongehoord blijven. 'Het was de bedoeling niet. Het was de bedoeling niet. Ik wist het niet.'

Max geeft een kus op mijn hoofd met zijn droge lippen. 'We redden het wel, Alice,' zegt hij in mijn haar. 'We slaan ons hier doorheen, we redden het wel. Dat beloof ik. Ik heb jou. Het komt allemaal goed.'

Hij blijft mijn rug strelen en mijn huilbui wordt minder. Ik probeer me weer los te maken en deze keer lukt het.

Ik veeg mijn neus af. Max kijkt glimlachend naar me. Zijn pupillen lijken enorm van zo dichtbij.

'Ik ben bij je,' zegt hij en hij legt zijn hand op mijn wang.

Het strelen van mijn wang gaat over in een lichte greep rond mijn kin, hij trekt mijn gezicht naar zich toe en kust me.

Zijn lippen zijn ruw, zijn mond smaakt muf en veel te zoet, naar bloed en suiker. Ik probeer me terug te trekken, maar hij volgt en duwt zijn tong in mijn mond. Pas als ik mijn hoofd met geweld wegdraai stopt hij.

'Wat doe je verdomme?' vraag ik terwijl ik naar hem staar en mijn mond afveeg met mijn hand.

De milde glimlach verdwijnt in etappes van zijn gezicht. 'Wat bedoel je?' vraagt hij. Er klinkt een defensieve toon in zijn stem door.

‘Waar ben je mee bezig?’ Ik sta op van de bank, ben duizelig en spreid mijn benen zodat ik stabiel sta.

‘Ik dacht dat je het wilde,’ zegt Max. ‘Ik probeerde je te troosten.’

‘Door je tong in mijn keel te steken?’ vraag ik. Ik begin bijna te lachen. Het is zo absurd, te midden van dit alles. Te midden van deze krankzinnige, afschuwelijke situatie.

‘Waarom kuste je me dan terug?’ vraagt hij. ‘Je leek er geen hekel aan te hebben.’

‘Ik kuste je niet terug,’ zeg ik. ‘Ik... ik was alleen geschokt.’

Max staat ook op. Hij veegt het stof zorgvuldig van zijn spijkerbroek, hoewel hij bloed en tranen op zijn trui heeft, en onder de houtsplinters en het stof zit.

‘Misschien was dit niet het juiste moment,’ zegt hij op een redelijke toon. Hij is altijd zo verdomd redelijk.

Ik schud mijn hoofd. ‘Emmy is dood en Tone is ziek, zo ziek dat we haar moeten opsluiten, en jij...’ Mijn stem wordt bij elk woord scheller, tot hij me onderbreekt.

‘Het spijt me! Oké? Het spijt me! Dit is voor mij ook geen gemakkelijke dag geweest. Ik neem aan dat ik mijn zelfbeheersing kwijtraakte. Dat was stom. Ik begrijp het.’ Hij wrijft met zijn handen over zijn gezicht en zucht.

Ik probeer mijn ademhaling onder controle te krijgen en schud mijn hoofd. ‘We zijn allemaal geschokt en dan kan zoiets gebeuren. Laten we het maar vergeten.’

Max kijkt naar me. Als hij zijn mond opendoet duurt het even voordat hij iets zegt. ’Wanneer is het wel het juiste moment?’ Zijn stem klinkt zacht.

Ik weet niet wat ik moet zeggen. ‘Wat bedoel je?’

‘Toe nou, Alice,’ zegt hij en hij lacht enigszins ontmoedigd. ‘Je weet heel goed wat ik bedoel. Ik wacht al zeven jaar. Ik heb gewacht en geluisterd, ben aanwezig geweest. Ik heb gewacht tot je wakker zou worden en het zou begrijpen. Dus... wanneer is het wel het juiste moment?’

Ik slik. 'Dat wist ik niet,' zeg ik. Ik probeer mijn stem zo neutraal mogelijk te houden. 'Het spijt me, Max, maar ik ben niet... Ik bedoel...'

Hij kijkt naar het plafond. 'Dit kun je niet maken,' zegt hij. 'Je kunt niet zeggen dat je het niet wist. Ik weet dat je het besefte. Waarom denk je dat ik je filmpje sponsorde? Het is niet bepaald zo dat ik het geld terugkrijg.'

'Ik dacht dat je in de film geloofde,' zeg ik hulpeloos.

'Ik geloofde in jóú, Alice.' Hij schudt zijn hoofd. 'Ik zag hoe je keek toen ik zei dat ik mee zou gaan,' zegt hij. 'Kom op. We wisten allebei dat dit zou gebeuren.'

Ik kan alleen naar hem staren.

'Alice,' zegt hij zachtjes en hij doet een stap in mijn richting. 'Kom op. Ik weet dat je weet wat ik bedoel.' Hij glimlacht scheef, zodat zijn gezicht vertrekt.

Ik doe een stap naar achteren en kijk naar beneden. 'De ambulance komt morgen,' zeg ik. 'Het komt goed, Max. We gaan hier niet dood. Het komt allemaal goed.' Ik slik.

Als ik weer opkijk zie ik dat hij zijn kaken op elkaar klemt, dat zijn adamsappel op en neer gaat en dat er een ader bij zijn slaap klopt. 'Max...' zeg ik smekend. Ik sta op het punt om weer te gaan huilen. Mijn kaken doen pijn. 'Alsjeblieft, doe niet zo. Niet nu.'

'Je bent zo verdomd egoïstisch.' Hij schudt zijn hoofd en zegt het opnieuw: 'Je bent zo verdomd egoïstisch.'

Vervolgens draait hij zich om, loopt de kamer uit en slaat de deur zo hard achter zich dicht dat het kozijn trilt.

NU

Ik laat me weer op de bank zakken en weet niet hoe lang ik daar zit voordat ik op wankele benen overeind kom en naar de hal loop.

Daar is niemand.

Ik neem Robert als een schaduw in mijn ooghoeken waar, en als ik me naar de keuken omdraai kijkt hij op en ziet me.

Hij is eigenlijk een beetje te groot voor de stoel en het scherpe contrast van zijn rode haar met het turkooisblauwe meubilair en het geweven vloerkleed geeft de keuken een sfeer van Wonderland.

Ik aarzel voordat ik een van de stoelen bij de tafel vandaan trek en ga zitten. Ik kies degene die het dichtst bij de muur staat, zodat we aan allebei de kanten een stoel tussen ons in hebben. De poten schrapen over de vloer als ik hem naar de tafel toe schuif.

Aan de muur boven de deuropening hangt een klok met een witte wijzerplaat en vierkante witte cijfers. De minutenwijzer is gevallen en rust als een scheidslijn op de bodem van de klok. De urenwijzer is bij de drie blijven steken.

'Heb je Max gezien?' vraag ik Robert.

Hij knikt. 'Hij zei dat hij naar de kerk zou gaan om de honing die over is op te halen.'

'O,' zeg ik. De seconden verstrijken. 'Hoe voel je je?' vraag ik vervolgens.

Hij lijkt na te denken over het antwoord. Of misschien weet hij, net als ik, niet goed wat het antwoord is. Hij opent en sluit zijn handen een paar keer terwijl hij er nadenkend naar kijkt. Zijn knokkels zijn gezwollen en rood.

'Ik heb met mijn vuist tegen de muur geslagen,' zegt hij. Het klinkt bijna verbaasd. 'Om de een of andere reden dacht ik dat het zou helpen.'

'Hier?' vraag ik.

'Nee. In de school.'

Vervolgens wordt het stil.

Ik ga met mijn tong over mijn lippen. Ze zijn droog en ik proef Max nog steeds. Ik verdring de gedachte.

'Ik begrijp het niet,' zeg ik. Ik weet niet of het een vaststelling of een vraag is, maar het is waar. Ik zeg het nog een keer, en nu klinkt het als een smeekbede. 'Ik begrijp het niet.'

Robert legt zijn handen met de handpalmen naar beneden plat op de tafel. Hij heeft grote, grove handen die niet in verhouding staan tot zijn smalle polsen.

'Nee,' zegt hij. 'Dat doe ik ook niet.'

Ik weet niet of we over Tone of Emmy of Silvertjärn praten. Misschien praten we over alle drie, of over geen ervan.

Mijn lippen trillen en ik pers ze op elkaar.

'Er is water,' zegt Robert en hij knikt naar het aanrecht, waar een aardewerken karaf staat.

Ik trek mijn wenkbrauwen op.

'Die heb ik in de kast gevonden,' zegt Robert. 'Het leek het beste alternatief.'

'Waar heb je het water vandaan?' vraag ik.

'Ik ben een uur geleden bij de rivier geweest.'

Ik hoor op de bovenverdieping een plank kraken. 'Heeft ze al iets te drinken gehad?' vraag ik Robert.

'Nee,' antwoordt hij. Hij kijkt weg en zijn stem klinkt gespannen en geforceerd. 'Ik kan er niet aan denken dat ze boven is. Ik kan het niet, want dan denk ik aan wat ze gedaan heeft en aan Emmy, en dan wil ik alleen...' Hij balt zijn handen zo hard dat een van de wondjes openspringt. Kleine druppels bloed verschijnen als juwelen op de gebarsten korst.

Ik weet niet hoe lang ik mijn adem inhoud. Ik weet alleen dat ik de seconden als hartslagen voel en dat het pijn begint te doen in mijn borstkas voordat Robert de stilte verbreekt. 'Ga jij maar met water voor haar naar boven. Ze moet iets drinken.'

Ik aarzel. 'Als je me op de vloer hoort stampen, moet je naar boven komen.'

Robert knikt langzaam. 'Oké.'

Zijn handen zijn nog steeds tot vuisten gebald.

TOEN

Ze wordt wakker als Ingrid de deur van de ziekenkamer opent. Elsa heeft met haar hoofd tegen de muur geleund geslapen. Haar mond moet opengevallen zijn, want ze heeft een droge keel en een vieze smaak in haar mond.

'Hoe is het gegaan?' vraagt Ingrid zachtjes.

Het is buiten donker en de dageraad is nog niet aangebroken. Het is nog nacht. Ingrid is niet meer dan een schaduw tussen de schaduwen.

'Goed,' antwoordt Elsa zachtjes om niemand wakker te maken. 'Het is goed gegaan.'

Het meisje heeft beter geslapen dan haar eigen kinderen hebben gedaan, ze is twee keer huilend wakker geworden, maar is weer in slaap gevallen als Elsa haar wiegde.

'Heeft ze haar de borst gegeven?' vraagt Ingrid terwijl ze naar Birgitta kijkt, die ligt te slapen.

Elsa schudt haar hoofd. 'Ik durfde haar niet wakker te maken,' bekent ze.

Elsa voelt zich gevangen tussen de twee. De kleine begint beslist honger te krijgen. Ze heeft haar laten zuigen op een handdoek die ze in melk uit de eetzaal heeft gedoopt, maar Elsa weet dat het niet voldoende is. Toch durft ze niet bij Birgitta in de buurt te komen, laat staan dat ze haar wakker maakt.

Birgitta slaapt al sinds de vorige avond. Elsa moet toegeven dat ze bang is voor wat Birgitta zal doen als ze wakker wordt. Hoeveel zal ze begrijpen van de situatie?

Elsa kan Ingrids gezicht niet zien in de duisternis, maar ze ziet dat ze knikt.

'Dat begrijp ik,' antwoordt ze.

Elsa hoort het loodzware gevoel in haar borstkas terug in Ingrids stem.

Ingrid gaat naast Elsa op de vloer zitten en kijkt naar de kleine bult die een meter verder weg ligt te slapen. Ze hebben lakens op elkaar gestapeld om een soort bed voor haar te maken. Dagny wilde ergens een ledikantje vandaan halen, maar Elsa heeft haar duidelijk gezegd waar het op stond. Ze kunnen niets doen om de aandacht op zich te vestigen.

'Hoe moeten we ze naar het station krijgen?' vraagt Ingrid.

'Ik weet het niet,' antwoordt Elsa. 'Ik denk dat we ernaartoe moeten wandelen alsof er niets aan de hand is. Het is niet ver. Als we dat doen vlak voordat de trein vertrekt, hebben ze geen tijd om ons tegen te houden.'

Ingrid zucht even. 'Ga jij met ze mee?' vraagt ze vervolgens.

'Ja,' antwoordt Elsa. 'Ik neem ze mee naar Stockholm. Mijn dochter woont daar.'

'Margareta,' zegt Ingrid.

Elsa knikt. Ze weet niet of Ingrid het kan zien.

'Hoe doe je dat met Staffan?' vraagt Ingrid.

'Ik schrijf hem als ik daar ben,' zegt Elsa. 'Als we... als we in veiligheid zijn.'

Ver weg van Silvertjärn.

Ver weg van pastoor Mattias.

'Ik begrijp niet hoe het zo ver heeft kunnen komen,' zegt Elsa zachtjes tegen Ingrid, kwetsbare woorden die ze in het daglicht nooit zou uitspreken.

'Ik ook niet,' antwoordt Ingrid.

Geen van beiden spreekt de naam uit, hoewel Elsa weet dat ze allebei hetzelfde denken. Geen van beiden noemt Aina. Aina die met iedere hartslag in haar borstkas bonkt. Haar geliefde, jongste dochter.

Welke moeder laat haar dochter in de steek?

De baby beweegt en begint weer te jammeren. Elsa staat op van de stoel. Haar knieën kraken en haar nek doet pijn. Ze is te oud om ergens anders dan in een bed te slapen.

Elsa buigt zich over het meisje heen, pakt haar op en wiegt haar voorzichtig, maar deze keer laat ze zich niet sussen. Ze begint steeds harder te huilen. Elsa is altijd verbaasd dat er zoveel geluid uit zo'n klein lijfje kan komen.

Ze probeert haar te kalmeren, wiegt haar en fluistert tegen haar, maar de baby stopt niet. Als ze niet kalmeert bestaat het risico dat iemand haar hoort en hiernaartoe komt.

Elsa knippert door het plotselinge schijnsel van de kaars die Ingrid heeft aangestoken. Ze heeft de kaars in haar hand en kijkt om zich heen. 'Waar is de handdoek?'

'De melk is op,' antwoordt Elsa en ze knikt naar de hoek waar ze het lege schaaltje heeft neergezet.

'Misschien kan ze op de handdoek zuigen,' stelt Ingrid voor.

Elsa schudt haar hoofd. 'Ze heeft honger,' zegt ze. 'Dat zal niet helpen.' Ze voelt een knoop in haar maag, kijkt om zich heen en schrikt als ze ziet dat Birgitta wakker is. Natuurlijk is ze wakker. Alleen een dode zou niet wakker worden van het schelle gekrijs dat de kamer vult. Ze is rechtop gaan zitten en kijkt strak naar de baby.

De kleine Kristina gaat met hernieuwde kracht verder en Elsa neemt een beslissing. Ze loopt voorzichtig naar Birgitta toe. Birgitta kijkt niet naar haar, ze kijkt naar de baby.

Begrijpt ze de situatie? Beseft ze dat het haar dochter is?

Elsa kan het zich niet voorstellen.

Maar toch.

Als Elsa vlak bij haar staat doet Birgitta iets onvoorstelbaars. Ze steekt haar armen uit. Elsa aarzelt even, maar dan legt ze Kristina in Birgitta's armen.

Ze heeft haar onhandig en onzeker vast. Elsa is bang om Birgitta te verbeteren, maar ze probeert toch om de baby goed te leggen.

Als Elsa Birgitta's jurk open knoopt, voelt ze haar verstijven. Toch laat ze het toe. Elsa verwacht voortdurend dat Birgitta verontwaardigd zal reageren en ze staat klaar om Kristina van haar over te nemen, maar Birgitta blijft rustig.

Elsa schuift het lijfje van de jurk weg en ontbloot een gezwollen borst vol blauwe aderen. Vervolgens legt ze haar hand op Kristina's rug en achterhoofd en tilt haar op naar de tepel.

Eerst blijft het meisje krijsen en Elsa voelt hoe gespannen Birgitta is, hoe dicht ze bij een woede-uitbarsting is.

Ineens gebeurt er echter iets. Kristina's mondje vindt de tepel en pakt hem. Het krijsen stopt en Elsa hoort dat ze begint te zuigen.

Haar schouders zakken, ze haalt haar handen weg en doet een paar passen naar achteren.

'O,' hoort Elsa Ingrid zeggen. Niets meer. Als Elsa zich omdraait en naar haar kijkt glinsteren de tranen in haar ogen.

Elsa strijkt snel met haar hand over haar voorhoofd en veegt de tranen uit haar ogen. Ze weet niet waar ze getuige van is. Ze weet niet of Birgitta begrijpt wat ze doet en wat er gebeurt.

Misschien kan dit iets zijn wat op hoop lijkt. Elsa weet het niet zeker. Het enige waarvan ze zeker is, is het zwijgende besef dat in haar opkomt als ze ziet dat Birgitta haar dochter de borst geeft.

Ze kan Aina niet in Silvertjärn achterlaten.

NU

Ik open de deur naar de slaapkamer van de meisjes voorzichtig.

Tone zit in de verste hoek van de kamer. Ze is niet op een van de twee bedden gaan liggen en zit niet op de stoel bij het bureau; in plaats daarvan zit ze ineengedoken naast de kledingkast, in de kleine ruimte tussen de kast en de muur.

Ze kijkt niet naar me als ik binnenkom; haar voorhoofd ligt op haar knieën en ze wiegt heen en weer.

'Tone?' zeg ik tegen beter weten in zachtjes.

Ze geeft geen antwoord, maar produceert een laag, langgerekt geluid dat wordt gesmoord door haar dijbenen. Ik beschouw het als een teken dat ze me heeft gehoord.

Mijn lichaam voelt gespannen en ik heb natte oksels, maar het is moeilijk om bang voor haar te zijn als ik haar zo zie zitten. Ze lijkt eerder iemand om medelijden mee te hebben dan om bang voor te zijn. Nu ik naar haar sta te kijken, besef ik dat er in de steeg ook geen dreiging van haar uitging. Ze rende voor ons weg, niet naar ons toe. Ze was bang, niet agressief. Ook toen ze schopte en probeerde los te komen, leek het alsof ze voor haar leven vocht.

'Ik heb water voor je,' zeg ik. Ik loop een paar passen de kamer in, waardoor ze nog meer in elkaar krimpt. 'Je hoeft niet bang te zijn,' ga ik verder. 'Er is niets aan de hand. Ik zet het water hier neer, zie je?' Ik probeer mijn stem kalm en neutraal te houden.

Ik zet de karaf met water voor haar op de vloer en hef mijn handen om te tonen dat ik niet gevaarlijk ben. Vervolgens doe ik een paar stappen naar achteren en ga op de stoel bij het bureau zitten. De zitting is hard, maar comfortabeler dan de vloer.

Tone aarzelt even, maar heft haar hoofd dan en steekt haar handen naar het water uit. Ze heeft nog steeds sporen van seringenpaarse nagellak op drie van haar nagels. Ze houdt de karaf onhandig vast – ze klemt hem als het ware tussen haar handen – en brengt hem naar haar gezicht. Als ze drinkt doet ze dat gejaagd en met grote slokken.

Het is alsof ik naar een vreemde kijk.

'Wat is er met je gebeurd?' vraag ik haar, hoewel ik geen antwoord verwacht.

Tot mijn verbazing zet ze de karaf neer en kijkt in mijn richting. Ze kijkt niet in mijn ogen, maar kijkt wel degelijk naar me, alleen doet ze het schuin zodat ze naar mijn linkerarm kijkt.

Ze schudt haar hoofd.

Het is iets. Niet veel, maar het is iets.

Ik moet het haar vragen. Ik moet het proberen. 'Heb jij de bestelwagen laten exploderen?' vraag ik.

Ze reageert niet.

Het is moeilijker om naar haar gezicht dan naar de rest van haar lichaam te kijken. Ze heeft een afschuwelijke wondkorst op haar voorhoofd, die niet alleen uit bloed bestaat, zie ik nu, maar ook uit opgedroogde modder en viezigheid. Het heeft een harde laag in haar haar gevormd. De huid eromheen is rood en lijkt ontstoken.

'Hoe ben je aan die wond gekomen?' vraag ik. Ik probeer nog steeds zo evenwichtig en kalm mogelijk te praten. Ik weet niet of het werkt, maar ik word er zelf in elk geval rustiger van.

Ze geeft nog steeds geen antwoord. Ze wiegt opnieuw heen en weer en produceert een aanhoudend, laag, kelig geluid.

'Tone,' zeg ik smekend en gefrustreerd omdat ik niet begrijp wat er met haar aan de hand is. Ik kan wat ik voor me zie niet in overeenstemming brengen met mijn vriendin. Ik kan wat ze heeft gedaan niet met haar in overeenstemming brengen. 'Alsjeblieft, zeg iets,' zeg ik. Mijn stem staat op het punt te breken. 'Praat met me. We kunnen proberen...'

Ja, wat?

Proberen dit op te lossen?

Daar is het te laat voor. Sommige dingen kunnen niet opgelost worden.

Ik draai me om en staar een paar seconden uit het raam. De zon nadert de horizon. Over een halfuur staat de hemel in brand.

Een van de bureauladen staat nog steeds halfopen. Er liggen alleen een paar potloden in. Ik pak er een, een klassieke gele met een punt die nog scherp is. Vanuit een impuls leg ik hem op de vloer en rol hem naar Tone toe.

Het blijft vlak voor haar liggen en ze pakt hem onhandig op. Ze houdt het potlood in haar vuist vast, alsof ze een kind is.

Tone buigt zich naar voren en duwt de punt hard op de houten vloer, zo hard dat hij een afdruk achterlaat.

'Zo breekt de punt,' zeg ik tegen haar. 'Als je niet voorzichtig bent breekt de punt.' Ik weet niet waarom ik het probeer. Ik weet tenslotte dat ze geen antwoord zal geven.

Ze begint op de vloer te tekenen: een Y met twee benen en een hoofd.

Een figuur.

Vervolgens tekent ze met onbeholpen bewegingen en lange strepen die in de zachte planken krassen haar op het hoofd, zet ze de punt in het midden van het ovale gezicht en begint het potlood in een cirkel te bewegen. Rond en rond en rond. De zwarte cirkel die ontstaat lijkt op een schreeuwende mond.

Als de punt breekt komt ze tot rust.

Ze produceert het brommende, woordeloze geluid dat diep uit haar borstkas lijkt te komen opnieuw.

Tone kijkt me niet recht aan. Haar blik blijft naast me hangen. Het lijkt alsof ze niet dichter bij mijn gezicht kan komen dan dat, maar het voelt alsof ze probeert me iets te vertellen.

De figuur is bekend, ik heb die eerder gezien, op papier en op een versleten tafelblad.

Ze tekent precies zoals haar oma.

‘Precies zoals Birgitta,’ zeg ik. Ik weet niet of ik het tegen mezelf of tegen haar zeg.

Als ze de naam hoort kijkt Tone recht in mijn ogen.

TOEN

Elsa weet dat Aina niet thuis is. Ze heeft haar al dagenlang niet gezien.

Ze rent als een wervelwind door het huis en stopt haastig en willekeurig wat kleding in een kleine tas. Het mag niet te veel zijn. Elsa wil niet dat het duidelijk is dat ze ergens naartoe gaat.

Ze hebben tegenwoordig bijna geen geld meer, maar Elsa pakt de twee halskettingen die ze van haar moeder heeft geërfd. Ze zijn van zilver en hebben dunne kettinkjes, maar zijn in elk geval iets waard. Misschien kan ze ze in Stockholm verkopen of verpanden.

Elsa aarzelt over de half geschreven brief in de ondergoedlade, maar er is geen tijd om hem op te sturen en ze laat hem liggen.

Als ze het theeblikje van de bovenste plank in de keuken pakt, stopt ze halverwege haar beweging. Ze aarzelt. Ze hoort haar hartslag in haar borstkas, snel en licht en schuldig.

Het voelt niet juist om het te pakken.

In het busje zit hun laatste spaargeld, bijna duizend kronen. Als ze dat meeneemt heeft Staffan niets meer om van te leven.

Maar hij zal haar achterna komen, probeert ze zichzelf te overtuigen. En Aina gaat met haar mee.

Het is geen diefstal, tenslotte is het ook haar geld.

Elsa pakt zevenhonderd kronen, vouwt de bankbiljetten netjes op en stopt het geld in een sok die ze uit de chaos in haar tas heeft gevist. De rest laat ze in het blikje. Het geeft haar een beter gevoel, hoewel het tegelijkertijd als een capitulatie voelt.

Elsa kijkt op de klok boven de keukendeur. Het is bijna zeven uur 's ochtends. Aina is waarschijnlijk nog in de kerk.

Als Elsa de deur achter zich op slot doet en op weg gaat wil ze niets liever dan zich omdraaien en teruggaan. Ze kan zich niet voorstellen dat ze vanavond niet thuis zal komen en eten zal koken. Dat ze tegen de avond de groene deur niet zal openen om naar binnen te gaan en Aina en Karin op de bovenverdieping hoort rommelen, giechelend over god weet wat. Dat ze niet boos wordt op Staffan, die met zijn voeten op een van de stoelen in de keuken zit en zijn schoenen niet heeft uitgetrokken.

Elsa belooft zichzelf dat ze terug zullen komen. Staffan en Aina en zij. Op een dag, als dit allemaal voorbij is, zal haar gezin terugkomen naar het huis met de groene deur.

Misschien kunnen ze Kristina ook meenemen.

Elsa loopt in de richting van de kerk. Ze houdt in gedachten dat ze eruit moet zien alsof alles net als anders is. Alles kan daarvan afhangen. Ze is altijd trots geweest op haar vermogen om het hoofd koel te houden en alle situaties onder controle te hebben, maar nu het echt nodig is trilt ze als een espenblad.

De dageraad is mooi, warm en helder. Ondanks de lichte hemel boven de stad ziet de kerk er dreigend uit. De deuren staan wijd open. Dat is tegenwoordig altijd zo. De pastoor preekt vaak dat ze geen geheimen voor God of de parochie moeten hebben.

De gedachte aan hem en de koude grijze ogen in het jonge, vreemd geslachtsloze gezicht zorgt ervoor dat de koude rillingen over haar rug lopen.

Ze moet sterk zijn.

Ze loopt snel de trap op, met de tred van iemand die niets te verbergen heeft en zich nergens voor hoeft te schamen, en betreedt de kerk, waarna ze als bevroren bij de ingang blijft staan en het tafereel in zich opneemt.

Ze liggen ineengedoken als kinderen in een cirkel naast elkaar op hun zij en hebben dunne dekens onder zich die niet veel bescherming tegen de koude vloer bieden. Het bleke zonlicht dat door de hoge ramen naar binnen stroomt vervaagt hun kleuren, waardoor ze eruitzien als stenen engelen. Eeuwig, koud en perfect.

Er liggen meer dan honderd personen op de vloer. Ouderen en jongeren, mannen en vrouwen. Ze ziet er kinderen tussen, die ineengedoken tegen hun moeders aan liggen. Ze kent ze allemaal.

Maj-Lis met haar slechte knieën. Karolin, die haar oudste bijna gelijktijdig met Elsa's Margareta heeft gekregen. Ze gingen veel met elkaar om toen ze hoogzwanger waren; ze kletsten en roddelden over van alles en niets, allebei duizelig van nervositeit en geluk.

Göran, die in Staffans ploeg zat toen ze in de mijn werkten. Hij stotterde altijd als hij zenuwachtig was en begon te blozen als Elsa de kamer in kwam. Ze heeft hem er altijd van verdacht dat hij een beetje verliefd op haar was toen ze jonger waren, maar nadat hij Pernilla had ontmoet, stotterde hij niet meer als hij met Elsa praatte.

Pernilla ligt drie rijen verderop en Staffan ligt vlak naast haar.

Staffan. Haar geliefde man.

Elsa leeft al zo lang met hem samen dat ze hem nauwelijks nog ziet. Hij is haar net zo vertrouwd als ze zichzelf is. Elsa was niet veel meer dan een kind toen ze trouwden, jonger dan Margareta nu is.

Elsa heeft hem doodziek gezien en zo dronken dat hij alleen nog kon mompelen. Ze weet dat de tranen in zijn ogen schieten als hij over zijn vader praat en dat zijn grote, grove gezicht zacht wordt als hij naar hun dochters kijkt. Ze heeft hem als baardloze negentienjarige gezien, als nieuwe vader op zijn tweeëntwintigste, intens verdrietig toen hij op zijn tweeëndertigste zijn vader kwijtraakte. Elsa is degene die de eerste grijze haren bij zijn slapen heeft gevonden. Zij is degene die hem heeft vastgehouden toen de mijn sloot en hem heeft beloofd dat ze hier samen doorheen zouden komen.

Hij is haar hele volwassen leven bij haar geweest. Hij is de vader van haar dochters. En nu ligt hij daar tussen de anderen in, als een van de versteende engelen, en ze beseft dat ze hem kwijt is.

Elsa heeft nog nooit iemand gehaat. Ze heeft nooit begrepen hoe je een ander mens kwaad kunt doen. Maar op dit moment zou ze pastoor Mattias met haar blote handen kunnen vermoorden. Ze wil het leven uit hem persen en de angst in zijn ogen zien.

Iemand beweegt in zijn slaap en Elsa probeert zich te vermannen. Ze kan later verdriet hebben. Nu moet ze Aina vinden, dat is het enige wat belangrijk is.

Ze ziet haar echter nergens. Als Aina hier niet is, waar kan ze dan zijn? Kan ze tot bezinning gekomen zijn?

Elsa staat het zichzelf niet toe daarop te hopen. Ze weet dat het niet zo is.

Ze kijkt naar de deur van de kapel aan de andere kant van de kerk. Die is dicht. Elsa sluipt langs de muur om niemand wakker te maken. Sommigen bewegen even of zuchten in hun slaap, maar ze zijn blijkbaar gewend aan het geluid van andere mensen na dagen of weken naast elkaar slapen en elkaars adem inhaleren.

Als Elsa bij de deur is legt ze haar hand op de kruk. Het metaal is koud onder haar hand.

Ze bidt zwijgend dat ze niet zal aantreffen wat ze het meest van alles vreest, maar weet niet of ze nog langer gelooft dat er iemand luistert.

De deur gaat geluidloos open.

De eerste die ze ziet is Aina.

Haar dikke, donkere haar is als een sluier over haar gezicht gevallen. Ze ligt ineengedoken op de vloer voor de kleine bank. Elsa kent de jurk die ze draagt niet. Die is wit en lijkt op een ouderwets nachthemd zonder versieringen of borduursels. Ze lijkt er kleiner door.

Pastoor Mattias zit op de bank.

Zijn mooie grijze ogen zijn op Elsa gericht. Hij ziet er volkomen kalm uit, alsof hij op haar heeft gewacht. 'Goedemorgen,' zegt hij.

Ze blijft doodstil staan en weet een tijdlang niet wat ze moet zeggen. 'Goedemorgen,' antwoordt ze uiteindelijk.

De blik van de pastoor gaat naar haar tas en vervolgens weer naar haar gezicht. Elsa begrijpt dat het geen zin heeft om te liegen.

'De dag is dus gekomen,' zegt hij kalm.

Aina beweegt een beetje. De aanblik van haar dochter die bij zijn voeten ligt te slapen vervult Elsa van een razernij waartoe ze zichzelf niet in staat had geacht. 'Ik neem Aina mee,' zegt Elsa tegen hem. Haar stem voelt als ijs en staal in haar keel. 'Ik neem Aina mee en je kunt me niet tegenhouden.'

'Aina is een volwassen vrouw,' zegt de pastoor terwijl Aina in haar ogen wrijft en op haar elleboog overeind komt. 'Ze mag doen wat ze wil.'

Aina gaat zitten en staart naar Elsa alsof ze een geest ziet. 'Mama?' zegt ze verward.

'Aina,' zegt Elsa terwijl ze strak naar de pastoor kijkt. 'We vertrekken naar Stockholm. Naar Margareta.'

Aina kijkt verward van Elsa naar de pastoor. Hij legt een hand op haar hoofd. De grote, knokige hand op haar zijdezachte kruin is niet datgene wat door Elsa's hart snijdt; dat is de blik waarmee Aina naar hem kijkt, alsof hij de zon in eigen persoon is.

'Raak haar niet aan!' roept Elsa. Ze hoort hoe schel en hysterisch ze klinkt, alsof ze gek geworden is. Een krankzinnige vrouw van middelbare leeftijd.

Als Aina naar Elsa kijkt zijn haar ogen leeg en dood. 'Dit is nu mijn familie,' zegt ze tegen haar, maar het is niet Elsa's Aina die praat, dit is niet haar Aina die huilend smeekte omdat ze een van de kittens van de buren wilde hebben toen ze vier was, niet haar Aina die nog steeds tegen Elsa aan kruipt zodat ze haar haar kan borstelen, niet haar Aina die boekenleggers in mappen spaart.

Dit is een vreemde.

De pastoor heeft zijn hand nog steeds op haar hoofd. Hij ziet er volkomen kalm uit. 'Heeft ze het kind al gekregen?' vraagt hij aan Elsa. Ze begrijpt niet wat hij zegt, kan het niet bevatten.

'Heeft... heeft ze...' stottert Elsa, ze stottert net zoals Göran vroeger altijd deed, en ze heeft een kurkdroge mond.

'Heeft de heks haar duivelskind gekregen?' vraagt hij zo kalm alsof hij informeert wanneer de lunch wordt geserveerd.

Zijn ogen, die vervloekte grijze ogen, lachen haar uit.

'Dacht je dat ik het niet wist?' gaat hij verder.

Ze begrijpt niet hoe hij het kan weten. Ze zijn zo voorzichtig geweest. Heeft iemand het verteld? Dagny? Ingrid?

Elsa kan het niet van hen geloven. Dat weigert ze.

Ze schrikt als ze een geluid in de kerk hoort en kijkt achter zich. Het geluid is haar vertrouwd, net zo vertrouwd als de stemmen van haar dochters.

'Aha,' zegt pastoor Mattias. 'Daar is het weer.'

Het is Birgitta, die schreeuwt van paniek. Het geluid dringt tot in de kapel door.

Ze draait zich om. De pastoor staat op van de bank. Hun gezichten zijn op gelijke hoogte. Er loert iets vreselijks in zijn ogen. 'Ik ben bang dat we je op dit moment niet naar Stockholm kunnen laten gaan,' zegt hij tegen Elsa. 'Niet nu je zo van slag bent. Het is beter als je eerst kalmeert.'

'Je kunt me er niet van weerhouden om te vertrekken,' zegt ze terwijl ze probeert kracht te putten uit haar woede. Het enige wat ze echter voelt is een grenzeloze angst.

De pastoor geeft geen antwoord. Hij glimlacht boosaardig.

De angst heeft haar in zijn greep en Elsa voelt dat ze eraan toegeeft. Ze kijkt naar Aina en opent haar mond om haar te smeken: 'Aina, doe niet zo. Laat ze niet zo tegen Birgitta doen. Ze is onschuldig en heeft niets verkeerds gedaan. Laten we alsjeblieft vertrekken.'

Aina kijkt zwijgend naar haar. Er is geen leven in haar ogen. Ineens begint ze te glimlachen, als een perfecte kopie van zijn grijns.

Elsa draait zich om en ziet de broers Frank en Gösta Sundin. Ze staan zwijgend naast elkaar, identiek met hun piekerige bruine haar, kleine ogen, brede schouders en grote handen.

Achter hen wachten de parochieleden. Ze ziet een zee van starende ogen. De paniek stroomt door haar heen, waardoor ze samenvloeien tot één boosaardige massa, een ondoordringbare muur van haat.

Elsa deinst achteruit en kijkt paniekerig achter zich naar het omhulsel van het meisje dat haar dochter is geweest en de pastoor. Er is geen uitweg.

Zijn ene hand rust op de tafel, waarop papieren liggen. Elsa's blik blijft op de bovenste hangen. Het is een krijttekening met onbeholpen figuren in verschillende kleuren. En cirkels, krom en ongelijk, die in elkaar overlopen.

De kamer draait.

Elsa kijkt op. 'Jij was het,' probeert ze te zeggen, maar ze kan nauwelijks iets uitbrengen. Het is niet meer dan een uitademing.

'Frank,' zegt de pastoor vriendelijk. 'Gösta. Willen jullie mevrouw Kullman meenemen naar de kelder onder de pastorie? Dan kan ze kalmeren.'

Het enige wat Elsa voor zich ziet is Kristina. Kleine Kristina met haar pasgeboren, troebele, donkerblauwe ogen. Zullen ze net zo donker worden als Birgitta's ondoorgrondelijke donkere ogen? Of zullen ze langzaam maar zeker verbleken tot het lichte stormwolkengrijs van haar vader? 'Jij was het,' zegt ze opnieuw, en deze keer is het hoorbaar. Het maakt echter geen verschil. Ruwe handen pakken haar armen vast en trekken haar naar buiten.

Elsa's blik glijdt over de gezichten in de menigte. Ze zien er niet langer uit als engelen. Ze zien eruit als kwade geesten, starend en zwijgend.

Op dat moment ontdekt ze Staffan tussen de parochieleden.

Elsa's lippen vormen een zwijgend: 'Alsjeblieft.'

Hij slaat zijn blik neer.

Buiten de kerk schreeuwt Birgitta steeds harder. Plotseling stopt het en het enige wat overblijft is stilte.

NU

Ik zit nog steeds voorovergebogen op de stoel als er op de deur wordt geklopt, ga snel rechtop zitten en kijk naar Tone. Ze lijkt het kloppen niet gehoord te hebben. 'Kom binnen,' zeg ik.

Het is Robert. Hij kijkt in de kamer rond en vervolgens naar mij. 'Alice,' zegt hij. Hij blijft in de deuropening staan. Ik sta op en loop naar hem toe.

Hij duwt me naar buiten en doet de deur achter ons dicht.

'Wat is er?' vraag ik.

'Max is al heel lang weg,' zegt hij.

'Oké,' antwoord ik.

'De kerk is maar vijf minuten hiervandaan.' De gespannen lijnen rond zijn mondhoeken zullen op een dag permanent in zijn wangen geëtst zijn.

'Hij is waarschijnlijk alleen...' Ik schud mijn hoofd en denk aan de uitdrukking op Max' gezicht. De teleurstelling die in de buurt van walging kwam.

Je bent zo verdomd egoïstisch.

'Ik denk dat hij gewoon een tijdje rust wil hebben,' zeg ik moeizaam. 'Om alles te verwerken en te kalmeren.'

'Misschien wel,' antwoordt Robert, maar zijn gespannen, ongeruste gelaatsuitdrukking verdwijnt niet. 'Ik dacht alleen dat...' Hij stopt zijn handen diep in zijn zakken.

'Laten we naar hem toe gaan,' zeg ik. 'Als je je daar beter door voelt.'

'Graag,' zegt hij met een knikje. Ik zie een spoor van opluchting op zijn gezicht. 'Ik denk gewoon... Het zou prettiger zijn als we hier allemaal zijn. Samen.'

Ik leg mijn hand op zijn arm. 'Laten we Max dan gaan halen.'

'Wat doen we met haar?' vraagt Robert met een knikje naar de deur.

'We kunnen... de deur op slot doen,' zeg ik, hoewel mijn maag omdraait bij de gedachte om Tone op te sluiten. 'We blijven tenslotte niet lang weg. De kerk is om de hoek, precies zoals je zei.'

Ik doe de deur voorzichtig open. 'Tone?' zeg ik. 'We zijn even weg, maar komen snel terug, oké? Met iets te eten.'

Ze beweegt niet en geeft geen antwoord.

Ik slik. 'Birgitta,' zeg ik.

Dat veroorzaakt een reactie, een glimp van glanzende ogen achter haar pony en een onbestemd geluid dat diep uit haar keel lijkt te komen.

Mijn maag draait om. Ik herinner me wat ze zei over die weken toen de werkelijkheid als een gordijn voor haar bewustzijn werd weggetrokken, toen ze in zichzelf en in haar eigen wereld verdween.

Ik dacht dat ik in Silvertjärn was. Ik hoorde stemmen tegen me praten. Soms hoorde ik Birgitta.

Hoort ze haar stem nu ook? Of denkt ze dat ze Birgitta is?

De vraag ligt op mijn lippen, maar het moment gaat voorbij.

Ik doe de deur dicht en draai de sleutel om. 'Oké,' zeg ik tegen Robert. 'Laten we gaan.'

Hij aarzelt en heeft een frons tussen de lichte wenkbrauwen. 'Hoe noemde je haar?' vraagt hij.

Ik ontmoet zijn blik heel even voordat ik wegkijk. 'Ga mee,' zeg ik tegen hem.

De zon raakt de horizon bijna als we naar de kerk lopen. Ondanks het warme licht is het koud. Het voelt alsof het vannacht gaat vriezen; een paar van de moedigste voorjaarsbloemen in de knop die in kleine groepjes staan hangen slap.

Als we de kerkdeuren naderen zien we dat die op een kier staan.

'Max?' roep ik in de duisternis. Mijn stem heeft niet echt volume.

Geen antwoord.

Ik kijk naar Robert. Hij duwt de zware deuren langzaam open, waardoor de scharnieren een beetje piepen.

De bank die we voor de deur geschoven hebben, staat er nog steeds. Een van onze waterflessen staat op de vloer naast de restanten van ons vuur en de beschimmelde dekens waarop we hebben geslapen liggen op een hoop. Het ziet eruit alsof we de kerk overgenomen, bezet en ontheiligd hebben. Het enige wat nog ontbreekt zijn een paar lege bierblikjes.

'Max?' roept Robert. Zijn stem stijgt op naar het hoge plafond, lijkt zich in de leegte uit te breiden, waardoor hij paradoxaal genoeg zwakker wordt.

'We zijn hier,' gaat hij verder. 'Alice en Robert. We willen alleen controleren of je hulp nodig hebt.'

Nog steeds geen antwoord.

Ik loop de kerk in, hoewel mijn hele lichaam tegen me schreeuwt om het niet te doen. De Jezus-figuur boven het altaar glimlacht spottend naar ons. Hoe heb ik ooit kunnen denken dat hij leek te lijden? Hij heeft een wrede, alwetende en dreigende blik in zijn ogen, en de dunne mond is verwrongen tot een bevroren, genotvolle parodie op een glimlach.

'Misschien is hij hier niet meer,' probeer ik. 'Misschien heeft hij niets gevonden en is hij ergens anders op zoek naar voedsel. Bij het plein of zo.'

Een wandeling om zijn hoofd vrij te maken. Om mijn smaak uit zijn mond te krijgen.

De gedachte bezorgt me een steek van verdriet in mijn borstkas. Ik raak ze allemaal kwijt, de een na de ander. Misschien ben ik ze niet kwijtgeraakt aan Silvertjärn, maar heb ik het zelf veroorzaakt.

'Misschien,' herhaalt Robert. Hij loopt met hetzelfde voorzichtige, ingehouden tempo als ik.

Doordat de zon achter ons door de open deuren naar binnen

schijnt, in de verte boven de boomtoppen, strekken onze schaduwen zich voor ons uit. De kerk krijgt er een griezelige imitatie van leven door. Lange ledematen die zich uitstrekken en in slow motion bewegen.

'Max?' roep ik weer. Mijn stem snijdt door de ruimte. 'Ben je hier?'

'Hij is hier in elk geval geweest,' zegt Robert. 'We hebben de honing en het laatste blikje sardientjes hier achtergelaten en nu zijn ze weg.'

Ik kijk naar de deur van de kapel, die dicht is. Hebben we die zo achtergelaten, of was hij open toen we vertrokken?

Ik weet het niet meer.

Ik zeg niets, maar Robert volgt mijn blik en knikt.

De opkomende angst ruist in mijn oren en vormt een vlies op mijn tong.

We lopen langs de rijen kerkbanken naar de kleine houten deur. Als we er zijn, vallen onze schaduwen op de deur en verenigen zich tot een monster met meerdere armen. Ik kijk bewust niet naar de crucifix. Ik ben bang om te constateren dat de figuur zijn hoofd heeft omgedraaid en naar me grijnst.

Het is te stil, het soort stilte die alleen kan ontstaan door de lichte vibratie die onder je huid kruipt als je een aanwezigheid voelt.

Robert opent de deur en we zien een vredig, bevroren tafereel: de vergeelde kanten gordijnen voor het raam; de kleine tafel met de afbladderende stoelen; het blauwwit gestreepte vloerkleed voor het aanrecht; het heerlijke avondlicht dat kanten schaduwpatronen in de kamer tekent.

De pot honing staat op de tafel. Het glas is stevig en groen, met luchtbelletjes op de zware bodem. Op de rand zit bloed en haar, als kleverige olieverf die met onhandige vingertoppen is uitgesmeerd.

Hij ligt met zijn gezicht naar beneden en dat is op een bepaalde manier prettig. Zijn ene been ligt opgetrokken onder hem, de gevlekte spijkerbroek is over de smalle bleke kuit naar boven geschoven, en zijn arm ligt gestrekt naar de hoek alsof hij heeft geprobeerd weg te kruipen.

Ik hoef me niet af te vragen wat er is gebeurd, heb er geen behoefte aan om hem te onderzoeken op blauwe plekken in zijn nek of stipjes in het oogwit. Max heeft een enorme wond op zijn achterhoofd; ik zie bloed, bot, haar en daartussen iets wat grijs en sponzig is. Het is geen goed gerichte slag geweest. Iemand heeft schrijlings op zijn worstelende lichaam gezeten en heeft methodisch met de honingpot op zijn hoofd geslagen tot hij niet meer bewoog.

Ik schreeuw niet. Ik verwacht de hele tijd dat er een kreet aan me zal ontsnappen, maar dat gebeurt niet.

Ik bedenk hoe zijn gezicht eruitzag bij het treinstation, open en nieuwsgierig, terwijl hij langs het spoor naar het bos keek. Zijn slingerende manier van lopen toen we elkaar ontmoetten, de te grote ironisch bedoelde T-shirts die hij altijd droeg. Hoe zijn gezicht er een uur geleden uitzag, de blik vol woede, de gespannen lippen die hij op elkaar had geperst. Hoe mooi de laatste zonnestralen nu in het blonde haar op zijn kruin weerkaatsen, op de plek waar de zware glazen pot hem niet heeft geraakt, waar de schedel zijn vorm heeft behouden.

Ik hoor dat Robert overgeeft op de vloer.

De scherpe, walgelijke stank van zijn braaksel dringt door de nevel die me omringt en wordt begeleid door iets anders: de geur van datgene wat Max was.

De schreeuw groeit in mijn borstkas, maar verandert en komt naar buiten als een dof gekreun.

Ik begrijp het niet. Hoe kan hij dood zijn? Hoe kan hij hier met een kapotgeslagen schedel liggen als we Tone in de slaapkamer hebben opgesloten? Hoe kan hij… Er is niemand die…

De gestalte in de regen.

Emmy's zeegroene ogen die recht in de mijne kijken. *Je zag iemand. Of niet soms?*

Tones stem, uitgeput door de pijn: *Ik dacht dat ik iemand op de begane grond hoorde.*

De lach op het filmfragment.

De schreeuw in de walkietalkie.

Tones hand die een streeppoppetje met lang, verward haar en een mond als een zwart gat tekende.

Er is iets heel erg mis.

Ik deins terug, struikel, val door de deur naar buiten. Nu kijk ik naar boven, naar links, naar de crucifix. Jezus heeft zijn hoofd niet gedraaid om naar me te kijken. Zijn donkere, geschilderde ogen staren nog steeds naar buiten. Naar de stad. Naar Silvertjärn.

Robert heeft zijn hand voor zijn mond geslagen. Hij volgt me naar buiten met slingerende bewegingen; de schok staat met grote, geluidloze letters op zijn gezicht geschreven.

'Ze had gelijk,' zeg ik tussen mijn verdoofde lippen door. 'Jullie hadden gelijk. We zijn hier niet alleen.'

TOEN

Elsa heeft de trein in de verte horen fluiten toen die het station uit reed.

Ze had iets moeten voelen toen haar laatste hoop Silvertjärn verliet, maar dat gebeurde niet. Ze heeft geen gevoelens meer over.

Het is hier zo donker dat ze geen hand voor ogen kan zien. Ze heeft over de koude, vochtige grond, de ruwe stenen muren en de kleine trap getast. Ze heeft op de deur gebonkt en heeft geschreeuwd, maar dat had geen enkele zin, en haar bonkende handen voelden zwak en nutteloos.

Waar zou ze trouwens naartoe moeten als het haar zou lukken om hieruit te komen?

Voordat ze de trein hoorde fluiten wist ze niet hoeveel tijd er was verstreken. Ze had het gevoel dat ze al dagenlang in de kelder onder de pastorie zat, maar de doordringende fluit gaf haar iets van haar gevoel voor tijd terug. Sindsdien was er een paar uur verstreken. Het zal nu rond vijf of zes uur 's middags zijn.

Wat gaat er met haar gebeuren?

Elsa heeft geprobeerd daar niet aan te denken, of aan wat er met Birgitta en Kristina gaat gebeuren, maar de gedachten tollen door haar hoofd zonder dat ze er controle over heeft. Elsa kan ze niet tegenhouden, net zomin als ze in staat is om de massieve deur boven aan de trap open te breken.

Af en toe krijgt ze een klein beetje hoop.

Misschien houden ze haar hier alleen opgesloten tot vanavond. Misschien begint Margareta zich af te vragen waarom ze geen brieven meer krijgt. Misschien krijgt Staffan zijn verstand terug.

Misschien, misschien, misschien.

De honger is gekomen en gegaan. Het enige wat nu resteert is de dorst, die van een droog gevoel in haar keel is veranderd in een aanhoudende pijn in haar hoofd en haar maag. Het is hier beneden koeler dan buiten in de zon, maar de augustuswarmte is toch tot de kelder doorgedrongen. Als ze haar ogen dichtdoet ziet ze zilverkleurige bliksemflitsen.

Elsa schrikt als ze de deur hoort kraken. Het licht dat in de rechthoekige opening verschijnt doet pijn aan haar ogen. Ze houdt haar hand voor haar ogen om ze te beschermen.

'Mevrouw Kullman,' hoort ze een doffe en monotone stem zeggen. Het geluid klinkt niet vertrouwd in haar oren.

Elsa probeert tussen haar vingers door te kijken, maar het tegenlicht maakt het onmogelijk om te onderscheiden wie het is.

'Mevrouw Kullman,' herhaalt de stem. 'Dwing me niet om naar beneden te komen om u te halen.'

Haar oren zijn misschien niet meer gewend aan menselijke stemmen, maar de dreiging die erin doorklinkt is duidelijk.

Elsa gaat staan en loopt op pijnlijke benen, die moeite hebben om haar te dragen, de trap op. Ze weet niet of het gevoel van zwakte veroorzaakt wordt door de dorst, de honger of de duisternis.

Als Elsa boven aan de trap is, voelt ze een blinde impuls om te proberen weg te rennen, maar de jonge man – die in het licht Frank Sundin blijkt te zijn – pakt haar bovenarm met een pijnlijke greep vast. Hij kijkt niet naar Elsa en begint te lopen. Ze voelt zich slaapdronken en verward, maar doet haar best om zijn tempo bij te houden en niet te vallen.

Het lijkt hopeloos, maar ze moet het proberen. 'Frank, je hoeft dit niet te doen,' zegt ze smekend. 'Als je me loslaat, kun je zeggen dat ik me losgerukt heb en het bos in gerend ben. Je hoeft niet...'

Hij geeft geen antwoord en kijkt niet naar haar. In plaats daarvan rukt hij zo hard aan haar arm dat haar schouder bijna uit de kom schiet, en Elsa jammert van de pijn alsof ze een hond is die geschopt wordt.

Elsa begrijpt niet waar ze naartoe gaan. Ze zijn de kerk gepasseerd en lopen nu naar het centrum. De straten zijn spookachtig leeg. Elsa ziet onderweg niemand. De ramen gapen donker en de deuren zijn dicht, ondanks de droge hitte van de middag.

Als ze haar eigen woning passeren wendt ze haar blik af.

Elsa hoort het geroezemoes voordat ze de menigte in het oog krijgt. Ze is duizelig van de dorst en de honger, haar keel is gezwollen en haar hoofd bonkt. Pas als ze het plein naderen, pas als de straat overgaat in de kinderhoofdjes, beseft ze waar de volledige bevolking van Silvertjärn is.

Ze krioelen over het plein en in de straten tussen de woningen. Als Elsa en Frank naderen verstomt al het geluid en wijkt de menigte uiteen. Elsa zoekt naar bekende ogen, iemand om zich aan vast te houden, maar ze zijn allemaal vreemden voor haar geworden. De gezichten die ze haar hele leven heeft gekend. Jonge mannen en vrouwen die ze als kind in haar armen heeft gewiegd. Vrienden die ze heeft getroost en goede raad heeft gegeven. Mensen die haar een maand geleden, een week geleden, een dag geleden vriendelijk zouden hebben gegroet en gevraagd of Margareta al bevallen was en of ze met de kleine naar Silvertjärn zou komen.

Ze kijken allemaal zwijgend naar Elsa. Ze laten hen allemaal passeren.

Na een paar passen slaat Elsa haar blik neer en kijkt naar haar voeten. De schaamte, veroorzaakt door de starende blikken, daalt als een dikke deken op haar neer. Ze weet niet of het haar eigen schaamte is of die van hen; of ze zich schaamt omdat ze zich als een hond laat meevoeren of dat ze zich voor hen allemaal schaamt. Voor hoe ze zijn geworden.

Als Elsa een geluid hoort kijkt ze op en ze kan zichzelf er niet van weerhouden te roepen: 'Birgitta!'

Midden op het plein zijn stenen verwijderd zodat de aarde eronder blootligt als een wond. In de zachte opengescheurde aarde is een stevige paal geslagen; een berk die is ontdaan van schors en takken.

Birgitta is met dikke touwen vastgebonden aan de paal. Ze snijden in het zachte, gevoelige vlees rond haar middenrif dat zo vlak na de bevalling nog uitpuilt. Het moet verschrikkelijk pijnlijk voor haar zijn. Haar armen zijn naar achteren getrokken en zijn achter de paal vastgebonden. Haar hoofd hangt. Elsa kan haar gezicht niet zien, maar ze ziet Birgitta's blote voeten en gezwollen enkels onder het loshangende hemd. Het bloed dat langs de binnenkant van haar benen is gelopen, is opgedroogd op haar voeten en heeft zich rondom haar verzameld.

'Birgitta,' zegt Elsa moeizaam. Het is nauwelijks meer dan een fluistering.

Ze beweegt niet.

'Elsa,' begroet de pastoor haar met een zachte stem.

Tot nu toe is hij opgegaan in de menigte, maar nu doet hij een stap naar voren, in de lege ruimte die rond Birgitta is ontstaan.

'Eindelijk,' zegt hij. Hij heeft een kalme, vredige uitdrukking op zijn gezicht.

Dat maakt Elsa banger dan alles wat er tot nu toe is gebeurd. 'Wat hebben jullie met haar gedaan?' vraagt ze. Haar stem is nauwelijks meer dan gekras, haar tong is droog en ruw. De augustuszon begint naar de horizon te zakken, maar de middaghitte is nog zwaar en drukkend.

'Het is tijd, Elsa,' zegt pastoor Mattias met een zachte stem. 'Het is tijd om de volgende stap te zetten. We hebben te lang toegestaan dat het kwaad te midden van ons leeft en ons corrumpeert, maar dat is nu voorbij.'

Elsa wil zeggen dat hij krankzinnig is, dat hij zijn verstand is verloren, maar diep in zijn grijze ogen glanst een koud licht dat haar tot zwijgen brengt voordat ze iets heeft kunnen zeggen.

Als Kristina nu geboren is, moet Birgitta afgelopen winter zwanger zijn geraakt, maar een paar weken nadat hij naar Silvertjärn is gekomen.

Wanneer is hij tegen zijn volgelingen gaan fluisteren dat Birgitta boosaardig is? Dat ze bezeten is door demonen? Wie zou haar geloven, ook al zou ze kunnen praten? Zou dat niet precies zo klinken als de kwaadaardige leugens die je zou kunnen verwachten van iemand die de duivel dient? Dat is tenslotte wat hij de hele tijd heeft gezegd.

Elsa kijkt zwijgend om zich heen naar degenen die het dichtste bij staan. Haar buren. Haar vrienden.

Wie van hen zou haar geloven als ze probeert te vertellen hoe het in elkaar steekt?

'Je bent kwaadaardig,' zegt Elsa met een hese, trillende stem tegen de pastoor.

Hij wordt niet boos, windt zich niet op. Hij schudt alleen verdrietig zijn hoofd. 'Horen jullie?' zegt hij tegen de parochieleden. 'Horen jullie hoe het kwaad zich als een gif verspreidt? Het is besmettelijk als een ziekte en gaat van de een op de ander over. Het verwringt de ziel tot er niets over is om te redden.' De pastoor kijkt met een koude, berekenende blik naar Elsa. 'Is er nog iets binnen in je dat gered kan worden, Elsa?' vraagt hij.

Ze wil in zijn gezicht spugen, maar kan het niet. Ze is te bang en te dorstig. Te zwak. Te verslagen.

'We moeten maar zien,' zegt hij. Het is alsof er verder niemand aanwezig is, alsof hij het in haar oor fluistert.

Hij kijkt uit over de menigte. 'Het is tijd,' zegt hij met een luide, dreunende stem die over het plein galmt waardoor zelfs het laatste geroezemoes wegsterft. 'Het is tijd om het kwaad uit ons midden te verdrijven. Tijd om Gods licht in ontvangst te nemen. Het is tijd om te kiezen, om voor het licht te kiezen.' Hij zwijgt even. 'Zijn jullie bereid om de zuivere weg te kiezen?'

Het begint als een gefluister, onzeker en aarzelend, maar groeit dan uit tot een razende storm, een krankzinnig gejubel dat op hysterie lijkt.

Hij heft zijn armen. De aanblik van zijn mooie, witte handpalmen zorgt ervoor dat ze onmiddellijk zwijgen. Ze zijn als in trance, een zwaaiende duizeligheid die in golven door de hele stad trekt.

'Kaj?' vraagt hij. Het is nauwelijks harder dan op normaal geluidsniveau, maar in de stilte is het voldoende. Elsa ziet een beweging in de menigte, ziet hoe die zich opnieuw deelt voor iemand.

Kaj Andersson loopt voorop. Hij is lang en sterk, met zandkleurig krullend haar en een vierkante kaak, maar Elsa herinnert zich hoe hij vroeger was, toen Margareta en hij samen op school zaten. Hoe hij altijd geschaafde ellebogen en knieën had.

Ze zijn met z'n vieren, allemaal rijzige jongens en mannen, met brede schouders en opbollende armspieren. Ze dragen alle vier grote, gevlochten manden die gevuld zijn met gladde, ronde stenen die zijn gepolijst door het water. Ze zien eruit alsof ze bij de rivierbedding vandaan zijn gehaald. Kaj en de andere drie zetten de manden voor de pastoor neer en gaan rechtop staan, en de pastoor glimlacht mild naar hen en geeft ze een knikje. Kaj knikt terug en loopt langzaam achteruit de menigte in.

Achter de rug van de pastoor krijgt Elsa Dagny in het oog. Ze staat doodstil en heeft een glazige blik in haar ogen. Franks broer, Gösta, staat achter haar. Hij hoeft haar armen niet vast te houden. Ze lijkt niet in staat om een vluchtpoging te doen.

Ingrid staat vlak voor haar. De rode lippenstift die ze altijd draagt is uitgesmeerd rond haar mond. Dat denkt Elsa tenminste, tot ze beseft dat het bloed is omdat ze een bloedneus heeft gehad. Gösta houdt haar schouders vast en haar handen zijn met een stevig gedraaid koord voor haar lichaam vastgebonden. Ze staart met opengesperde ogen van ontzetting naar de manden met stenen.

'Wie van jullie wil helpen om onze parochie te zuiveren?' klinkt de stem van de pastoor als een dreunende waterval, een donderend onweer over het plein. 'Wie van jullie is bereid om op te treden als de handen van Christus? Kom dan naar voren. Kom naar voren en neem deel.'

Eerst gebeurt er niets, maar dan komen de parochieleden in beweging. Ze verdringen zich rond de manden. Hongerige, grijpende handen strekken zich als klauwen naar de stenen uit, eerst aarzelend, vervolgens gretig. Ze duwen en verdringen elkaar om bij de manden te komen.

'We moeten niet bang zijn om te bloeden en bloed te vergieten,' dreunt de stem van de pastoor boven het felle gevecht uit. 'We moeten het licht kiezen. We moeten God kiezen. We moeten de duivel onder ons vernietigen, want anders kunnen we nooit heel worden.'

De stenen raken op. Degenen die helemaal vooraan staan gaan een stukje achteruit. De meesten hebben twee of drie stenen in hun handen. Ze zijn jong en oud, mannen en vrouwen. Elsa kent ze allemaal. Een van de meisjes, Greta Almqvist, is nog maar twaalf. Ze heeft twee ronde, platte stenen vast die zo groot zijn dat haar vingers er niet omheen sluiten.

De stilte omarmt hen en slokt hen op. Gedurende een seconde die een eeuwigheid lijkt te duren gebeurt er niets. Ze staan allemaal zwijgend te wachten. Het enige wat te horen is, is het ruisende geluid van negenhonderd mensen die ademhalen, als het zachte gefladder van vlindervleugels.

'Zing met me,' zegt de pastoor kalm. Ze beginnen als één man te zingen. Het is een bekende psalm.

Looft God, looft zijn naam alom.

Looft des Heeren grote macht, in den hemel zijner kracht...

Birgitta schrikt als de eerste steen haar dijbeen raakt. Als de tweede haar buik boven het touw raakt heft ze haar hoofd op en stoot een jammerend geluid uit. Elsa ziet dat ze een gezwollen blauw oog en een gebarsten lip heeft.

Het geluid groeit uit tot een schreeuw als de kleine Greta Almqvist haar voorhoofd met een van haar stenen raakt, waardoor haar wenkbrauw openbarst en het bloed over haar gezicht stroomt.

Haar kreten verdrinken in het voortdurend toenemende volume van het gezang en worden een deel van het koor. Elsa schreeuwt met haar mee, zich er nauwelijks van bewust dat ze dat doet. 'Stop! Alsjeblieft, in godsnaam, stop!'

Elsa vecht om los te komen, maar Frank houdt haar met een ijzeren greep vast. Zijn monotone zang echoot in haar hoofd.

Looft Hem, om Zijn mogendheden,

Looft Hem, naar zo menig blij…

Het regent nu stenen. Sommigen missen barmhartig, maar de meesten raken het doelwit.

Birgitta's geschreeuw is veranderd in uitgeput gekreun, een woordeloze hese smeekbede.

De tranen stromen over Elsa's gezicht. Ze kan het niet. Ze kan niet kijken en doet haar ogen dicht. 'Vergeef me. Vergeef me. Vergeef me, Birgitta. Vergeef me.'

NU

De stilte wordt verbroken door een geluid in de kerk. Het is het zoemende, opkomende en afzwakkende geluid van onze walkietalkies die in een stapel op een van de banken liggen. Ik pak er een op, een licht en lelijk apparaatje van zwart en geel plastic. Het ligt als een enorme, vervormde wesp in mijn hand, klaar om te steken.

Hij staat uit; het scherm licht niet op.

Ik laat hem vallen en hoor hoe het plastic met een tevredenstellend gekraak barst als het de stenen vloer raakt. Vervolgens bekijk ik de andere walkietalkies met verstijfde, onhandige vingers. Geen ervan licht op, geen ervan staat aan.

Het geluid blijft in volume toenemen tot het niet langer een stijgend en dalend geruis is. Het is geen storing, maar het zijn de zuivere klanken van een lied in de wind dat in de vurige zonsondergang uit de grond van Silvertjärn lijkt op te stijgen.

Looft God, looft Zijn naam alom.

Looft des Heeren grote macht, in den hemel Zijner kracht.

Looft Hem, om Zijn mogendheden,

Looft Hem, naar zo menig blij…

'We gaan hier dood,' zegt Robert met een dikke stem. 'We gaan hier dood.'

'Nee,' zeg ik. Mijn mond smaakt naar ijzer en bloed, het lied klinkt in mijn oren en de strop die Silvertjärn is wurgt ons. 'We moeten er door het bos vandoor. We kunnen niet op de politie wachten.'

Robert praat bijna slaperig. Zo ziet een shock eruit, besef ik. Ik heb beslist ook een shock, maar ik voel me klaarwakker. Misschien wakkerder dan ik ooit ben geweest.

'Dat gaat niet,' zegt hij. Hij staat er ingezakt bij; zijn armen hangen slap en hulpeloos langs zijn lichaam.

'Jawel,' zeg ik. 'We gaan ervandoor, naar de snelweg. Nu meteen. Ik weet niet wie dit gedaan heeft, maar ik ben niet van plan om te blijven wachten tot het onze beurt is. Oké?'

Hij kijkt me aan en knikt. Oké.'

Als ik tussen de woningen door ren is het alsof de stad ons probeert op te slokken, alsof elk huis een val is, elk raam een stel opengesperde kaken. Het zachte, verre gezang echoot door de stegen en straten.

Er is iets mis met deze plek en ik wil niet langer blijven om te proberen uit te zoeken wat dat is.

De groene deur staat op een kier. Ik smijt hem open en haast me struikelend naar binnen.

'Tone!' roep ik terwijl Robert achter me aan loopt, nog steeds met een starende, lege blik in zijn ogen.

'Probeer iets te vinden wat we met water kunnen vullen,' zeg ik tegen hem. 'Zoek in de keuken. En als er iets eetbaars is, nemen we dat mee.'

Hij knikt en loopt de keuken in terwijl ik met twee treden tegelijk de trap op ren.

'Tone?' zeg ik terwijl ik de deur open.

Het wegstervende zonlicht wordt gefilterd door het raam en kleurt alles in de kamer gloeiend rood; de gescheurde sprei, het bureau, de vloerplanken en Tones doodsbange gezicht.

Het lemmet van het mes, dat eruitziet alsof het in een open vuur is gehouden, glinstert en dreigt me te verblinden.

De persoon die achter haar staat is niet veel langer dan Tone. Het gezicht is verborgen achter verward, grijswit haar. Een magere, witte, geaderde hand houdt Tones haar met sterke, knokige vingers stevig vast, en met de andere hand duwt ze het lange, smalle keukenmes tegen haar hals.

'Doe de deur dicht,' zegt de vrouw met een krakende, hoge stem.

Ik draai me langzaam om en vraag me af of ik zal schreeuwen, maar dat is blijkbaar aan me te zien, want ze zegt: 'Eén geluid en ik snijd haar keel door.' Ze klinkt kalm en haar woorden hebben een scherpe ondertoon. Als de zon die tussen de wolken door schijnt.

Ik doe de deur dicht, wat een klikkend geluid veroorzaakt.

'Zijn jullie met meer?' vraagt ze als ik me weer omdraai.

Ik slik en heb moeite mijn stem te vinden. 'Alleen wij,' zeg ik uiteindelijk.

'Jij en de man op de benedenverdieping?'

Het beetje hoop dat ze niets weet over Robert sterft weg en ik knik.

Ze staat stil en lijkt na te denken. Ik durf nauwelijks naar haar te kijken, zo bang ben ik voor wat ze met Tone zal doen. In plaats daarvan kijk ik naar Tone, probeer wanhopig haar blik te vinden, een spoor van mijn vriendin binnen in haar te zien.

Ik wil gewoon dat iemand tegen me zegt wat ik moet doen.

Ineens hoor ik voetstappen de trap op komen.

'Alice!' roept Robert. 'Ben je klaar?'

De vrouw duwt het mes nog iets harder tegen Tones keel.

Ik hoor dat de deur achter me opengaat.

Ik heb geen waterfles gevonden, maar ik…'

Hij zwijgt abrupt.

NU

Het enige geluid is Tones hijgende, oppervlakkige ademhaling.

'Goed,' zegt de vrouw tegen me. Ik hoor een perverse goedkeuring in haar stem. 'Heel goed.'

Als ze opkijkt schuift haar haar weg. Het gezicht dat boven Tones schouder zichtbaar wordt lijkt op bevroren en vervormde boomschors. De door de zon beschadigde huid ligt in vouwen over de stompe gelaatstrekken, de dunne, gerimpelde lippen bedekken de gele tanden deels en te midden van dat alles glanzen een paar diepliggende geelbruine ogen.

Het is niet moeilijk om onder woorden te brengen wat er in haar blik glanst.

Het is geen angst of onrust, maar opwinding, een bedwelmende, uitgelaten opwinding waardoor haar hand trilt.

'Jij,' zegt ze en ze knikt naar me. 'Bind zijn handen vast.'

Opnieuw die meisjesachtige, schelle stem.

Ik schraap mijn keel en ben bang dat mijn stem zal weigeren. 'Ik heb niets om hem mee vast te binden,' zeg ik terwijl ik zo kalm mogelijk probeer te klinken. Ik houd mijn stem vlak om haar niet bang of boos te maken.

'Er ligt een touw op het bed,' zegt ze bijna geamuseerd.

Dat klopt inderdaad, zie ik als ik naar het bed kijk. Het ziet er oud en breekbaar uit.

Ik buk me langzaam en pak het op. De vezels die mijn handpalmen raken voelen ruw aan.

'Mooi,' bromt ze. 'Bind zijn handen vast.'

Ik zie dat ze haar lippen met een droge, spitse tong bevochtigt, draai me om en ontmoet Roberts blik. Vreemd genoeg lijkt hij nu kalmer dan in de kerk, alsof hij in het oog van de storm tot rust is gekomen.

Als ik me omdraai zie ik dat ze niet naar mij, maar naar Tone kijkt. Ze ontbloot haar gevlekte tanden in iets wat op een glimlach lijkt. 'Dacht je dat het deze keer zou lukken?' vraagt ze. Het is alsof Robert en ik niet aanwezig zijn. 'Dacht je dat het je nu vrij zou staan om je gif te verspreiden? Dat er niemand achtergebleven was die je kon tegenhouden? Maar ik ben er nog. Jazeker, ik ben er nog.' Ze produceert een krakend, scheurend geluid dat een lach moet voorstellen. 'Ik herkende je van een afstand. Ik wist dat je was teruggekeerd. Vond je mijn lied mooi? Herinner je het je? Dat was het lied waarbij je stierf, heks. Ik wilde je eraan herinneren.'

De hele wereld balanceert op de punt van haar mes.

Ze draait haar hoofd zo dat ze naar mij kan kijken. Door die beweging wordt er iets meer van haar gezicht zichtbaar zodat ik haar beter kan zien. De neus, die ooit fijn geweest is, lijkt nu weggezonken in de slappe huid van het gezicht. Ze heeft korte dunne wimpers en een moedervlek onder haar ene oog, donker en vreemd elegant, als een getekende mouche bij een ouderwetse schoonheid.

'Het is tijd,' zegt ze. 'We gaan dit afsluiten.' Ze nagelt me vast met haar blik, waarna ze aan Tones haar rukt, zodat haar hoofd naar achteren schiet en haar keel tegen het lemmet wordt geduwd.

'Je moet ze aan me teruggeven, hoor je dat? Ik weet dat jij het was,' sist ze in Tones oor. 'Hoor je ze zingen? Ze wachten op me. Ze moeten naar me terugkeren. Ik neem je mee daarnaartoe en jij geeft ze aan me terug. Hoer.' Het laatste woord spuugt ze uit. Het klinkt niet natuurlijk. Ze zegt het zoals een kind het zou zeggen, aarzelend en onbekend op haar lippen.

Verdwijnen de jaren vanwege de vreemde, kinderlijke manier waarop ze praat? Veroorzaakt dat de herkenning? De gelaatstrekken vallen op hun plek, de intense blik is een terugkerende familietrek, de veroudering verdwijnt uit de dunne huid, de slappe lippen doen denken aan die van mijn oma na haar beroerte.

Misschien is het alleen de moedervlek. Misschien vallen de puzzelstukjes op hun plek als ik die zie.

'Aina?' zeg ik.

NU

Aina kijkt me strak aan. Ik denk dat ik iets zie wat op verbazing lijkt, maar dat is net zo snel verdwenen als het opgekomen is.

'Jullie zijn besmet,' mompelt ze in zichzelf. Ze herhaalt het woord en rekt de lettergrepen uit. 'Be-smet.'

Ik weet niet waardoor we besmet zijn, maar ik vermoed dat het niet goed is.

Ik slik moeizaam. De spieren in mijn hals zijn gevoelig en gespannen. 'Ik ben Margareta's kleindochter,' zeg ik.

Ze likt weer aan haar lippen; het lijkt een dwangmatig gebaar. 'Margareta?' herhaalt ze.

'Je oudere zus,' fluister ik.

Ze lijkt tot rust te komen en heel even denk ik dat ik haar heb bereikt, maar ineens spannen haar kaken en ontbloot ze haar tanden. De zware wenkbrauwen trekken samen en de frons ertussen lijkt een barst in haar gezicht. 'Ze heeft me hier achtergelaten,' zegt ze met een korzeligheid die al snel verandert in woede: 'Ze heeft me hier achtergelaten! Ze heeft me in de steek gelaten. Ik heb haar geschreven, maar ze is niet gekomen.' Het laatste is een krakende fluistering die eindigt in een zucht.

'Ik ben hier,' zeg ik. 'Ik ben hiernaartoe gekomen om je te zoeken.'

Er verschijnt iets van verdriet op haar gezicht, een hulpeloosheid die in tegenspraak is met haar verschijning. Ze kijkt naar me. Te midden van de rimpels en het gele, ziekelijke oogwit zie ik mijn eigen lichtbruine ogen naar me staren.

'Ik ben hier,' zeg ik opnieuw. Ik houd mijn adem in, dwing mezelf om mijn blik niet af te wenden, om naar haar te blijven kijken.

Haar gezicht verhardt tot een gerimpeld masker. 'Besmet,' sist ze opnieuw. 'Jullie zijn allemaal besmet. Door háár.' Het mes duwt nog iets harder tegen Tones keel en ik zie hoe de huid barst en een hypnotiserende rode druppel over haar keel naar beneden glijdt. Er ontsnapt een kreet uit haar keel.

'Dat is ze niet,' zeg ik haastig. 'Dit is Birgitta niet, Birgitta is al zestig jaar dood. Dit is Birgitta niet, Aina. Dit is Tone, ze is ziek...'

'Nog één woord en ik snijd haar keel door en stuur haar terug naar de plek die ze verdient,' onderbreekt Aina me. Ze heeft die griezelige kalmte terug.

Ik zwijg.

'Denk je dat ik haar niet herken?' vraagt ze en ze produceert de krakende parodie op een lach weer. 'Denk je dat ik de viezigheid in haar lichaam niet kan zien? Ik weet het. Ik heb gewacht. O, ik heb zo lang gewacht.'

Haar hoofd schokt even.

'Je moet ze aan me teruggeven,' zegt ze in Tones oor. 'Hoor je dat, heks? Ik neem je mee naar ze toe, en dan geef jij ze aan me terug. Het is afgelopen.'

De zonsondergang begint over te gaan in schemering. Het laatste, pulserende rode schijnsel ebt weg en wordt vervangen door een kil paars. De avond nadert.

'Wie...?' klinkt het als een fluistering uit mijn keel. 'Wie moet ze aan je teruggeven?'

TOEN

Frank hoeft haar niet langer te slepen of te trekken. Elsa's voeten bewegen als vanzelf. Ze loopt vijf stappen achter de pastoor tussen Dagny en Ingrid in, met haar ogen op haar voeten gericht. Ze lopen voor de parochieleden uit. Voor een buitenstaander zou het kunnen lijken alsof ze zijn trouwste volgelingen zijn, degenen die het hebben verdiend om vlak achter hem te lopen, in plaats van geknakte en gebroken gevangenen.

Speelgoed.

Elsa heeft zichzelf altijd als een sterke vrouw beschouwd, iemand die vecht en opkomt voor wat juist is, en tot op zekere hoogte klopt dat waarschijnlijk ook. Ze heeft echter geen vechtlust meer in zich, alleen leegte.

Elsa heeft geen illusies dat ze kan vluchten of een van de anderen kan overtuigen. In Silvertjärn is geen genade meer. Haar laatste hoop is samen met Birgitta op het Stortorget gestorven.

Hoe Elsa het ook probeert, het lukt haar niet om Birgitta's jammerkreten terwijl ze stierf te verdringen. Hoe hard ze haar oren ook dichtdoet, ze kan die niet buitensluiten.

Hoe lang is hij van plan om hen in leven te laten? Een paar dagen? Een week? Ze beseft dat Ingrid en zij nog leven omdat de pastoor ervan geniet dat hij hen verslagen heeft. Vroeg of laat krijgt hij daar echter genoeg van. Het beste waarop ze kunnen hopen is dat ze niet zo eindigen als Birgitta. Het beste waarop ze kunnen hopen is een snelle dood.

Het is avond geworden en de duisternis is op de stad neergedaald. Elsa merkt het nauwelijks als de weg overgaat in een platgetreden pad en het struikgewas om hen heen plaatsmaakt voor hoge dennenbomen. Achter haar hoort ze de parochieleden zwijgend marcheren. Er hangt een sfeer van eerbied in de lucht.

Het bos omringt hen als een moeder. Daarbinnen wacht hun ware kerk.

De pastoor kijkt over zijn schouder. Hij vangt Elsa's blik op. Zijn ogen glanzen als zilver. Achter die blik bevindt zich niets menselijks.

Het besef is er ineens, eerder als een streling dan als een klap. Na alles wat er is gebeurd voelt het bijna als een opluchting.

Ze komt dit bos nooit meer uit.

NU

'Jij,' zegt Aina tegen me met een knikje naar de deuropening. 'Jij loopt voorop.'

Ik draai me om. Robert vangt mijn blik op en ik aarzel, maar dan hoor ik Aina's droge stem achter me. Ze klinkt kalm en enigszins geamuseerd. 'Als je wegrent, snijd ik haar keel door.' Ze schraapt haar keel en hoest. Als ze verdergaat is haar stem lager en zachter. 'Vervolgens pak ik jullie, een voor een. Waar moeten jullie naartoe? Silvertjärn is mijn thuis. Jullie kunnen je hier niet voor me verstoppen.'

Ze is oud, denk ik koortsachtig, en wij zijn jong en sterk. We zijn sneller. We kunnen bij haar wegkomen als we gewoon wegrennen. We hebben een kans.

Ik hoor Tone achter mijn rug zachtjes jammeren. Iets van de ernst van de situatie lijkt door de nevel gedrongen te zijn, want tot nu toe doet ze in elk geval wat Aina zegt. Ik wil me niet eens voorstellen wat er zal gebeuren als ze begint te schoppen en te worstelen zoals ze bij Robert en Max heeft gedaan.

Ik denk aan Max' kapotgeslagen achterhoofd en uitgestrekte hand. Aan Emmy's lege, starende ogen.

Ik open de deur en loop langzaam de kamer uit.

'We lopen naar het plein,' zegt Aina. 'En daarna gaan we naar het bos.'

Is dit een nachtmerrie of gebeurt het echt?

De bosrand lijkt een ondoordringbare muur naar een andere wereld. De dennenbomen verheffen zich boven onze hoofden als oeroude, verbiedende goden. Ik blijf tegen beter weten in staan. Tussen twee hartslagen in kan ik geen stap meer verzetten.

Ik kan daar niet naar binnen. Ik kan de duisternis niet in.

De angst explodeert in mijn maag en gedurende een paar ogenblikken denk ik: Dan moet ze me maar vermoorden.

'Loop,' zegt Aina.

Ze hoeft me niet te dreigen, want Robert fluistert achter mijn rug: 'Alice.' Daardoor begin ik weer te lopen. Ik kan mijn eigen leven op het spel zetten – ik ben eerder bereid geweest om dat te doen – maar niet dat van hen.

Rondom ons komt het bos tot leven op een manier die ik nog nooit eerder heb meegemaakt. Als Silvertjärn een kerkhof zou zijn, dan fluistert en ruist dat nu om ons heen. Overal is beweging. Overal zijn ogen die onze laatste wandeling observeren.

Mijn ademhaling brandt in mijn keel. Ik struikel over een wortel en voel dat Robert met zijn vastgebonden handen naar me grijpt, maar hij kan niet veel doen en ik val voorover in de heide. Mijn knie slaat hard tegen een steen en ik voel een pijnscheut tot in mijn heup. Ik blijf een paar seconden met mijn gezicht in het mos liggen, mijn been klopt van de pijn en mijn hart vult zich met een gevoel dat op haat lijkt.

'Sta op,' beveelt Aina.

Als ik niet beweeg wordt haar stem zachter en enigszins spottend. 'Wil je niet? Ben je misschien moe?' De manier waarop ze praat is vreemd, zowel jong als oud. Het klinkt alsof ik een tiener hoor die probeert een ouderwetse komedie te imiteren.

Ik hoef niet te zien wat ze doet om het geluid dat uit Tones keel komt te interpreteren. Ik dwing mezelf om overeind te komen en de afschuwelijke pijn in mijn knie te negeren.

Mijn ogen zijn inmiddels voldoende aan de schaduwen gewend om haar in de duisternis te kunnen zien. Ze glimlacht breed en koud; het lijkt een scheur in haar gezicht.

'Blijf lopen, jullie,' zegt ze. 'Rechtdoor.' De glimlach wordt nog breder, hoewel dat onmogelijk lijkt. Het ziet eruit alsof haar gezicht is gespleten door een bijl. Alsof ze elk moment kan exploderen, bijten, steken. 'We komen in de buurt.'

In de buurt van wat? Ik begin een vermoeden te krijgen. Ik weet in welke richting we lopen. Dit is het deel van het bos waarvoor we zijn gewaarschuwd omdat de bodem te instabiel is vanwege de mijn die zich hier bevindt.

Ze hebben daar niet gezocht omdat de hoofdingang verzegeld was, maar de gangen lopen tot diep in de ingewanden van de aarde. En ik herinner me de neergekrabbelde woorden die ik in pastoor Mattias' preek heb gelezen.

Alleen in de stilte kunnen we vrij zijn. Alleen door ons te laten omarmen door de duisternis kunnen we in het licht treden.

De stilte. De duisternis.

Als we de mijn naderen, zie ik tussen de bomen een opening als een graf, een duisternis die dieper dan de schaduwen is. De opening is groot en ongelijk, nauwelijks meer dan een gat in de grond, maar ik begrijp waar die naartoe leidt.

Aina hoeft me niet te commanderen om ernaartoe te lopen. Ik word er vanzelf naartoe getrokken, waarna ik bij de rand blijf staan en in het gat kijk. Het is te donker om te zien hoe diep het is.

'Wat...' mompelt Robert achter me.

Ik geef antwoord voordat Aina dat kan doen. 'De mijn,' zeg ik. 'Dit leidt naar de mijngangen.'

'Naar onze kerk,' fluistert Aina. Haar stem lijkt deel uit te maken van de ruisende boomkruinen. 'Spring,' zegt ze daarna op luidere toon tegen ons.

'Wat?' vraag ik en ik draai me om, maar als ik een punt in mijn nek voel prikken bevries ik in mijn bewegingen.

'Spring,' zegt ze en de druk neemt toe, zodat ik een stekende pijn voel. 'Spring, anders duw ik je. We gaan naar ze toe.'

Naar het koor onder ons. Naar de duisternis in de gangen.

'Spring,' zegt ze nogmaals op een snijdende, schelle toon. Plotseling krijg ik een trap tegen mijn rug. Ik heb geen tijd om te reageren en val.

TOEN

Als Elsa via de trap naar de duisternis afdaalt houdt ze de sporten stevig vast met haar zwetende handen. Ze zijn grof en vol splinters; de trap lijkt haastig in elkaar gezet.

De duisternis onder de grond is compact. Het enige licht is afkomstig van de fakkel die de pastoor draagt. Dat is oogverblindend en het flakkerende schijnsel verlicht de tunnel naar beide kanten.

Dit moet een transportgang geweest zijn, want hij is lang en loopt naar beneden af. De muren zijn ruw en vochtig. Het is hier nu al kouder dan het boven de grond was.

De pastoor begint de duisternis in te lopen. Elsa haast zich achter hem aan in de duisternis van het oergesteente om het licht niet kwijt te raken, om niet in de duisternis achter te blijven met de zwijgende horde achter zich.

Elsa heeft hun gezichten gezien. Ze heeft gezien hoe het spuug zich in hun mondhoeken verzamelde en hun ogen straalden door de aanblik van het bloed. Ze heeft de vervoering in hun hijgende ademhaling gehoord toen ze het geluid van brekende botten hoorden.

De dansende lichtkegel voor haar beweegt steeds dieper onder de grond. Hij is het licht dat ze in de duisternis volgen. Elsa begrijpt dat het symbool verleidelijk is en ze is ervan overtuigd dat hij dat weet. Het is beslist opzettelijk.

Ze is hier maar twee keer in haar leven geweest, hoewel Staffan vierentwintig jaar in de mijn heeft gewerkt, en ze is nooit zo diep onder de grond geweest. De lucht is hier dikker en zwaarder, de wanden lijken zich op te dringen. Ze kan het gewicht van het oergesteente boven zich voelen. Duizenden tonnen steen en ijzererts die omhooggehouden worden door fragiele constructies, wiskunde en goede wil.

Elsa vraagt zich af hoe ze hebben geweten waar ze moesten graven om in de transportgangen te komen. Aan de andere kant is dat misschien niet zo vreemd. Honderden bewoners van de stad hebben in de mijn gewerkt. Zij wisten waar de gangen liepen. Zij wisten waar ze moesten graven en explosieven moesten gebruiken.

In de verte eindigt de gang en komt uit in een grot.

De fakkel brandt niet fel genoeg om de uiterste hoeken van de grot te verlichten, maar het licht is voldoende om te zien dat de ruimte groot en langwerpig is, en dat de plafondhoogte drie tot vier meter is. Elsa twijfelt er niet aan dat hier voldoende ruimte voor alle parochieleden is. Ze weet niet of dit een natuurlijke ruimte is of dat het een van de oudste schachten is uit de tijd waarin de mijn nieuw was en Silvertjärn uit niet meer dan een paar boerderijen in het bos bestond.

In het midden van de grot bevindt zich een ondergronds meertje dat nauwelijks groter dan een poel is. Daar lopen Elsa, Ingrid, Dagny en pastoor Mattias nu naartoe, met de parochieleden achter zich aan. De pastoor blijft aan de rand van het water staan en heft zijn fakkel. Hij zegt in eerste instantie niets, maar laat het licht voor zich spreken.

Frank pakt haar schouders zo stevig vast dat de botten tegen elkaar aan schuren. De pijn bereikt haar niet. Hij denkt misschien dat Elsa zich op de pastoor zal storten, hem op de een of andere manier zal aanvallen. Hij hoeft zich geen zorgen te maken.

'Waar ga je naartoe?' vraagt Elsa aan pastoor Mattias. Haar stem klinkt bijna normaal. 'Waar ga je hierna naartoe?'

Het is alsof ze tegen een standbeeld praat, een zwijgend en verbiedend stenen beeld.

Hij kijkt naar haar met een milde glimlach. 'Waar ik naartoe ga?' vraagt hij. 'Waarom zou ik ergens naartoe gaan?'

Elsa hoort de voetstappen en de ademhaling van de parochieleden die de grot in lopen, zich langs de wanden verspreiden en haar van een afstand observeren.

Zijn stem is nauwelijks meer dan een uitademing. Toch hoort Elsa elk woord helder en duidelijk.

'Ik heb mijn paradijs op aarde geschapen,' zegt hij. 'Al deze mensen zien mij als hun profeet. Hun gids. Hun heerser. Ze drinken de woorden van mijn tong. Ik heb Silvertjärn naar mijn gelijkenis geschapen. Ik ga nergens naartoe. We hebben nog veel fantastische jaren voor ons, Silvertjärn en ik.' Het licht van de fakkel danst in zijn grijze ogen. 'Hier beneden is God.'

NU

Ik ben een blinde in de duisternis.

Mijn knie stuurt pijnscheuten langs mijn been zodra ik erop probeer te steunen en mijn rug is één pijnlijke knoop. Ik weet niet of het door het gebrek aan licht of de klap op mijn hoofd komt dat ik moeite heb om mijn evenwicht te bewaren, maar ik struikel voortdurend tegen de wanden en moet mezelf met mijn geschaafde handpalmen opvangen.

Achter me hoor ik Robert strompelen. Het klinkt alsof het hem beter lukt om overeind te blijven, maar dat zegt niet veel.

Als het water door mijn schoenen dringt begrijp ik niet hoe dat komt, maar ik doe nog een stap. Als ik gespetter hoor, blijf ik staan. 'Wat...' begin ik, maar ik word onderbroken door Aina's hese, opgewonden stem achter me. 'Hier is het,' zegt ze. Ik hoor dat ze dichterbij komt en dat Robert kreunt als ze hem een duw geeft om hem te passeren terwijl ze Tone stevig vasthoudt.

Het licht verblindt mijn pijnlijke ogen en ik knipper hard om ervoor te zorgen dat mijn zicht helder wordt.

De gang is klein en krap. Het is een transportgang die tot nu toe vlak is geweest, maar in de verte lijkt af te dalen. De mijn bevindt zich beslist lager. Het water vult de gang tot de bocht en heeft de schacht in een ondergronds meer veranderd. Het is onmogelijk te zien hoe diep het is of tot hoe ver de schacht loopt. Als ik naar Aina kijk, zie ik dat ze een ouderwetse petroleumlamp van glas en metaal vastheeft. Hij ziet er eenvoudig uit en het reservoir met petroleum is bijna leeg, maar het licht dat hij verspreidt is ruim voldoende voor de kleine gang. In het licht van de vlam ziet het donkere wateroppervlak eruit als olie, glad en zwart.

Ik deins achteruit voor het water en stoot met mijn rug tegen Robert aan. 'Sorry,' fluister ik.

Ik zou willen dat ik voor zoveel meer sorry kan zeggen, dat ik hem alles kan vertellen wat me verdriet doet, alles waarvoor ik mijn verontschuldigingen wil aanbieden. Maar mijn stem is gebroken en zwak, en 'het spijt me' zal nooit voldoende zijn.

Het gezang lijkt uit de wanden te sijpelen en samen met het vocht langs het gesteente te druppelen. Aina zingt mee met een verbazingwekkend aangename stem:

Vergeef mij al mijn zonden, die Uwe hoogheid schonden;

Ik ben verzwakt, o Heer!

Het ijle geluid echoot tegen de scheuren in de gangwand, versplintert en wordt teruggekaatst als duizend ademloze fluisteringen. Ze is een onderdeel van het koor.

'Het is voorbij,' zegt ze. Ze klinkt alsof ze op het punt staat in huilen uit te barsten. 'Het is voorbij. Het moment van de wederopstanding is gekomen.'

Ik staar naar de zwakke ringen op het water die naar ons toe glijden.

Ik weet niet wat ze met ons van plan is, maar de oudste, diepste delen binnen in me weten dat ze niet van plan is ons hier weg te laten gaan. Ze is van plan om ons te vermoorden, hoewel ik geen idee heb wat voor reden de verroeste, kronkelende gedachtegangen in haar hersenen daarvoor hebben bedacht.

Aina kijkt me strak aan. 'Hij heeft het beloofd,' zegt ze, zowel hoopvol als agressief. 'De pastoor heeft beloofd om terug te komen als ik wachtte. Hij zei dat het niet lang zou duren. Ik wilde niet boven blijven, maar hij zei het. Hij zei het.' Ze schudt haar hoofd en mompelt vertwijfeld tegen zichzelf: 'Ik heb gewacht, zoals hij gezegd heeft, maar dat was niet voldoende.'

Ze zet de petroleumlamp op de bodem zodat de gang van onderen wordt verlicht en haar reliëf zich messcherp op de tunnelwand aftekent.

Ik moet ervoor zorgen dat ze blijft praten. Zolang ze praat zal ze het mes dat ze in haar hand heeft niet gebruiken. 'Je wilt dat de anderen naar je terugkomen,' herhaal ik voorzichtig. Mijn hersenen werken koortsachtig. De gedachten proberen naar buiten te komen, maar de val heeft ervoor gezorgd dat mijn hersenen opgezwollen en nevelig voelen. Ik heb moeite me te concentreren.

'Ja,' hijgt ze. Haar gezicht lijkt te smelten in het schijnsel dat haar vanaf de onderkant verlicht. 'Ze gingen de aarde in om het offer te brengen. We zouden in Gods genade leven. Hij zei dat ik niet toe hoefde te kijken. Hij zei... Hij zei...' Ze zwijgt en haar gezicht verandert in een grimas. 'Daarom zijn ze niet teruggekomen,' fluistert ze. Plotseling is er kwetsbaarheid en pure angst op haar gezicht te lezen. 'We moesten allemaal aanwezig zijn om getuige te zijn van het offer en ik was er niet bij. Het zou een nieuw testament zijn. We waren het nieuwe volk. Alle testamenten moesten bezegeld worden met bloed. Zoals het bloed van Jezus aan het kruis. We zouden onze zonden met bloed reinigen, snap je? Maar ik was er niet bij, dus waren we niet voltallig.' Haar dunne, gerimpelde onderlip trilt.

Ik worstel in een poging de juiste woorden te vinden. 'Het was jouw schuld niet, Aina,' zeg ik.

Het is vlak en leeg, een cliché, maar haar ogen beginnen te stralen en ze schudt haar hoofd. 'Nee,' beaamt ze. 'Het kwam niet door mij, maar door de heks.'

Ik zie dat ze het mes steviger vastpakt.

'Ik probeerde de schuld terug te betalen,' zegt ze met een knikje. 'Ik probeerde van het duivelsjong af te komen. Ik liet toe dat ze het jong mee de stad uit namen. Maar dat was niet voldoende, snap je?' Het laatste klinkt bijna samenzweerderig, alsof ze een goede vriendin iets vertrouwelijks toefluistert.

Aina legt haar vrije hand weer in Tones nek en knikt. 'De heks heeft de berg boven onze kerk in laten storten, maar ze kon ons niet laten zwijgen. Nee, dat kon ze niet.' Ze streelt Tones nek onhandig met haar vingers met de afgebeten nagels. 'Ik weet wat ik moet doen,' zegt ze. 'Ik moet de zonde reinigen met bloed.'

Ik houd mijn adem in. Haar hand glijdt bijna teder naar Tones haar.

'Bij de andere twee heb ik de riten opgezegd,' gaat ze verder. 'Bij de roodharige vrouw en de blonde man. Ze begrepen de grootsheid niet om zich aan God te geven, maar ik heb het ze getoond. Ze vochten, maar ik was geduldig, en ik veroordeelde ze niet vanwege hun onwetendheid. Ik heb de riten opgezegd zodat hun offer ook zou tellen. Het zou beter geweest zijn om het hier te doen, maar God ziet ons allemaal. Hij heeft mijn offer gezien. Een leven voor een leven.'

Het licht van de petroleumlamp flakkert op de druipende muren.

'De roodharige vrouw had mooie ogen,' zegt ze tegen me. 'Daarom heb ik ze opengelaten. Ze leken een beetje op de ogen van de pastoor.'

Ze staart een paar seconden naar me en ineens gebeurt alles heel snel. Haar hand verandert in een klauw en ze rukt aan Tones haar terwijl ze haar tegelijkertijd voor het water op haar knieën duwt.

Ik schreeuw: 'Nee!', maar dat verdrinkt in het woordeloze gebrul uit de wanden en in Aina's stem, die ze verheft terwijl ze het mes tegen Tones hals houdt en haar hoofd naar achteren trekt: 'In de naam van de Vader, de Zoon en de Heilige Geest...'

Ik word tegen de muur geduwd als er iets langs me stormt. Robert werpt zich met zijn vastgebonden handen voor zich op Aina. Hij knalt met een enorme kracht tegen haar aan en ze verliest haar evenwicht en valt samen met Tone voorover in het water.

'Robert!' roep ik. Ik heb geen tijd om na te denken, geen tijd om te kijken, voordat ze spugend en briesend weer boven komt. Het water komt tot haar dijbenen.

Robert worstelt om overeind te komen op de gladde bodem, glijdt weg en probeert opnieuw overeind te komen. Aina laat Tones haar los en smijt haar tegen de rotswand, waarna ze naar Robert toe waadt en haar tanden ontbloot alsof ze een dier is.

'Jullie hebben hem afgepakt,' zegt ze. 'Jullie hebben hem van me afgepakt.' Ze duwt Robert onder water en zet één knie op zijn rug. Ik zie hoe ze zijn hoofd met twee handen vastpakt en dat onder water tegen de bodem slaat, hoe de spieren in haar armen spannen en de pezen in haar hals opzwellen. Ik spring in het water, probeer haar weg te trekken en ruk aan haar armen. Haar lichte lichaam is sterker dan ik voor mogelijk had gehouden en ze krabt in mijn gezicht zodat het bloed begint te stromen. Als ik mijn hand geschrokken naar mijn wang breng, gooit ze me van zich af.

Roberts geworstel is zwakker geworden. In het glinsterende licht zie ik hoe het bloed van zijn gezicht zich in het water verspreidt.

Ik ga staan en plotseling…

… komt alles tot stilstand.

Aina staat als bevroren op haar plek. De spieren in haar armen spannen en ontspannen, spannen en ontspannen.

Het mes, dat door haar hals is gedrongen, veroorzaakt een stroom bloed die zich in het kuiltje in haar hals ophoopt. Ze brengt één hand naar haar hals en raakt met haar vingertoppen de punt aan, die als een sieraad onder haar kaak glinstert.

Ze opent haar mond om iets te zeggen, maar er komt geen geluid over haar lippen.

Langzaam valt ze van Robert af en verdwijnt onder het wateroppervlak. Ik zie haar als een schaduw gracieus naar de bodem zakken en vervolgens naar de rand van de schacht glijden.

Tone staat met gespreide benen in het water en volgt Aina's lichaam met haar blik. Haar ademhaling is zwaar en haar gezicht bezweet. De schram in haar hals, die inmiddels gestold is, zit op bijna dezelfde plek als waar het mes uit Aina's hals is gekomen.

Ze heeft haar armen gestrekt en haar handen zijn nog steeds gekromd alsof ze het handvat van het mes vasthoudt.

Ik kom uit mijn trance, waad naar Robert toe, krijg zijn arm te pakken en trek hem boven water, waarna ik zijn loodzware lichaam naar het droge gedeelte sleep en hem half uit het water heb getrokken voordat ik me omdraai. Zijn neus is een bloederige chaos, het bloed sijpelt traag uit de wond en vermengt zich met het water in zijn haar. Hij houdt zijn lippen enigszins van elkaar en zijn ogen zijn gesloten.

'Nee, nee, nee,' fluister ik. Ik voel nauwelijks dat de tranen over mijn wangen stromen. 'Nee. Alsjeblieft niet.'

Ik buig me over zijn geruïneerde neus en mijn tranen druppelen op zijn gezicht en vermengen zich met het bloed. Op het moment dat ik mijn hand op datgene wil leggen wat er over is van zijn neus, maakt hij een geluid en fladderen zijn oogleden.

Hij beweegt en hoest, waarna er water uit zijn mond golft. Ik deins een stukje achteruit en lach trillerig. Robert rolt op zijn zij en braakt. Hij maakt een beweging alsof hij zijn mond wil afvegen, maar zijn handen zijn nog steeds vastgebonden. Ik maak het touw rond zijn handen met trillende handen los.

Ik kijk om me heen en zie dat Tone nog steeds naar de donkere schaduw kijkt, die nu een paar meter verderop drijft en een bloedspoor achterlaat terwijl ze steeds dichter naar de plek drijft waar de schacht naar beneden loopt.

Plotseling is ze verdwenen.

Aina is over de rand gegleden.

Het is doodstil. Tone balt haar handen tot vuisten, één keer, twee keer. Ik hoor de echo van een zucht. Haar schouders ontspannen.

Ik denk dat ik in de verte iets hoor.

Het klinkt als de ijle kreet van een kind.

Dan zakt Tone plotseling in zittende houding, alsof de draden die haar omhoog houden doorgeknipt zijn.

Ze kijkt in mijn ogen en glimlacht trillend. 'Is ze nu thuis?' vraagt ze zachtjes.

Vervolgens rollen haar ogen naar achteren en verliest ze het bewustzijn.

TOEN

De pastoor houdt de fakkel boven zijn hoofd. 'We hebben vandaag een grote stap gezet,' zegt hij op een zachte, zangerige toon. 'We hebben een stap naar de verlichting gezet. Naar het hemelrijk.'

Elsa kan de parochieleden achter zich niet zien, maar ze voelt hun fonkelende, starende ogen en ruikt de geur van hun opwinding.

Achter hem glinstert het trage, ondoordringbare, donkere water. Het ruikt naar modder en mineralen.

'God ziet onze offers en onze inspanningen, maar hij ziet niet alleen degenen die in Zijn waarheid leven. Hij ziet ook degenen die hun gezicht van Hem afgekeerd hebben. Hij ziet degenen die afgedwaald zijn van de ware weg. Hij ziet degenen die zich hebben laten verleiden door de leugens van de duivel.'

De pastoor laat de fakkel zakken zodat die zich op ooghoogte van Elsa bevindt.

'Hij ziet hen en Hij verwelkomt hen,' zegt hij. 'Geen van Gods kinderen is een vreemde voor Hem. Net als de verloren zoon kan men altijd terugkeren naar Gods armen en wordt weer verwelkomd. God is liefde.'

Elsa hoort Dagny, die naast haar staat, zachtjes snikken. Ze tast naar haar hand, vindt hem en knijpt er stevig in, maar Dagny beantwoordt de handdruk niet. Haar hand ligt slap in Elsa's greep.

'Willen jullie naar God terugkeren?' vraagt de pastoor. Hij staart naar Elsa. De vlam van de fakkel danst in miniatuur in zijn ogen.

'Ja,' snikt Dagny met een dikke stem. 'Ja, ja.'

Ingrid zegt niets. Ze staart koppig voor zich uit naar het water. Misschien heeft ze net als Elsa begrepen wat hun te wachten staat.

Ze heeft een harde, vastbesloten trek op haar gezicht. Haar neus is gezwollen, maar bloedt niet meer.

'God heeft Zijn armen geopend voor jullie,' zegt de pastoor hard en zangerig tegen hen, alsof het een preek is. 'Jullie mogen terugkeren. Jullie kunnen gereinigd worden van jullie zonden. Jullie kunnen herrijzen in een nieuwe gedaante, vrij van jullie lasten en zorgen.

Dagny huilt inmiddels zo hard dat haar schouders ervan schudden en Elsa laat haar hand los. Ze kan het niet verdragen om haar te voelen schokken.

'Laten we hen helpen,' zegt pastoor Mattias, nog steeds met de fakkel geheven, zodat de scherpe schaduwen zijn androgyne gelaatstrekken veranderen in het wrede gezicht van een wraakengel. 'Laten we hen teruggeven aan onze Heer. Laten we hen reinigen en daardoor onszelf reinigen.'

'Amen,' hoort Elsa duizend stemmen achter zich fluisteren. Het geluid plant zich voort en strijkt langs de druipende wanden van de grot. 'Amen.'

De pastoor knikt naar de mannen achter hen. Zware handen landen op Elsa's schouders en dwingen haar onzacht op haar knieen. De stenen schaven haar knieën en scheenbenen.

Het mes dat hij uit zijn riem trekt is niet bijzonder. Het is een huis-, tuin- en keukenmes, zo een die alle jongens van de stad bij zich hebben. Het handvat is zwart en het lemmet glanst in het schijnsel van de fakkel.

De pastoor geeft de fakkel aan een van de parochieleden die achter hem staat, buigt zich een stukje naar voren en legt zijn droge, warme hand op Elsa's hoofd.

'Maak je geen zorgen,' fluistert hij. 'Ze is hier niet.' Zijn woorden zijn alleen voor Elsa bedoeld. 'Ze is boven de grond bij het kind. Ze zal dit niet zien.'

Aina.

De dankbaarheid die in Elsa opkomt is pervers, een dikke en

trage duizeligheid die zich vermengt met haat, tot ze de gevoelens niet langer kan onderscheiden, tot ze in haar lichaam versmelten.

Ze kijkt in zijn ogen.

Hij kust haar voorhoofd met zijn droge lippen.

Dagny's gehuil is overgegaan in schreeuwen, en ze bidt en smeekt naast Elsa: 'Nee, alsjeblieft, alsjeblieft, laat me gaan, ik bedoelde het niet zo, ik beloof dat ik nooit… dat ik nooit…' Haar stem verandert in gejank, gekerm, en Elsa zal nooit horen wat ze nooit zal doen.

De pastoor gaat rechtop staan. 'Ik overhandig deze ziel aan U, God, zodat U haar zult verwelkomen in Uw genade en haar kunt reinigen van haar zonden en de duisternis van de wereld,' preekt hij. De hand op Elsa's hoofd wordt zwaarder, hij wroet met zijn vingers in haar haar en trekt haar hoofd naar achteren zodat haar hals bloot komt.

Hij heft het mes. In het schijnsel van de fakkel lijkt het een zwaard van zilver dat voor haar ogen flikkert.

'In de naam van de Vader, de Zoon en de Heilige geest…' zegt hij, maar dan verdrinkt zijn stem in een ander geluid.

Boven hun hoofden klinkt gedreun. Als een rollende donderslag trekt het geluid door de berg boven hen. Verzwakte structuren die telkens weer zijn uitgehold en uitgegraven, en balken die rotten en verzwakt zijn beginnen het te begeven. Duizenden tonnen oergesteente stort in onder het eigen gewicht.

Sommige parochieleden schreeuwen met korte geschokte uitroepen. Elsa hoort het geluid van terugdeinzende schuifelende voeten. De meesten kunnen zich niet bewegen. Er bevinden zich te veel mensen op een te kleine oppervlakte. Ze kunnen nergens naartoe.

De pastoor kijkt naar boven en opent zijn mond. 'Nee,' zegt hij kort. Als een bevel in plaats van een smeekbede.

Elsa doet haar ogen dicht.

Als de wereld instort veranderen de uitroepen in paniekerig geschreeuw, maar ook dat verdrinkt in het gebulder van het oergesteente als het boven hen instort en hen vernietigt.

Dit is heel grappig, denkt Elsa in de seconden voordat de wereld rondom haar oplost en alles in niets verandert.

Het doffe gebulder van de berg boven hen klinkt precies zoals Birgitta.

NU

Robert draagt Tone terwijl we naar de stad strompelen. De halvemaan aan de nachtelijke hemel schijnt zo helder dat we de petroleumlamp niet nodig hebben. Dat is maar goed ook, want de laatste petroleum is opgebrand en de pit verbleekt tot een lichte gloed voordat hij helemaal uitgaat.

'Ik laat hem achter,' zeg ik zachtjes tegen Robert. Hij knikt en ik zet hem naast het pad. Daar blijft hij staan, als een kleine markering. Een achtergelaten broodkruimel die aangeeft waar we zijn geweest.

Alsof we het hebben afgesproken lopen we naar het plein, waar we hebben geslapen toen we hier arriveerden. We zullen daar een laatste nacht doorbrengen. Een laatste nacht voordat ze ons komen halen.

Het is doodstil als we het plein op lopen. De geruïneerde auto's kleuren donkerblauw in de aprilnacht, maar ze voelen niet langer als een bedreiging. De laatste stank van het brandende metaal is verdwenen. Robert legt Tone voorzichtig op de bestrating. Ze is nat en haar huid gloeit, maar ze ziet er beter uit dan eerder. Het meeste bloed en vuil op haar gezicht is weggespoeld door het water.

Ik streel haar hoofd voorzichtig. Haar ademhaling is zachtjes en gelijkmatig. Ik weet niet of ze slaapt of bewusteloos is, maar ze heeft een kalme, neutrale uitdrukking op haar gezicht.

'Blijf jij bij haar?' vraag ik Robert. Hij knikt. Hij heeft zijn neus zelf zo goed mogelijk teruggeduwd, maar het ziet er nog steeds afschuwelijk uit. Ik weet niet hoe het zal genezen.

'Waar ga je naartoe?' vraagt hij.

'Ik wil lakens en dekens uit de school halen,' zeg ik. We kunnen er een vuur mee maken om warm te blijven.'

Hij knikt. Veel meer hoeft er niet gezegd te worden.

Ik loop om het schoolgebouw heen en klim voorzichtig via de brandtrap naar boven. De sporten kraken, maar houden mijn gewicht. Het is binnen donkerder zonder het licht van de maan, maar mijn ogen wennen snel en ik vind wat ik zoek.

Ik verzamel zoveel dekens en lakens als ik kan dragen en leg ze in een stapel bij het raam, waarna ik naar de gang loop.

De witte gestalte bij de muur is bijna onzichtbaar in het donker, maar ik weet waar ze ligt. Ik loop naar haar toe, ga op mijn knieën naast haar zitten en sla het laken van haar gezicht terug.

Ze is stijf en koud. Haar lippen voelen ijzig.

Ik voel de tranen weer opkomen en laat ze dit keer stromen. Ik huil stil en hartverscheurend, en laat het verdriet door mijn lichaam stromen tot het wegebt. Vervolgens blijf ik nog een paar minuten zitten tot mijn ademhaling is gekalmeerd, tot mijn handen op mijn knieën liggen en ik in het zwakke maanlicht dat naar binnen sijpelt naar haar roerloze, bleke gezicht kan kijken.

'Het spijt me zo,' zeg ik tegen haar. 'Het spijt me zo verschrikkelijk. Vergeef me.'

Ik haal diep adem en laat de lucht, die naar stof en oude zonneschijn smaakt, ontsnappen. Vervolgens buig ik me naar voren en geef een kus op haar voorhoofd. De huid is koud en stijf onder mijn lippen. 'Dank je wel,' fluister ik.

Ik tast met mijn vingers in haar nek en vind de dunne gouden ketting. Het slot is klein, en het is moeilijk om het open te krijgen in de duisternis. Ik moet mijn nagels gebruiken om grip op het kleine haakje te krijgen.

Vervolgens leg ik het laken weer over haar hoofd, zodat ze afgesloten van de wereld kan rusten.

Als het vuur eenmaal brandt gaat Tone er uitgeput naast liggen en valt meteen in slaap. Haar borstkas rijst en daalt in een gelijkmatig tempo onder de deken. In het begin kijk ik voortdurend naar haar, maar na een tijdje voel ik iets van de spanning verdwijnen.

Robert staart naar het vuur.

Ik schraap mijn keel. 'Robert,' zeg ik zachtjes.

Hij kijkt op.

'Ik heb iets voor je,' zeg ik. Ik steek mijn hand in mijn zak en haal het kettinkje met het gouden hartje tevoorschijn. 'Dit heb ik opgehaald,' zeg ik tegen hem. 'Uit het schoolgebouw.'

Hij kijkt in het schijnsel van het vuur naar het bungelende hartje.

'Haar moeder zou het moeten krijgen,' zeg ik zachtjes. 'Ik dacht dat... jij het aan haar moet geven.' De woorden branden in mijn keel.

Eerst zegt hij niets, maar dan steekt hij zijn hand naar me uit en ik laat het kettinkje in zijn handpalm vallen. Hij houdt het voorzichtig vast, alsof het breekbaar is.

Robert kijkt er lange tijd naar. Ik heb mijn handen rond mijn knieën geslagen en zwijg.

Hij balt zijn hand rond het kettinkje. 'Ze had er spijt van,' zegt hij vervolgens. Zijn stem is dik door zijn gezwollen neus. 'Ze is er altijd spijt van blijven houden.'

Ik probeer het brok in mijn keel weg te slikken. Mijn stem weigert dienst. Ik pers mijn lippen op elkaar en staar in het vuur tot mijn blik in duizend kleine vonken uiteenbarst. 'Ik weet het,' zeg ik nadat ik een tijdlang hard op mijn wang heb gebeten. 'Ze heeft mijn leven gered.'

De zwakke bries is verbazingwekkend warm, bijna zoel. De zomer is in aantocht.

Ik kijk op door een onverwacht helder en tjilpend geluid boven ons. Het duurt een seconde voordat ik me realiseer wat het is, maar ineens zie ik de kleine oneffenheid op het silhouet van het schoolgebouw. Op een van de afvoerpijpen zit een vogel.

‘Ik heb sinds we hier zijn gearriveerd geen vogels gezien,’ zeg ik.

‘Dat klopt,’ zegt Robert. ‘Ik ook niet.’

De vogel tjilpt opnieuw. Ik zou iemand willen zijn die vogels aan de hand van hun gezang kan identificeren. Ik heb geen idee wat voor vogel het is.

Maar het gezang klinkt heel mooi.

EPILOOG

Ik wachtte, maar er kwam niemand.

Ik wachtte en wachtte en voedde het kind, maar ze kwamen niet terug. Uiteindelijk ging ik naar de ingang van onze kerk en klom met trillende handen de gang in, die ik in de duisternis volgde. Ik durfde geen fakkel of lamp mee te nemen. Dat mocht hij alleen, omdat hij onze lichtdrager was.

Hij had tegen me gezegd dat ik met het kind aan de oppervlakte moest blijven. Hij had tegen me gezegd dat ze belangrijk was, dat ik bij haar moest blijven en dat ze snel terug zouden zijn.

Toen ik de ingestorte gang zag begreep ik niet wat het was. Ik dacht dat ik verkeerd was gelopen, dat ik was verdwaald en in een andere gang was terechtgekomen. Ik raakte in paniek. Ik dacht dat ik onder de grond zou sterven, ergens op een eenzame plek, met alleen het geluid van druppelend water om me gezelschap te houden.

Ik vond de weg echter terug en de uitgang was waar die moest zijn.

Ik ben vier keer heen en weer gelopen voordat ik het begreep.

De dagen verstreken. Auto's reden de stad in en ik liet het kind voor hen achter in de school. Misschien was het de schuld van het duivelsjong dat ze niet terugkwamen. Als ze haar meenamen en de stad verlieten zou hij naar me terugkeren.

Ik verstopte me in de gangen, want ik herinnerde me wat hij had gezegd: dat degenen die zonder Gods genade leefden me van hem weg zouden halen en ons paradijs zouden vernietigen omdat ze niet beter wisten. Dat de vrouw die mijn moeder was geweest hun beslist leugens over ons had verteld.

Ze zouden het nooit begrijpen. Niemand kon het begrijpen.

Vervolgens begon het water te stijgen tot voorbij het punt van instorting. Ik herinnerde me wat mijn vader had gezegd, in de tijd toen ik nog een vader had. Dat ze het grondwater wegpompten zodat de gangen niet vol water zouden komen te staan.

Ik wilde beneden blijven en meegenomen worden door het water, maar wist dat ik dat niet kon doen. Het is een zonde om jezelf van het leven te beroven, en zelfmoordenaars branden het hardst in de hel.

Ik moest op ze wachten. Dat had ik beloofd.

Ik wist dat hij naar me terug zou komen.

Na een tijdje was het eten op. Ik moest naar de keukens in andere woningen gaan om eten uit hun voorraadkasten te halen. Ik kon me er niet toe zetten om naar het huis van mijn valse moeder terug te gaan. Een deel van me wist dat dit haar schuld was. Ze had altijd meer van de heks dan van mij gehouden.

Ik liet de rest van de parochie voor me zorgen. Ik sliep in hun bedden en at hun voedsel. We waren allemaal één, en datgene wat van een van ons was, was van ons allemaal. Dat had hij tegen me gezegd, maar het voelde niet prettig en ik werd steeds verdrietiger. 's Nachts huilde ik.

Soms besloop de twijfel me als kleine stekende duiveltjes. Stel dat ze niet terugkwamen? Stel dat hij het mis had gehad?

Ik sloeg ze bij me vandaan, woedend en gewelddadig. Hij had het beloofd. Hij was Gods uitverkorene en hij had gezegd dat we voor eeuwig bij elkaar zouden zijn. We zouden het paradijs op aarde scheppen.

Ik nam een lamp mee en liep door het bos over het pad dat naar onze kerk leidde. Misschien was hun licht uitgegaan en waren ze verdwaald in de duisternis. Hij noemde mij zijn licht. Zijn Godslicht. Zijn engel.

Misschien kon ik hun de weg uit de duisternis wijzen. Misschien kon ik hen helpen om terug te komen.

Ik liep zo ver mogelijk de tunnel in. Het water stond zo hoog dat ik de plek van de instorting niet meer kon zien. Binnenkort zouden de gangen helemaal onder water staan.

Ik zat daar tot de lamp uitging en toen huilde ik weer.

Maar ineens hoorde ik ze. In de aarde.

Ik hoorde ze zingen.

Ik begon weer te huilen, maar nu van opluchting.

Ik begreep dat mijn offer niet voldoende was geweest. Ik bleef in de gangen en sleepte net zo lang water naar boven tot het stopte met stijgen, en ik luisterde. Ze fluisterden 's nachts tegen me. Eerst hoorde ik ze niet zo duidelijk, maar gaandeweg lukte het beter.

Ze vertelden me wat er gedaan moest worden. De zonde moest gereinigd worden met bloed. Vroeg of laat zou het duivelsjong terugkeren en dan moest de prijs betaald worden.

Dus wachtte ik.

WOORD VAN DANK

Iedere auteur weet dat de ware helden van het boek degenen zijn die steun hebben verleend, hebben gelezen, met feedback zijn gekomen, thee hebben gezet en de auteur tijdens het schrijfproces af en toe wat frisse lucht en zonlicht hebben opgedrongen. Ik ben natuurlijk geen uitzondering – ik beweer zelfs dat ik meer van de kleine kring waarin ik verkeer eis dan de meeste andere auteurs – dus is het niet meer dan terecht dat ik de tijd neem om iedereen te bedanken die me heeft geholpen met het schrijven van *De verdwenen stad*.

Dank aan mijn fantastische uitgever Erika, dit meer van dit boek heeft gemaakt dan ik ooit had verwacht. Jij zag potentieel in het eerste, ruwe concept, iets waarvan ik zeker weet dat anderen daar niet toe in staat waren. Ik omschrijf een goede uitgever altijd als een coach, iemand die aanmoedigt, steunt en inspireert, maar het is ook iemand die je de opdracht geeft om te rennen tot je instort, en die je daarna nog vijf kilometer laat rennen. Jij hebt beide delen met verve gedaan.

Dank ook aan mijn redacteur John, die mijn opgewonden en herhaalde betogen over het gebruik van bepaalde grammaticale constructies geduldig heeft verdragen. (Toch heb ik gelijk, en mettertijd zal de wereld het met me eens zijn.)

Dank aan mijn agenten, Anna en Johanna, die ervoor gezorgd hebben dat al mijn dromen in vervulling zijn gegaan. Jullie hebben er niet alleen voor gezorgd dat Alice, Emmy, Elsa en Aina de wijde wereld in trekken, jullie hebben bovendien met veel meer geduld dan ik verdien gereageerd op mijn krankzinnige 'Maar stel dat iedereen het boek haat'-mail, wat voldoende zou moeten zijn om een heiligverklaring te krijgen. Ik beloof jullie dat ik naar Vaticaanstad zal schrijven om het verzoek in te dienen.

Dank aan al mijn fantastische vrienden, die me tijdens het schrijfproces zowel hebben verdragen als gesteund. Het is niet altijd gemakkelijk om te moeten leven met een neurotische auteur in volledige redigeer-modus, maar jullie hebben het hele proces zo geweldig gehanteerd dat het leek alsof het spelenderwijs ging.

Dank aan Frida en Sofia, die me hebben geïnspireerd om iedere dag een beetje liever te zijn, zowel tegen mezelf als tegen anderen. Ik zie het feit dat jullie deel uitmaken van mijn leven als een definitief bewijs van mijn goede karma.

Dank aan Saga, die er vanaf het begin bij betrokken is geweest. Dat jij toen we tieners waren mijn allereerste poging om een boek te schrijven hebt gelezen en toch 'graag' zegt als ik vraag of je mijn nieuwe manuscript wilt bekijken, zegt veel meer over jouw karakter dan over mijn schrijfkunst.

Dank aan Anna omdat je telkens weer tegen me zei dat je dit boek geweldig vond, net zo lang tot ik er wel naar moest luisteren. Je bent nog steeds de fijnste verrassing in mijn leven. (En dank aan Anna's partner Matthis, omdat je geen moeite hebt met alle tijd die ik in jullie appartement doorbreng.)

Dank aan mijn vader, die bijna nog blijer is dan ik als ik bel om iets nieuws over het boek te vertellen. Dank aan mijn broers, Alexander en Leo, die zijn opgegroeid met twee auteurs in hun onmiddellijke nabijheid. Dat was zwaar, ik weet het, maar ik beweer toch dat jullie hier waardevolle *life skills* aan hebben overgehouden.

Dank aan mijn moeder, die leest, me steunt, met goede adviezen komt en op een lieve manier tegen me zegt dat ik me als een idioot gedraag als ik het op mijn heupen heb. Om het schrijven met jou te delen is een van de mooiste ervaringen die ik heb gehad. Ik heb zoveel geluk dat jij mijn moeder bent.

En uiteindelijk, dank aan jou, de sporadische lezer die zich door het dankwoord heen worstelt.

Niets van dit alles zou mogelijk zijn geweest als jij dit boek niet zou lezen. Dit is allemaal voor jou.

Bedankt dus.

Lees ook van Karakter Uitgevers B.V.:

JORDAN HARPER
Kind van de rekening

'*Kind van de rekening* is een razendsnelle, spannende roman vol onvoorwaardelijke liefde.' – *ThrillZone*

RACHEL CAINE
Stillhouse Lake

'Dit is echt een van de beste psychologische thrillers die ik sinds tijden heb gelezen. Ik zat letterlijk op het puntje van mijn stoel.' – *Amazon*

'*Stillhouse Lake* is een echte nagelbijter tot het einde.' – *Fresh Fiction*